BRISÉ(E)

SOPHIE S. PIERUCCI

BRISÉ(E)

BMR

Hachette Livre, 58, rue Jean-Bleuzen, 92170 Vanves.

CHAPITRE 1
RÉPUDIÉ

La chaleur était presque insoutenable. Non. En réalité, elle *était* insoutenable. Pourtant, il était déjà plus de 19 heures, et le soleil finissait sa douce descente vers l'horizon. Mes valises à mes pieds, je fixais, au-delà des grilles, la maison qu'elles protégeaient.

— Vous êtes certaine de ne pas vouloir que je vous accompagne jusqu'à la maison ? me demanda pour la troisième fois le chauffeur de taxi en refermant le coffre de sa voiture.

— Non. C'est gentil. Mais je préfère marcher.

— Comme vous voudrez.

Il monta dans son taxi et démarra, me laissant seule.

Oui. Je voulais marcher, alléger mes jambes engourdies par les trois heures de vol du trajet. Mais surtout, j'hésitais encore à entamer les premiers pas vers cette villa.

Une brise légère souleva quelques mèches de mes cheveux blonds. Je pris une profonde inspiration, les yeux fermés, attendant une sensation, même minime, de fraîcheur. *Nada*. L'air remué était lui aussi humide et chaud. Ma mère m'avait pourtant avertie : Miami en plein mois d'août, c'est un sauna grandeur nature. À cela, elle avait rajouté les pluies torrentielles qui s'abattaient tous les après-midi sur la ville pendant au moins deux heures, et les ouragans qui survenaient sans prévenir.

Je n'avais plus qu'à croiser les doigts pour ne pas en croiser un car, même si je savais courir vite et bien, je n'étais pas certaine de gagner au chrono face à un déchaînement de la nature.

Avec mélancolie, j'attrapai la poignée de ma valise à roulettes d'une main et l'anse du vieux sac de voyage de ma mère de l'autre. Trois mois. C'était la durée minimale de mon séjour ici. Non. De mon *travail* ici.

J'étais tentée d'appeler ma mère sur-le-champ, autant pour la rassurer et lui dire que j'étais bien arrivée que pour entendre sa voix me répéter que c'était la seule solution, dissipant un peu mon angoisse.

Je n'avais pas le choix. J'avais besoin de cet argent. C'était plus qu'un besoin, en vrai, c'était une nécessité.

Je passai le portail en fer forgé pour entamer ma longue ascension jusqu'à la villa. Mes sandales claquaient sur les dalles en pierre de l'allée. Je ne savais plus où donner de la tête : à ma gauche comme à ma droite, des pelouses d'un vert éclatant bordaient le chemin et de magnifiques palmiers dominaient les hauteurs. Devant moi, la maison aux murs rosés et au toit pointu de tuiles rouges, dépourvue d'étage, s'étalait sur toute la largeur de la propriété, prolongée d'un garage à sa gauche. À l'extrémité droite, je devinai, à travers l'immense baie vitrée, un salon meublé de plusieurs canapés.

J'étais arrivée, et je doutais déjà. Ma famille me manquait. Et s'il se passait quelque chose en mon absence ?

Je tentai de me rassurer. Tout irait bien. Je devais prendre soin du propriétaire des lieux, un certain Rick, vingt-quatre heures sur vingt-quatre. Ce qui ne me changerait pas de mon quotidien, puisque je m'occupais des personnes âgées de mon quartier. Le cœur battant, je lâchai la poignée de ma valise, sur laquelle mes doigts s'étaient crispés malgré moi, et je sonnai. Une douce mélodie retentit à l'intérieur.

La porte s'ouvrit sur une grande blonde d'une cinquantaine d'années, habillée d'un pantalon de tailleur blanc qui tombait à la perfection sur ses escarpins et d'un chemisier en satin vert sans manches. Je me sentis soudain minable avec mon short en jean et mon débardeur en coton blanc.

— Oceana Douglas ? demanda-t-elle en me tendant la main.

Je hochai la tête, incapable d'aligner deux mots, et lui serrai la main.

— Amber Thomas. Je vous en prie, entrez. Nous avons déjà eu l'occasion de nous parler au téléphone.

Oui, je me souvenais de mon entretien d'embauche avec elle. Un entretien téléphonique. Celui-ci s'était limité à fixer le montant de mon salaire et à vérifier mes diplômes. Je n'avais que cinq ans d'expérience, mais je supposais que son fils, le patron de ma mère, avait appuyé mon dossier, car il connaissait ma situation. Sinon pourquoi ne pas avoir cherché quelqu'un à Miami ?

Elle sourit.

— Je n'ai pas le temps de tout vous expliquer. Vous trouverez un fascicule dans votre chambre où sont résumées vos tâches. Il contient aussi le dossier médical de Rick. Laissez vos bagages ici, je vous fais visiter la maison et je me sauve.

Son ton autoritaire m'intimidait autant que la maison. Le dos bien droit et le menton en l'air, Mme Thomas donnait l'impression de sortir tout droit d'un livre sur l'aristocratie anglaise. Je ne pouvais m'empêcher de penser à ma mère, qui avait affaire à ce type de clientèle dans l'hôtel de luxe dans lequel elle travaillait. Et dire que le prix d'une chambre équivalait à son salaire annuel !

— Mon mari et moi-même partons à New York régler un problème à l'hôtel. Nous serons absents toute la semaine mais nous restons joignables, vous trouverez mon numéro de téléphone dans le fascicule.

Elle traversa le hall. Docile, je la suivis.

— À droite, vous trouverez le salon, la salle à manger et la cuisine. Faites comme chez vous, de toute façon Rick n'y va jamais. À gauche, un autre salon, avec télévision, hi-fi, bibliothèque ; je vous laisserai le soin de le découvrir par vous-même.

Ses fines et longues jambes prirent la direction d'un long couloir. Ses talons claquaient sur le carrelage en marbre. Je compris qu'en réalité la maison devait ressembler à un L, vue du ciel.

— Ici, deux chambres d'amis, une salle d'eau à votre disposition. Au fond, la chambre de Rick ; je ne vous la fais pas visiter, car il dort.

Il était exténué. Aujourd'hui, j'ai réussi à l'extirper de son lit, non sans mal. Il a passé la journée dehors, si bien qu'une fois rentré, il a à peine mangé, et je l'ai couché.

Elle m'offrit un sourire, comme si elle était fière de l'exploit qu'elle venait de relater. Puis elle ouvrit une porte sur la droite, à l'opposé des chambres d'amis et de ma future salle de bains.

— Votre chambre. Elle n'est pas très grande, car c'est l'ancien bureau de Rick. La décoration laisse à désirer puisque nous venons tout juste de l'aménager. La porte au fond à gauche vous donne un accès direct à sa chambre au cas où il aurait besoin de vous la nuit. Il a pris un somnifère ce soir. Vous serez tranquille jusqu'à demain matin.

« Pas très grande » ? Nous ne devions pas avoir la même notion de l'espace. Mon appartement était à peine plus spacieux que cette pièce ! Mais la décoration était, en effet, sommaire. Un lit *king size* recouvert d'un jeté de lit beige sur la gauche, deux tables de chevet de part et d'autre (avec ce que je pensais être le fascicule d'instructions et un boîtier noir sur l'une) et, sur la droite, une armoire et une commode en teck. Aucun tableau, aucun bibelot.

Amber pointa un doigt vers le boîtier noir.

— Vous pouvez aller où bon vous semble, mais ne sortez jamais sans le talkie-walkie. C'est la première règle à respecter. Vous devez toujours être disponible. Je préfère vous prévenir, Rick n'est pas quelqu'un de facile. Il a mis à la porte toutes les aides à domicile que nous lui avons trouvé, et…

— J'ai l'habitude de m'occuper de personnes récalcitrantes, je saurai m'adapter.

Cette fois-ci, elle se permit un bref sourire, puis fronça les sourcils.

— Je vais être claire, mademoiselle Douglas.

— Appelez-moi Oceana…

— Mademoiselle Douglas, (OK… comme vous voulez… madame Thomas !) ce n'est pas Rick qui vous emploie, c'est moi. Par conséquent, même s'il vous dit qu'il ne veut pas de vous dans cette maison, vous ne l'écoutez pas. C'est moi et moi seule qui décide. Vous pouvez le remettre à sa place, lui parler comme vous voulez, cela m'est égal ! En revanche, sa santé et sa sécurité sont primordiales pour moi. Si vous décidez de partir, je vous demanderai de me laisser deux jours pour vous trouver une remplaçante.

La main à nouveau tendue, elle attendait que je la lui serre pour sceller notre accord. Je n'hésitai pas. À trente-cinq mille dollars le mois, je ne pouvais pas me permettre de réfléchir à ses paroles, qui sonnaient pourtant comme un avertissement !

— Bien. Je vous laisse. Mon chauffeur doit être là. Vous trouverez toutes les indications dont vous avez besoin dans le fascicule. Lisez-le. Et n'hésitez pas à m'appeler en cas de problème.

Muette, je hochai la tête et lui emboîtai le pas. À l'extérieur, un chauffeur attendait à côté d'une voiture.

— Ça va bien se passer, me rassura-t-elle en me gratifiant d'un nouveau sourire.

Avais-je l'air si désorientée ? C'était souvent l'impression que je donnais. Je le savais.

Mme Thomas ne me donna pas le temps de répondre ; la portière de la voiture se referma sur elle, me laissant seule. Le silence retomba sur la vaste demeure. Même pas le tic-tac d'une horloge, ou le bruit d'un robinet qui coule. Le silence. Assourdissant et hostile.

Si j'avais été une tortue, j'aurais bien vite rentré tête et pattes dans ma carapace. Mais je n'étais pas une tortue. Et exténuée par mon voyage, je n'étais capable ni de manger ni de regarder un film à la télévision et je grimaçais en pensant à la longue liste d'instructions qui n'attendaient que moi pour être lues.

Finalement, je récupérai mes bagages et rebroussai chemin jusqu'à ma nouvelle chambre. Les roulettes claquèrent dans les rainures du carrelage presque aussi fort que les battements de mon cœur dans ma poitrine.

Je jetai mon sac sur le lit après avoir laissé la valise dans un coin, reportant à plus tard le déballage de mes vêtements, pour envoyer un message à ma mère.

› Bien arrivée. Je t'appelle demain.
J'espère que tout se passe bien. Jtm, Nana.
Lundi 7 août – 8:02 p.m.
Envoyé.

Puis je m'approchai de la longue baie vitrée et j'observai le ciel, qui offrait un somptueux dégradé allant de l'orangé au bleu foncé. Le soleil se couchait. Comme je l'avais deviné, la maison formait un L. Alors que devant ma chambre une piscine rectangulaire dominait le paysage, à ma droite, je pouvais apercevoir le salon, la salle à manger et la cuisine plongés dans l'obscurité, ainsi qu'une terrasse où se trouvaient une table, des chaises et une cuisine d'extérieur.

J'avais une soudaine envie de liberté ; la chambre était peut-être grande, mais j'avais l'impression d'étouffer. Tout était si impersonnel, parfait, lisse, propre… Je n'étais pas chez moi… Je me surpris à sourire bêtement en imaginant le salon encombré des livres et des jouets d'Ethan.

Trois mois… Une boule d'angoisse se forma dans ma gorge. Je suffoquais. Elle aspirait peu à peu chaque pensée positive et j'allais sombrer. Sans même réfléchir, j'ouvris la baie vitrée, j'étais dehors. L'air chaud et humide remplaça le confort de la climatisation. Mes larmes arrêtèrent leur course. Je fis quelques pas vers la piscine, y plongeai la main pour apprécier la température de l'eau. Parfaite. Je jetai un rapide coup d'œil autour de moi : la maison était plongée dans le noir. Il était épuisé, il avait pris un somnifère. Il dormait. Mme Thomas l'avait dit.

J'ôtai mes sandales, puis mon débardeur et mon soutien-gorge. Mon short et ma culotte rejoignirent le reste de mes affaires sur les dalles bordant la piscine.

Une vague de douceur me gagna dès que j'eus plongé un pied dans l'eau tiédie par le soleil de la journée. Je m'immergeai avec délice. Après avoir nagé un bon moment, je sortis, trempée, récupérai mes affaires et retournai dans ma chambre. Trempée, je frissonnai, cherchai une serviette dans ma valise, m'enroulai dedans et m'étendis sur le lit.

Trois mois… Cent cinq mille dollars. Un tiers de cette foutue somme vitale !

Ma main chercha à tâtons le fascicule de Mme Thomas. Il était plutôt épais. Tant de pages pour détailler les besoins d'un vieux monsieur ! J'ouvris la première page. *Sommaire.* Outch… Je grimaçai en pensant aux longues heures de lecture qui m'attendaient. Du dossier médical à l'entretien et au fonctionnement de la maison, en passant par les numéros des personnes à contacter, tout y était.

Je feuilletai le fascicule jusqu'à la page *Exigences de M. Rick Thomas.* Goûts alimentaires, déroulement de ses journées, rendez-vous importants pour les prochaines semaines, heures de lever, de sieste et de coucher, visites autorisées… Waouh ! Il y avait même un paragraphe « intimité » !

Dans un gloussement, je fis voler les pages jusqu'au dossier médical. Merde. Ce type était un ressuscité ! Je frissonnai à l'énumération des multiples opérations qu'il avait subies. Elles dataient toutes de six semaines au moins. Il me semblait pourtant qu'à partir d'un certain âge, les médecins limitaient les anesthésies générales. Quel âge avait-il, d'ailleurs ?

Je lus :

- *Fracture non déplacée du trochiter droit (haut de l'humérus), immobilisation par plâtre pour une durée de six semaines.*

- *Deux côtes fissurées.*

- *Fracture du coccyx, immobilisation du bassin pour un mois.*

- *Fracture de la diaphyse du fémur droit, traitement par cerclage, vis et plaques, appui interdit pendant trois mois.*

- *Doubles factures tibia/péroné droit et gauche, gouttières plâtrées, appui interdit pendant deux mois.*

- *Fracture de la malléole externe droite, traitement par vis, appui interdit pendant un mois et demi.*

Un ressuscité ! Un homme ridé par l'âge, plâtré de la tête aux pieds ! Un peu plus marrant : il devait faire sonner tous les portiques de sécurité sur son passage.

Je continuai ma lecture :

- *Perforation des intestins, traitée par chirurgie. À ce jour, aucune séquelle.*

- *Rupture de la rate, traitée par chirurgie, retrait de l'organe. À ce jour, aucune séquelle.*

- *Traumatisme crânien. Après trois jours de coma, M. Thomas a récupéré toutes ses facultés motrices et cérébrales. Persiste encore aujourd'hui une légère amnésie post-traumatique.*

Je me ravisais. Ce vieillard n'était pas un ressuscité, c'était un répudié du paradis et de l'enfer ! Ni Dieu ni Lucifer n'en avait voulu !

CHAPITRE 2

DOUCHE FROIDE

Je ne savais même pas qu'une cuisine d'une telle taille pouvait exister. En réalité, je le savais, mais je n'en avais jamais vu de pareille !

Et il ne s'agissait pas seulement d'une cuisine.

La pièce, rectangulaire, était gigantesque. Des canapés en cuir disposés l'un en face de l'autre au bout, une table pour dix personnes entourée de chaises au milieu, et la cuisine sur ma droite. Côté jardin, une verrière remplaçait le mur sur toute la longueur.

Tout était blanc ou noir, vitré ou laqué. J'avais peur de poser un doigt quelque part et d'y laisser mes empreintes.

L'îlot central était aussi grand que la table de la salle à manger : je m'imaginais déjà confectionner des tonnes de plats et de gâteaux !

J'aimais faire la cuisine. Et tout le monde appréciait mes petits plats. Surtout Ethan. Ma gorge se serra. Je repoussai la vague de nostalgie qui m'envahissait et pensai au message réconfortant de ma mère : *Tout va bien ici. Nous t'aimons tous les deux très forts. Maman.*

Bon. Au travail. Petit déjeuner à 8 heures précises, d'après le fascicule ! Je fouillai dans les placards, cherchant farine, œufs, lait, beurre, poêle… J'eus bien du mal à faire fonctionner la machine à café ultra-sophistiquée et la plaque à induction pour préparer les pancakes de M. Thomas. J'étais bien loin de ma ridicule cafetière à l'italienne et de ma petite gazinière !

Finalement après un bon quart d'heure, je vins à bout de ma tâche. J'avais suivi les instructions du fascicule à la lettre. Assiette de six pancakes, sirop d'érable, mug de café sans sucre mais avec une lichette de lait, le tout disposé sur un plateau, je pouvais enfin servir M. Rick Thomas – alias Wolverine !

J'avais soigné mon apparence, ne voulant pas, une fois de plus, passer pour une souillon et avais enfilé une combinaison noire, large, ceinturée à la taille d'un lacet en cuir. Une queue-de-cheval pour ne pas être gênée par mes cheveux pendant les soins et juste une pointe de rimmel sur les cils. Pas de fond de teint ni de fard à joue, l'air humide et chaud, au-dehors, ne le permettait pas !

Mon plateau dans les mains, je frappai à la porte de Rick et, après avoir entendu un « entrez » sec et autoritaire, je m'exécutai.

Les rayons du soleil pénétraient dans la chambre à travers la grande baie vitrée. Je devinai l'entrée d'une salle de bains face à moi. Une grande penderie soutenait la tête du lit dans lequel je vis les deux jambes et le bras droit, plâtrés, de Rick Thomas. Au fond de la chambre, je vis un fauteuil roulant et d'autres appareils médicaux. Face au lit, un meuble hi-fi et un écran plat colossal diffusaient les informations locales.

J'avançai jusqu'au lit.

— Bonjour, monsieur Tho…

Oh ! Merde ! Mon malade n'était pas un vieillard à la peau flétrie par l'âge, mais un putain de jeune homme ! Mon cœur avait littéralement sauté de ma poitrine ; j'en aurais fait tomber le plateau si je n'avais pas été adroite et surtout si mes muscles ne s'étaient pas figés.

La bouche ouverte, les yeux exorbités, je ne savais plus quoi faire : sortir et rentrer une fois calmée ? Poser le plateau et revenir dans une heure ? Mon pouls s'affolait alors que deux yeux bleus me détaillaient avec hostilité.

Enfin, une réaction de mon corps : mes joues se mirent à rougir devant l'homme allongé dans son lit médicalisé.

— Quoi ? hurla-t-il. Je fais pitié à ce point ?

Comme si j'avais reçu un électrochoc, ma bouche se referma et mes muscles se relâchèrent (enfin). La tête du lit se releva pour lui permettre d'être en position demi-assise. Il grimaça légèrement. Je me retins de lui demander s'il avait mal. Je le détaillai : cheveux en bataille châtain clair, des yeux d'un bleu moucheté de marron surmontés d'épais sourcils, un nez trapu mais court, une mâchoire saillante dotée d'une ombre de barbe, une bouche aux lèvres charnues. Par pitié, non ! Pas ça !

Je continuai ma découverte, comme indiqué dans la bible selon Thomas, un plâtre immobilisait son bras droit et le maintenait plié sur sa poitrine. Deux cicatrices marquaient son flanc et son ventre encore musclé juste au-dessus du nombril. Je n'osais même pas imaginer ce qu'il était avant ça… Mes yeux voulurent descendre plus bas, mais les doigts au bout de son bras valide claquèrent.

Mon regard revint à son visage. Ses sourcils se froncèrent.

— J'espère que c'est encore chaud, vu le temps que vous avez mis à préparer mon petit déjeuner.

Était-il toujours de mauvaise humeur le matin ?

Sans lui répondre, je laissai sa tête de trou du cul (charmant trou du cul, je devais l'admettre) et cherchai du regard où poser le plateau.

— Vous avez laissé votre langue sur le pas de la porte ?

Il pouvait dire ce qu'il voulait, je ne répondrais pas. C'était une de mes qualités : je savais faire abstraction de ce genre de commentaires. Je paraissais peut-être fragile, voire simplette, avec mes cheveux blonds, mes yeux gris et ma peau blanche ; je n'en étais pas moins une personne que la vie n'avait pas épargnée (et qu'elle n'épargnait toujours pas !). Peut-être que c'était pour cette raison que j'aimais m'occuper des autres. Peut-être aussi que ça me permettait de relativiser.

Quoi qu'il en soit, je ne ressentais aucune pitié. Rick remarcherait un jour, son état n'était pas irrémédiable. Et il pouvait au moins se réjouir d'avoir assez d'argent pour se payer des soins de qualité et une auxiliaire de vie à demeure, ce qui n'était pas le cas de la plupart des Américains !

Je trouvai une tablette à roulettes (ou un adaptable dans le langage hospitalier) à la gauche de son lit et y déposai son plateau, le sourire aux lèvres.

— Bon petit déjeuner, monsieur Thomas. Avez-vous besoin d'autre chose ?

— Elle n'a pas perdu sa langue, commenta-t-il en faisant rouler la tablette devant lui.

Je souris de plus belle. I-gno-rance !

Apparemment, il n'avait besoin de rien d'autre. J'entrepris de vider son pot de chambre, alors qu'il faisait semblant de s'intéresser aux informations diffusées sur l'écran tout en mangeant ses pancakes au sirop d'érable.

La spacieuse salle de bains était carrelée du sol au plafond de minuscules carreaux de faïences de différentes nuances de gris : il y avait une douche à l'italienne dans le fond, une baignoire au milieu, deux lavabos intégrés dans des meubles laqués en face et des toilettes.

Je rinçai le pot, le mis à sécher et rejoignis mon patient. Il avait repoussé l'adaptable sur le côté du lit, certainement pour me signifier qu'il en avait terminé. Je pinçai les lèvres en comptant quatre pancakes dans l'assiette. Quel gâchis !

— Je ne me raserai pas aujourd'hui. J'ai rendez-vous avec le chirurgien demain, annonça-t-il sans même me regarder.

Les hommes et leurs poils ! Rasés trop tôt, ça les brûle, rasés trop tard, ça les gratte !

Je ramassai le plateau et le rapportai jusqu'à la cuisine avec une soudaine envie de respirer autre chose que l'air saturé de testostérone de sa chambre.

Juste trois mois…

Je pris le chemin du retour. Il n'avait pas bougé. Bien entendu qu'il n'avait pas bougé ! Il ne pouvait rien faire sans moi. Sauf peut-être agiter sa langue de vipère pour me lancer des remarques acerbes et tapoter du bout des doigts la zappette de la télévision.

— Vous n'avez qu'à me laisser une bassine d'eau et le nécessaire de toilette sur la tablette, je vous appellerai quand j'aurai fini.

Son ton avait légèrement changé. Il évitait de me regarder et avait même délaissé la télévision pour fixer le plafond.

Encore une fois, je m'exécutai, puis je le laissai à sa mauvaise humeur et m'aventurai dans le jardin.

L'air était chaud, mais respirable. Je ne pourrais pas en dire autant lorsque le soleil serait au zénith ! Je m'assis sur le rebord de la fenêtre, le dos appuyé contre le mur, les yeux fermés et les oreilles tendues tantôt vers le clapotement de l'eau de la piscine, tantôt vers le poste de télévision de Rick qui diffusait les prévisions météo de la semaine. La speakerine annonçait les températures des jours à venir, qui ne descendraient pas en dessous de 30 °C (pauvre de moi !), et les risques de précipitations.

— Fini, lâcha mon patient grognon.

Je me levai et le rejoignis. L'odeur de son savon, à la fois sucrée et brute, avait parfumé la chambre. Voyant ses yeux toujours fixés au plafond, je me retins de rire en me demandant s'il avait fait sa toilette comme ça.

J'enfilai un gant de toilette sur ma main droite et, alors que je m'apprêtais à le tremper dans la bassine, Rick me saisit le poignet.

— Qu'est-ce que vous faites ?

Comment ça, qu'est-ce que je fais ? Je mouille le gant, je le savonne et je te lave les parties du corps que tu ne peux pas toucher…

Merde. Toucher.

Soudain, j'avais de l'empathie pour lui. M'imaginant à sa place, prisonnière de ces plâtres et de ce corps brisé et surtout dépendante des autres au point de devoir accepter que quelqu'un d'autre du sexe opposé me fasse ma toilette. La toilette. Un mot simple qui désigne quelque chose de si intime. Est-ce que j'aurais accepté, moi ?

— Quel âge avait la précédente auxiliaire de vie ? lui demandai-je.

— En quoi ça vous regarde ?

OK. Je m'imaginai en pleine séance de yoga. Inspirer. Expirer. Bien entendu, je n'en laissai rien paraître.

— Nous allons repartir à zéro. Je m'appelle Oceana. Je suis votre nouvelle aide à domicile. Je…

— Je sais tout ça, me coupa-t-il sans pour autant lâcher mon poignet, qui commençait à être douloureux.

Je n'avais pas la moindre envie de m'énerver. Ça ne m'arrivait que très rarement mais, quand j'étais partie, je mettais beaucoup de temps à me calmer et jamais sans passer par la phase « torrent de larmes ».

— Vous me faites mal.

Il regarda sa main et desserra ses doigts, sans pour autant lâcher mon poignet.

Je repris :

— Bon. Vu que vous n'êtes pas enclin à faire des efforts, je vais vous expliquer mon point de vue. Je me fous royalement du membre qui se trouve entre vos jambes, je me fous également de sa taille et de sa grosseur, et encore plus de ce que vous faites avec, d'après le paragraphe « intimité » de la liste d'instructions ! Je veux seulement vous aider à finir ce que vous avez commencé. À savoir vous frotter le dos et nettoyer vos jambes !

Alors que ses yeux lançaient des éclairs, à ce mot, son regard vacilla.

— Pas les jambes.

— Vous n'aurez qu'à garder le drap sur vous…

— Non, me coupa-t-il. Je vous en prie. Tout. Mais pas les jambes.

Surprise, je plissai les yeux. Il n'était plus question de fierté mais de terreur. Je me doutais qu'il devait souffrir, après toutes ces opérations.

— OK. Un autre jour.

Sa main me lâcha enfin. Il capitulait.

S'aidant de la potence suspendue au-dessus de sa tête, il se pencha en avant, m'autorisant l'accès à son dos, alors que ma main replongeait le gant dans la bassine d'eau, quasi froide à présent.

Malgré les quelques mèches de cheveux qui cachaient son visage, j'entraperçus son regard en coin. Il guettait chacun de mes gestes, comme s'il appréhendait ce que je m'apprêtais à faire. Ses doigts étaient si crispés sur le drap du lit qu'ils me déstabilisaient. Je me rendis soudain compte que je me retenais même de respirer, de peur de le traumatiser. Au fond, je préférais le Rick bougon et méchant.

— Dites quelque chose qui pourrait m'agacer, ordonnai-je.

Sans même réfléchir, il lança :

— Ils ne vendent pas de maillots de bain à New York ?

Mon sang rejoignit mes sandales. Non. En réalité, il rejoignit mes joues. Elles devaient être cramoisies. Malgré la climatisation et le gant mouillé sur ma main, j'avais soudain chaud. Très chaud. Je peinais à déglutir, et mes yeux restaient figés sur la tête châtain devant eux.

Sa remarque ne m'avait pas agacée, elle m'avait noyée dans la piscine où je m'étais baignée nue, la veille… Finalement, je préférai le temps où j'avais plus pitié de lui que de moi !

Je pris une grande inspiration et posai le gant froid sur sa peau. Il frissonna. Je commençai à laver son dos marqué de cicatrices. Je pinçai les lèvres pour me retenir de lui demander ce qui lui était arrivé. Mes mouvements étaient mécaniques, dépourvus de sensibilité – tout le contraire de ce que je faisais avec mes petits vieux du quartier.

Il frémit de nouveau lorsque ma main libre appuya légèrement sur son épaule pour m'aider à atteindre l'autre côté de son dos.

— Plus de cinquante, je crois, murmura-t-il, la voix enrouée.

Je ne compris pas tout d'abord ce qu'il disait.

— Elles avaient toutes plus de cinquante ans, précisa-t-il.

Elles ? Combien de femmes avait-il mises à la porte sans motif ?

Je rinçai le gant, repassai sur les traces de savon pour ôter la mousse et m'en débarrassai en le jetant dans la bassine. Je lui jetai sa serviette sur les épaules, l'essuyai rapidement et récupérai tout son nécessaire de toilette.

Devant la porte, je demandai :

— Je suppose que vous ne voulez pas vous lever ? J'aurai le talkie-walkie si vous avez besoin de quelque chose.

Il ne répondit pas. Tant mieux ! Pour l'instant, je ne voulais plus l'entendre ! Cet homme était quelqu'un d'abject et de méprisant. Est-ce que j'aurais le courage de rester là trois mois ?

Ethan… ma seule réponse. Oui. Même s'il m'en coûtait de faire preuve d'indifférence envers un malade, pour la première fois de ma vie.

Je ne le revis pas avant le repas du midi. Il ne m'appela pas une seule fois de la journée. Je ne le regrettai pas. J'avais besoin de me faire à l'idée que, demain, j'allais devoir une nouvelle fois le toucher, et pas seulement son dos. Je devais aussi veiller à la rééducation de ses jambes et, tôt ou tard, de son bras.

Ce soir-là, avant de me coucher, ma conscience professionnelle m'incita à passer voir si tout allait bien. L'écran de télévision éclairait son lit et son visage. Crispé. Le front plissé, la mâchoire serrée, il ne m'entendit même pas entrer, bien trop concentré à faire face à quelque chose que je connaissais bien.

Maîtriser sa douleur.

Je m'appuyai contre le mur, hésitant à lui venir en aide. Je me haïssais. Là. Tout de suite. Pour hésiter. Qu'importe qui il était, moi je savais ce que j'étais. Et ça ne me ressemblait pas de rester là à rien faire.

— Vous avez mal ?

Il tourna la tête si vite que je crus entendre une de ses cervicales craquer.

— Qu'est-ce que vous prenez d'habitude ?

— D'abord du tramadol, dit-il entre ses dents.

— OK.

Je trouvai les comprimés dans l'armoire à pharmacie de sa salle de bains et lui en tendis un. Il le goba rapidement.

— Merci, dit-il enfin sans me quitter des yeux.

Merci. J'avais servi ses repas, nettoyé son dos, vidé sa pisse dans les toilettes sans qu'il me remercie. Et là, alors que je n'attendais rien, il faisait preuve d'humanité.

Peut-être n'était-il pas si mauvais, au fond ?

Avant de quitter la pièce, je l'avertis :

— Demain, nous ferons les choses à ma manière. Oh, et pendant que j'y pense, fermez vos stores : je compte prendre un bain ce soir.

CHAPITRE 3

PAPILLONS

Cette nuit-là, je ne pris pas plus de bain de minuit que Rick ne ferma ses stores. En revanche, je fis souvent la navette entre sa chambre et la mienne pour vérifier qu'il n'avait plus mal.

Chaque fois, c'était pareil : je passais la tête dans l'embrasure de notre porte commune, il plongeait ses yeux, presque sans vie, dans les miens pendant que je scrutais son visage et son corps à la recherche des signes de la douleur. Puis, une fois certaine que tout allait bien, je retournais dans mon lit.

Finalement, à deux heures du matin, il s'endormit. J'éteignis sa télévision, vidai le pot de chambre et je me couchai à mon tour, mécontente de moi.

Je n'étais pas quelqu'un de méchant. Qu'importe ce qu'il avait fait ou ce qu'il ferait à l'avenir, je ne devais pas en tenir compte.

Le matin, alors que je préparais son petit déjeuner, le talkie-walkie grésilla pour la première fois.

— Juste un café, Oceana, s'il vous plaît.

Je ne savais pas si je devais bloquer sur mon prénom ou sur son soudain élan de politesse ! En fait, comme d'habitude, je soulevai les épaules et m'exécutai.

Juste un café.

Je savais pourquoi il n'avait pas d'appétit. Son rendez-vous avec le chirurgien. Il redoutait une mauvaise nouvelle. Quand on a déjà passé six semaines entravé dans un lit, c'est bien la seule chose qu'on ne souhaite pas voir s'allonger.

Rick avala son mug de café avec difficulté, le regard dans le vide. Il n'attendit même pas que je sorte de la chambre ou que je lui tourne le dos pour commencer sa toilette. Je me retirai discrètement dans son dressing. Sa garde-robe allait du simple short de bain au costard à mille dollars. Il avait plus de vêtements que tous les habitants de mon quartier réunis !

— Oceana ?

Je lui montrai la tenue que j'avais choisie. Il haussa franchement son épaule saine et se pencha en avant pour me laisser accès à son dos.

Sans me faire prier, je posai ses affaires et attrapai son gant de toilette. Cette fois, c'était différent. Il ne me guettait pas, il se contentait de fermer les yeux, la tête baissée.

— Pourquoi vous ne me dites pas que ça va bien se passer ? murmura-t-il.

Sa question me prit au dépourvu. Je reposai le gant dans la bassine, résignée. Il avait besoin de réconfort. S'il avait été un enfant, je l'aurais serré dans mes bras. S'il avait été une personne âgée, je lui aurais caressé le front. Mais c'était lui. Un jeune homme de mon âge.

— Je n'ai pas à dire ça. Je ne sais pas ce qu'il va se passer. La seule chose que je peux vous dire, c'est que quoi qu'il se passe ou que le chirurgien vous apprenne, je serai là, avec vous.

Sans m'en rendre compte, j'avais savonné ma main nue. Je fronçai les sourcils en pensant qu'il n'allait pas apprécier que je le touche. Mais s'il était comme moi ? S'il avait besoin de fixer son attention sur autre chose pour oublier son principal souci ?

Les doigts tremblants et la bouche crispée par l'appréhension, je posai ma main sur sa nuque. Ce fut instantané. Sa tête se redressa, ses paupières s'ouvrirent et il frissonna.

— Si vous énoncez ne serait-ce qu'un synonyme du mot piscine, je vous enfonce mes ongles dans la peau, l'avertis-je.

Je sentis qu'il retenait un rire. Sa peau brûlante glissait sous mes doigts. Mes passages étaient ni doux, ni brutaux. Je ne l'effleurais pas. Je ne le massais pas. Je le lavais. Simplement. Mes doigts avaient envie, pourtant, de faire plus. Mais ma conscience professionnelle les retenait. J'obligeai mes yeux à regarder le travail de mes mains, pas son visage, ni ses doigts sur le drap. J'entendais seulement sa respiration calculée et bruyante. Je regrettai presque que la télévision soit éteinte !

— Merci, dit-il une fois que j'eus terminé.

Je souris tout en rejoignant la salle de bains avec les accessoires de toilette. J'avais réussi.

J'eus à peine le temps de revenir qu'il était déjà en train de retirer les gouttières plâtrées de ses deux jambes, la bouche tordue par la douleur. À mon approche, il fronça les sourcils et précipita ses gestes pour en finir.

Les muscles de ses jambes étaient amaigris par leur immobilisation forcée. Une cicatrice violette marquait sa cuisse droite sur toute la longueur, deux petites, ses tibias et deux autres, sa malléole droite. Chaque cicatrice portait les marques des agrafes ôtées dans les premières semaines qui avaient suivi les opérations.

Elles étaient parfaites. Ni boursouflées ni inflammatoires. Parfaites.

Ce n'était pas elles, le problème. Le problème, c'était les multiples opérations sur ses membres, le découpage et les lésions de ses muscles et de ses nerfs.

— Si vous ne voulez pas que je touche vos jambes, vous me guiderez et je me contenterai de remonter le short pendant que vous vous hissez avec la potence, lui dis-je.

Il hocha la tête et passa seul ses jambes dans les ouvertures du short. Je restais là, mal à l'aise, parce que je ne pouvais pas l'aider.

Non. Parce qu'il ne voulait pas que je l'aide. C'était ça, *mon* problème. Il ne m'acceptait pas. Il ne me faisait pas confiance.

Il agita son bassin d'un côté puis de l'autre pour enfiler, avec l'aide de son bras valide, son short jusqu'à mi-cuisse. Les doigts noués dans mon dos, je me retenais d'intervenir.

— C'est à vous maintenant, dit-il enfin d'un ton las.

La tête tournée vers la droite, haletant, Rick évitait de me regarder. Je voulais lui dire que j'étais tout aussi gênée que lui. Et sa gêne nourrissait la mienne. Pour la première fois de ma vie, soigner quelqu'un me posait un problème.

— Finissons-en, cracha-t-il en écartant brutalement le drap.

Ma vue n'eut pas le temps d'anticiper son geste – et je dirais même qu'elle se précipita sur son membre.

Waouh ! Si j'étais un homme pourvu du même... atout, je n'aurais aucune honte à le montrer !

Je me secouai pour rejeter une pensée salace. Sentant ses yeux bleus me dévisager, je m'empressai de glisser mes doigts entre l'élastique de son short et le haut de ses cuisses. Il se hissa à la force de son seul bras pour soulever son bassin. Mes yeux sortirent presque de leurs orbites à la vue de ses pectoraux parfaitement dessinés. Je déglutis.

Alors que mes mains remontaient son short en haut de ses hanches, mes yeux rencontrèrent les siens. Son regard était aussi inquiet que fébrile.

Je ne savais plus où donner de la tête. Son bras encadrant mon visage ? Son souffle saveur café ? Il était si près.

Si près que je pouvais presque sentir sa chaleur. Tout était trop près. Ma poitrine de son buste. Mes yeux à la hauteur de sa bouche. Je perdais pied dans son regard. Mon cœur faisait des bonds. Mon ventre se tordait. Mes joues me brûlaient. Mes pupilles tremblaient.

Enfin, son bras se détendit lentement pour reposer son bassin sur le lit. Je lâchai prise, me redressai précipitamment et tournai la tête à la recherche de son débardeur.

Non. En réalité, je me cachais.

— Vous êtes sûre de vous foutre royalement de ce qui se trouve entre mes jambes ? railla-t-il.

Royalement que non !

— Je l'ai pris le plus large possible pour faire passer votre bras plâtré, annonçai-je.

— Pourquoi vous ne me dites pas ce que vous pensez vraiment ?

Ce que je pensais de quoi ?

Je lui tendis son débardeur. Il croisa les bras.

— Une réponse pour une réponse, le défiai-je.

— OK.

— Pourquoi vous ne me laissez pas vous approcher ?

— Je ne crois pas que « approcher » soit le bon terme. D'autant que vous venez de m'approcher sans que je vous en empêche.

Je rougis.

— Vous savez très bien ce que je voulais dire.

— Si ça peut vous rassurer, dit-il enfin, vous m'avez plus approché et touché en vingt-quatre heures que toutes mes anciennes aides à domicile réunies. (Les bras m'en tombèrent.) Alors, qu'est-ce que vous pensez ?

— La réponse ne va pas vous plaire.

— Je pense pouvoir survivre.

Je pris une grande inspiration et avouai d'un ton monotone :

— Vous êtes un homme, je suis une femme et je suis loin d'être lesbienne. Alors je ne sais pas si je serai capable de m'occuper de vous. La seule chose qui me retient ici, c'est le salaire et peut-être aussi, maintenant, ce que vous venez de me dire.

Il me dévisagea avec une telle hargne que j'eus l'impression qu'il me giflait.

Je l'avais prévenu. Mais comme il l'avait dit, il survivrait.

Plus un mot, plus un seul regard ne me fut accordé. Je n'eus droit qu'à son silence. Dans l'ambulance. À la radiologie. À la cafétéria de l'hôpital. Dans la salle d'attente du chirurgien. À notre retour. Il resta figé et crispé, animé par une rage que je ne comprenais pas. Et même lorsque le chirurgien lui annonça la bonne nouvelle, il se contenta de hocher la tête.

La bonne nouvelle ? Le plâtre de son bras lui avait été ôté. Son trochiter était consolidé. Rééducation douce. Pas de charge, ni de traction pendant quinze jours.

Ce soir-là, comme la veille, je vis qu'il souffrait. Sans qu'il ne me demande quoi que ce soit, je posai son précieux tramadol et une bouteille d'eau sur sa tablette et filai dans ma chambre.

J'avais besoin de réconfort. Je ne voulais qu'une seule chose. Entendre la voix d'Ethan et de ma mère. Alors sans regarder l'heure, égoïstement, je m'emparai de mon téléphone pour les appeler.

Au bout de la troisième sonnerie, alors que je faisais les cent pas dans ma chambre, j'entendis une voix. Enrouée et presque endormie.

— Allô ?

— Oh, maman, si tu savais comme je suis heureuse de t'entendre. Je… Comment va Ethan ?

Nous nous étions promis certaines choses à ne pas dire ni évoquer, avant de partir. Que je lui manquais. Qu'il me réclamait. Les efforts qu'il faisait. Les mauvaises passes – si elles ne mettaient pas sa santé en danger.

— Il va bien, ma chérie. Ne te fais pas de souci pour lui. Ce matin, nous sommes allés au parc et, cet après-midi, nous avons fait des gâteaux.

J'essayais d'imaginer la bouche d'Ethan pleine de chocolat.

— Il dort ?

— Oh, ma chérie. Il est 23 heures passées. Ethan dort déjà depuis plus de deux heures. Je… tu veux que je le réveille ?

Mon cœur se serra. J'avais l'impression de le quitter une seconde fois.

— Non maman. Laisse-le dormir. Sa journée a dû l'épuiser.

— Je suis désolée, ma chérie.

Ses paroles me caressaient, comme si je pouvais me blottir au creux de ses bras.

— Je te laisse, maman. J'essaie de rappeler plus tôt demain.

En réalité, je ne voulais pas qu'elle comprenne que j'avais besoin de pleurer.

— Tu ne veux pas me raconter comment ça se passe ?

Je mentis :

— Tout se passe bien maman. Je te laisse. Je t'aime.

Et je raccrochai, les yeux pleins de larmes.

Cette nuit-là, je ne pris pas la peine de vérifier si tout allait bien pour Rick. Je n'avais pas la force de l'affronter. Je n'avais pas la force de me lever et encore moins de le voir m'ignorer. Et surtout, je craignais de lui hurler qu'il n'était qu'un imbécile, qu'un jour il remarcherait et qu'à ce moment-là, il se rendrait compte qu'il avait choisi de renoncer à vivre au lieu de profiter du sursis que Dieu lui avait donné.

J'avais peur, aussi, car ce matin, j'avais eu ces petits papillons dans le ventre. Ceux-là même qui pousseraient n'importe qui à faire une connerie. Ceux-là même qui avaient disparu, cinq ans plus tôt. Et je ne m'étais pas donné le temps de les laisser s'épanouir pour quelqu'un.

Les jours qui suivirent furent monotones – et aphones.

Le gant avait retrouvé sa place sur ma main. Et la télévision me faisait la conversation.

Je me levais plus tôt pour courir. Je passais des heures dans la cuisine à préparer de bons petits plats, des heures devant la télévision du deuxième salon, des heures à regarder le plafond, des heures à ne rien faire !

Le vendredi soir, j'eus le déclic. Juste après avoir eu Ethan au téléphone, qui m'avait crié des milliers de fois qu'il m'aimait jusqu'à la lune. Juste après son rire et ses confidences : il avait caché du chocolat sous son cousin, il était amoureux de Maelle, la petite voisine, je devais garder le secret.

C'était moi qui avais ri. Tellement que lorsque j'avais raccroché, mes jambes m'avaient menée jusqu'à la chambre de Rick.

Mon sourire s'effaça de ma bouche à l'instant où mes yeux croisèrent les siens. Ils n'étaient pas rageurs. Ils n'étaient pas froids. Ils m'imploraient.

— Vous avez mal ?

— On dirait que le tramadol ne fait pas effet ce soir.

— Qu'est-ce que vous prenez quand ça ne suffit pas ?

— Je ne veux pas prendre de médicaments plus forts. Je dormirai pendant deux jours, et la douleur sera deux fois plus intense après.

— OK.

J'allais tourner les talons quand il me rappela :

— Oceana ? Vous avez dit qu'on ferait à votre manière. C'était quoi ?

— La dernière fois que je vous ai dit ce que je pensais, ma sincérité m'a valu trois jours de silence, ironisai-je.

Il grimaça.

— Une réponse pour une réponse ?

— Pourquoi vous avez réagi comme ça ?

— Parce que je ne suis pas plus attiré par les mecs que vous par les femmes. Et que j'avais besoin de réfléchir, de savoir ce que je voulais vraiment…

— Et quelle conclusion en avez-vous tiré ?

— Si je réponds, ça me donnera droit à deux questions.

Il sourit et, avant qu'il n'ouvre la bouche, je posai un doigt sur ses lèvres. Je l'ôtai aussi sec.

— Alors taisez-vous.

Il sourit de plus belle. Je rougissais, j'en étais sûre.

— C'est quoi, votre manière ?

— Ça ne va encore pas vous plaire.

— Jusqu'à présent, mes sens ne se sont jamais plaints de ce que vous avez dit ou fait.

Cramoisie et déconfite ! Il aurait pu dire « piscine », c'eût été la même chose !

— Où ? Où avez-vous mal ?

— Aux jambes.

Rien que le dire le faisait souffrir, et la peur se lisait de nouveau sur son visage. Moi aussi, j'avais peur. J'appréhendais ce que je m'apprêtais à faire.

Finalement, je pris la direction de ma chambre.

— Enlevez vos gouttières, je reviens, soufflai-je sans me retourner.

Les papillons étaient encore là, à l'affût.

CHAPITRE 4
CE TRUC

— Il va falloir que vous me fassiez confiance.

Elle se tenait là, devant mes jambes monstrueuses. Faibles. Douloureuses. Elle était là, à seulement quelques centimètres de moi, les mains dans le dos, avec son merveilleux pyjama. Avait-elle conscience de ce qu'elle portait ? J'aurais feint d'avoir mal tous les soirs pour la voir marcher près de mon lit, pour sentir son odeur de vanille, pour apprécier son corps dans son petit short en satin bleu nuit. Et que dire de son débardeur dont les bretelles si fines tombaient sans arrêt de ses épaules ? Il laissait deviner la forme ronde de ses seins mais ne couvrait pas le haut de son buste.

J'avais envie de lui dire que ce n'était pas en elle que je n'avais pas confiance, mais en mon corps. Elle, je lui avais fait confiance dès l'instant où elle avait posé ses yeux sur moi. J'y avais lu la compassion et la chaleur. Aucune crainte. Aucun dégoût.

Je suis loin d'être lesbienne. Qu'est-ce que ça voulait dire ? Que je l'attirais malgré mes blessures et mon impotence ? Impossible. Qui voudrait de moi, tel que j'étais maintenant ? Même celle que j'avais cru être l'amour de ma vie m'avait rejeté. Celle que j'avais passé presque une année entière à couvrir de baisers autant que de cadeaux. Celle qui m'avait demandé de quitter mes rêves pour les siens. Pour se détourner de moi à la seconde où j'avais cessé d'être l'homme qu'elle désirait. Et pour couronner le tout, il y avait eu la phrase de trop de mon père : « C'est ta faute si tu en es là aujourd'hui. Les femmes ont besoin d'un homme stable et pas d'un gamin à la recherche de sensations fortes. » J'accusai le coup. Il avait raison sur toute la ligne, mais certainement pas dans le sens où il l'entendait.

— Rick ? Vous me faites confiance ? insista-t-elle de sa voix douce et ensorcelante.

— Je ne suis plus à ça près maintenant, murmurai-je.

Quel con ! Bien sûr que je lui fais confiance.

J'espérais chaque matin qu'elle quitterait le gant de toilette pour me toucher. J'espérais un nouveau rendez-vous avec le chirurgien pour me noyer encore une fois dans ses yeux. J'attendais le soir pour l'entendre rire au téléphone et pour voir sa tête blonde passer discrètement dans l'embrasure de la porte.

Et maintenant, je voulais qu'elle touche une nouvelle fois mes lèvres de son doigt… J'en sentais encore la chaleur et le parfum.

Ma réponse ne l'avait pas rassurée. Et plus elle attendait pour commencer, plus la douleur de mes jambes devenait insupportable. C'était comme des décharges électriques, dispersées dans mes articulations, dans mes muscles, sans qu'en réalité je ne sache réellement où elles passaient. Ça ne s'arrêtait jamais. C'était lancinant. La seule chose qui pouvait calmer un peu la douleur, c'était de contracter mes muscles, sauf qu'avec les gouttières, la tâche se révélait impossible.

— Fermez les yeux, ordonna-t-elle.

— Hors de question, répondis-je catégorique.

Je ne voulais pas la vexer, je me repris :

— Je suis déjà cloué dans un lit.

— Alors regardez ailleurs, insista-t-elle en agitant sa petite main devant elle.

J'avais vraiment mal. Mes jambes me brûlaient, et mes doigts ne supportaient plus d'être crispés sur le drap. Mais je voulais la voir rougir.

— Vous avez peur de moi ? essayai-je.

Loupé. Elle s'agita, disparut derrière la penderie. Mais comment faisait-elle pour rester sereine ? La lumière s'éteignit. Il ne restait plus que la luminosité de l'écran de ma télévision. Je récupérai la télécommande sur la tablette et la fourrai sous mon oreiller.

Elle ne m'aurait pas.

Elle réapparut par la gauche et jeta un coup d'œil sur la tablette, à l'endroit où la télécommande se trouvait un instant auparavant. Je ne pus retenir un sourire victorieux.

Qu'elle vienne la récupérer si elle la veut vraiment !

Sans faillir, comme à son habitude, elle souleva ses frêles épaules et continua son chemin devant moi.

— Vous êtes peut-être bien équipé (De quoi parlait elle ?), mais je ne crois pas que votre télé marche à l'énergie solaire.

Elle disparut derrière le lit, à mes pieds, si bien que je dus me redresser sur mon bras valide pour la voir. Elle tâtonnait sur le sol, à quatre pattes. Je voyais le sillon de ses reins, la naissance de ses fesses.

Elle ne se rendait vraiment pas compte de ce qu'elle faisait !

La télévision s'éteignit, plongeant ma chambre dans le noir. Mon cœur se mit à courir un marathon. Ma respiration devint plus difficile et tous mes muscles se crispèrent à l'unisson.

Sa silhouette réapparut devant moi, une ombre parfaitement dessinée.

— La télévision m'aide à penser à autre chose, avouai-je lâchement.

— Celle qui vous fait le plus souffrir : la droite ou la gauche ? murmura-t-elle en s'approchant dangereusement du lit.

Je sentis le drap remonter sur mes jambes. Lentement. Jusqu'à mon bassin.

— Droite. Je ne vais pas y arriver, continuai-je. Je ne sais pas ce que vous comptez faire…

— Je vais masser vos jambes.

Mon cœur manqua un battement alors que la douleur continuait de croître.

Son ton était résigné et amer. Comme s'il lui en coûtait de le faire. Elle prit son tube de crème et le pressa dans une de ses paumes. Je déglutis.

— Pourquoi vous faites ça ?

— Je ne vais pas vous laisser souffrir.

Elle se défaussait. Encore et toujours !

Je vis ses mains se frotter l'une à l'autre, laissant échapper son odeur, qui m'était devenue si familière et que je commençais à aimer.

— Non. Pourquoi vous ne me donnez pas simplement ma morphine pour pouvoir aller vous coucher ?

— C'est ce que vous voulez ?

Alors qu'elle prononçait ces mots, ses mains se posèrent sur le haut de ma cuisse droite. Comme après un coup en pleine poitrine, mes poumons se vidèrent. Simplement posées, si douces, mais déjà si possessives. Je dus m'agripper deux fois plus fort au drap pour ne pas râler.

— Je continue ? demanda-t-elle.

Si je lâchais le « oui » que je pensais si fort, comprendrait-elle qu'il ne s'agissait pas que d'un simple soulagement ? Oui, je voulais qu'elle continue juste pour apprécier le contact de ses mains sur ma peau. Oui, je voulais m'imaginer qu'il y avait là plus qu'un banal massage thérapeutique !

Mais il ne s'agissait pas de mon dos. Il s'agissait de mes jambes repoussantes et laides.

Je décidai de garder le silence.

Ses mains humectées de crème glissèrent sur ma peau, diffusant leur chaleur. Je tentai en vain de repousser un frisson. Elles circulaient d'un bout à l'autre de ma cuisse, ébranlaient ma chair de la plus délectable des façons. Ma respiration devenait anarchique. Mon cerveau m'envoyait des images insensées de ses doigts sur ma peau. Je perdais pied.

— Il faut vous détendre.

Tendu. Oh oui, j'étais tendu de haut en bas. Et c'était peut-être pour ça que j'étais tendu. Parce que je redoutais qu'elle devine la bosse qui naissait sous le drap. Et si elle venait à la frôler de son bras ?

— Un aveu pour un aveu ? demanda-t-elle, brisant le silence.

Nouveau jeu.

— OK.

C'était tout ce que j'étais capable d'articuler. Ses mains descendaient lentement sur mon genou – toujours le même mouvement, toujours aussi bienfaisant et dangereux.

La douleur commençait à s'estomper. Pourtant, j'étais toujours aussi tendu.

— Vous aviez raison, j'ai peur de vous, souffla-t-elle.

Peur de moi ? Je ne voulais pas qu'elle ait peur. Non. On ne touche pas quelqu'un de cette manière quand on a peur de lui !

— Avec toute la volonté du monde, je ne pourrais rien vous faire dans ce lit, lâchai-je finalement.

— Ça... Je... Laissez tomber.

Je rêvais ou elle bégayait ?! Si j'avais appris quelque chose sur Oceana, en cinq jours, c'était bien qu'elle ne se laissait jamais déstabiliser. Seules ses joues la trahissaient, mais elle ne s'énervait pas. Elle ne criait pas. Elle ne pleurait pas.

En tous cas, pas devant moi.

Bon sang. Avant même de réfléchir, ma main atteignit la lampe de chevet. La lumière éclaira ses joues écarlates, ses yeux gris me foudroyèrent.

Elle ôta brusquement ses mains de mon tibia et les leva. La fraîcheur de l'air les remplaça douloureusement.

— Vous ne vous rendez même pas compte de ce que vous avez dit, reprit-elle calmement.

Elle avait retrouvé tous ses moyens.

— Et vous, vous m'avez dit que vous aviez peur de moi ! Je ne vous veux aucun mal !

Bon sang, non. Que du bien !

— Je me suis mal exprimée. Laissez tomber.

Elle me fit un signe du menton en direction de la lampe de chevet, pour que je l'éteigne.

— Un aveu pour un aveu, vous avez dit. (Elle hocha la tête.) Je veux vous voir faire.

Elle tressaillit. Blêmit. Mais de quoi avait-elle peur, bon sang ?

— Prenez ça pour de l'éducation. Si vous me montrez, je saurai le refaire.

Même si je n'avais aucune envie d'apprendre ! Je ne voulais que ses mains envoûtantes sur ma peau. Seulement les siennes.

Elle releva une mèche blonde évadée de sa queue-de-cheval, puis lâcha un « OK » résigné.

Non. Je ne voulais pas qu'elle se résigne à mes caprices. Tant pis si je ne la voyais pas.

J'éteignis la lumière.

Aussitôt ses mains reprirent leur travail. Délicatement. C'était comme une caresse. Cette fois, je me détendis. J'avais bien trop peur qu'elle me lâche une nouvelle fois. Je ressentais chacune de ses ondulations. Chaque appui de ses doigts. Chaque friction de sa paume. C'était puissant et enivrant. Je laissais même les frissons me secouer.

— De quoi auriez-vous envie ? demanda-t-elle soudain.

Bien que son ton soit platonique je me tendis instantanément.

— Vous vous rendez compte ce que vous me demandez ?

— Oui. Je vous demande ce qui vous ferait plaisir ?

Elle recommençait. Que voulait-elle que je réponde ! Que j'aimerais ramener moi-même sa mèche de cheveux derrière son oreille ? Que j'aimerais faire tomber la bretelle de son débardeur le long de son épaule ? Que j'aimerais qu'elle rougisse encore quand je parlerai de piscine ?

— Oceana. Je suis seul. Tout nu sous un drap. Avec vous qui me touchez. Et vous me demandez ce qui me ferait envie ? Je suis certain que vous ne voulez pas réellement le savoir !

Ma voix rauque me trahit. Elle me lâcha aussitôt. Quel con !

— Allumez la lumière, ordonna-t-elle, tranchante.

Je m'exécutai. Elle agita un doigt entre elle et moi.

— Ça n'est pas possible, dit-elle. Je ne peux pas travailler pour vous. Je n'arrive pas à ignorer ce truc. Mon corps ne veut pas ignorer ce truc.

Je n'étais pas seul. Elle aussi, elle était attirée. Par moi.

— Demain, j'appellerai votre mère et je lui demanderai de vous chercher quelqu'un d'autre.

Sa voix éraillée me fit comprendre qu'elle se retenait de pleurer. Je me redressai et attrapai un de ses fins poignets. Elle sursauta et plongea ses yeux gris embués de larmes dans les miens.

— Combien vous paie-t-elle ?

— Trente-cinq mille dollars par mois, récita-t-elle comme si elle se l'était dit des milliers de fois.

— Je vous donnerai le double si vous restez.

Son regard vacilla. Elle était si près. Mon avant-bras frôlait le sien.

— Je saurai tenir ma langue. Je ne vous dirai plus rien. Je… je prendrai de la morphine tous les soirs s'il le faut. Mais, je vous en supplie, ne partez pas.

J'aurais voulu me mettre à genoux devant elle, si mon corps me le permettait.

— Ce ne sont pas vos paroles qui me dérangent. Ça n'est pas vous, le problème. C'est moi.

Je lâchai son poignet, par peur de la blesser.

— Alors je suis un problème pour moi aussi.

— C'est malsain, lâcha-t-elle.

— Pourquoi ? Vous avez un petit ami ?

Ses sourcils se relevèrent. Non, elle n'avait pas de petit ami. Bien sûr que non.

— Là encore, c'est malsain ! C'est comme si vous me proposiez d'être plus que votre auxiliaire de vie !

— Vous êtes déjà plus et vous le savez, chuchotai-je.

Son doigt se posa sur mes lèvres. Comme la première fois, son arôme de vanille chatouilla mes narines. En revanche, cette fois, elle ne l'ôta pas. Je me retenais presque de respirer, dans l'espoir qu'elle ne l'enlèverait pas tout de suite.

Et il n'y avait pas que ce doigt. Tout son avant-bras était en contact avec mon torse. Il suivait le rythme de mes inspirations. Mes inspirations trop bruyantes.

— Taisez-vous, murmura-t-elle. Vous ne savez pas ce que vous dites. Ici. Dans cette chambre. C'est comme si nous étions les derniers survivants de l'espèce humaine. Nous sommes coupés de tout. Nous sommes seuls. Tout serait différent si nous étions dehors. Vous ne me remarqueriez pas. Vous ne me regarderiez pas avec ces yeux-là. Je serais simplement votre auxiliaire de vie.

— Impossible, réussis-je à articuler.

Son doigt se retira.

— Je pense que vous n'avez plus mal. Dormez, maintenant. Je resterai.

Elle resterait ! Je m'écrasai dans mes coussins pour me retenir de sourire alors qu'elle regagnait sa chambre sans me regarder, ses fesses à l'abri dans son petit shorty.

Je me précipitai sur le talkie-walkie.

— Oceana ?

— La porte est ouverte, Rick. Vous n'avez pas besoin de ce truc.

Malgré sa remarque, je continuai :

— J'ai envie d'une douche.

Elle réapparut dans l'encadrement de la porte, un sourire aux lèvres. Je laissai tomber mon talkie-walkie sur mon ventre pour l'admirer. Soit tous les hommes à New York étaient aveugles, soit elle ne les laissait pas s'approcher !

— Demain. En attendant, dormez !

Dormir ? Bon sang ! Si elle habitait mes rêves comme elle avait caressé mes jambes, il était certain que je n'allais pas pouvoir dormir ! Ou je risquais de me réveiller dans la nuit, frustré, avec, pour unique consolation, le seul plaisir que je pouvais m'accorder : me branler !

CHAPITRE 5

NOUVELLES RÈGLES

Devant la poêle à pancakes, je bâillais à m'en fissurer la mâchoire. J'étais épuisée. J'avais à peine eu le temps de prendre ma douche. J'étais tellement pâle que j'aurais pu être figurante sur le tournage de *The Walking Dead*, avec mes yeux cernés. Et que dire de ma tenue vestimentaire… legging noir et débardeur blanc. Je faisais peine à voir !

Et pour cause : j'avais eu autant de mal à m'endormir qu'à me réveiller. Ma nuit avait été plus que perturbée, au point de penser qu'un rouleau compresseur m'était passé dessus. Chaque fois, c'était la même chose. Le même rêve érotique (et là, il ne s'agissait plus du rouleau, mais de Rick !). La même impression qu'il tenait toujours mon poignet. Si bien que j'étais allée jusqu'à toucher l'endroit même où sa main m'avait brûlée. Des dizaines de fois !

Il ne m'avait pas fait mal. Pas comme la première fois. Là, c'était aussi possessif que tendre. Et j'avais aimé.

J'aimais toujours. À cause de ce rêve. J'avais tant fantasmé sur son geste, toute la nuit, que ma tête s'était persuadée que tout avait été bien réel. Ses lèvres dans mon cou. Sa main libre sur ma nuque. L'autre maintenant mon poignet au-dessus de ma tête enfoncée dans son oreiller. Son bassin pressant le mien. L'odeur de brûlé du dernier pancake.

Merde… Ça, ça ne faisait pas partie du rêve. Je m'agitai soudain. Le pancake rejoignit la poubelle. Si quelqu'un m'avait surprise à cet instant, la bouche ouverte, les yeux fermés, la tête rejetée en arrière, accaparée par mon fantasme, j'aurais été comme ce pancake… GRILLÉE !

Tant pis. Pas le temps de préparer une autre pâte. Il n'en aura que cinq ce matin.

Déjà 9 h 30, soit une heure et demie de retard…

Le plateau. Sirop d'érable. Café avec une larme de lait.

Je fis la moue devant son mug. Perchée dans mes pensées (sacrément bonnes pensées), j'en avais oublié de déjeuner.

Trois gorgées. Juste trois petites gorgées…

Je me tapotai doucement les joues pour me réveiller et surtout paraître moins blafarde, et je pris le plateau.

Devant la porte de sa chambre, je marquai une pause. Réfléchissant à ce que je devais faire après la discussion vraiment très intime de la veille au soir. Devais-je continuer à ignorer ce truc qui me faisait orgasmiquement bien rêver ? Ou le laisser m'offrir du plaisir ? Juste s'amuser ? Simplement vivre trois mois différents de ma routine new-yorkaise ?

Et après ? Tout oublier et repartir comme si de rien n'était ?

Bizarrement, nos jeux de réponses et d'aveux me plaisaient, comme d'excitants préliminaires.

Alors, nous allions jouer.

Sans frapper, je pénétrai dans ce qui commençait à devenir mon ring de boxe préféré. La lumière du soleil m'éblouit, je plissai les yeux. Pas longtemps. Ils s'écarquillèrent à la vue de son sexe dressé au moment même où ma bouche lâcha un « merde » assez fort pour le réveiller.

— Bonjour, articula-t-il d'une voix pâteuse. Je ne vous ai pas entendue frapper.

Il s'étira lentement en bâillant.

Je ne savais que faire du plateau. Ma tête s'évertuait à trouver une solution pour mes mains. Mes pieds gigotaient au bout de mes jambes pour aider ma tête. Ma bouche se manifesta enfin.

— Bon sang, Rick, couvrez-vous !

Il s'exécuta tout en bafouillant :

— Oh. Désolé, c'est… Je ne le contrôle pas. C'est comme ça tous les…

— Taisez-vous ! Je sais ce que c'est qu'une érection matinale !

Je contournai le lit et posai le plateau sur la tablette tant désirée, sous son regard inquisiteur. Il nous fallait vraiment des règles ! Il ne pouvait pas faire ça dès le début de la journée ! Qui sait où ses yeux s'attarderaient à la fin de la journée ?

— Pendant que vous déjeunez, je vais préparer vos vêtements.

— J'ai une visite ? s'inquiéta-t-il.

Je décelai une certaine amertume dans sa voix mais m'abstins de poser la moindre question. Ça ne me regardait pas !

— Non. Je ne crois pas. Mais levé pour levé, vous pourriez tester le canapé du salon pour regarder la télévision. J'en profiterai pour changer les draps de votre lit. Ils empestent la vanille !

Un sourire se dessina sur ses lèvres alors que ses sourcils se relevaient.

— J'aime bien la vanille.

Ça non plus, il ne pouvait pas le faire ! Il me fallait vraiment réfléchir à des règles !

— Vous pourriez tout aussi bien le faire pendant que je me lave.

— Pas de douche, alors, répondis-je complètement détachée.

— Si c'est un jeu, vous allez perdre. (Il fit rouler sa tablette jusqu'à lui.) OK pour le canapé, mais vous venez avec moi !

— J'ai le repas à préparer…

— Je pourrais vous aider… après le canapé…

— C'est quoi votre plan, là ?

Je n'arrivais même pas à croire que j'avais dit ça.

Aller sur le canapé ? Avec lui ? Manger des pop-corn et me blottir dans ses bras devant un film d'horreur ?

Il récupéra son mug et jeta un coup d'œil dedans.

— Il y a eu un souci avec la machine à café ce matin ? s'inquiéta-t-il.

GRILLÉE, comme le pancake !

— Pas seulement ; j'étais mal réveillée, j'ai loupé les pancakes aussi, mentis-je.

— Vous rougissez.

Bon sang ! Pourquoi fallait-il tout le temps que mes joues me trahissent !

— J'ai bu trois gorgées, je n'ai pas eu le temps de déjeuner.

Réfléchissant à mon aveu, il plissa les yeux.

— Où avez-vous posé vos lèvres ? demanda-t-il enfin.

Mon cœur se fissura.

— Je vais vous chercher un autre mug, si l'idée que ma bouche ait pu toucher celui-là vous révulse ! répliquai-je.

D'abord étouffé puis plus franc, son rire emplit la chambre. C'était la première fois que je l'entendais. Il était doux et mélodieux. Deux petits plis s'étaient formés au coin de ses yeux. Au-delà de mon soulagement à le voir aussi joyeux, j'étais frustrée de ne pas comprendre. Il se foutait de moi ! Je me mordis les lèvres.

— Je suis désolé. Je…

Il étouffa un nouveau rire, se racla la gorge et reprit :

— Je voulais simplement poser ma bouche sur la vôtre.

Je ne pus m'empêcher de lever les yeux au ciel avant de m'enfuir. Ça non plus il ne pouvait pas le faire !

— Je vous avais dit que vous perdriez à ce jeu, entendis-je.

Il voulait jouer ? J'allais jouer. Avec lui et ses nerfs. D'un pas assuré, je rebroussai chemin et m'assis au bord du lit. D'un geste vif, je lui dérobai sa tasse. Je le vis déglutir, et ses yeux flanchèrent sous les miens. Intérieurement je m'en réjouis. Puis, lentement, je la portai à ma bouche et après quelques gorgées, je la retirai, les yeux fermés, ma langue langoureusement appuyée sur ma lèvre supérieure dans un gémissement.

— Délicieux, dis-je enfin en rouvrant les yeux sur sa bouche entrouverte.

Gagné !

Son regard chargé de désir me renvoya tout droit dans mon rêve, me donnant l'impression qu'il allait faire valser la tablette et les pancakes grillés à travers la chambre pour me sauter dessus. Bientôt, ce serait moi son petit déjeuner, je me servais sur un plateau !

Une chaleur envahit mon ventre. Je ne pus me retenir de jeter un coup d'œil à sa bouche, rosée et attirante, qui se referma aussitôt. J'avais été prise en flagrant délit !

— Mangez maintenant. Merci pour le café, dis-je avec un calme forcé.

Je me levai, toujours prisonnière du bleu de ses yeux.

— Douche d'abord. Nous déjeunerons ensemble après, grogna-t-il.

Je me retins de répliquer et préférai lâcher :

— Comme vous voulez.

Il était sous la douche depuis au moins une demi-heure : j'avais eu le temps d'aérer la chambre, de changer ses draps, de remplir une machine à laver et de lancer le programme, et j'attendais, le dos appuyé contre la paroi du dressing, un signe de vie de sa part.

Depuis que son deuxième bras était libre, il n'avait presque plus besoin de moi pour manipuler son fauteuil. Grâce à la taille de la pièce, ses jambes maintenues en l'air par les cale-pieds ne limitaient pas ses déplacements.

Dorénavant, il irait à la douche tous les jours. Encore une nouvelle règle à imposer !

— Fais chier ! entendis-je soudain malgré le bruit de l'eau qui coulait.

Je me redressai, alerte.

— Oceana ? J'ai fait tomber la savonnette ! Je n'arrive pas à l'atteindre !

— Démerde-toi, chuchotai-je pour moi-même.

— Oceana !

Zut ! Demain j'attacherai le savon à une ficelle reliée à son fauteuil !

— Je vous ai entendu, dis-je en entrant dans la salle de bains.

La chaleur de la pièce m'enroba instantanément alors que le parfum de ce maudit savon m'étourdissait. J'avais l'impression que Rick se déposait partout sur moi.

— Coupez l'eau et cachez-vous, soufflai-je dans l'amas de vapeur.

J'avançai lentement vers la vaste douche à l'italienne, où il avait fait entrer son fauteuil. Il était dos à moi. En entendant le clapotis de mes sandales dans l'eau stagnante du carrelage, il tourna la tête.

— Elle est dans le coin, là-bas, m'indiqua-t-il.

Bien entendu, elle ne pouvait pas être vers l'extérieur de la douche, mais forcément à l'autre bout ! Maudite savonnette !

Mon cœur martelait ma poitrine. Tous mes sens étaient en alerte, envoyant des signaux à mon cerveau. C'était un guet-apens !

La vapeur commençait à se dissiper. Je voyais la savonnette contre le mur, devant Rick. Je contournai le fauteuil et je la ramassai. Puis je la tendis à Rick en évitant de le regarder.

— C'est la dernière fois, l'avertis-je.

Son regard froid et perçant me fit frissonner.

— Vous pensez que je l'ai fait exprès ! Vous ne croyez pas que c'est assez difficile pour moi ? De savoir que je ne peux rien faire sans vous ?

Je fis la moue. Il venait de se laver tout seul et il prétendait qu'il ne pouvait rien faire sans moi ! Je levai les yeux au ciel et fit volte-face.

C'est alors que la semelle en cuir de ma sandale droite glissa sur le carrelage trempé. La gauche suivit alors que mes mains s'évertuaient à trouver une prise. D'un côté, le mur embué se déroba sous l'une d'elle tandis que l'autre trouvait, trop tard, son bonheur sur le mitigeur.

Trop tard, j'ai dit !

Le bras valide de Rick m'avait retenue et ramenée vers lui. Pas suffisant que je me sois retrouvée assise sur ses cuisses, j'étais aussi trempée ! Le mitigeur ne fut pas ma meilleure prise, je l'avais soulevé.

L'eau coulait à flots sur ma tête si près de la sienne. Le temps semblait suspendu dans ses bras. À travers le tissu trempé de mon débardeur, je pouvais sentir la chaleur de Rick sur ma peau. J'étais captive de son emprise et de mes envies. Sa nuque se tendit sous ma main.

Sa bouche était à quelques centimètres de la mienne. Cette bouche que seul mon doigt s'était autorisé à toucher jusqu'à maintenant et que mes yeux fixaient intensément, comme s'ils pouvaient la caresser. Son souffle, aussi anarchique et profond que le mien, ne faisait qu'accroître mon désir de l'aspirer.

Tout devenait délicieusement machiavélique. De l'atmosphère confinée au creux de ses bras, aux battements de mon cœur dans ma culotte. Oui. Je ne désirais qu'une seule chose, qu'il me possède un peu plus de sa chaleur, qu'il me domine un peu plus de ses muscles, et que sa bouche m'arrache des gémissements de plaisir.

Son bras droit me quitta, pour que sa main puisse écarter une mèche de mes cheveux collée à ma joue. Une cascade de frissons gagna mon visage jusqu'à mon cou, m'arrachant un soupir.

Ce geste…

Quoiqu'un peu ridicule, il n'avait rien d'un automatisme, comme lorsque je l'avais aidé à s'habiller, ou il y a quelques secondes pour m'éviter la chute. Non. Il avait posé sa main sur ma joue parce qu'il le désirait.

— Malsain, vous avez dit ? murmura-t-il.

Son pouce caressa ma lèvre inférieure, restée inerte et si gourmande des siennes. *Oui. Délicieusement malsain.*

— Comment faites-vous pour résister à ce truc ? continua-t-il.

Je m'imposais des règles…

— Si vous restez sur moi une minute de plus, je ne pourrai…

Mon doigt le bâillonna.

— Taisez-vous, murmurai-je, haletante, alors que mon sexe tentait de se rebeller. Une semaine. Donnez-moi une semaine. Une semaine avec mes règles. Si, à l'issue de cette semaine, il y a toujours ce truc…

je vous laisserai dicter vos propres règles. (Il hocha la tête sous mon doigt toujours collé à sa bouche.) La première : caleçon, ou slip, ou ce que vous voulez, mais vous ne dormez plus tout nu. (Il sourit.) La deuxième : douche tous les matins et ensuite petit déjeuner dans la salle à manger, un lit ça sert à dormir. (Je repoussai mon désir d'y faire autre chose alors que ses sourcils se relevaient.) La troisième : vous ne me regardez plus comme vous le faites, ou en tous cas vous vous montrez plus discret. La quatrième : plus aucun sous-entendu. Aucun. La cinquième : la savonnette reste dans vos mains ou attachée par une ficelle à votre fauteuil. (Il sourit.) La sixième : vous faites vos exercices de rééducation tous les jours, sans rechigner et seul, je ne serai là que pour vous guider. (Là, il grimaça.) La septième : sortie obligatoire tous les deux jours à l'extérieur, je vous laisse le choix du lieu et de l'heure. Et la dernière et de loin l'essentielle : vous préférez mes mains ou votre tramadol ? (Il appuya sa bouche sur mon doigt, me faisant comprendre ainsi qu'il rejetait les médicaments.) OK. Huitième et dernière règle : je viendrai tous les soirs vous masser, en revanche, si vous manquez à une seule des règles précédemment citées, il n'y aura rien… ni mains… ni tramadol.

Ses traits se durcirent. Il prit ma main et ôta avec douceur mon doigt de sa bouche.

L'eau chaude coulait toujours abondamment sur nous. La tension de ses muscles, contre mon corps, me faisaient vibrer de l'intérieur. J'étais au bord du malaise.

— Elles prennent effet à partir de quand, vos règles ?

Sa voix rauque me fit frémir davantage.

Je déglutis entre deux battements de cils, en proie à la panique. Ses doigts s'ancrèrent sur ma main à présent posée sur son torse imposant et musclé. Juste au-dessus d'une de ses cicatrices, à l'endroit même où son cœur semblait vouloir s'extirper de sa cage thoracique. Comme le mien. Acharné et fracassant.

— Maintenant, réussis-je à dire.

— OK. Mais j'ajoute une dernière règle. La prochaine fois que vous touchez ma bouche avec votre doigt, je vous embrasse.

Je n'eus pas le temps de lui répondre, ses lèvres étaient déjà collées aux miennes. Toute la tension accumulée dans mon ventre sembla se précipiter dans mon entrejambe, faisant pulser mon sexe qui s'embrasait.

Un baiser fougueux et hâtif. Instinctivement, j'y répondis. M'aidant de ma main sur sa nuque. Appuyant de toutes mes forces mes lèvres sur les siennes, alors que sa langue s'immisçait dans ma bouche à la recherche de la mienne. Si longue et si dure… Je n'osais même pas imaginer ce qu'elle pourrait faire plus bas sur mon corps. Un gémissement s'échappa de sa bouche. À la limite entre la plainte et le soulagement. Ses lèvres délaissèrent les miennes et descendirent sur mon menton, mon cou, dégustant ma peau. Je vacillai.

Mon cœur martelait ma poitrine. Je suffoquais sous son assaut. Ses baisers se faisaient plus passionnés, incontrôlables. Un peu comme mes pensées rationnelles, écartées en bloc par mes pulsions.

Dans un râle, sa bouche quitta le haut de mon buste, remplacée par son front. Pantelante, je sentis ses muscles se tendre, comme s'il soulevait une charge hors du commun.

— Nous… commença-t-il, laissant sa phrase en suspens.

Je connaissais la suite. Nous allions faire une connerie ! Bien que belle et délectable, ça resterait une connerie !

Il n'y aurait plus de limites. Il n'y aurait plus de règles. Comme la huitième et dernière. Le seul plaisir que je m'accorderais. Pouvoir le toucher. En un baiser, il venait de les balayer. Je souris, haletante, dans ses cheveux, alors que son souffle embrassait ma poitrine.

— Puni… soufflai je. Pas de massage ce soir.

Il se redressa, les lèvres encore gonflées par nos baisers et les yeux pétillants, et murmura :

— Ça en valait la peine.

Et il avait raison. Les règles étaient faites pour être transgressées, après tout…

CHAPITRE 6
MANTE RELIGIEUSE

Ce n'était pas possible, elle le faisait exprès !

Vêtue d'un maillot de bain deux-pièces rouge, Oceana lisait un livre, les pieds dans l'eau. Je devais presque plisser les yeux pour la regarder, tant les rayons du soleil se reflétaient sur sa peau si blanche. D'ailleurs, elle ne demeurerait pas blanche longtemps, si elle restait là à cette heure-ci de la matinée.

— Tu m'écoutes, Rick ?

Mes yeux quittèrent Oceana pour ma mère, assise en face de moi dans le sofa en cuir du grand salon, dos à la piscine. De mon fauteuil roulant, je n'avais qu'à faire glisser mon regard pour observer la baigneuse. Discrètement.

Ma mère était arrivée le matin même. Je ne m'étais pas rendu compte que nous étions déjà mardi, jour de visite. Et la tête d'Oceana lorsqu'elle avait entendu la porte d'entrée s'ouvrir m'avait appris que je n'avais pas été le seul.

— Bien entendu, maman. Tu parlais de Georges, répondis-je enfin.

En réalité, j'avais juste perçu quelques bribes de phrases concernant l'hôtel géré par mon frère Georges à New York. Je me foutais royalement des hôtels de la famille. Ça avait toujours été le cas, d'ailleurs. Je n'avais fait mine de m'y intéresser que pour faire plaisir à Kristen, qui voulait, comme mon père, que je reprenne la gérance de celui de Miami. Mes doigts se serrèrent entre eux à m'en faire blanchir les phalanges et ma mâchoire se crispa. J'avais tout fait pour elle. Vendu mon club de sport aquatique et promis à mon père de devenir le directeur de son prestigieux hôtel. Et maintenant ? J'en étais là. Dans cette maison, sans elle, sans mon affaire et sans aucun revenu, dépendant de mon père et de son hôtel de riches !

Oceana avait posé son bouquin et nageait dans la piscine. Une vraie sirène ! Les cheveux ramenés en un chignon bien haut, lunettes de soleil sur le nez. Je ne voyais plus que ses bras et sa tête. Comment tenait-elle sous le soleil étouffant de Miami ?

— Je dois voir la mère de Kristen dans la semaine, annonça ma mère avec désinvolture.

Je lui lançai un regard qui en disait long. Elle l'avait fait exprès !

— Je ne veux rien savoir, lâchai-je d'un ton acerbe.

— Kristen reviendra. Tu le sais très bien…

— Ne dis pas ça, maman. Je ne suis même pas sûr de vouloir la récupérer.

Non, je n'en étais plus sûr.

— Tu es un idiot, mon fils. Tu crois avoir été le seul blessé dans cette histoire ? Kristen a eu la peur de sa vie…

Ça recommençait. Je levai les yeux au ciel.

— Elle m'a quitté parce qu'elle pensait que je n'allais jamais m'en sortir, et tu continues de la défendre. Si c'est pour me parler d'elle que tu es venue, tu peux repartir.

Trois jours après ma sortie du coma, mon meilleur pote, Carl, était venu m'annoncer qu'elle avait plié bagage…

Les lèvres de ma mère se pincèrent.

— Non. Je vais demander Mlle Douglas de nous préparer quelque chose à manger.

— C'est déjà prêt, sifflai-je. Mais je voudrais qu'elle aille me chercher quelques trucs en ville.

— De quoi as-tu besoin ? Je peux demander à mon chauffeur…

— Non. Laisse Oceana (Elle tiqua à l'énoncé du prénom.) y aller, ça lui fera du bien de quitter cet endroit quelques heures. Préviens-là.

Je fis tourner mes roues pour m'avancer jusqu'au petit meuble placé dans l'entrée. J'ouvris un tiroir et en sortis les clés de ma Jeep, ma carte de crédit, un bloc et un stylo. Je griffonnais sur une feuille ce dont j'avais besoin – ou plutôt ce dont elle aurait besoin : de la crème hydratante pour ses futurs coups de soleil, une robe bleue à sa taille et… une dernière chose pour le fun. Je pliai délicatement le papier en quatre et repartis vers le salon.

Oceana n'était déjà plus dans le jardin. Je regrettai d'avoir raté sa sortie de la piscine, qui m'aurait rappelé son premier soir à la maison.

Ma mère m'observait, debout dans la cuisine. Son regard sévère en disait long sur la conversation qui m'attendait. Manifestement, elle désapprouvait ma relation trop amicale avec Oceana.

Parfois, je me demandais si je faisais vraiment partie de cette famille. Pour elle et mon père, richesse et gentillesse ne s'employaient jamais dans la même phrase. Aucune affection pour le personnel, tout juste une politesse glaciale. Par personnel, j'entendais les employés des hôtels et ceux de leur immense demeure, en passant par leur chauffeur, dont j'étais certain qu'ils ne connaissaient même pas le prénom, jusqu'au chef cuisinier, qui travaillait pour eux depuis si longtemps que je ne m'en souvenais même pas.

Alors m'entendre appeler mon aide à domicile par son prénom, alors que je n'avais jamais accepté les précédentes… Ma mère m'avait vu dans le salon, rasé et habillé, certainement un peu plus souriant que d'habitude ; elle m'avait même surpris en train de faire ma rééducation. Elle avait dû en tirer certaines conclusions.

Qu'est-ce que j'allais dire à ma mère ? Même moi, je ne savais pas quoi penser. Cette fille me perturbait.

Et que dire de ce baiser. Bon sang. C'était…

… tout aussi délicieux que mauvais. Pas son baiser, non. Loin de là. Elle me l'avait si bien rendu. Nos lèvres s'étaient associées à la perfection, comme si les siennes avaient été créées pour s'imbriquer aux miennes. J'aurais presque pu avoir un orgasme à la sensation de sa bouche sur la mienne.

Et que dire de ses frémissements aux passages de ma langue sur sa peau… J'aurais pu bander rien qu'à y penser.

Et c'était en cela que c'était mauvais. Oceana avait raison, c'était malsain. Pas parce que je pourrais avoir un rapport sexuel avec elle, mon aide à domicile, non. Nous étions des adultes. Mais parce que je refusais d'en avoir un sans pouvoir faire ce que je voulais avec mon corps. Alors, en quelque sorte, je supposais que ses règles m'arrangeaient.

Le premier jour, je les avais quasiment toutes transgressées. Je n'avais rien à perdre, puisque j'étais déjà puni.

Sur le canapé du salon, je l'avais épiée ouvertement, alors qu'elle essayait désespérément de trouver un film susceptible de me plaire. Finalement, elle avait choisi, volontairement, une de ces chaînes soporifiques sur les animaux. La reproduction des mantes religieuses ! Et là, la situation était devenue cocasse. Je m'en étais donné à cœur joie… sur ce truc entre nous… comparant la période de reproduction des mantes religieuses à sa présence chez moi, la même durée, la même saison, d'août à octobre. Puis elle m'avait fait frémir en répétant avec sarcasme, la phrase de la speakerine : *Parfois, il arrive que la mante dévore le mâle pendant ou après l'accouplement. Elle commence par la tête pendant que le corps du mâle continue à copuler*. Stop. C'était trop pour moi ! Elle avait gagné.

En revanche, j'avais énoncé le mot « truc » des centaines de fois. J'avais refusé de faire ma rééducation, prétextant que le soir, j'allais certainement avoir très mal et qu'elle m'avait déjà averti que je n'aurais ni antalgiques ni massages.

Malgré tout, j'avais eu horriblement mal… toute la nuit… et elle avait tenu. Je l'avais défiée toute la journée, elle m'avait laissé souffrir.

Le dimanche, je m'étais, du coup, montré froid et distant. Pas un regard. Pas un sourire. Pas une politesse. Je lui en avais voulu de m'avoir laissé avec ma douleur et je l'avais presque détestée pour ça. J'avais pensé que, blessée ou vexée, elle finirait par exploser. Sauf qu'elle n'en avait rien fait. Elle ne s'était montrée que pour mes repas et pour mon coucher ; le reste de la journée, elle l'avait passée enfermée dans sa chambre, à faire je ne sais quoi.

Ce soir-là, j'avais entendu les grésillements de son émetteur. Elle s'était contentée de me demander d'une voix laconique : « Avez-vous mal ? », alors qu'elle se trouvait dans sa chambre voisine.

Oceana n'utilisait jamais le talkie-walkie. Jamais. Là, j'avais compris que je n'avais été pour rien dans son comportement passif. J'avais aussi compris que si elle avait utilisé le talkie-walkie c'était parce qu'elle ne voulait pas se montrer. Alors j'avais menti. Je lui avais répondu que non, même s'il m'en coûtait de souffrir une nuit de plus.

Et j'avais culpabilisé. Pour avoir été si con avec elle, toute la journée, alors qu'elle n'était pas bien et que j'aurais pu essayer de la faire sourire ou rougir ! Et je m'en étais voulu parce que je ne pouvais pas la rejoindre dans sa chambre pour me rattraper, la consoler ou faire je ne savais quoi d'autre ! Juste être là !

À cause de ces foutues jambes qui n'étaient pas encore assez solides pour supporter mon poids. À cause de ce fauteuil rangé trop loin du lit. À cause de moi, parce que je n'avais pas fait un seul exercice de rééducation pendant sept semaines.

Le lundi avait signé mon nouveau départ avec elle. Elle voulait que j'obéisse à ses règles. Je les avais toutes respectées. Sauf une.

Ne pas la regarder. Ça, ça m'était impossible ! Je ne pouvais pas m'empêcher de sourire lorsqu'elle rougissait ou de fixer sa bouche. Non. Règle rejetée en bloc par ma tête, mes yeux, mon corps. Elle ne se rendait même pas compte de ce qu'elle était pour moi. Et moi non plus, à vrai dire. Ce que je savais, c'était juste qu'elle était ce truc en plus.

Comme je m'y attendais, elle avait surmonté sa déprime de la veille. Me laissant même penser qu'elle n'avait existé que dans ma tête ! Elle avait retrouvé ce petit air naïf et candide que j'appréciais tant, elle souriait facilement et avait accepté de passer la journée entière avec moi.

Nous avions passé la matinée dans le salon, moi allongé dans le canapé, elle assise par terre, sa tête appuyée contre mon flanc, à regarder une partie de la première saison de *Grey's Anatomy*. C'était toujours mieux que l'accouplement sordide des mantes religieuses. Bien entendu j'avais été obligé de me ronger tous les ongles des mains pour ne pas la toucher ! Puis, l'après-midi, j'avais fait ma rééducation pendant qu'elle enchaînait les exercices de gymnastique. Bon sang, ses fesses dans son legging noir ! Heureusement qu'elle était de dos, sinon j'aurais été puni une nouvelle fois !

— Voilà, je suis prête. À quelle heure désirez-vous que je rentre ?

La voix timide d'Oceana m'arracha à la contemplation morne de la baie vitrée. Je la détaillai. Bon sang ! J'aurais aimé sortir avec elle. J'étais incroyablement jaloux de tous ces hommes qui allaient la regarder. Son short en jean était tellement court que son top blanc le couvrait presque ! Elle avait même détaché ses longs cheveux blonds, qui dévoilaient à travers leurs mèches une épaule dénudée.

Elle plissa les yeux et se gratta la gorge. Je l'avais trop regardée ! Je priai pour qu'elle ne me punisse pas le soir.

— Je serai partie à 15 heures, l'informa ma mère d'un ton agacé.

Elle lui sourit poliment et répondit :

— Très bien. Je vais appeler un taxi…

— Pas la peine. Tenez (Je lui tendis les clés de ma Jeep.), faites-y attention, je compte bien m'en resservir un jour. Et voilà ce qu'il me faut.

Elle récupéra mes clés et ma carte de crédit, les fourra dans son sac à main et prit mon papier qu'elle déplia. Elle rougit instantanément. C'était exactement la réaction que j'attendais. Je voulais la voir rougir avant qu'elle ne me quitte et me laisse avec mon dragon de mère.

Sans un mot, elle fit volte-face et s'éloigna. Bon sang ! Ses fesses…

Soudain, elle se retourna. Ses yeux gris affrontèrent les miens.

— Vous avez une préférence de parfums pour les chewing-gums ? demanda-t-elle avec malice.

Et là, je le savais, j'allais être puni pour ma réponse…

— À la vanille !

Même si je me doutais qu'elle n'en trouverait nulle part puisqu'il ne s'agissait pas de chewing-gums mais de préservatifs !

— J'espère être rentrée à 15 heures, alors !

Je frissonnai à la manière dont elle avait plissé ses yeux sur moi en répondant.

Elle offrit un nouveau sourire à ma mère et quitta la maison. Le visage fermé et crispé, ma mère me toisait comme si le type en fauteuil roulant, devant elle, n'était pas son fils.

Pourtant, c'était bien moi. Celui qu'elle aimait à sa façon. Bien entendu, elle ne m'avait pas rejeté comme mon père, bien trop orgueilleux pour accepter le fait que son fils ne lui serait plus utile avant un bon moment, mais elle aurait aimé que je sois différent. Plus comme Georges, mon frère, autoritaire et réaliste – à leur image.

— Bon, tu vas peut-être pouvoir m'éclairer sur ce soudain changement de comportement, commença-t-elle.

S'il ne s'agissait que de ça, j'étais certain de pouvoir lui répondre, même s'il m'en coûtait de ne raconter qu'une partie de la vérité !

— Tu l'as dit toi-même, Kristen reviendra un jour. Et ce jour-là, je veux pouvoir être capable de tenir sur mes deux jambes.

Bientôt 17 heures, et elle n'était toujours pas là. Je faisais les cent pas. Façon de parler. Les mains cramponnées à mes roues, je passais du salon en espérant la voir arriver, à la porte d'entrée, pour la voir s'ouvrir.

La première demi-heure, je m'étais dit qu'elle n'avait pas vu le temps filer mais, durant les suivantes, j'étais passé par toutes les émotions négatives. La tristesse et le chagrin : je m'étais dit qu'elle était partie et qu'elle ne reviendrait jamais – j'avais même pensé à appeler le service GPS pour géolocaliser ma voiture. Puis la terreur et la peur : il lui était arrivé quelque chose. Si elle n'était pas là à 18 heures, j'appellerais tous les hôpitaux et toutes les cliniques de Miami pour savoir s'ils avaient reçu une jeune fille blonde aux yeux gris dans la journée.

Le bruit du moteur de la Jeep me fit me redresser instantanément sur mon fauteuil, comme si j'avais reçu un coup de pied aux fesses. Je me plaçai face à la porte, les poings fermés sur mes jambes, douloureuses d'être restées sur les cale-pieds toute la journée.

J'entendis ses pas précipités, et, enfin, la porte s'ouvrit sur elle.

Première idée, fugace. Elle était saine et sauve.

Deuxième idée, écrasante. Où était-elle, pendant que je m'inquiétais ?

Sans se rendre compte de l'état dans lequel j'étais, elle referma la porte, essoufflée mais souriante.

— Je suis désolée, lança-t-elle précipitamment.

Elle se débarrassa de ses paquets et de son sac à main et daigna enfin me regarder. Elle frémit, recula d'un pas ; son sourire s'effaça sous mon regard.

Dire que je m'étais fait un sang d'encre pour elle ! Elle qui débarquait deux heures après l'heure convenue, avec sa joie et sa bonne humeur !

— Où étiez-vous ?

J'avais crié ces mots.

— J'ai eu un souci avec votre voiture. Ne vous énervez pas, s'il vous plaît.

Elle agita ses mains devant elle comme pour se défendre. Elles étaient noircies. Son top blanc et ses cuisses montraient qu'elle avait essayé de les essuyer, en vain.

— Qu'est-ce que vous avez fait à ma voiture ? me précipitai-je.

Ses yeux se plissèrent.

— Elle n'a rien. Ne vous faites pas de souci ! répliqua-t-elle, exaspérée.

Surpris qu'elle s'énerve aussi rapidement, je repris d'un ton plus modéré :

— Que s'est-il passé ?

— Je vais prendre une douche. On en parlera quand vous serez calmé.

Elle me dépassa pour rejoindre le couloir. Mes mains s'agitèrent sur les roues pour la suivre.

— Oh. Mais je suis parfaitement calme !

J'allais aussi vite qu'elle dans mon fauteuil. Elle atteignit sa salle de bains en même temps que moi. Je bloquai la porte avec une de mes jambes, me retenant de grimacer sous la douleur. Elle se retourna, une main sur la poignée.

— Non. Vous ne l'êtes pas. J'ai eu un après-midi de merde et je n'ai pas envie de m'énerver !

Pourtant, c'était exactement ce qu'elle faisait. Et moi aussi.

— Dites-moi au moins ce qu'il s'est passé !

— Je pue. Je suis sale et j'ai mal partout. Et je vous le répète, votre voiture n'a rien.

Ma voiture ? Mais elle ne comprenait vraiment rien !

— Mais je me fous pas mal de ma voiture ! C'est pour vous que je me faisais du souci !

Je déglutis sur son regard incertain. Avait-elle enfin compris ?

— J'ai crevé au retour. J'ai mis plus d'une heure à changer l'énorme roue de la Jeep. Je peux prendre ma douche, maintenant ?

Elle croisa ses bras sous sa poitrine.

— Je vous en prie, raillai-je sans pour autant quitter le pas de la porte.

— Vous ne comptez pas rester ici ?

— Pourquoi pas ? Ce n'est pas comme si je ne vous avais jamais vue toute nue.

Elle rougit en pensant comme moi à l'épisode de la piscine.

— Est-ce que c'est un sous-entendu ?

— Vos règles sont caduques aujourd'hui, Oceana. Je viens de passer deux heures à faire des allers-retours dans ce fauteuil. Ce serait plutôt à moi de vous punir, vous ne croyez pas ?

— Ça ne marche pas comme ça.

Comment ça, ça ne marche pas comme ça ? Alors, celui qui avait toutes ses capacités physiques décidait de tout ? Elle m'avait piqué sans même y faire attention.

— Vous ne vous rendez même pas compte de ce que vous dites. Vous. Vous pouvez me toucher. Vous. Vous pouvez me regarder. Vous. Vous pouvez me voir dans des situations plus qu'intimes…

— Stop. Je ne suis pas votre patiente.

— C'est comme ça que vous me voyez, alors ? Seulement comme ça ?

Sa bouche s'ouvrit sans qu'un son n'en sorte. Je fis reculer mon fauteuil pour débloquer la porte et pris la direction de ma chambre. Je crois que son silence était pire que si elle avait dit quelque chose, finalement. Il devenait synonyme de pitié. Et je n'en avais pas besoin. Celle de mon père me suffisait amplement !

— Vous avez mal ?

Mal ? Oui, et elle le savait, alors pourquoi me le demander ?

Je préférai l'ignorer et continuai de regarder une émission sur la restauration de vieilles voitures américaines. Je ne lui en voulais plus. Pour l'instant.

Je n'avais même pas mangé ce soir. Une fois au lit, je m'étais endormi, épuisé. Je n'avais pas rêvé ; c'était Oceana qui m'avait réveillé avec son rire. Ce rire qu'elle réservait à son interlocuteur du soir, au téléphone. Différent de d'habitude, moins franc, moins spontané, son rire avait atteint ma chambre à travers les murs si fins de la sienne.

Sans tenir compte de mon silence, elle s'approcha de mon lit, y déposa sa crème à la vanille et enleva mes attelles plâtrées. Avec douceur. Puis elle écarta le drap tout aussi posément.

Sa présence m'étreignit instantanément. J'avais l'impression qu'elle volait sur moi. Pour la première fois, elle me laissait la voir. Ses cheveux attachés en un chignon lâche prenaient la couleur des images de la télévision. Finalement, je ne lui en voulais plus du tout. En la voyant si attentive, si douce, si concentrée sur sa tâche, je ne pouvais plus lui en vouloir. Les yeux fixés sur son visage, je ressentais le toucher léger de ses doigts sur ma peau. C'était encore une fois différent. C'était différent chaque fois.

Ses mains remontaient. Lentement. La voir faire, les joues rosies par l'effort, me faisait presque perdre la tête. Je frissonnai de tout mon être lorsqu'elles arrivèrent à mes cuisses. Gagné par la tendresse de ses mains sur mon corps, je laissai le plaisir m'envelopper, brûlant et sensuel.

Je me foutais de savoir qu'elle pouvait voir ma queue se dresser, qu'elle puisse la frôler. Il n'y avait que ses caresses dans ma tête. Ses doigts et ses petites mains sur ma peau dans mes yeux.

Comme un plaisir cruellement arraché, mon ventre se tordit lorsqu'elle me quitta. C'était déjà fini. Le froid avait remplacé sa chaleur.

Haletante et tremblante, elle restait là, à côté de moi, les yeux fermés, le visage bouleversé. Mes doigts se hasardèrent à remonter, sur son épaule, la bretelle de son merveilleux pyjama. Elle tressaillit et se crispa. Je retirai ma main aussitôt comme piqué par sa réaction. Elle aurait pu vomir sur moi, c'eût été la même chose.

— Je ne le referai plus, lâchai-je, amer.

Elle plongea ses yeux larmoyants et affolés dans les miens. Sa main reprit la mienne et la reposa sur son épaule.

— Coup de soleil, grimaça-t-elle. On dirait que c'est à vous, ce soir, de me soulager…

CHAPITRE 7
CHOCOLAT FONDU

J'étais terrifiée. Terrifiée de ce qu'il allait faire naître en moi. J'avais peur que, comme sous la douche, mon corps se mette à n'en faire qu'à sa tête. Qu'il me pousse à commettre des choses que je pourrais ensuite regretter.

J'avais peur que le contact de ses mains soit si bon qu'il me fasse oublier les brûlures de ma peau.

« Est-ce que je le voyais seulement comme mon patient ? » m'avait-il demandé. Il ne serait jamais mon patient. Il était ce truc… Ce truc qui me hantait. Avec lui, dans son regard, sans lui, dans ma tête et, la nuit, dans mes rêves.

Mais c'était sans compter sur Ethan et ma mère, qui ne cessaient de me rappeler ce que j'étais à New York. Ma mère croyait toujours que je m'occupais d'un vieillard ; je ne lui racontais rien de mes journées, sachant trop bien ce qu'elle en penserait.

Elle en penserait que… c'était malsain et déraisonnable. Comme je le pensais avant. Avant qu'il ne touche ma joue sous la douche. Avant qu'il ne pose ses lèvres sur les miennes. Avant qu'il ne goûte ma peau de sa langue. Avant qu'il ne passe son temps à essayer de me faire rire et rougir. Avant qu'il ne me fasse comprendre que je comptais plus pour lui que son imposante voiture. Avant qu'il ne me demande s'il était réellement mon patient, et rien de plus.

Alors j'étais terrifiée. Et excitée. Sa main brûlait mon épaule autant que mon coup de soleil.

Il me regardait, indécis. Pensait-il que je voulais me faire pardonner ?

— S'il vous plaît, Rick, l'implorai-je, mes yeux rivés aux siens. C'est moi qui ai besoin de vous, ce soir.

Il restait silencieux, immobile.

— Vous saviez que j'en aurais besoin, repris-je. Sinon vous ne m'auriez jamais fait acheter cette crème hydratante.

J'y étais presque. Il voulait seulement que j'en dise plus.

— J'ai vraiment passé une journée horrible. Après avoir trouvé la crème et la robe bleue, j'ai arpenté les rues de Miami à la recherche d'un sex-shop qui vendrait vos satanés chewing-gums à la vanille (Ses yeux s'écarquillèrent une fraction de seconde.), puis j'ai crevé sur le chemin du retour.

Et finalement, ça n'était pas le pire. Le pire avait été de ne pas avoir passé ma journée avec lui. Parce qu'avec lui, au moins, je ne pensais ni à Ethan ni à ma mère.

— OK. Allez chercher la crème, dit-il enfin avec un semblant de sourire.

Je m'exécutai. Quand je revins, un peu moins déterminée, je le découvris assis les jambes écartées dans son lit. Il avait allumé sa lampe de chevet et éteint la télévision.

Dans son lit… Je m'étais dit qu'on ferait ça au bord de son lit, à côté de son lit, en dehors de son lit, mais pas *dans* son lit ! Je m'affolai.

— Montez, me dit-il en tapotant l'espace entre ses jambes.

Je déglutis, autant pour m'aider à respirer que pour inciter mon cœur à cesser de tambouriner dans ma tête.

— Vous avez respecté la règle numéro un ? tentai-je en montrant le drap.

Il hocha la tête avec un sourire plus franc cette fois. Il souriait ! Presque douze heures que je ne l'avais pas vu sourire !

Je grimpai dans son lit et m'installai sous son regard amusé. Je lui tendis le tube de crème et fermai les yeux quelques secondes pour me forcer à penser à autre chose qu'à lui derrière moi.

Peine perdue !

Assise entre ses jambes sur son lit, alors qu'il ne m'avait pas encore touchée, j'avais l'impression de sentir la tension de son torse sur mon dos. Et pas seulement. Je sentais ce truc entre nous, indescriptible et impalpable, qui me faisait vibrer.

— Je dois la passer sur votre dos ou sur votre débardeur ? se moqua-t-il.

Sur tout mon corps ! hurla ma conscience dévergondée.

J'ôtai mon haut de pyjama sans pouvoir retenir une grimace au frottement du tissu sur ma peau lésée. Je l'entendis se gratter la gorge comme dans un malaise.

— C'est si grave que ça ? m'affolai-je.

— Euh… Non… J'ai déjà vu pire. Je dirais même que je m'attendais à pire.

Le claquement du bouchon de la crème m'empêcha de lui demander ce qui le dérangeait. Les sens en alerte, je pris une nouvelle inspiration pour me calmer. Deux mains se posèrent symétriquement sur mes omoplates et me firent dresser l'échine. Appliquées et agiles, elles se mirent à frictionner avec douceur mon dos ardent. Avoir conscience qu'il s'agissait de ses mains, incita mon corps à repousser la douleur des frottements de sa peau sur la mienne. D'abord sur mes épaules, puis le long de ma colonne vertébrale et enfin sur mes flancs, elles glissèrent lentement au rythme de mes respirations, frôlant quelque fois la naissance de ma poitrine.

— Quelle heure est-il ? demanda-t-il enfin en se détachant de moi.

C'était terminé. Mon cœur manqua un battement.

— Un peu plus de 23 heures, je suppose, murmurai-je, encore alanguie.

— Donc… je ne serai pas puni demain puisque nous ne sommes pas encore demain ?

Puni. J'aimais sa façon de dire ce mot. Il prenait un tout autre sens dans sa bouche. Il ne s'agissait plus d'une simple sanction, mais presque d'un jeu charnel.

— Pourquoi voulez-vous être puni alors que c'est moi qui vous ai demandé de me passer de la crème ?

— Parce que je ne veux pas seulement vous passer de la crème… chuchota-t-il près de mon oreille.

Mon corps se tendit instantanément à son torse sur mon dos. Inconsciemment, je resserrai mes bras autours de mes jambes alors qu'une traînée de frissons parcourut mon échine. Ma respiration se bloqua et mon cœur heurta ma poitrine sans prévenir.

Il soufflait sur mon dos. Pas un souffle rustre et forcé, mais un souffle fin et tendre. Comme une légère brise sous un soleil cuisant en plein été.

— Je veux aussi vous faire ça…

Ses lèvres fraîches se posèrent à l'extrémité de mon épaule droite. Comme électrocutée, je frémis dans un râle. Soyeuses, elles effleuraient ma peau brûlante et humide de crème, la survolaient, lentement et délicatement. Détendus et apprivoisés, mes bras tombèrent sur ses cuisses. Passant d'une épaule à l'autre sans négliger ma nuque, comme la traînée d'une étoile filante, je frissonnais encore et encore sous ses baisers et me laissais aller à gémir dans un souffle, tandis que mon ventre se remplissait de papillons.

Le dos de sa main s'aventura à effleurer mon bras gauche, lentement, alors que sa bouche repartait déjà dans l'autre sens vers ma nuque. Comme attirée par sa douceur, ma joue se plaqua à la sienne, emprisonnant son baiser à jamais. Mon cœur pulsa dans ma culotte.

Sans difficulté, il libéra sa tête et reprit son travail sur le haut de ma nuque. J'avais envie de goûter sa bouche. Mais je ne bougeai pas. Je ne voulais pas interrompre ce moment. J'étais saoule de ses caresses et de ses lèvres.

— J'ai envie de bien plus encore, mais je suis effrayé. Vous me faites peur, Oceana.

Je frémis autant pour son murmure contre ma peau que pour son aveu. Avais-je le droit de lui dire que, moi aussi, il me terrifiait au point de ne plus savoir que faire de mes membres ? Au point de ne plus savoir comment m'y prendre avec lui ? Au point de ne plus savoir respirer sans haleter ? Au point de ne pas pouvoir le regarder sans m'imaginer contre lui ?

Le bout des doigts de sa main frôlait maintenant ma clavicule. Les yeux fermés, je rejetai ma tête en arrière et lui laissai accès à mon cou.

— Mais j'ai aussi très envie de vous punir… Après tout, c'est moi qui dicte les règles ce soir…

J'osais à peine y croire. Il allait me sanctionner en mettant fin à son étreinte. Néanmoins, sa bouche resta collée à mon épaule, comme s'il avait du mal à la quitter.

Amère, mais toujours inondée de papillons, je déclarai :

— C'était merveilleux, Rick. Merci. Je ne vous aurais pas laissé aller plus loin, de toute façon.

Je me redressai. Comme je savais bien mentir ! Il me sembla le voir tiquer une fraction de seconde.

— Tournez-vous, ordonna-t-il.

— Je croyais que j'étais punie, raillai-je (à moitié !).

— Vous l'êtes toujours. Je veux simplement discuter et vous voir.

Sous les battements assourdissants de mon cœur, je me tournai, les bras croisés, mes mains cachant mes seins. Il se laissa tomber en arrière sur ses coudes pour mieux me contempler.

J'avais l'impression qu'il dévorait chaque partie de mon corps qu'il touchait de son regard ardent. Mes joues s'empourprèrent, me trahissant une nouvelle fois.

— J'ai dit que je voulais vous voir.

— Vous avez dit : discuter et me voir. D'abord, nous allons parler.

— Vous jouez sur les mots.

— Et vous avec mes hormones. Je suis trempée.

Est-ce que j'avais vraiment dit ça ?! Instantanément, ses yeux tentèrent de vérifier, je repris, cramoisie :

— Je vous rappelle que j'ai toujours mon short…

Je resserrai mes bras sur ma poitrine alors que ses yeux remontaient lentement, comme s'ils semblaient s'imprégner du souvenir de mon corps éclairé par sa lampe de chevet.

— À quoi vous pensez ? demandai-je entre deux respirations anarchiques.

— Est-ce que les hommes sont tous aveugles à New York ?

Je ne pus me retenir de glousser. Ça devait faire cinq ans qu'un homme, à l'exception d'Ethan, ne m'avait pas vue dans cette tenue !

— Sans rire, Oceana. Pourquoi êtes-vous célibataire ?

Je vacillai, déstabilisée par cette question à laquelle je n'avais aucune envie de répondre. Qu'est-ce que j'allais lui dire ? Que le seul homme que j'avais cru aimer m'avait abandonné parce qu'il avait été trop lâche pour affronter la maladie de son fils ? Que je n'étais pas seulement célibataire, mais aussi *mère* célibataire ? Que je passais mon temps à fuir les hommes parce que voilà des années que je ne respirai plus que pour un seul : Ethan ? Que je passais mon temps à travailler parce que la vie de mon fils en dépendait ? Que je n'étais ici que pour lui et personne d'autre ? Que je n'étais pas seulement une jeune femme de trente ans, mais aussi la maman d'un merveilleux petit garçon de cinq ans ?

Non.

Je voulais rester, à ses yeux, la femme qu'il avait vu courir nue en sortant de la piscine. Celle qu'il faisait rougir et frémir. Celle qu'il avait embrassée sous la douche. Celle qui comptait plus qu'une voiture. Celle qui le terrifiait comme une mante religieuse. Et surtout…

Je ne voulais pas que ce truc nous échappe. Je voulais simplement que Miami reste Miami et que New York reste New York.

— Et vous ? Les femmes sont-elles toutes folles, ici, pour ne pas vous sauter dessus ?

Lui aussi parut déstabilisé par ma question. Je crus même voir ses yeux bleus lancer des éclairs. Comme s'il était animé d'une rage incontrôlable. Qui n'était pas dirigée contre moi.

— Nouvelle règle, dis-je alors. Je ne vous questionne pas sur votre passé et vous faites de même pour le mien. Le passé reste le passé.

— Je suis d'accord.

Sauvée ! J'ironisai :

— Donc nous sommes d'accord pour dire que tous les New-Yorkais sont aveugles et les Miamianes, des folles à lier !

Il éclata d'un rire franc et chaleureux.

— De quoi vouliez-vous parler ? repris-je.

— De cette journée particulièrement déprimante, répondit-il en faisant la moue.

— Ça ne s'est pas bien passé avec votre mère ?

— J'aurais préféré la partager avec vous. (Je fondis littéralement comme un morceau de chocolat au soleil.) Ma mère ne sait pas parler d'autre chose que de son argent. Je crois qu'aujourd'hui il était question d'investir dans une nouvelle propriété.

— J'ai l'impression que vous ne partagez pas les mêmes idées.

— Exact. En revanche, je veux bien qu'on évite de parler de ma mère lorsque vous êtes à moitié nue devant moi.

Je rougis instantanément et changeai de sujet.

— Elle est pour qui, la robe bleue ?

— Pour vous. Demain midi, nous allons au restaurant.

Hors de question qu'il m'offre quoi que ce soit ! pensai-je en premier lieu. Mais en même temps, il faisait l'effort de sortir d'ici pour moi… Est-ce que je pouvais fondre une nouvelle fois ?

— Je vous rembourserai la robe.

— Ne soyez pas bête…

Il esquissa un sourire satisfait en voyant mon doigt s'approcher de sa bouche. Je me ravisai précipitamment et replaçai ma main sur ma poitrine.

Sa déception était visible.

Loupé !

— Vous avez vraiment changé la roue de ma Jeep ? demanda-t-il finalement.

J'avais envie de m'amuser.

— Oh, bien sûr que non. J'ai proposé à un routier de le faire et je l'ai payé en nature.

— Quoi ! Vous rigolez, là ?! s'étrangla-t-il.

Je gloussai.

— Je ne suis même pas capable de me tenir à moitié nue devant vous, et vous voudriez que je m'envoie en l'air avec un parfait inconnu ?

— Je ne suis pas un inconnu et je suis certain que je ne suis pas non plus un simple patient pour vous. Je suis quoi, au juste ?

Comme s'il m'avait tirée par un fil jusqu'à sa bouche, mes lèvres s'approchèrent des siennes. Mes mains délaissèrent mes seins pour sa nuque.

— Vous êtes ce truc…

Et je l'embrassai, certaine qu'il serait aussi affamé de moi que je l'étais de lui.

Comme la première fois, mon ascension émotionnelle m'emmena loin dans la folie. Me faisant oublier ma nudité, mes tétons durcis contre son torse, mes règles stupides, et j'en oubliais !

Je n'étais plus du chocolat fondu au soleil, j'étais une Fraise Tagada noyée dans une fontaine à chocolat ! Je subsistais sous ses coups de langue et ondulais dans ses inspirations.

— Oceana…

Je continuais, jouant avec sa lèvre inférieure et avalant ses gémissements. Il frissonnait sous mes doigts. Alors que mon cœur nourrissait les papillons dans mon ventre.

— Vous restez avec moi cette nuit ? râla-t-il, haletant.

Je m'écartai un peu de lui. Ses yeux me suppliaient d'accepter.

— Seulement trois règles pour nous deux cette nuit, répondis-je. Short…

Je posai ma main sur sa queue durcie.

— … caresses…

Ma main lissa la traînée de poils jusqu'à son nombril.

— … et baisers.

Je posai mon doigt bien à plat sur sa bouche, sans redouter la sentence qui m'attendait. Il m'avait prévenue… Si je recommençais, il m'embrasserait…

CHAPITRE 8
AVEU POUR AVEU

Comme Rick ne pouvait pas monter dans sa Jeep, un taxi était venu nous récupérer un peu avant midi pour nous déposer au restaurant.

Vêtue de la robe bleue électrique que j'avais choisie la veille, je me tenais bien droite à côté de lui dans l'entrée du restaurant, souriant comme une imbécile. J'étais excitée, angoissée. Être ici, avec lui, loin de sa villa et surtout de son lit, provoquait chez moi un sentiment étrange. Une impression que ce truc évoluait sans que ni lui, ni moi, ni mes stupides règles ne puissent y faire quelque chose.

Soudain inquiète, je l'observai du coin de l'œil. Ses cheveux mi-longs parfaitement coiffés en arrière, un T-shirt porté près du corps, en coton blanc au col en V, un pantalon noir, il était parfait. Comme sorti tout droit d'un rêve. D'un de mes rêves…

Pas celui de cette nuit. Je n'avais pas eu le temps de rêver ; en fait, il ne m'en avait pas laissé le temps. Collée contre lui, dans ses bras, j'avais tantôt été taquinée par ses doigts le long de mon flanc, tantôt bercée par les murmures de sa respiration dans mon oreille. Mais ça, c'était après l'assaut de sa bouche dans mon cou, qui s'était frayé un chemin vers mes seins, jouant au passage de ses dents sur mes tétons, pour s'arrêter juste à temps sur mon ventre. J'en portais encore les marques, dissimulées sous la dentelle de ma robe. Rien que d'y repenser, j'aurais pu avoir un orgasme.

Le réveil avait été difficile. Rick avait passé sa matinée à broyer du noir. Renfrogné et ombrageux, il avait tout juste mangé ses pancakes au petit déjeuner. Je lui avais même proposé d'annuler le resto. Je ne savais pas ce qu'il avait, ou plutôt j'essayais tant bien que mal de me persuader que ça n'avait rien à voir avec ma nuit passée à ses côtés.

Mais nous étions là. L'un à côté de l'autre, à attendre que le maître d'hôtel vienne nous chercher pour nous conduire à notre table. Entourée de couleurs chatoyantes, j'avais l'impression d'être dans un musée d'art contemporain. Les œuvres exposées représentaient des visages, des corps, des structures, des animaux. Mais l'éclairage était discret, intime.

— Madame, monsieur, nous salua le jeune maître d'hôtel en nous détaillant.

— J'ai réservé au nom de Thomas, annonça Rick sans entrain.

Le jeune homme sourit et se mit à pianoter sur sa tablette tactile.

— Oh, dit-il au bout d'un moment, manifestement gêné. Je suis désolé, mais la personne qui a dû prendre votre réservation a oublié de préciser que vous étiez en fauteuil roulant. Je vais voir si nous pouvons vous trouver une autre table. Si vous voulez bien patienter un instant…

— Je ne savais pas qu'il fallait préciser ce genre de chose pour manger ! lâcha Rick, amer.

J'étais tout aussi agacée que lui. Même si je n'étais pas à sa place, dans ce fauteuil, je vivais cet incident comme une injustice.

Le jeune homme revenait vers nous.

— Je suis déso…

— Quel est le problème avec notre table ? le coupai-je.

— Eh bien, il s'agit d'une banquette… Je veux dire, ajouta-t-il avec nervosité, il n'y a pas de place pour un fauteuil.

Rien que ça !

— Mon ami est tout à fait capable de s'asseoir sur la banquette, et le fauteuil sera plié et rangé dans un coin. Cela résout-il votre problème ?

— Euh. Je suppose que oui.

Je me retins de sourire et gardai une expression hautaine.

— Parfait. On vous suit.

Alors que le jeune homme tournait les talons, Rick prit ma main et la tira, m'obligeant à me pencher vers lui.

— Je suis votre ami ? s'amusa-t-il.

Je rougis instantanément.

Avec l'aide du jeune homme, Rick prit place sur la banquette en cuir disposée en demi-cercle autour de la table ronde. J'avais choisi de m'asseoir près de lui, si bien que je n'avais qu'à écarter d'un centimètre mes jambes pour qu'elles entrent en contact avec les siennes.

Un peu moins tendu mais toujours aussi silencieux, il scrutait le menu d'un air concentré.

— Pourquoi sommes-nous ici ? demandai-je avec désinvolture en l'imitant.

— Pour déjeuner, je crois.

— Nous aurions pu nous faire livrer les plats, répliquai-je.

Surpris de ma remarque, il posa la carte devant lui. J'avais enfin capté son attention ! Dans un sourire, ma carte rejoignit la sienne.

— Je voulais sortir avec vous…

Sa réponse sonna comme une plainte, et ma gorge se resserra.

— Aveu pour aveu ? avançai-je, incertaine. (Il hocha la tête.) Je n'ai pas l'impression, depuis ce matin, que vous avez envie d'être avec moi. Là ou ailleurs.

— Vous ne comprenez pas, Oceana. C'est la première fois que je dois affronter le regard des autres.

Je répondis, trop hâtivement :

— Ne faites pas attention à eux.

La tristesse sur son visage ne fit qu'aggraver mon angoisse.

— Tout est fait pour me rappeler que je suis dans un fauteuil roulant, dit-il à mi-voix.

Je ne comprenais pas. C'était une réaction excessive. Son état n'était pas définitif !

— Vous allez remarcher, oui ou non ?

— Ce n'est pas la question. J'ai l'impression d'être différent. Aujourd'hui. Ici. Et pas demain ou ailleurs.

— Aveu pour aveu ? lançai-je encore une fois. Je… je pensais que c'était à cause de nous, de cette nuit… que vous étiez aussi froid ce matin. Je… je suis désolée de ne pas avoir compris. Et moi, je les aime, vos jambes. Si elles n'étaient pas ce qu'elles sont, je ne pourrais pas vous toucher tous les soirs.

J'avais peine à croire que j'avais dit ça ! Il sourit. Enfin. Mes épaules se relâchèrent. C'était un sourire attendrissant à me faire fondre, comme cette nuit dans son lit. Je serrai les jambes pour empêcher mon sexe de frémir.

Ses yeux fixèrent ma bouche et son expression changea une nouvelle fois. Tristesse, désolation, appréhension ?

— C'est à cause d'elles que je ne ferai rien avec vous, avoua-t-il. Parce que je ne supporterai pas de ne pas pouvoir faire ce que je veux. Parce que je rêve de vous dominer de toutes les manières. Je ne veux pas seulement vous faire rougir ou sourire. Je ne veux pas seulement vous caresser ou vous embrasser. Je veux tout. Mais pour l'instant, mes jambes ne cessent de me rappeler que je suis minable à côté de vous.

Je ne m'étais même pas rendu compte que j'avais cessé de respirer. Son discours – bien qu'assez machiste –, fit bondir mon cœur dans ma poitrine. Ma gorge se déverrouilla alors qu'une idée malsaine naissait dans ma tête. Je le voulais dans mon lit, coûte que coûte. Et il me désirait, lui aussi. Il ne pouvait pas être plus explicite…

Je me foutais de ce qu'il pouvait penser de ses jambes. Il remarcherait un jour… dans moins de quatre semaines, il pourrait s'appuyer sur la jambe droite, et à partir de lundi sur la gauche.

Donc son seul ennemi, c'était lui-même. Et peut-être un peu moi, aussi…

Voilà ce qui arrivait quand je buvais. La barre sur le front, les paupières lourdes et douloureuses, je subissais lamentablement les effets de l'alcool.

— Juste un verre ! se moqua Rick.

Il pouvait rire. Était-il possible d'être allergique à l'alcool ? Moi, je le croyais… ou plutôt j'en étais le parfait exemple !

Les doigts sur les tempes, je me massais en effectuant de petits ronds. Nous étions sur la terrasse, devant la piscine. Le soleil était presque couché, mais le peu de luminosité projetée par ses rayons orangés dans le ciel suffisait à me faire mal.

— Vous voulez un ibuprofène ? proposa-t-il dans un gloussement.

— La boîte entière !

— Si ça peut vous remettre sur pied pour mon massage de ce soir…

— Vous êtes puni, répondis-je en secouant la tête.

Misère ! Pourquoi avais-je secoué la tête ?!

— Il n'y a plus de règles, Oceana.

Y en avait-il jamais eu ?

J'entendis le bruit des roues de son fauteuil sur les dalles et leur claquement au passage de la baie vitrée. Rick partait à la recherche d'un antalgique. Les yeux fermés, le visage dans mes mains, je me laissai glisser en avant, les bras posés sur la table en teck.

Cette journée ne s'était pas trop mal passée, en fait. J'avais divinement bien mangé, la main de Rick avait glissé plus d'une fois sur ma cuisse, sa bouche sur le dos de ma main… Je m'étais efforcée de ne pas penser à l'image que nous devions donner. Celle d'un couple normal. Je n'en restais pas moins son employée, lui mon patron. Et je préférais de loin cette image… plus coquine !

De retour à la maison, nous avions filé droit dans le lit. Le mien. Plus grand pour nous deux. Enfin, le mien… C'était son lit, avant. Le savoir n'allait pas m'aider à calmer mes ardeurs. Cette fois-ci, nous y avions dormi. Presque quatre heures d'affilée ! Et je payais maintenant le prix du verre de rosé que j'avais bu au cours du repas. Je me connaissais pourtant, je savais à quoi m'attendre. Mais j'avais voulu croire que Miami ne serait pas New York. Au début, prostrée dans le fond de ma tête, la douleur ne m'avait pas empêchée de parler à ma mère et à Ethan. J'avais même ri aux bêtises que mon fils m'avait racontées. Puis, la douleur s'était intensifiée, ne servant qu'à une chose, me faire oublier ma mélancolie de ce coup de téléphone.

— Tenez, me dit Rick.

Je me redressai. Je ne l'avais même pas entendu revenir. Il me tendit un comprimé et un verre d'eau.

— Vous restez belle en toute circonstance, déclara-t-il. Même avec les empreintes du bois sur la joue.

— Je me vengerai ce soir, le menaçai-je en gobant l'antalgique.

Ses yeux s'aventurèrent sur ma bouche comme s'il s'agissait du fruit défendu.

— Il ne faut pas que ça se reproduise, dit-il d'une voix ferme.

Quoi ? Ne pas nous regarder, nous toucher ? C'était impossible, et il le savait. J'avais pourtant essayé. Avec mes fameuses règles. Le premier jour avait était catastrophique : Rick m'avait défiée des tas de fois. Le dimanche, je n'y avais pas prêté attention, je n'avais qu'une seule chose en tête, Ethan et ma mère. Trois mois, c'était bien plus douloureux que je ne m'imaginais. Trois mois, c'était beaucoup de dimanche en famille loupés. Des centaines de dodos sans mes histoires pour Ethan. Des journées entières sans câlins. Et beaucoup de gâteaux au chocolat à rattraper. Trois mois ! Mais c'était surtout une partie de l'argent dont j'avais besoin pour son opération. Alors, pendant trois mois, je pouvais bien me passer de ses petits bras autour de mon cou, de sa bouche barbouillée de chocolat, de ses dimanches au parc et de ses bisous soufflés du soir. C'est pourquoi, le lundi, j'avais mis ma mélancolie de côté. Trois choses avaient aidé : le parfum de Rick, ses regards intimistes, et Dr Mamour et Meredith, coincés dans un ascenseur !

Je ne savais pas quand tout avait dérapé ni comment nous en étions arrivés là. Mais j'étais incapable de faire comme s'il ne m'avait jamais embrassée sous la douche, comme s'il n'avait jamais goûté la pointe de mes seins, sans compter qu'il m'avait avoué qu'il voulait plus que tout ça. Non.

— Je…

La sonnette de la porte d'entrée tinta. Le regard de Rick se durcit.

— Restez là, je vais voir qui c'est.

Tant mieux, j'avais toujours mal à la tête ! La migraine gagnait même en intensité. Je n'avais plus qu'à croiser les doigts pour que l'antalgique fasse effet rapidement.

— Mais c'est qu'il est debout ! entendis-je une voix masculine s'exclamer.

Presque, railla ma conscience.

— Bon sang, Carl, tu pouvais pas appeler avant de passer ? Ça me fait plaisir de te voir, répliqua Rick.

— Appeler ? Pour quoi faire ? Je serais tombé sur ta vieille aide-ménagère !

Vieille ? J'étais tout, sauf vieille ! Même avec la peau ridée par la table !

— Tu es rentré quand ? interrogea Rick.

— Avant-hier. J'ai apporté des bières. Tu me fais entrer ou on s'installe sur le pas de la porte ? Où est-elle, au fait ?

Les voix se rapprochaient. Je me redressai.

— Qui ça ?

— Ton aide-mé…

La phrase resta en suspens, et le jeune homme qui venait de faire irruption sur la terrasse, à côté de Rick, me détailla de haut en bas, la bouche ouverte.

Je lui souris. *Non, je n'étais pas vieille.* Il se gratta la gorge et reprit, taquin :

— Ah ! Tu aurais dû me dire que tu n'étais pas seul ! (Il assena une tape dans le dos de Rick.) Je comprends mieux ta tête quand tu m'as vu débarquer. Heureusement que ça n'était pas Kristen.

Kristen ?! Pas de questions sur notre passé : je noyai Kristen dans la mer Morte d'un coin de ma tête.

Rick, lui, réagit à ce nom. Mal. Ses poings se fermèrent sur ses cuisses et sa mâchoire se crispa.

— Oceana, me présentai-je, souriante, comme si mes oreilles n'avaient jamais entendu le nom de Kri… (Dans la mer Morte !)

— Mlle Douglas est mon aide à domicile, rajouta Rick, sèchement.

Mlle Douglas ?

Comme un coup en pleine poitrine, je m'étouffai. Il n'avait pas dit ça ? De cette manière-là ? Mes mains se mirent à trembler et la nausée me prit. Néanmoins j'adressai un nouveau sourire à l'invité. La peau mate, les yeux marron et les cheveux noirs mi-longs, le dénommé Carl devait être aussi grand que Rick.

— Oh. Aide à domicile. Je… Carl Allen, balbutia-t-il, surpris.

Sans doute avait-il cru que j'étais une amie de Rick. Non, j'étais son employée, Rick venait de me le rappeler. Son aide à domicile, Mlle Douglas. Finalement, la douleur qui s'insinuait dans ma poitrine était plus forte que ma migraine.

— Carl est mon meilleur ami, expliqua Rick, le visage fermé.

Je me levai.

— Je vais vous laisser, alors.

— Vous pouvez rester, il y a assez de bière pour nous trois, annonça Carl en déposant le pack sur la table.

— Bien sûr, marmonna Rick en haussant les épaules, le regard détourné.

— Non. J'ai mal au crâne. Je vais me coucher. Carl, ravie de vous avoir rencontré.

Je lui servis mon plus beau sourire et me tournai vers Rick.

— Monsieur Thomas, je laisserai vos antalgiques sur votre tablette. Bonne soirée.

Il blêmit. Qu'importe. Je m'en foutais.

Je m'éloignai d'un pas que j'espérais assuré. Je m'écroulerais dans ma chambre, mais pas ici, sous leurs yeux. Il m'avait ouvertement dédaignée devant son ami. Je lui en voulais.

— Oceana…

La voix de Rick. J'ouvris les paupières. Il faisait toujours nuit. Je passai une main sur mon front et constatai que je n'avais plus mal. Combien de temps avais-je dormi ?

— Oceana…

— Quoi ? lâchai-je, acerbe. Je vous écoute.

— Ne vous énervez pas, s'il vous plaît…

Il bredouillait.

— Quelle heure est il ?

— 3 heures… Je crois.

Il empestait l'alcool. Il était bourré. Au whisky, à l'odeur.

— Carl reste dormir dans une des chambres d'amis cette nuit. Ne prenez pas de bain de minuit.

— Il est 3 heures du matin, rétorquai-je en refermant les yeux.

— Vous m'avez très bien compris.

— OK.

— Bonne nuit, Oceana.

Je me mordis la lèvre inférieure le plus fort possible pour ne pas lui répondre. Je lui en voulais encore plus. Il n'était pas venu pour s'excuser…

CHAPITRE 9
BOUT DU NEZ

Encore baignée des endorphines sécrétées par mon corps après une demi-heure de footing et une bonne douche chaude, je préparais le petit déjeuner de Rick avec bonne humeur. J'avais laissé ma déception sous mes draps et ma rancune sur le bitume de Miami.

— Est-ce que c'est possible…

Je sursautai et lâchai l'assiette pleine de pancakes. Elle s'écrasa sur le sol alors que je me retournais pour m'agripper instinctivement au plan de travail.

— Je ne voulais pas vous faire peur, je suis désolé, s'exclama Carl en se précipitant sur ma bêtise, éclatée sur le sol.

Le souffle coupé, je le regardai ramasser les débris une demi-seconde avant de le rejoindre. S'il avait été bourré, lui aussi cette nuit, il n'en laissait plus rien paraître. Il affichait une mine radieuse, et son haleine sentait la menthe du dentifrice.

— Laissez. Je vais le faire, réussis-je enfin à articuler.

— Je peux vous aider, vous savez.

Pourquoi pas ? Après tout, c'était aussi sa faute. Les pancakes étaient couverts de morceaux de porcelaine. Poubelle ! Je fis taire mon démon intérieur qui me suggérait de les servir à Rick tels quels. Un peu croquants…

Et me voilà partie pour préparer une nouvelle pâte…

— Vous vouliez quelque chose ?

— Je voulais seulement savoir si je pouvais avoir un petit déjeuner.

— Bien sûr. Mais juste une précision. Je ne suis pas l'aide-ménagère, mais l'assistante de vie de Rick.

Je souriais, mais je voulais que le message soit clair. Gêné, il se gratta la tête.

— Je comprends maintenant pourquoi je le retrouve dans son fauteuil et pas dans son lit, dit-il en faisant la moue.

Je fronçai les sourcils.

— Je veux simplement dire que moi aussi je préférerais vous voir de mon fauteuil plutôt que de mon lit, ça me serait difficile de tenir.

Je rougis instantanément en reliant Rick, son fauteuil et la douche dans ma tête.

— Laissez tomber, ajouta-t-il, confus.

Il fourra ses mains dans les poches de son short.

— Je peux faire quelque chose ?

— Asseyez-vous. Vous le voulez comment, votre café ?

Je récupérai une poêle propre alors qu'il prenait place sur l'un des tabourets autour de l'îlot central.

— Je ne bois pas de café. Et je suppose que Rick n'a pas de jus d'orange, donc je vais me contenter d'un pancake.

La pâte des deux premiers pancakes s'étala dans la poêle chaude. L'odeur de beurre envahit mes narines.

— Un seul ?

— Juste pour reprendre la route.

J'avais espéré qu'il resterait. Je n'avais pas envie de me retrouver seule avec Rick.

— Vous ne restez pas pour déjeuner ? demandai-je enfin.

— Non. Je ne suis revenu qu'il y a deux jours et je ne suis toujours pas allé voir ma mère. Elle va me tuer.

Je me retins de vaciller en pensant à la mienne. Si je devais rentrer à New York, elle serait la première personne que je verrais ! Bon, nous vivions sous le même toit… mais c'était aussi ma meilleure amie.

— Où étiez-vous ?

— Aux Maldives. Je suis surfeur professionnel.

— Oh.

Je levai les yeux vers lui, histoire de l'inspecter à la lumière du jour. Son T-shirt laissait deviner ses biceps proéminents et la taille imposante de ses pectoraux. Je déglutis, malgré moi. Il releva un sourcil et me sourit, l'air de dire qu'il était fier de constater que son image me plaisait. Prise en flagrant délit de voyeurisme, je me concentrai sur mes pancakes.

— Rick aurait pu le devenir aussi, dit-il enfin. Il était bien meilleur que moi avant. C'était sa passion.

— Avant son accident ?

— Non. Avant que son père ne l'oblige à faire autre chose dans la vie. Depuis, il n'est plus jamais remonté sur une planche.

— Oh. Je suppose qu'il avait ses raisons.

— Une seule : cette salope de Kristen.

Je laissai tomber le pancake de Carl dans son assiette. Non, je ne voulais rien savoir de cette Kristen, qui avait depuis peu appris à nager dans la mer Morte de ma tête. Si je devais apprendre quelque chose du passé de Rick autant que ce soit de la bouche du concerné.

— Je vais réveiller Rick, balbutiai-je.

Je récupérai mon plateau. Un coup d'œil par-dessus mon épaule : il lorgnait mes fesses !

— Il y a du jus d'orange dans le Frigidaire ! Moi, j'en bois !

Il sursauta et se racla la gorge, gêné. Je ne pus retenir mon gloussement que jusqu'au couloir.

Entre deux rires, j'entrai dans la chambre de Rick. Ses yeux cernés et son teint blafard n'étaient pas beaux à voir. Il devait être 9 heures, et je me rappelais l'avoir vu se coucher vers 3 heures. Soit six heures de sommeil ne lui suffisaient pas, soit il avait la gueule de bois.

— Qu'est-ce qui vous fait rire ? aboya Rick.

Ignorant sa question, je posai le plateau sur la tablette et passai derrière la penderie.

— Pourquoi vous êtes en retard ce matin ?

Nouvelle question, nouvelle attaque ? En revanche, la réponse restait la même : Carl. Je revins à lui, un short et une chemise dans les bras, je le lui montrai.

— Je me contrefiche des habits. Pourquoi vous ne me répondez pas ?

Il m'attrapa par le poignet, m'obligeant à m'asseoir à côté de lui.

— Parce que je ne veux pas me disputer avec vous.

— Pourquoi voulez-vous qu'on se dispute ?

— Vous êtes de mauvaise humeur, suggérai-je.

— J'ai juste passé une mauvaise nuit. Vous avez oublié de me laisser mon tramadol.

Oups.

— Je… je suis désolée, balbutiai-je. Vous auriez dû me réveiller.

Il avala une gorgée de café.

— Vous n'avez pas bu dans ma tasse aujourd'hui ?

— Non. J'ai eu le temps de déjeuner.

— Qu'est-ce qui vous a mis en retard, alors ?

— Carl m'a fait peur, j'ai lâché votre assiette, et elle s'est éclatée par terre avec votre petit déjeuner.

Il s'étouffa avec un morceau de pancake.

— Ne vous inquiétez pas, j'en ai refait.

— Et Carl ? Qu'est-ce qu'il vous a raconté ?

Cette salope de Kristen. Son choix entre sa passion et son père. OK. Son humeur s'améliorait, j'allais devoir passer la journée seule avec lui. Et j'étais loin d'être stupide.

— Qu'à votre place, il aurait du mal à se retrouver près de moi dans son lit.

Il s'étouffa de nouveau. Je me retins de rire.

— Y-a-t-il un problème avec mes pancakes ?

Ses yeux bleus se braquèrent sur moi.

— Qu'est-ce que vous lui avez répondu ?

J'avais presque l'impression de me retrouver coincé avec un agent de la CIA.

— Que vouliez-vous que je réponde !

— Vous avez rougi, c'est ça ?

Il reposa son pancake, à moitié broyé par son poing. J'avais presque l'impression qu'il se réservait le privilège de me faire rougir ! J'attrapai sa tasse et la portai à mes lèvres pour cacher mon sourire.

— Vous avez rougi, j'en suis certain ! s'exclama-t-il.

— Vous êtes jaloux ? le taquinai-je.

— Un peu.

Il me reprit la tasse – pour se cacher à son tour.

— N'importe quoi ! Ça ne se contrôle pas !

Je levai les yeux au ciel.

— Pourquoi rigoliez-vous ?

— Vous êtes certain de vouloir le savoir ? Parce que la réponse est pire que la précédente.

— Ne me faites pas languir, murmura-t-il.

— J'ai surpris votre ami en train de reluquer mes fesses.

— Et en quoi était-ce drôle ?

— Je vous avais dit que ça ne vous plairait pas.

— Je ne vois vraiment pas en quoi ça peut vous faire rire, grogna-t-il.

— C'est la tête qu'il a fait quand il s'est aperçu que je le voyais qui m'a fait rire !

Je recommençai à glousser.

— Oceana…

Rien à faire. Je ne pouvais pas m'arrêter.

— Oceana !

Sa main se posa sur ma joue, douce – une caresse. Je cessai de rire. La bouche ouverte, le souffle court, je sentais le malaise monter.

Pourquoi fallait-il qu'il ait cet effet-là sur moi ? Mais je me souvins de son comportement de la veille. Je me triturai l'intérieur de la bouche pour ne pas lui cracher mon venin.

— Dites-moi ce que vous avez sur le cœur, Oceana.

En quinze jours, Rick semblait avoir appris beaucoup de choses sur moi et de loin l'essentiel : la manière dont je m'y prenais pour me contrôler. Rien ne servait de nier. Il était plus têtu qu'une mule.

— Pourquoi vous m'avez appelé Mlle Douglas hier soir ?

Sa main quitta ma joue, son regard s'assombrit.

— Je… Ce n'est pas votre nom ?

J'étais ravie d'apprendre que si un jour je devenais sénile, si la maladie d'Alzheimer me frappait, je pourrais toujours compter sur Rick pour me rappeler comment je m'appelais !

Il fit la moue, sachant très bien que sa réponse ne me contenterait pas. Je fis taire ma déception et commençai calmement :

— Donc, je suis Oceana sous la douche. Oceana dans votre lit. Oceana au restaurant. Oceana lorsque nous sommes seuls. Mais lorsqu'il s'agit de me présenter à votre meilleur ami, je suis *mademoiselle* Douglas, votre aide à domicile ? (Je n'attendais aucune réponse.) Je croyais pourtant que ce titre, assez méprisant, était réservé à la bouche de votre mère ?

Ses yeux s'attardèrent un peu trop longtemps sur mes lèvres, comme s'il ne m'avait jamais cru capable de prononcer ce genre de discours.

— Je… Je ne sais pas quoi vous dire.

— Il n'y a rien à dire. Si je suis pour vous mademoiselle Douglas, vous serez pour moi monsieur Thomas, mon patient. Maintenant, finissez votre petit déjeuner si vous voulez voir votre ami Carl avant son départ.

Ses lèvres tremblaient. Je lui offris un tout petit sourire pour le rassurer.

— Venez sous la douche avec moi, lâcha-t-il avec précipitation.

— Et si votre ami nous surprend ?

— Je me fous de ce que peut penser Carl !

Il me présentait comme son aide à domicile – et rien que cela –, mais que son ami puisse nous trouver tous les deux nus sous la douche lui était indifférent ! ?

— Non. Je ne viendrai pas sous la douche avec vous.

— C'est ma punition parce que vous êtes fâchée contre moi ?

Je n'étais plus fâchée contre lui. D'avoir vidé mon sac m'avait libérée. Encore ce mot, punition… c'était plutôt la mienne !

— Non. C'est seulement parce que je ne désire pas seulement de vous des baisers ou des caresses.

— Le sujet a déjà été abordé. Je ne peux pas vous donner plus, dit-il, attristé.

— C'est vous qui le dites. Je suis certaine de pouvoir vous prouver le contraire.

En réalité, je n'en savais rien. Mais au-delà du défi qu'il me posait, j'avais réellement envie de lui. Seules mes cinq années d'abstinence me retenaient. Est-ce que je saurais toujours m'y prendre ?

Le bulletin météo tomba en fin de matinée, peu après le départ de Carl. Toute la côte Est de la Floride était menacée par un ouragan. J'en avais perdu tous mes moyens. J'avais balbutié des choses irrationnelles à propos du dernier jour de ma vie sous le regard amusé de Rick. Finalement, j'avais réussi à trouver du réconfort, après le déjeuner, dans les tâches ménagères : changement des draps de tous les lits de la maison, aspirateur, machine à laver et sèche-linge ; j'avais même nettoyé les vitres des cabines de douches. Bref. Si l'ouragan arrivait jusqu'à nous, je serais tellement fatiguée que je décéderais dans mon sommeil sans m'en rendre compte.

— J'ai fait du pop-corn et j'ai pré-installé la fin de la première saison de *Grey's Anatomy*, venez vous asseoir, maintenant ! m'ordonna Rick par l'intermédiaire du talkie-walkie.

J'inspectai le ciel, noir et orageux.

— Oceana ! grésilla une nouvelle fois le récepteur accroché à la ceinture de mon short.

Je le jetai sur mon lit pour rejoindre mon abominable patient. Je le trouvai assis sur le canapé du salon, la télécommande à la main. Deux canettes de Coca et un bol de pop-corn m'attendaient.

— Vous avez fini de me fuir ?

Je ne le fuyais pas, j'occupais ma tête !

— Venez là, murmura-t-il en ouvrant son bras.

Je me blottis contre lui, à moitié allongée sur le morceau de canapé qu'il m'avait réservé. Je me laissai aller quelques secondes, les yeux fermés. J'essayai de penser à autre chose. À tout et à rien. Plus à tout qu'à rien… Son bras le long de mon flanc et sa main sur ma cuisse nue ne m'aidaient pas. Ses doigts me rappelaient la nuit où ils avaient fait vibrer une partie de mon corps.

Je frissonnai malgré moi.

— Vous avez froid ? s'inquiéta-t-il.

— Non. Je… me suis trop agitée, préférai-je répondre. Sucré ou salé, le pop-corn ?

— Sucré. Vous préférez le salé ?

— Je n'ai pas de préférence.

Ce que je préférais, c'était le gâteau au chocolat !

Au bout de deux épisodes, les orages et la pluie reprirent le dessus sur mes pensées. Je me mordais l'intérieur de la bouche à m'en faire saigner pour me retenir de hurler que je paniquais !

— Ce n'est qu'un ouragan, annonça Rick, rassurant.

Je tournai la tête vers lui.

— Vous dites ça comme si vous en viviez tous les jours !

— Non. Mais j'en ai vu plus d'un. Nous sommes sur les hauteurs de Miami, loin des plages et de l'océan. Ne vous inquiétez pas.

En plus de l'orage qui grondait, le vent commençait à faire des siennes. Pas un petit vent à soulever une jupe, non. Un vent à nous déshabiller ! Un vent à tordre un parapluie. Un vent à s'accrocher à un arbre sans plus penser à la foudre. Il n'était pas plus de 18 heures, mais il faisait déjà presque nuit tant les nuages étaient noirs et épais. Ne pas m'inquiéter ?! J'étais au bord de la panique !

— Comment ne pas être craindre les choses qu'on ne connaît pas ? J'ai vécu des tempêtes de neige, le vent, la pluie et les orages à New York, mais pas des ouragans ! Bien sûr, je sais ce que c'est, merci Google ou les informations. Mais là, c'est différent ! Nous sommes coincés, ici, dans cette villa.

Il éteignit la télévision. Meredith Grey ne pouvait plus rien faire pour moi, de toute façon ! Je me redressai pour me lover dans ses bras.

— Si ça peut vous rassurer, la seule chose que nous avons à craindre, ce sont les coupures de téléphone et d'électricité. Au pire, nous mangerons de la salade verte éclairés à la bougie.

— Quel romantisme ! ironisai-je.

— Je vous promets un vrai dîner aux chandelles…

Il frotta mon nez du sien.

— Ne faites pas ça, soufflai-je, trop près de sa bouche.

— Faire quoi ?

Il recommença son truc avec son nez et le mien.

— Me faire croire que nous sommes un couple à peu près normal, qui aurait fait vœu d'abstinence jusqu'au mariage !

Je dis ça sur le ton de la plaisanterie, mais je n'en pensais pas moins. Nous n'étions pas un couple. Il n'avait pas à m'offrir de robe, ni à me payer un resto, ni à me promettre un dîner aux chandelles.

Je savais pourtant que ça me ferait du bien d'y croire. Que de le laisser prendre soin de moi me soulagerait. Mais j'étais à Miami. New York, c'était ça ma vraie vie. Celle où je dépendais d'Ethan et de son état de santé. Celle où je devais prendre soin des autres bien plus que de moi. Celle où je passais mon temps à m'oublier.

— Je ne vous fais rien croire du tout. Si je le pouvais, je vous ferais voir un coucher de soleil à Miami Beach, je vous ferais découvrir les Everglades, je vous ferais nager avec les dauphins dans l'océan…

Je posai mon index sur ses lèvres rebelles pour le réduire au silence, et surtout pour m'empêcher de penser avec amertume à toutes ces choses que je ne pourrais jamais faire avec lui.

Enfin, je murmurai :

— Si vous en étiez capable, je ne serais pas là, et je suis certaine que si vous me croisiez dans la rue, vous ne vous retourneriez même pas.

Il attrapa délicatement mon doigt, le regard remplit de tendresse. Bon sang ce mec me faisait craquer !

— Pourquoi avez-vous si peu d'estime pour vous ?

— Passé.

Le mot était sorti tout seul. Première et nouvelle règle de notre nuit à préliminaires avortés. Ne pas questionner l'autre sur son passé.

— Quoi, passé ?

— C'est comme si je vous demandais qui est Kristen.

Son regard changea. Je perçus son malaise.

— OK, finit-il par lâcher. Kristen est ma dernière petite amie.

Il avait balayé la règle du passé ! OK, soit le pop-corn avait remplacé sa matière grise, soit notre célèbre neurologue, Dr Mamour avait trifouillé son cerveau !

— Un homme m'a brisé le cœur il y a cinq ans, répliquai-je.

Ce qui n'était, bien sûr, qu'une partie de la vérité.

— Un abruti, trancha-t-il en haussant les épaules. Mais je crois que vous avez posé votre doigt sur ma bouche.

S'il m'embrassait maintenant, j'étais fichue. Je voulais l'être !

Un coup de tonnerre retentit à cet instant, et la lumière s'éteignit. Je me serrai instinctivement contre lui en poussant un cri. Paniquée, je haletais, tandis que mes oreilles devaient surmonter le crissement du vent mêlé au martèlement de mon sang dans mes tempes.

Inspirer, expirer.

Contre Rick, je retrouvai peu à peu la raison. Ses bras calmèrent mes tremblements. Ses lèvres sur ma tête apaisèrent mes pensées.

Il était là.

— Salade verte aux bougies, railla-t-il dans mes cheveux.

Je gloussai.

— Il n'y a plus de pop-corn ?

— Il n'y en a plus depuis longtemps. Pourquoi ?

— Je ne bouge pas. Pas d'un centimètre. Vous allez jeûner, ce soir.

Il se mit à rire.

— Vous aimez le gâteau au chocolat ?

— Qui n'aime pas le chocolat ? s'exclama-t-il en frottant une nouvelle fois son nez contre le mien.

Si la vapeur de chocolat existait, je ressemblerais à ça. Je repris aussitôt du poil de la bête.

— J'ai très envie d'un gâteau au chocolat ! m'exclamai-je.

— C'est bien, mais je dois vous rappeler qu'il n'y a pas d'électricité…

Je lui donnai un petit coup sur l'épaule.

— Rabat-joie !

Il me fixa avec malice.

— Alors, je vous promets un gâteau au chocolat aux chandelles dès que l'électricité reviendra.

— Vous savez faire un gâteau au chocolat ? pouffai-je alors que l'image de Rick avec un tablier de cuisine faisait intrusion dans ma tête.

— Pas du tout. Je vous laisserai faire. Je lècherai le plat et…

Mon doigt atterrit une nouvelle fois sur sa bouche.

— Je vous en dois deux, précisa-t-il en relevant un sourcil.

— Je sais. S'il le faut, je le ferai des milliers de fois, pour que vous m'en deviez toute la nuit !

CHAPITRE 10
ENCORE CE TRUC

Allongé sur le canapé, je la regardai préparer le repas du soir. Vêtue d'une large robe en coton blanc transparent, ses fesses apparaissaient et disparaissent derrière le tissu à chaque mouvement de ses jambes dénudées. Je me disais que j'aimerais en découvrir le moindre centimètre avec ma langue.

Ses cheveux, habituellement blonds, prenaient une teinte différente sous les rayons du soleil couchant, ils luisaient de nuances orangées. Tordus en chignon sur le haut de sa tête, ils découvraient sa nuque, où je voyais encore les traces de son coup de soleil.

Une vive douleur dans mes tibias me fit comprendre ce que je m'apprêtais à faire. Je m'étais levé pour la rejoindre, avec un désir fou de l'enlacer et d'embrasser son cou ! Je me rassis aussitôt et chassai cette idée de ma tête.

La fatigue m'étreignit instantanément. Comme si un sac de sable s'appuyait sur mes épaules, je plongeai mon visage entre mes mains. J'étais épuisé. J'avais encore passé une nuit – dans son lit, car mon lit médicalisé était resté bloqué en position assise pendant la panne d'électricité – à me triturer l'esprit. Partagé entre l'envie de lui donner ce qu'elle voulait (et ce que je voulais !) et ma fierté personnelle, je n'avais pu que difficilement trouver le sommeil. L'ouragan n'était pas passé près des côtes de Miami mais dans ma tête !

Oceana chaudement blottie contre moi, n'avait pas arrangé les choses. Sa jambe appuyée contre mon membre douloureux de trop bander. Ses doigts fins et glacés sur mon torse nu. Oceana s'était finalement assoupie contre moi, ignorant le grondement du tonnerre, le sifflement strident du vent dans les palmiers et le vacarme de la pluie contre les baies vitrées. Dessinant de petits cercles sur ses épaules, ma main avait suivi, lentement, le chemin de sa colonne vertébrale puis escaladé l'un des monts de ses fesses par-dessus le tissu satiné de son merveilleux short.

À ce rythme-là, je ne tiendrais pas longtemps. Elle aurait ce qu'elle voulait ! J'avais envie de l'embrasser à longueur de journée, de la goûter chaque fois que je la sentais et de lui faire l'amour dès qu'elle me touchait.

Et je me réveillais tous les matins avec la trique ! Parce qu'elle hantait aussi mes rêves ! Alors j'évitais de m'endormir par peur de la voir me faire des choses qui n'existeraient que dans ma tête !

L'électricité était revenue dans la nuit. Le vent et l'orage s'étaient éloignés. C'était fini. Nous découvririons les dégâts le lendemain, et je m'étais enfin endormi, moi aussi, après avoir niché mon nez dans ses cheveux comme pour parfumer mes rêves de vanille.

Ce matin, en me réveillant, je l'avais surprise en train de suivre du doigt les cicatrices de mon ventre. Sans me toucher, elle retraçait les coups de scalpel du chirurgien. J'avais souri malgré moi en apercevant ses yeux gris entourés de son maquillage de la veille et ses cheveux blonds éclairés par les rayons du soleil matinal. Bien entendu, se rendant compte que je la voyais faire, elle avait rougi et s'était précipitée hors de la chambre, prétextant une envie pressante.

Pour une fois, j'avais déjeuné avec elle sur la terrasse, après qu'elle eut ramassé et nettoyé la table et une chaise d'extérieur salis par le vent et la pluie. L'ouragan était passé loin des côtes, et il n'y avait pas eu tant de dégâts que ça. Seulement quelques plantes arrachées, des palmiers branlants, des bouts de bois qui flottaient dans la piscine et des flaques d'eau boueuses un peu partout sur le carrelage et l'herbe du jardin.

Ma mère avait appelé pour prévenir qu'une société de nettoyage allait venir en début d'après-midi pour remettre de l'ordre, et, pour une fois, Carl avait prévenu qu'il viendrait passer la soirée avec nous – « nous » –, c'est ce qu'il avait dit.

Premier coup dur de la journée. Carl serait là ce soir. C'était mon meilleur ami, il connaissait toute ma vie et, surtout, le chapitre concernant Kristen et nos fiançailles. Je regrettais d'avoir caché une partie de la vérité à Oceana. Qui savait comment elle réagirait ? Elle était imprévisible et elle ne parvenait que trop bien à cacher ce qu'elle pensait.

Deuxième coup dur : je savais qu'il venait pour Oceana. Carl était un séducteur. Il aimait toutes les filles et n'avait aucune préférence. C'était pour ça, et uniquement pour ça, que j'avais voulu mettre de la distance entre eux la veille. Oceana y avait vu du mépris ou de la honte. Mais non. Je pensais seulement à mon don juan de pote, à sa manie à happer tout ce qui portait une paire de seins et de fesses, et à ses connaissances sur ma vie privée qu'il ne se gênerait pas pour étaler !

J'aurais dû le lui dire lorsqu'elle s'était braquée contre moi, ce matin-là. J'aurais dû lui avouer que je me foutais de ce que tout le monde pouvait penser de nous. Je n'aurais pas dû la laisser me faire taire avec son minuscule doigt sur mes lèvres. J'aurais dû lui confesser que j'étais terrorisé parce que je ne savais pas où nous allions tous les deux, mais que je ne pourrais jamais la laisser partir à l'issue de ces trois mois, avec un dernier baiser et un chèque de salaire entre les mains.

Qu'est-ce qu'elle en pensait ? Qu'est-ce que nous allions devenir, elle à New York et moi à Miami ? Et si elle avait raison ?

Si ce truc n'existait que parce que nous étions isolés dans cette villa ?

— Vous avez un problème, Rick ? interrogea Oceana.

Je levai la tête de mes mains. Debout devant moi, elle m'épia avec attention. Ses seins pointaient à travers le tissu blanc de sa robe. Je me souvenais de ma langue et de mes dents jouant délicatement avec ses tétons, alors qu'elle gémissait comme une adolescente qui découvrait pour la première fois son corps.

— Juste fatigué. Je n'ai pas bien dormi.

Elle rougit instantanément. À cause de mon regard, qui s'était attardé trop longtemps sur sa poitrine ?

— Désolée, s'excusa-t-elle. Je ne vous ai pas lâché.

Perdu. Elle rougissait simplement parce qu'elle pensait être la cause de mon manque de sommeil. Indirectement, elle l'était, mais je préférais de loin dormir avec sa petite tête nichée au creux de mon bras que d'être seul dans mes draps gelés par l'air climatisé.

— Ils n'ont pas prévu d'ouragan pour ce soir, et votre lit est accessible maintenant. Vous dormirez mieux…

— J'aurais surtout dû repousser le repas avec Carl à demain.

La sonnerie de la porte d'entrée retentit. Il m'était impossible de décommander maintenant.

— Je vais ouvrir et je file passer un coup de téléphone, m'avertit-elle en se dirigeant vers la porte.

— Oceana ? (Elle se retourna.) Mettez un soutien-gorge, s'il vous plaît.

Elle regarda sa poitrine et s'empourpra à nouveau.

Alors que je me réinstallais dans mon fauteuil roulant, mon fidèle compagnon, j'entendis l'échange de politesses entre mon ami et elle, puis ses pas précipités sur le carrelage, jusqu'au couloir des chambres.

— Je suis là ! criai-je à Carl qui tardait à venir.

Il fit son apparition dans le salon. Il avait délaissé le short de bain et le débardeur du surfeur professionnel pour une chemise blanche et un pantalon noir. Il me faisait quoi, là, rasé à la perfection, les cheveux parfaitement coiffés ? Un défilé de mode ? En me voyant, il siffla.

— Deux jours d'affilée hors de ton lit ! Je suis gâté ! Mais dis-moi, comment tu fais pour te laisser toucher par cette fille sans penser à autre chose ? chuchota-t-il.

Elle n'avait malheureusement pas besoin de me toucher pour ça !

— Tu n'es qu'un obsédé ! Sers-nous une bière au lieu de dire des conneries…

J'avançai avec lui jusqu'à la cuisine. L'odeur des épices du risotto d'Oceana chatouilla mes narines ; on était bien loin de la salade verte aux chandelles ce soir ! Elle avait bien dû passer une heure en cuisine pendant que je faisais ma séance de rééducation sur le canapé.

— Elle a rappelé ?

Une bouteille de bière à la main, Carl me dévisageait.

— Pas que je sache.

Non. Elle n'avait pas rappelé. Elle n'avait jamais appelé. Pas une seule fois, pour savoir si j'allais bien, si j'avais besoin de quelque chose, si je voulais parler. Pas une seule fois ! C'était moi qui l'avais appelée. Pour savoir quand elle reviendrait. Pour lui crier que je l'aimais et que j'étais désolé d'avoir tout bousillé. Le soir de ma sortie de l'hôpital. Le soir où j'avais découvert qu'aucun souvenir d'elle ne subsistait dans cette maison. Notre maison ! Ce soir-là, j'avais chialé comme une merde sur mes plâtres et mes pansements. Elle était partie. Il n'y avait rien d'autre à dire. L'aide à domicile engagée par ma mère n'avait pas tenu plus de quarante-huit heures. Les suivantes n'avaient fait guère mieux. Toutes avaient subi mes sautes d'humeur et mes impulsions rageuses. Elles n'osaient pas m'affronter, allaient même jusqu'à pleurer. En réalité, je leur avais infligé tout ce que je voulais faire subir à Kristen.

Jusqu'à Oceana.

— Elle va revenir, Rick, m'avertit Carl en me poussant jusqu'à la terrasse.

— Tu ne vas pas t'y mettre, toi aussi ? grognai-je tandis qu'il m'installait devant la table.

Je fis descendre deux gorgées de blonde dans ma gorge. Il prit une chaise pour s'asseoir en face de moi.

— Ce que je veux dire, c'est qu'elle reviendra à la charge quand tu seras remis sur pied. Qu'est-ce que tu feras à ce moment-là ?

— J'en sais rien, lâchai-je.

— Elle ne mérite même pas que tu doutes ! Bon sang, Rick, c'est elle qui devrait faire ce que cette Oceana fait pour toi ! Elle est partie !

Elle t'a laissé pour mort dans un lit d'hôpital ! Elle t'a dit qu'elle te quittait alors que tu avais un putain de tuyau dans la bouche pour t'aider à respirer ! Moi, à ta place, je n'hésiterais pas.

Est-ce que j'hésitais ? À vrai dire, j'étais tellement persuadé qu'elle ne reviendrait jamais que je ne posais même plus la question de savoir si j'accepterais son retour ou non ! Au début, j'espérais qu'elle se raviserait. Mais maintenant, je n'y pensais même plus. Je ne pensais plus à elle ! Voilà la vérité !

— Tu n'es pas à ma place, dis-je en portant le goulot de ma bouteille à ma bouche.

— Putain, non ! Moi, je ne l'aurais même pas mise dans mon lit !

— Fais-moi rire ! Ce n'est pas ce que tu disais la première fois que tu l'as vue.

— Je n'aime pas cette fille.

— Tu ne l'aimes pas parce qu'elle n'a jamais voulu de toi !

— C'est une garce.

Cette discussion ne menait à rien. Nous l'avions déjà eue le jour où j'avais vendu mon club de sport nautique. Et aujourd'hui, avec le recul, je me rendais compte qu'il avait raison. J'aurai dû garder le club, pour rester indépendant. Mais je voulais tout changer, pour Kristen.

Pauvre con !

— Change de sujet, tu veux ? Tu repars quand ? demandai-je.

Je bus une nouvelle gorgée de bière pour paraître plus détendu.

— On en a déjà parlé l'autre soir.

— Tu parles du soir où j'étais trop bourré pour me coucher tout seul ?

— Oui. J'espère qu'Oceana sera apte à te déshabiller ce soir car je ne recommencerai pas ! J'ai encore du mal à chasser certaines images de ma tête !

— Fais pas ton macho, ce n'était qu'un short !

— Sans rire. Comment tu fais pour… (Il montra son bassin des yeux.) Ne me fais pas croire qu'elle est molle depuis Kristen ! ?

Il parlait de ma queue. OK. Non. Elle n'était pas molle, ni inapte à se livrer à un quelconque sport de détente !

— Oceana dort dans mon bureau et la porte reste ouverte, comment veux-tu que je m'y prenne dans ces conditions ?

— Tu y as pensé ! J'en étais sûr !

Mais quel obsédé !

— L'eau de la douche me sert à couvrir les bruits…

— Elle a quelqu'un ? chuchota-t-il en se penchant vers moi.

Je jouai la naïveté.

— De qui tu parles ?

— D'Oceana.

J'étais presque certain, maintenant, qu'il n'était là que pour elle.

— Je ne crois pas. On ne parle pas de notre passé.

L'air perplexe, il me dévisagea.

— C'est quoi, cette connerie ?

— Je ne lui pose pas de questions, elle non plus.

— Ne me fais pas croire ça… Vous faites quoi de vos journées ?

— Tu veux mon planning ou le sien ? aboyai-je un peu trop vite.

Je n'allais tout de même pas lui dire qu'on passait notre temps à se frôler, se caresser, s'embrasser, se regarder…

Je repris, plus posément :

— Le matin, elle s'affaire dans la maison, moi je tire ma flemme ; l'après-midi, je fais ma rééducation, et elle de la gym. Ça s'arrête là.

Il secoua la tête.

— Tu me caches quelque chose. Y a un truc. Ah, la voilà.

Pas besoin qu'il me le dise pour savoir qu'elle était là. Son parfum de vanille avait déjà sollicité chacun de mes sens. Mon sang se mit à bouillir. Je l'accueillis d'un sourire parfaitement niais.

— Désolée, dit-elle en s'installant à l'autre bout de la table.

Ma joie retomba en la découvrant. Elle avait les yeux rouges et les paupières bouffies. Elle avait pleuré. Pour me retenir de lui poser des questions, je bus d'un trait ma bière.

— Vous voulez boire quelque chose ? Une bière ? demanda Carl.

— Merci, je ne bois pas d'alcool, répondit-elle poliment.

— Je sais ! lança-t-il, manifestement fier de lui. Un jus d'orange.

Comment savait-il qu'elle aimait le jus d'orange ?

Elle hocha la tête, et Carl partit au pas de course vers la cuisine. Je tentai d'oublier mon subit accès de jalousie et plongeai mes yeux dans les siens.

— Pas maintenant, articula-t-elle, comprenant mon intention.

Je le savais. Il s'était passé quelque chose. J'avais envie de mettre Carl à la porte et de lui dire de ne plus revenir avant dix semaines !

Le repas se déroula dans le calme. Oceana fit semblant de s'intéresser à nos conversations sur le prochain championnat de surf de mon ami. Poliment, elle esquissait un sourire lorsque celui-ci la regardait, mais je savais qu'elle n'avait pas écouté le moindre mot.

Son risotto était extra ! Cette fille était un véritable cordon-bleu ! Je l'avais su dès le premier pancake qu'elle m'avait préparé.

Je bâillai ostensiblement. Carl continuait à déblatérer et ne semblait pas vouloir partir. Oceana avait eu le temps de débarrasser la table et de faire la vaisselle, alors que je possédais un lave-vaisselle, et le soleil s'était couché depuis longtemps.

Au moment où je pensais qu'il allait enfin lever le camp, il passa à l'attaque. Oceana était allée chercher dans sa chambre un large gilet en laine et s'était si bien emmitouflée dedans, jambes recroquevillées contre sa poitrine sur la chaise, qu'on ne voyait dépasser que ses petits orteils. Je n'avais qu'une envie, la prendre dans mes bras pour la réchauffer.

— Vous avez quelqu'un à New York ? tenta Carl.

Évitant soigneusement de me regarder, elle finit par dire :

— Je n'ai pas le temps pour un petit ami.

— Vous travaillez dans un hôpital ?

— Non. Je préfère les soins à domicile. Je m'occupe des personnes âgées de mon quartier.

— Ce qui est sûr, c'est que ça doit être différent d'ici ! Comment arrivez-vous à le supporter ?

Il me montra du doigt. Je la vis rougir à la lueur du lampadaire. À quoi pensait-elle ?

— Rick n'est pas difficile à vivre, répondit-elle en haussant les épaules.

— Si jamais vous vous ennuyez ou si vous en avez marre de voir sa sale tronche, je peux vous faire visiter Miami. Vous vous êtes déjà baignée dans l'océan ?

Oui, j'étais jaloux. Il pouvait faire avec elle tout ce qu'il voulait, tout ce que je ne pouvais pas faire.

— Pas depuis longtemps.

— Oceana préfère la piscine, ajoutai-je maladroitement.

Ses yeux devinrent de glace. En une phrase, je l'avais exaspérée. Elle se redressa sur sa chaise ; l'expression enjouée qui apparut sur son visage ne me disait rien qui vaille.

— Je n'ai jamais fait de surf. Je suppose que ça ne doit pas être compliqué.

— Je peux vous montrer, si vous voulez, proposa Carl surexcité.

— Je suis meilleur que lui, je vous apprendrai dès que je serai remis sur pied, me hâtai-je de dire.

Mon ami tourna la tête vers moi. Je savais ce qu'il pensait. Je n'étais plus remonté sur une planche depuis que Kristen avait accepté ma demande en mariage. C'était sa condition. Que j'arrête de me mettre en danger. J'avais accepté. Avec regret et amertume.

Je défiai Carl du regard ; il plissa les yeux, surpris.

— Je ne manquerai pas de m'en souvenir, Carl, dit Oceana, interrompant notre échange silencieux. Pour l'instant, je vais aller me coucher, je suis épuisée ! La journée a été longue.

— J'allais partir, de toute façon, annonça Carl.

— Vous ne restez pas dormir ici ?

Mon cœur se serra ; mais son visage neutre me fit comprendre qu'il ne s'agissait qu'une simple politesse.

— Je peux encore conduire et je dois rejoindre des amis à une soirée. Et puis je vous avouerai que je n'ai pas très envie d'avoir à coucher et déshabiller Rick ce soir ! Je suis certain que vous faites ça mieux que moi !

Ses joues s'empourprèrent instantanément.

— Je… euh… commença-t-elle à balbutier.

— Ce n'est pas ce que j'ai voulu dire… Je veux dire, c'est votre travail… reprit Carl, gêné.

— Oceana ne me déshabille pas, Carl, je le fais très bien tout seul et je n'ai bu que deux bières ! Merci de te soucier de moi et de mon bien-être.

— Voilà ! s'exclama-t-il en se grattant la tête. Tu me raccompagnes ?

Je hochai la tête. Oceana souffla un rapide bonsoir avant de s'éclipser. Je me retins une nouvelle fois de lui foutre mon poing dans la gueule en le voyant reluquer ses fesses.

Devant la porte d'entrée, il se retourna et annonça :

— Il y a un truc. Tu ne me l'ôteras pas de l'idée, il y a un truc.

Oui, il y avait un truc. Ce fameux truc d'Oceana. Ce truc… Je souris, secouai la tête comme pour le contredire et ouvris la porte pour l'inciter à partir.

— Fais attention à toi, dis-je simplement.

Il soupira et passa l'entrée tout en criant :

— T'inquiète, je sors toujours protégé !

Je souris à nouveau, malgré moi, en pensant aux préservatifs à la vanille.

Dans le couloir, je m'arrêtai devant la chambre d'Oceana. Aucune lumière ne filtrait sous la porte. Était-elle déjà couchée ? Je frappai.

— Oceana, vous allez bien ?

— Je suis dans votre chambre, entendis-je à l'autre bout du couloir.

Mains sur les roues, je repartis dans le couloir jusqu'à elle.

Bordel !

Assise en tailleur au milieu de mon lit, toujours blottie dans son gilet, elle m'attendait. Mon cœur manqua de battre un instant en découvrant son visage sous la lumière de la lampe de chevet. Je n'étais pas certain qu'elle ne pleurait pas encore.

— Que…

— Taisez-vous, murmura-t-elle. Éteignez la lumière et rejoignez-moi. Ce soir, j'ai besoin de vous. Je n'ai pas de coup de soleil. Je n'ai mal nulle part. J'ai juste besoin de vous. Je veux seulement que vous me fassiez oublier que je ne suis pas moi. Que ma vie n'est pas à New York, ni ici. Je veux juste être ailleurs. Est-ce que vous en êtes capable ?

Je déglutis face à sa demande.

— Que s'est-il passé ?

Elle secoua la tête. Elle ne me dirait rien. Voir une larme s'échapper de ses yeux me démolit. Oceana ne pleurait jamais, Oceana souriait, Oceana rougissait, mais elle ne pleurait jamais !

Je m'avançai jusqu'à elle, sans voix. D'une main, elle défit son chignon et, tandis que ses cheveux blonds déferlaient en cascade, elle fit glisser son gilet d'un mouvement d'épaule. Elle était nue.

La bouche sèche et le cœur battant la chamade, Je ne pouvais me lasser de la regarder, si parfaite et si belle. J'eus du mal à me retenir de finir le chemin sur mes deux jambes.

Sa respiration était précipitée ; elle avait peur. Peur de quoi ? Que je refuse ce qu'elle me demandait ou que je la touche ?

— C'est vraiment ce que vous voulez ?

Elle hocha la tête.

— Je veux vous l'entendre dire, Oceana.

CHAPITRE 11
PARTIR

Je tremblais comme une feuille morte sur le lit de Rick, persuadée que c'était la seule manière pour moi d'oublier l'état d'Ethan.

Toute la soirée, ma discussion avec ma mère m'avait torturée au point de ne pas avoir écouté un traître mot des discussions des garçons, au point d'avoir fixé mon assiette pleine sans pour autant y goûter, au point d'avoir souri pour faire oublier ma mélancolie à Rick et à Carl. Plus à Carl qu'à Rick, d'ailleurs, car lui avait compris qu'il s'était passé quelque chose dès l'instant où j'avais mis un pied sur la terrasse.

Ce que je redoutais tant en venant à Miami s'était produit. Ethan avait été hospitalisé. Son état n'était pas suffisamment grave pour nécessiter une opération d'urgence, mais assez pour le garder sous surveillance pendant une journée.

Je n'avais pas été là lorsque la puéricultrice l'avait perfusé. Je n'avais pas été là pour lui faire oublier qu'il devait rester dans un lit sans trop bouger. Je n'avais pas été là pour le prendre dans mes bras et lui faire croire que c'était comme à la maison.

Je n'avais pas été là.

Ni pour lui faire des bisous magiques. Ni pour lui dessiner des lutins du père Noël sur les pansements des prises de sang. Ni pour lui apporter du gâteau au chocolat.

J'étais là. À Miami.

Ma mère avait voulu me rassurer. « Il va bien maintenant, Nana », avait-elle dit. Après que mon cœur eut été arraché sans préavis de ma poitrine. Après que ma vision se fut troublée comme si le monde dans lequel je vivais s'était écroulé. Après que mes entrailles se furent tordues si violemment qu'il m'était impossible de respirer.

Mon bébé allait mieux, mais je n'avais pas été avec lui.

« Ça s'est bien passé », avait-elle continué. Il avait reçu une forte dose de diurétique pour réduire la charge de travail des ventricules de son petit cœur, avait été mis sous oxygène et ses apports en eau réduits. Ça pourrait paraître simple, sauf qu'Ethan n'avait que cinq ans et, à cet âge-là, il n'était pas évident d'écouter ce que les adultes nous demandaient de faire.

Ça devenait de plus en plus difficile…

Il voyait ses copains courir et crapahuter partout sans jamais s'essouffler alors que lui, au bout de cinq minutes, était obligé de s'asseoir pour reprendre son souffle. Il ne me le disait pas, mais je savais qu'il trouvait ça injuste et qu'il était triste de devoir se contenter de les regarder jouer au lieu de les suivre.

C'était ça le plus dur… Le plus dur, c'était de ne pas le regarder avec mélancolie, de voir le meilleur, de lui faire toucher le plus beau.

Bien sûr, il savait ce qu'il avait le droit de faire ou ne pas faire, ou plutôt ce que son cœur l'autorisait à faire ! Mais, quelquefois, il était tenté d'aller au-delà de ses capacités. Et il était difficile de se retenir de le blâmer, parce que la normalité, à son âge, c'était courir et s'amuser.

Lorsque je fermais les yeux, je pouvais voir son petit visage d'ange entouré de ses boucles blondes, je pouvais entendre ses éclats de rires et sa petite voix m'appelant maman et je pouvais sentir sa peau douce et fine sous mes doigts.

Miami me rendait faible et impuissante. Miami me montrait à quel point ma vie à New York n'était qu'une course folle pour la vie. Miami me faisait lâcher prise, me faisait rêver et oublier, presque, qu'Ethan existait. Je culpabilisais tellement de dire et de penser ça. Quelle mère étais-je pour me sentir heureuse sans lui, heureuse avec Rick ?

Pour la première fois en cinq ans, je flanchais. Je baissais les bras. J'en venais presque à souhaiter qu'il soit opéré en urgence. Je n'aurais plus besoin de cet argent, tout serait pris en charge par l'hôpital. Mais à quel prix pour Ethan ? Au prix de sa vie. Car il ne serait opéré, dans ces conditions, que le jour où son pronostic vital serait engagé.

Je savais que ce jour approchait. Ethan avait déjà cinq ans. Et c'était pour cette raison qu'il me fallait cet argent. Pour qu'il soit opéré dans de meilleures conditions, que son petit cœur soit réparé sans séquelles, qu'il se remette plus vite et qu'il puisse sourire parce qu'il courait – et pas seulement en regardant ses copains le faire.

Alors, le temps d'une soirée, je voulais m'oublier. Ou tout simplement apprécier certaines choses de la vie auxquelles je n'avais plus pensé depuis trop d'années. Je voulais Rick et son emprise sur mon corps. Je voulais sa peau sur la mienne et son souffle dans ma bouche. Je voulais qu'il me montre comment respirer et comment faire courir mon cœur pour lui, et uniquement pour lui.

— C'est vraiment ce que vous voulez ?

J'étais terrorisée par sa question. J'avais été explicite, il n'était pas stupide, je voulais qu'il me fasse l'amour ; il m'en coûtait déjà d'être dévêtue devant lui, alors le dire !

— Je veux vous l'entendre dire.

Je fermai les yeux. Prenant mon courage à deux mains, j'articulai :

— Je veux que vous me fassiez l'amour.

Les yeux toujours fermés, torturée dans l'attente de sa réponse comme un accusé attendant sa sentence, je me retenais même de respirer.

— Alors la réponse est non.

Il refusait. Encore une fois tout mon monde sembla s'écrouler.

— C'est non. Pas parce que je ne vous désire pas. Vous ne pouvez même pas vous imaginer à quel point il m'est difficile de vous dire non, car je rêve, même éveillé, de vous faire l'amour dans toutes les pièces de cette maison.

— Alors pourquoi vous ne voulez pas ?

— Parce que vous me le demandez pour de mauvaises raisons.

Désespérée, je tentai un dernier argument :

— J'ai eu envie de vous bien avant ce coup de téléphone.

— Et pourtant, vous n'avez pas essayé chaque nuit que nous avons passé ensemble.

— Je…

— Je ne vous ferai pas l'amour, mais ça ne veut pas dire que je ne veux pas être là pour vous, me coupa-t-il. Approchez.

Il tapota la partie du lit devant lui. Je déglutis.

— Qu'est-ce que vous comptez faire ?

— Vous faire oublier. Mais à ma manière.

Ma vision se troubla. Et ma tête me rappela un de mes rêves, où la sienne se perdait entre mes jambes.

— Je…

— Ne soyez pas stupide, Oceana. J'ai envie de vous goûter.

Son audace me fit frissonner, autant que ses yeux détaillant mon corps. Mon corps. Qui portait la cicatrice de ma césarienne, bien qu'estompée à présent, et deux vergetures sous le nombril.

— Éteignez la lumière, le suppliai-je.

— Non. Je veux vous voir rougir.

— Je rougis déjà chaque fois que vous me parlez.

— Je ne vais pas me servir de ma langue pour vous parler…

Je m'empourprai. Il m'excitait. Sa main droite se tendit vers moi, paume vers le haut. Je l'attrapai les doigts tremblants, et me laissai glisser jusqu'à lui. Les jambes écartées, mon sexe frétilla, nu et chétif si près de lui. Hâtivement, mes mains se crispèrent sur le drap. Je fermai les yeux.

— Oceana. N'ayez pas honte de votre corps.

Je sentis sa bouche se poser à l'intérieur de ma cuisse droite tandis que ses mains agrippèrent mes fesses pour me rapprocher encore plus près. Je tressaillis.

Sa bouche se posa sur l'autre cuisse. Puis plus haut. Et encore plus haut, si près de mes lèvres ouvertes et accueillantes.

— Oceana. C'est vraiment ce que vous voulez ?

Je hochai frénétiquement la tête, les paupières toujours closes.

— Regardez-moi, Oceana.

Je m'exécutai. Sa voix était douce et calme, mais son regard enflammé et intense. Ses mains m'attirèrent un peu plus vers lui. Je me laissai aller, m'allongeant sur le lit. Instinctivement mes jambes se placèrent sur ses épaules tandis que mes doigts s'accrochaient au bord du matelas.

Sa bouche reprit délicatement sa course vers mon entrejambe. Par-delà mon bassin, la vision érotique de ses yeux fixés aux miens me donnaient envie de le presser. Malgré les battements assourdissants de mon cœur, je l'entendis murmurer entre ses baisers qu'il en avait envie depuis longtemps, que je sentais bon et que, promis, il me ferait l'amour un jour…

Je me détendais. Acceptai les martèlements puissants de mon cœur. Relâchai l'emprise sur le drap.

Dans un râle sorti de sa gorge, parfait mélange de frustration et de soulagement, sa langue durcie s'accapara mon clitoris. Je gémis longuement.

— Encore meilleur que la vanille, chuchota-t-il entre mes cuisses.

Sa langue s'agitait, s'appliquait. Frénétiquement et sans relâche. Comme s'il dégustait la meilleure glace au chocolat qu'il eût jamais mangé.

Et moi… Moi… Je remettais mon corps à Rick. Je le laissais me guider. Remplir mon ventre de cette exquise tension. Intense et chaleureuse. Grandissante et ascensionnelle. Sa langue se faisait plus empressée sur mon clitoris et dans mon vagin. Je gémis encore plus, murmurai des mots intangibles.

— Je me languis déjà de vous faire l'amour, Oceana.

Je laissai monter et s'épandre cette chaleur irrationnelle dans mon corps. Je me cambrai et rejetai ma tête en arrière pour accueillir ce feu d'artifice de bien-être dans mon sexe.

— Regardez-moi, Oceana, murmura-t-il à l'instant où l'un de ses doigts me pénétrait.

Je ne pus retenir un grognement de plaisir tout en m'empalant plus profondément sur lui. Un deuxième doigt rejoignit le premier. Mes pieds pressèrent plus fort son dos.

— Oceana. Je veux que vous me regardiez vous donner du plaisir.

J'obéis et le regardai. La tête entre mes jambes. Ses yeux plongés dans les miens. Tandis que sa bouche et sa langue jouaient, accompagnées de ses doigts allant et venant dans mon sexe.

La pression dans mon ventre arriva à un point de non-retour. Je me cambrai une nouvelle fois. Saisis le drap avec fureur. Je ne le quittais pas des yeux. Et le voir suffit à me rendre folle. À m'enivrer. À me faire exploser sur ses doigts. Nue dans ses yeux. Trempée sur sa bouche. Tendue dans son autre main. Mon orgasme me fit crier à me demander si ce son sortait bien de ma gorge. Je convulsai de tout mon être.

Enfin, je devins aussi molle que du chocolat fondu. Le feu aux joues, dans mon cou, sur ma poitrine, entre mes jambes, je brûlais.

Sa bouche humide me sourit, avant de se poser sur mon pubis. Puis sous mon nombril. Il repoussa doucement mes jambes et se mit debout pour continuer plus haut, sur mon sternum.

Je soufflai :

— Vous n'avez pas le droit de vous appuyer sur vos…

— Chut.

Il était déjà couché à côté de moi, appuyé sur un coude. Mon sexe frémit une dernière fois. Le dos de sa main caressa ma joue.

— Je veux voir ce rouge que j'adore…

Je souris et me lovai contre ses doigts.

— Quel jour sommes-nous ? demanda-t-il avec malice.

— Il est plus de minuit. Samedi, je crois.

— Nouvelles règles, dit-il en déposant un chaste baiser sur mes lèvres.

Comme pour emprisonner l'empreinte de sa bouche sur la mienne, je léchai mes lèvres. Je reconnus le goût salé et amer de ma cyprine.

— Et quelles sont-elles ?

Il fit courir ses doigts sur mon ventre.

— Il n'y en a qu'une seule. Dans mon lit, c'est moi qui décide.

Ses yeux bleus me fixaient avec intensité.

— Si ça se passe comme ça chaque fois, je ne bouge plus d'ici.

Je n'arrivais pas à croire que j'avais dit ça !

— Dois-je en conclure que ça vous a plu ?

— Je crois que vous m'avez offert un orgasme…

— Vous *croyez* ? répéta-t-il en levant les sourcils comme si ce verbe ne lui plaisait pas.

Je mordis l'intérieur de ma joue.

— Vous êtes dans mon lit, Oceana…

— Vous êtes mon premier orgasme.

Ses doigts cessèrent leur danse sur ma peau.

— Ça n'est pas ce que vous croyez, me hâtai-je de dire en voyant l'expression de son regard. J'ai déjà connu des hommes, mais je suppose qu'ils préféraient penser à leur propre plaisir.

Ses yeux me sondèrent. Je disais la vérité. Aucun ne s'était soucié de moi ou de mon bien-être. C'était plaisant… mais ce n'était pas ce que Rick m'avait offert !

— Je soutiens que tous les hommes à New York sont aveugles et, certainement aussi, fous ! dit-il enfin. Vous restez dormir avec moi ?

Je hochai la tête tout en retenant un sourire, soulagée.

— Installez-vous, je reviens, annonça-t-il avant de retourner dans son fauteuil.

L'air frais de la climatisation sur mon dos nu me réveilla. Peut-être aussi le clapotis des gouttes d'eau. Lentement, j'ouvris les yeux. Il faisait nuit. Rick n'était pas près de moi. Je me redressai tout en m'enveloppant du drap. Une vive brûlure dans mon entrejambe me rappela ce que nous avions fait.

Ce qu'il m'avait fait…

Je chassai de ma tête la petite voix sournoise qui me suggérait que ce n'était pas bien. Ce n'était pas simplement bien, c'était aussi affreusement bon, divinement succulent, addictif !

Le bruit de l'eau s'intensifia. Je me levai et me dirigeai vers la salle de bains, enveloppée de mon drap. Sans faire de bruit, j'ouvris la porte et y pénétrai. Il était debout sur ses deux jambes, devant son fauteuil, le bras gauche en appui sur le mur en face de lui ; son bras droit s'agitait devant lui.

Le voir se masturber me fit bouillir. Baigné par l'eau qui s'écoulait de la douche fixée au-dessus de lui, il gémissait. Son dos, ses fesses et ses cuisses se contractaient, dessinant sa musculature parfaite.

Je m'approchai doucement. Je voulais le voir de plus près. Je voulais le voir jouir, comme il m'avait vue. Mais le drap s'accrocha à la porte et la fit grincer. Je me pétrifiai. Rick se retourna.

Confuse, je vis son sexe tendu, qu'il venait de lâcher. Il ne me regardait pas. Il restait là, figé sous le jet d'eau.

— Je suis désolé, murmura-t-il enfin. Mais vous voir nue dans mon lit, après…

Sa phrase resta en suspens. Il s'excusait, alors que c'était moi qui l'avais surpris dans un moment d'intimité !

Je laissai le drap là où il était, coincé dans la porte, et entrai dans la douche. Mes pas semblaient sereins et certains, mais je tremblais de peur. L'eau était presque brûlante. Je m'insérai entre lui et le mur. C'était la première fois que je le voyais debout devant moi. Il me dominait de deux têtes, et je me sentais minuscule et fragile. Mes yeux gravirent lentement son corps. Ses jambes tendues, sa queue dressée, son torse gonflé et ses yeux terrifiés.

— Vous ne devriez pas être debout, tentai-je.

— Je ne suis pas à quelques jours près pour la gauche, et c'est plus facile debout.

— Je ne voulais pas vous déranger, mais…

— Mais ?

— Pourquoi vous ne m'avez pas réveillée ?

Les sourcils de Rick se froncèrent.

— Ce n'est pas parce que je vous ai fait du bien que vous devez m'en faire aussi, lâcha-t-il avec amertume.

— C'est ce que vous croyez ? Vous pensez réellement que je me sens obligée de vous rendre ce que vous m'avez donné ? Je le ferai seulement parce que j'en ai envie.

— Non !

Il s'approcha dangereusement. Je déglutis.

— Nous ne sommes pas dans votre lit, Rick. Il n'y a pas de règles ici, l'avertis-je d'un ton sec.

— Je la mets en place dès à présent.

Je ne le comprenais pas. C'était ce qu'il voulait, je le savais, son sexe me le faisait sentir en frôlant mon bassin. Ses yeux me le criaient.

— Demandez-moi de le faire. Je suis certaine que c'est ce que vous voulez. Vous voulez diriger et dominer, alors faites-le. Je ne vous blâmerai pas, je ne suis pas dans ce fauteuil, dépendante des autres, toute la journée.

Son regard se durcit d'autant plus. Je me foutais de savoir s'il m'en voulait de lui avoir dit tout ça. Ce n'était que la vérité. Il n'avait qu'à s'arranger avec son ego, après tout.

Je tentai le tout pour le tout. Je posai un doigt sur l'une des cicatrices de son torse et le fit glisser, à travers l'eau ruisselante, d'un bout à l'autre. Il soupira. Je recommençai avec la suivante. Sur son abdomen. Avec la même délicatesse. Les yeux fermés, la bouche ouverte, il tressaillit.

— Je suis terrifiée, Rick. Je suis terrifiée parce que je désire faire avec vous des choses que je n'ai jamais faites. Je suis terrifiée parce que je ne sais pas si ce que nous faisons est bien ou mal. Et je suis terrifiée parce que je ne sais pas m'y prendre et que j'ai peur de ne pas réussir à vous faire du bien. Alors, dites-moi ce que je dois faire.

Mon cœur semblait vouloir exploser dans ma poitrine. J'avais dit tout haut ce qui me torturait à longueur de journée. Ses yeux s'ouvrirent enfin.

— Mettez-vous à genoux.

Je m'exécutai. Tremblante. Apeurée. Tendu devant mes yeux, son sexe sursauta. Rick s'en empara alors que je restais pantelante et perdue.

— Au début, laissez-moi faire. Accrochez-vous à mes hanches. Si ça ne va pas, vous me pincez. OK ?

Les yeux toujours fixés sur son sexe, je hochai rapidement la tête, me refusant à penser que ça pourrait ne pas aller !

Sa main guida son gland découvert jusqu'à ma bouche. Il s'y frotta délicieusement. Sa peau lisse et soyeuse glissait sur mes lèvres entrouvertes. Il gémit une nouvelle fois, faisant naître en moi un sentiment de puissance. Dans un élan de courage, je me lançai. Je le léchai. Nouveau gémissement, puissant et plus profond. Je faisais glisser le bout de ma langue le long de sa verge. Je n'avais aucune idée de ce que je faisais, mais l'entendre geindre me suffisait. Je ne quittais pas son visage des yeux, de plus en plus impuissant. Je le pris dans ma bouche, l'insérai au plus profond, jusqu'à ma gorge. Je recommençai. Encore et encore.

Enivré, il posa une main dans mes cheveux trempés, me pressant contre lui.

— Oceana, si vous saviez comme j'en ai rêvé…

L'entendre le dire me donna autant de plaisir que s'il me touchait. Je me délectai de sa queue dans ma bouche, de son regard fou de désir et de ses gémissements toujours plus forts.

— Oceana… Je vais jouir. Levez-vous.

Mes doigts s'agrippèrent fermement à ses fesses, lui signifiant que je ne comptais pas m'arrêter là. J'accélérai la cadence. Toujours plus vite. Toujours plus profond. Sans pitié pour ma gorge et jouant de ma langue sur son gland. Ses gémissements devinrent rauques. Je sentis son gout, sa texture sur ma langue. J'avalai sans me poser de questions. Et je recommençai à aller et venir sur son sexe qui se tendait et se détendait pour en expulser un peu plus.

Un dernier râle sortit de sa gorge. Je me retirai, et il m'aida à me lever ; mes jambes tremblaient.

— Je crois que c'est la meilleure pipe qu'on m'ait jamais faite, avoua-t-il, haletant, les yeux fixés sur ma bouche.

Je ne pus retenir un sourire.

— Je *crois* ? relevai-je.

— De loin la meilleure.

La meilleure…

Ses doigts repoussèrent quelques mèches trempées de mon visage alors que ses yeux me dévisageaient avec une tendresse que je ne lui connaissais pas.

— Et je le répète, les hommes sont tous fous, à New York.

CHAPITRE 12
COMMENT ?

Comment se comporter après une nuit comme la nôtre ? Il n'était plus question de caresses ou de baisers échangés sous un drap, il était question de beaucoup plus qu'un simple échange de salive. Rick avait découvert mon intimité, j'avais découvert la sienne. Il m'avait offert un orgasme, et j'en avais fait de même pour lui. Il m'avait touchée comme personne avant lui ne l'avait jamais fait, et je m'étais laissée surprendre par mon audace en le touchant aussi. Alors, comment devions-nous nous comporter au petit matin ?

Avant ce samedi, il y avait mes règles, qui m'aidaient à croire que j'étais seulement son aide à domicile – une aide qui avait commis certaines incartades. Qui m'aidaient à croire que ce truc n'était qu'une simple attirance exacerbée par l'isolement. Illusion, puisque ma tête, mon corps et surtout mes joues semblaient réagir uniquement à Rick, et cela même en présence d'autres personnes. Ce truc n'était pas qu'une simple attirance.

En avoir conscience, c'était bien, mais cela ne m'aidait pas à savoir… comment je devais me comporter avec lui ce matin.

Je n'avais jamais eu à affronter ce genre de problème avec le père d'Ethan, Ben. Nous n'habitions pas ensemble et, les rares fois où nous dormions dans le même lit, nous nous levions à des heures différentes. Lui en dernière année de médecine et moi, jeune infirmière dans le même hôpital, vivions complètement décalés. Nous nous croisions.

Je ne me rendais compte que maintenant que notre relation avait tout été sauf normale. Jamais de restaurant, aucune soirée entre amis, pas de salades vertes aux chandelles ni de douches partagées. Rien. On ne se voyait pas pour se voir, mais seulement pour baiser. Rapidement. Ça s'arrêtait là.

Et ça ne me dérangeait pas. Pourquoi ? Parce que j'ai toujours préféré le bonheur de mon entourage au mien. Et certainement aussi parce que je ne connaissais pas autre chose. Je n'avais jamais eu ce truc avec lui… nous n'avions pas le temps, ou nous ne le prenions pas. C'était simple et sans prise de tête. Je ne me posais pas de questions, lui non plus.

Jusqu'à Ethan… Bien plus qu'une question pour lui, ma grossesse avait été un problème. Un problème pour sa future carrière de chirurgien plastique. Un problème pour son futur planning. Un problème pour son portefeuille. Un problème pour nos relations sexuelles. Un problème !

Moi, j'avais accepté l'idée d'avoir un enfant. Avec ou sans lui. Et le seul problème qui avait suivi la naissance n'avait pas été, pour moi, sa lâcheté, mais le fait de savoir que mon enfant ne vivrait pas normalement. Lui, en revanche, avait trouvé la solution. Prendre la fuite.

— Je sais que tu ne dors plus, me dit Rick avant d'embrasser le sommet de mon crâne.

Depuis au moins une heure. J'avais pu observer le lever du soleil, un vol d'oiseau près de la piscine et apprécier chaque battement de son cœur dans mon oreille.

J'avais déjà une partie de ma réponse. Il me tutoyait. Il m'embrassait. Avec tendresse.

Comment savoir si ce que nous avions fait était bien ou mal ? Et qu'allions-nous faire après ? J'étais terrifiée à l'idée de partir, terrifiée à l'idée de rester.

— Qu'est-ce que nous avons fait ? murmurai-je.

La vraie question était : que ferions-nous *après* ? J'étais terrifiée parce que ce truc faisait battre mon cœur aussi fort que des timbales, me faisait rougir, me faisait mouiller la culotte et certainement perdre la tête. Et surtout j'étais terrifiée parce que je me refusais de dire la seule chose qu'il signifiait. J'en trouvais un parfait synonyme : *affection*.

— Je suppose que nous avons testé ce machin que tu appelles truc, répondit-il.

Je me retournai sur le ventre, plaçai mes mains sur son torse et mon menton dessus, pour l'observer.

— Soit la réponse ne te convient pas, soit tu me caches quelque chose…

— Je n'aime pas que tu… que vous… me tutoyiez ! dis-je après avoir fait un signe de dénégation.

Ses yeux se plissèrent.

— Tu mens. Tu n'hésites jamais sur tes réponses. Dois-je te rappeler que tu es dans mon lit, et que, de ce fait, tu dois m'obéir ?

Un de ses doigts tapota doucement le bout de mon nez en guise d'avertissement.

— Tu n'as pas précisé quelle serait la punition. Donc, j'ai bien envie de désobéir, le narguai-je.

— C'est bien la première fois qu'une femme me demande de la punir…

— Je n'ai rien demandé. J'ai juste dit que je n'avais pas envie de faire ce que tu me demandais.

— Alors je vais réfléchir à mes conditions.

Je haussai les épaules et me levai.

— Tu t'en vas ? s'inquiéta-t-il.

— J'ai un coup de téléphone à passer.

Je savais qu'Ethan allait bien, qu'il était rentré à la maison, mais je ne lui avais pas parlé depuis trois jours.

— D'habitude, tu téléphones le soir.

— D'habitude, je ne fais pas ce genre de choses avec mes patients.

Je laissai mon regard descendre lentement sur son torse.

— S'il te plaît, enlève-moi de la tête l'image de toi avec un vieux ! gémit-il en se cachant les yeux.

Je gloussai et courus vers ma chambre, nue comme un ver.

— Va à la douche, on se rejoint à la cuisine pour déjeuner !

— Douche ? Voilà ce qu'il me fallait ! répliqua-t-il. De loin la meilleure image de toi !

Je me retournai… et me figeai sur la vision qu'il m'offrait. Debout à côté du lit, tous les muscles de son dos, de ses bras et de ses fesses étaient tendus. Je rougis et chassai l'idée de retourner sous la douche avec lui.

— Il faut que tu arrêtes de te mettre debout. À trop forcer, tu vas avoir mal, et ton fémur ne consolidera pas.

— J'ai déjà mal, de toute façon, répondit-il. Mais la sensation d'être sur mes deux pieds vaut largement la douleur ! Et puis tu es partie sans placer mon fauteuil à côté du lit.

Je m'empressai de le rejoindre, récupérant son moyen de transport au passage et l'aidant à s'y installer.

— Tu veux marcher ?

— Se mettre debout est une chose. Marcher en est une autre. Je ne crois pas être capable de mettre un pied devant l'autre sans flancher. Et puis, comme tu l'as dit, je n'ai pas encore l'autorisation de m'appuyer sur ma jambe droite.

Je le poussai vers le dressing.

— Ce n'était pas ma question. Je t'ai demandé si tu voulais marcher ?

Je lui montrai un short de bain et un débardeur. Il approuva de la tête.

— Tu connais la réponse, Oceana. Bien sûr que je veux marcher !

Je lui lançai ses habits, pressée qu'il cache son corps trop parfait.

— OK. Laisse-moi juste le temps de trouver une solution.

— Il n'y en a pas.

Il jeta ses affaires à côté du lavabo.

— J'aurai trouvé une solution d'ici ce soir… murmurai-je à son oreille.

Il attrapa mon poignet et m'incita à m'installer sur ses jambes. Molle comme du chocolat fondu, je me laissai aller contre lui. Je nichai ma tête dans son cou.

— Pourquoi pas maintenant ? demanda-t-il en humant mes cheveux.

— Parce que j'ai un coup de fil à passer.

Ses doigts remontèrent sur ma cuisse. Je frissonnai.

— Tu dois vraiment téléphoner maintenant ? J'aimerais retourner sous la douche avec toi, murmura-t-il d'une voix suave.

Je soupirai, les yeux fermés, le nez toujours dans son cou.

— Non ! Enfin, oui ! Je dois vraiment téléphoner.

Est-ce que je venais réellement de refuser de prendre une douche avec ces doigts qui grimpaient sur mes fesses, cette bouche qui m'attirait et ces yeux bleus qui m'électrisaient ?

— OK. On se retrouve tout à l'heure alors.

Il tapota ma cuisse pour que je me lève. Est-ce que je l'avais vexé ? Je collai ma bouche sur sa joue jusqu'à sentir un léger sourire détendre ses maxillaires.

— Ne te mets plus debout, d'accord ?

— Et toi, la prochaine fois, vise ma bouche ! Et pour l'amour de Dieu, mets un putain de soutien-gorge sous ta robe aujourd'hui !

Ethan allait très bien. Au meilleur de sa forme. Les enfants ont bien plus de force et de courage que nous. Ils sourient à la vie, même lorsque celle-ci ne les épargne pas. Leur capacité à se remettre des épreuves m'a toujours épatée.

Il m'avait raconté son séjour à l'hôpital dans les moindres détails, avec ses mots à lui, et son enthousiasme. Rien dans sa voix ne m'avait laissé penser qu'il m'en voulait de ne pas avoir été là. Ma mère avait joué mon rôle à la perfection. Je l'en remercierais plus tard.

Elle travaillait comme gouvernante dans l'hôtel de la famille Thomas depuis des années. Le directeur connaissait notre situation et lui avait permis d'aménager ses horaires en fonction des miens et de ceux d'Ethan. De ce fait, elle partait très tôt le matin afin d'être rentrée en début d'après-midi pour le récupérer à l'école. Seules les vacances scolaires posaient problème. Nous avions dû faire appel à Emy, une nourrice. Emy était la deuxième amoureuse d'Ethan ! Comment ne pas l'aimer, d'ailleurs ? C'était la perfection de la gentillesse ! Je ne croyais même pas l'avoir entendue hausser le ton une seule fois.

Parler avec mon fils m'avait donné envie de manger un gâteau au chocolat. Malheureusement, Rick était à court de chocolat ! Sans prendre le soin de l'en avertir, j'avais donc commandé un taxi pour nous emmener faire quelques courses dans l'après-midi.

Habituellement, Rick se faisait livrer à domicile après avoir passé commande sur Internet, mais je préférais cuisiner des produits frais là où il se contentait de plats tout prêts. Il me fallait aussi des légumes et de la viande.

— Hors de question, Oceana ! Tu ne me traîneras pas dans une grande surface…

Il avait tout essayé, suggérant de demander une livraison express, d'aller sonner chez les voisins, et même de négocier les règles de la semaine.

— Nous n'en avons pas pour longtemps. Dans une heure, au plus tard, nous serons rentrés, argumentai-je.

Il fit un nouveau signe de dénégation farouche. Je haussai les épaules avec désinvolture et lançai :

— Comme tu veux, à tout à l'heure, alors.

— Ça va, je viens, lâcha-t-il, renfrogné. Une heure, Oceana. Une heure !

Victorieuse, je ne pus retenir un sourire de victoire.

Après presque une demi-heure d'embouteillages, nous arrivâmes enfin au centre commercial. Il était bondé. Rick me suivit dans les rayons, le regard dur. Mon envie de faire un gâteau au chocolat commença à se dissiper, tandis que mon sourire s'effaçait peu à peu. Je commençais à penser que je n'aurais jamais dû insister pour qu'il m'accompagne.

— Je ne suis pas dans cet état à cause de toi, lâcha-t-il une fois arrivé à la caisse pour personnes à mobilité réduite.

Je me retrouvais dans la même situation qu'au restaurant. Son état était tem-po-raire ! Je ne lui reprochais pas d'être triste, mais de ne pas essayer de voir les choses autrement. Finalement, je répondis :

— S'il est question du regard des autres sur toi, je peux te certifier que la seule qui ait à se faire du souci ici, c'est moi. Toutes les filles se retournent pour te mater !

— Serais-tu jalouse ? insinua-t-il.

Jalouse ? Je ne savais même pas ce que ce mot signifiait ! Néanmoins, il m'avait fait rougir.

— Je le serais si tu l'avais remarqué ! répliquai-je.

— J'étais bien trop occupé à regarder tes fesses sortir à tour de rôle de ton short quand tu poussais le caddie, chuchota-t-il.

Je virai au cramoisi. Il me montra la caissière du menton, m'indiquant que c'était notre tour, et me dépassa. Moi, j'étais partagée : allais-je me faufiler jusqu'au rayon femme pour acheter un pantalon ou foncer tout droit vers les cosmétiques et opter pour du fond de teint ?

— Bonjour ! chantonna la caissière.

Son ton, un peu trop jovial à mon goût, et ses yeux flamboyants me firent l'effet d'un coup de pied aux fesses. Rick lui offrit un merveilleux sourire. Mon cœur se serra. C'était ça, la jalousie ? Pour penser à autre chose, je me remuai et récupérai des sacs en papier sous le regard moqueur de Rick.

— Ça ne va pas, Oceana ? demanda-t-il, faussement inquiet.

Je dardai sur lui un regard lourd de sens.

— Tu es presque aussi rouge que lorsque tu as attrapé un coup de soleil !

Je continuai à remplir les sacs, caressant l'idée de le noyer dans la piscine en rentrant. Je le voyais déjà patauger…

— J'ai trouvé ! m'exclamai-je soudain, surexcitée.

Perplexe, il fronça les sourcils.

— J'ai trouvé comment te faire marcher sans appui ! Mais il va falloir que tu me fasses confiance.

— Je t'écoute, dit-il.

— Le lève-malade, grimaçai-je.

Je savais qu'il avait horreur de cet appareil. Mais le jeu en valait la chandelle.

— Soixante-quinze dollars et vingt-cinq cents, nous coupa la caissière d'une voix fluette.

— Oceana ? m'appela-t-il. Excusez ma petite amie, elle ne vous a peut-être pas entendue.

Il avait dit « petite amie » ? Je restai sans voix. Ma tête ballotta de la caissière à Rick, je cherchais mes mots. Devant mon silence, il reprit la mâchoire serrée :

— C'est toi qui as la carte de crédit. Je t'attends dehors.

Qu'est-ce que j'avais fait ? Rien. Il avait dit que j'étais sa petite amie, et je n'avais pas réagi. J'avais été choquée. Larguée. Frappée. Renversée.

Il s'agissait peut-être d'un simple jeu pour rendre la caissière jalouse ou pour me faire rougir. Loupé.

En fait, dans ma tête, il n'y avait pas de futur pour nous deux. Peut-être était-ce la question que j'aurais dû me poser ce matin. Pas si je devais l'embrasser en me levant, pas si ce que nous faisions était bien ou mal, ni si je devais prendre ma douche tous les jours avec lui ! Mais seulement… Et après ? Après ces dix semaines passées à jouer au chat et à la souris, aux adolescents en proie à un déferlement d'hormones ou aux testeurs de trucs en tout genre, qu'est-ce que nous ferions ?

Je le retrouvai sur le parking du centre commercial, les yeux fermés, la tête renversée vers le soleil, comme s'il était un panneau solaire en quête d'énergie.

— Je suis désolée, m'excusai-je.

— C'est à moi de l'être.

— Où ça va nous mener ?

Il ouvrit les yeux et se tourna vers moi. Je lâchai les paquets, surprise par la tendresse de son regard.

— Je n'en sais rien. Mais est-ce que tu ne crois pas que ça vaut le coup d'essayer ?

Essayer quoi ? Je voulais lui dire qui j'étais réellement. Une maman. La maman d'Ethan. Mais je paniquai :

— Nous ne sommes pas du même monde, Rick. Je ne suis qu'une simple infirmière qui vit à New York, alors que tu es l'un des fils de M. Thomas, directeur et propriétaire de l'un des plus prestigieux hôtels de Miami. Et je ne parle pas des autres.

— Je ne vois pas où est le problème, répliqua-t-il. Les familles dans lesquelles nous sommes nés ne déterminent pas qui nous sommes.

— C'est ce que tu diras à ta mère mardi ? Que je suis ta petite amie ? Elle me virera sur-le-champ !

Son silence me pesa tout autant que s'il m'avait répondu que, le mardi, je redeviendrais son aide à domicile et lui mon patient.

Finalement, il prit ma main et la porta à ses lèvres. Je frémis à son contact brûlant.

— Alors, qu'est-ce que nous sommes, Oceana ?

— Je… je n'en sais rien…

— Laissons le temps faire les choses, tu veux bien ?

Il soupira, sans pour autant lâcher ma main.

— C'était quoi ton idée avec le lève-malade ?

Je rougis rien qu'en prononçant le mot dans ma tête, me penchai à son oreille et murmurai d'une voix langoureuse :

— Pis-ci-ne !

CHAPITRE 13
PREMIERS PAS

Pendant mes études, avec mes amis, nous avions expérimenté tout un tas de trucs que nous faisions aux patients. Nous voulions nous mettre à leur place, ressentir leur douleur et leurs peurs, afin de mieux les soigner plus tard. Ça pouvait aller de la simple manipulation dans un lit à la pose d'un cathéter !

Et finalement, nous étions tous arrivés à la même conclusion : la seule chose essentielle à la relation entre un patient et un soignant, c'était la confiance.

En effet, il n'était pas très difficile d'apprendre à retourner un patient dans son lit, à lui faire une prise de sang ou une injection, à le transférer dans un fauteuil… mais la confiance en soi et en l'autre, ça ne s'apprend pas. Ça se met en place – et surtout, ça s'entretient.

En voyant Rick, les traits tirés et l'air anxieux, pendant que je passais les sangles du lève-malade entre son dos et le lit, je comprenais que la confiance manquait à l'appel. Pas la peine de retourner au supermarché ; il n'existait aucun rayon où la trouver.

Ça n'était pas en moi qu'il n'avait pas confiance, mais en l'engin. Je le voyais à la manière dont il l'examinait, des roulettes qui me permettraient à le transporter jusqu'à la piscine au centre de levage qui me permettrait de le soulever.

— Combien pèses-tu ? lui demandai-je.

— Sans doute un peu moins de quatre-vingts kilos maintenant.

J'accrochai les sangles aux crochets de fixation au-dessus de sa tête, m'emparai de la télécommande et grimpai sur le lit pour me faufiler entre la barre de préhension et son corps.

— Qu'est-ce que tu fais, Oceana ?

Son torse réchauffa mon dos à travers le tissu de mon débardeur. Je m'appuyai contre lui.

— 150 kilos maximum, c'est ce qui est écrit. (Je montrai l'étiquette.) Nous n'avons plus qu'à croiser les doigts pour que le fabricant n'ait pas grossi les chiffres pour améliorer ses ventes.

J'affectais la sérénité mais, en réalité, j'avais hâte que cette stupide expérience soit finie.

— Au pire, le palan se renversera sur nous, et vu que je suis sur toi, tu n'auras qu'à espérer que je sois la seule empalée dans le mas, raillai-je. Tiens.

Je lui tendis la télécommande.

— OK…

Il la récupéra. Le pouce suspendu au-dessus de la flèche HAUT, il me jeta un coup d'œil indécis.

— Attends ! m'affolai-je. Tu t'en es déjà servi ?

Il secoua la tête.

— Jamais. Je ne te retourne pas la question : qu'est-ce que tu viendrais faire là-dedans ?

— C'est justement ça, le problème. Je suis déjà montée dans un de ces trucs. C'est… particulier.

Pouvait-il sentir les battements frénétiques de mon cœur ? Il se mit à rire :

— Tu as peur ?

— Je ne peux pas appeler ça de la peur. C'est plutôt une sensation désagréable… Comme si ton corps ne tenait que par ce tas de ferraille. Tu voles sans pour autant pouvoir bouger puisque tu es ficelé dans le hamac. Et le pire, c'est la descente. Parce que tu ne vois pas le moment où tes fesses touchent le matelas ou… autre chose.

— Pourquoi montes-tu avec moi, alors ?

Pour qu'il ait confiance !

— Si tu rigoles encore une fois, je desc… Ah !

Avec un sourire narquois, il avait appuyé sur la flèche HAUT. Mes mains s'agrippèrent à la barre et mon cœur eut un soubresaut, tandis que Rick gloussait. Au moins, j'avais réussi une chose : il n'avait plus peur du lève-malade !

— Ce n'est pas si terrible. On fait comment pour aller jusqu'à la piscine maintenant ?

Suspendue dans le vide, j'essayais de ne pas entendre la barre de levage qui crissait. J'enfouis la tête dans le cou de Rick et annonçai :

— Il faut que je redescende. Tu resteras ficelé tout seul, maintenant. Redescends-nous… doucement… s'il te plaît.

— J'ai bien envie de rester perché là-haut.

— Rick, je t'assure que ça n'est pas drôle, je ne suis pas friande de ce genre de sensations.

— Si un jour je remarche, je te promets de te faire tester le *wakeboard*.

Partagée entre le désir de lui répéter qu'il remarcherait bientôt et l'obligation de l'informer que je ne serais peut-être plus là pour le voir affronter les vagues de Miami, je préférai garder le silence.

À peine mes talons avaient-ils touché le lit que je me relevai sans ménager Rick, qui étouffa un léger cri de douleur.

— Désolée…

De nouveau sur la terre ferme, je lui subtilisai la télécommande et le relevai.

Pousser le lève-malade jusqu'à la piscine me demanda pas mal d'efforts, d'autant que les roulettes avaient tendance à me contrarier en se coinçant dans les joints des dalles de la terrasse. Près des marches de la piscine, je le fis descendre avec délicatesse. Une fois au sol, accroupie à son côté, je défis les sangles du harnais.

— En quoi la piscine va me permettre de marcher ? demanda-t-il en contemplant l'eau avec envie.

— Ton poids ne sera pas le même une fois immergé. Dans un premier temps, tiens-toi au bord de la piscine et effectue quelques pas chassés. Si tu sens que ça tire, on arrête là. Si tu penses pouvoir continuer, lâche-toi.

— Tu ne viens pas avec moi ?

J'étais toujours en débardeur blanc et short en jean. Et je voulais que ce soit son moment à lui. Sa victoire et ses progrès. Je voulais lui prouver qu'il n'avait besoin de personne.

— Non. J'ai récupéré un manche à balai et j'ai trouvé une planche de surf dans ton garage. Tu pourras t'app…

— Non, me coupa-t-il avec un regard glacial.

Je frémis et restai silencieuse.

— Elle est où ? La planche ?

Je la lui indiquai du menton. Derrière lui, à plat sur le sol, la planche en bois poli beige reflétait les derniers rayons de soleil.

Il se retourna et je vis ses mâchoires se crisper. Mon ventre se serra. Je me souvenais des confidences de son ami Carl, à propos de son père et du choix qu'il avait fait.

Les lèvres tremblantes, j'avouai :

— Carl m'a raconté que tu n'étais plus…

— Je n'ai pas besoin que tu me rappelles ce que j'ai fait ou non dans ma vie. Ramène-moi à l'intérieur, je ne toucherai pas à cette planche.

Malgré ce ton sans appel, je récupérai la planche et la jetai dans l'eau.

— Qu'est-ce que tu fais ?

Je pris une grande inspiration pour me retenir de lui dire qu'il était stupide, et descendis les premières marches de la piscine. Le soleil de la journée avait suffi à réchauffer l'eau.

— Je viens avec toi, lui répondis-je, à moitié immergée.

— Je ne toucherai pas à cette planche, dit-il entre ses dents.

— Je n'ai pas besoin que tu me rappelles ce que tu as déjà dit. Et puis, je ne sais pas nager.

— Menteuse. Dois-je te rappeler que je t'ai déjà vue ?

Je grimpai à califourchon sur la planche, refoulant le souvenir de ma première nuit à la villa. Enfin, stabilisée, je posai les mains bien à plat devant moi et tournai mon regard vers Rick, qui n'avait pas bougé.

— Tu n'as pas mis de soutien-gorge, me sermonna-t-il.

— Tu n'es toujours pas dans l'eau. Je ne t'attendrai pas indéfiniment.

— Pourquoi tu ne rougis pas ?

Il avait raison. Évoquant deux souvenirs embarrassants, mon corps ne m'avait pas trahie une seule fois.

— Parce que ton but n'est pas de me faire rougir mais de me faire renoncer. Et je veux que tu viennes dans l'eau avec moi.

— Tu n'y es pas vraiment !

— C'est ton moment, Rick. Apprécie *ton* moment.

— Et si je ne veux pas ?

Je sentis sa tristesse. Et si associer ses souvenirs et ses premiers pas n'était pas une bonne idée ?

Hésitante, je tentai une dernière fois :

— De quoi tu as peur ? Je te l'ai dit, si tu as mal, on arrêtera.

— Je n'ai pas peur. Et je veux faire ça avec toi, pas avec un manche à balais ou ma vieille planche de surf. Je veux le faire avec toi. Pas parce que je veux que tu m'aides ou que tu me rassures, mais parce que je veux le vivre avec toi.

Quand on veut vivre quelque chose avec quelqu'un, on désire qu'il fasse partie de notre avenir, non ?

Comme au supermarché, je restai sans voix, troublée, angoissée. Néanmoins, j'avais retenu la leçon.

— Depuis quand tu ne l'as pas touchée ? m'empressai-je de demander.

— Plus d'un an.

— Si tu le fais, je descends et je marcherai à côté de toi.

— Est-ce que tu te rends comptes de ce que tu me demandes ?

Son regard me suppliait d'arrêter. De descendre maintenant. D'oublier sa planche et les révélations de son ami.

— Pas tellement, soufflai-je.

Il soupira, non pas par agacement, mais pour se donner du courage.

— Cette planche, c'était le symbole de mes rêves et de mes cauchemars. Aujourd'hui, mon seul rêve c'est de pouvoir remarcher et mon seul cauchemar, de ne pas y arriver.

— Fais-toi glisser jusqu'à l'eau et rejoins-moi.

— Tu entends ce que je te dis, Oceana ?

Toujours ces yeux bleus qui m'imploraient… J'allais flancher. Pourquoi ? Je ne flanchais jamais. Je ne me laissais jamais atteindre. Je trouvais toujours une solution ! Je ne cédais qu'à Ethan, jamais à mes patients. Sauf que Rick, de toute évidence, n'était plus mon patient…

— Tu as parlé au passé, dis-je enfin. Tu remarcheras bientôt. Et tu pourras de nouveau monter dessus. Ça ne dépend que de deux choses, de ta volonté et de tes peurs. Viens jusqu'à moi maintenant, ou je cours mettre un soutien-gorge !

Il leva les yeux au ciel et commença à glisser sur le sol en s'aidant de ses mains. Lentement, il descendit les marches sur ses fesses.

— Je ne le fais pas pour le soutien-gorge. Mais si je dois toucher cette planche pour que tu restes avec moi, alors je le ferai… (Sa main se posa et s'ôta tout aussi vite de la planche) Descends, maintenant, ordonna-t-il.

Je voulais lui dire que j'étais désolée. Que je n'avais pas voulu le torturer. Que j'avais voulu retrouver ce sourire qui pétillait à la perspective de remarcher.

Je vins me placer debout à côté de lui, bras noués sur ma poitrine. De l'eau jusqu'aux hanches, je balayai du regard la piscine, puis revins à Rick, toujours assis sur la dernière marche. Ici, il n'y aurait pas assez de profondeur pour lui.

— Il faut aller plus loin avant de te lever, l'avertis-je.

Il cligna des yeux d'un geste entendu et, brusquement, sa tête plongea dans l'eau et il se mit à nager à la seule force de ses bras. Ses gestes étaient si fluides et si amples qu'ils donnaient presque l'impression d'être surnaturels. En réalité, cette image ne m'aurait pas affectée si un autre que Rick avait nagé ainsi devant moi. Mais c'était Rick, l'homme dépendant de ses jambes pour se mouvoir, restreint dans ses capacités, incapable de se déplacer sans son fauteuil.

Alors que là, dans l'eau, il semblait enfin libéré, enfin lui-même. Un autre homme.

Émue, je ne sentis même pas que j'avais cessé de respirer jusqu'à ce que sa tête émerge à quelques mètres de moi. Debout, de l'eau jusqu'au cou, pas même essoufflé, il me regardait, le front ruisselant, comme s'il se retenait de crier sa joie au monde entier.

— Je t'attends, Oceana, murmura-t-il.

Je plongeai à mon tour pour le rejoindre, effectuai quelques brasses et m'arrêtai devant lui, sans le toucher.

— Je n'ai pas pied, lui signifiai-je en reprenant mon souffle.

Mes bras et mes jambes s'agitaient pour me maintenir la tête hors de l'eau, alors que mes cheveux flottaient à la surface. Son regard se porta vers le fond de la piscine, puis revint à moi, craintif. Il allait le faire. Je me retins de nouveau de respirer.

Un pas avec sa jambe droite. La plus amochée. La plus douloureuse.

Il l'avait fait.

Sans vaciller. Sans grimacer. Avec fierté.

Puis la gauche rejoignit la première.

Je repris mon souffle.

Il me sourit timidement, les yeux brillant d'excitation, puis se tourna sur le côté pour continuer jusqu'au bord de la piscine. Je comptai six pas, et il revint vers moi. Sans précipitation. Avec la même application. Les yeux fermés, comme s'il appréciait chaque enjambée. La tension de ses muscles, leur extension. Comme s'il dégustait quelque chose qu'on lui avait interdit pendant des années.

Ses paupières s'ouvrirent. Pas besoin de lui demander ce qu'il avait ressenti, la réponse se trouvait devant mes yeux. Il souriait.

— Accroche-toi, me dit-il en me tendant une main.

Silencieuse et indécise, je reculai imperceptiblement. Comme sous la douche, j'avais presque peur du Rick debout et dressé devant moi.

— Je ne crois pas que ça soit une bonne idée. Tu auras mon poids en plus à porter.

Sa main gauche attrapa mon poignet droit et posa mon bras sur son épaule ; il répéta le même geste avec l'autre bras. Je m'accrochai à sa nuque. Il plaça ensuite mes jambes autour de ses hanches et agrippa mes fesses avec fermeté.

— Je t'ai dit que je voulais le faire avec toi…

— Pourquoi ?

— Parce que je tiens à toi, souffla-t-il tout contre ma bouche.

Je vacillai sous ses mots. *Il tenait à moi.* M'éloignant d'un millimètre de sa poitrine, j'essayai tant bien que mal de reprendre contenance. Peine perdue. *J'étais* perdue. Perdue dans le tourment de mon sang. Perdue dans des idées folles. Perdue dans ses bras. Perdue dans le bleu de ses yeux.

— Tu réagis comme au supermarché, Oceana. Pourquoi ? Et ne me parle pas de nos deux mondes et de nos familles. Je suis certain que ça dépasse largement tout ça. Qu'est-ce que tu me caches ?

Je me cachais, *moi*. La réalité me sautait aux yeux. Je me cachais parce que je ne voulais pas le perdre ! Qui voudrait de moi ? J'étais comme un lot à la fête foraine. Ethan et moi. Le poisson rouge et son bocal.

— Cette femme à qui tu dis tenir n'existe qu'ici, à Miami, pour toi. Elle n'existe pas à New York. Si je te dis qui je suis, tu ne me regarderas plus de la même manière. Il serait peut-être plus simple pour moi de te dire qui je suis réellement, ainsi les deux A n'existeraient plus, mais je suppose que, d'une certaine manière, moi aussi je tiens à toi puisque je ne veux pas perdre tout ça.

— Tu as quelqu'un, c'est ça ?

Sa voix s'était brisée sur le dernier mot.

— Non. Je n'ai personne. Je ne t'ai pas menti. La seule bouche qui m'ait embrassée en cinq ans, c'est la tienne. Les seules mains qui m'aient touchée sont celles qui sont postées sous mes fesses. Les seuls yeux qui m'aient regardée sont bleu azur bordés de noisette.

— Si tu ne me dis pas qui tu es, qu'est-ce que nous deviendrons après ?

Rien. Le penser me révulsait. Nous n'avions pas d'avenir. Lui, avec l'hôtel de son père, ici, et moi, avec mon fils, là-bas. Qui quitterait sa vie pour moi, qui accepterait de prendre le mauvais lot de la fête foraine ?

— Laissons le temps faire les choses, tu l'as dit toi-même.

Il ouvrit sa bouche au moins deux fois sans prononcer un seul mot. Puis finalement, comme si je l'avais convaincu, il me demanda :

— C'est quoi, les deux A ?

— C'est le nouveau surnom du truc entre nous… d'abord il y a Attirance, puis Affection.

Il sourit et hocha la tête comme pour approuver mon raisonnement.

— Tu as froid ? demanda-t-il.

Je secouai la tête.

— Pourquoi tu trembles, alors ?

— Peut-être que j'ai peur de toi, tel que tu es là. Parce que je sais que tu pourrais faire ce que tu veux de moi.

— Est-ce que… commença-t-il avant que mon doigt ne l'arrête.

— J'ai dit que j'avais peur. Je n'ai pas dit que je n'aimais pas ça.

Finalement, c'était ça qui m'effrayait. Le fait d'apprécier cette peur. Il sourit avec perversité par-delà mon doigt. Et soudain, je sus ce qu'il me restait à faire. Pour qu'il me désire tant qu'il ne puisse plus se retenir de me posséder. Il aimait me faire peur. Il aimait savoir qu'il me dominait. J'attendrais le moment propice pour le lui proposer… un soir.

CHAPITRE 14
ÉGOÏSME

Ce soir, je doutais. J'étais partagée entre l'envie de tout dévoiler sur moi et sur Ethan, au risque de voir Rick me repousser, ou arrêter tout simplement d'entretenir les deux A. Dire stop. Ne le toucher que pour le soigner. Ne l'approcher que pour l'aider. Arrêter cette mascarade. La mienne. Pas la sienne.

J'étais rongée par la culpabilité. Je ne faisais que penser à ses yeux bleus enivrants qui ne voyaient pas ce que j'étais réellement…

Une maman.

Je ne servais que mes propres intérêts dans cette histoire. J'étais égoïste, une vraie profiteuse. Mais mon naturel, sincère et entier, me rattrapait. Je ne pouvais pas le laisser penser que j'étais cette fille-là. Celle de Miami. C'était comme si je nous laissais espérer un avenir. Un avenir sans Ethan. Un avenir, debout pour lui, et dans ses bras pour moi. J'aimais sa bouche sur la mienne. J'aimais ses mains sur ma peau. J'aimais la sensation de son corps sur le mien. J'aimais tout de lui. Il était là, le troisième A.

Amour…

Y en aurait-il un quatrième, nommé Aveu, qui nous emporterait vers un cinquième, scellant notre Achèvement ?

Je déraillais !

L'idée m'était venue pendant la nuit. Dans le lit, à côté de Rick qui dormait à poings fermés, exténué par sa séance de rééducation aquatique, je m'étais redressée pour le regarder. Il avait l'air heureux, le visage paisible, serein. Au début, je m'étais dit qu'il devait rêver qu'il marchait. Sentir la sensation du sol sous ses pieds. Qu'il revivait l'expérience de la piscine. Jusqu'à ce mot…

Oceana.

Mon prénom. Il avait prononcé mon prénom dans son sommeil, dans un sourire. Là, j'avais compris. J'étais la raison de ce bonheur visible. J'avais lutté pour ne pas l'embrasser, pour ne pas toucher ses lèvres si pleines et si brûlantes. Puis la culpabilité m'avait gagnée. Il souriait à la Oceana de Miami. Il avait de l'affection pour elle. Pas pour moi. Et après ?

Et quand il en serait au troisième A ? Sourirait-il toujours autant dans ses rêves lorsqu'un petit bonhomme prénommé Ethan viendrait taper à la porte pour lui dire qu'il existait ?

C'était comme si je lui promettais la plus grosse part de gâteau au chocolat pour finalement ne lui laisser que des miettes.

Alors j'avais quitté son lit pour retrouver le mien, en me promettant que j'allais lui parler le lendemain.

Plus facile à dire qu'à faire : à peine m'avait-il touchée le lendemain matin que j'avais replongé tête la première dans mon idylle ! Ce mec m'avait ensorcelée ! Je n'étais même plus maîtresse de mon corps ! C'était comme si je devenais spectatrice de mon propre film…

Je l'avais retrouvé assis au bord de son lit, inspectant chaque recoin de sa chambre afin, je supposais, de trouver une solution pour récupérer son fauteuil roulant rangé trop loin de lui.

J'avais masqué un sourire moqueur qui n'était pas passé inaperçu, et Rick m'avait capturée alors que je le dépassais pour aller chercher l'objet convoité. Prisonnière de ses jambes croisées autour des miennes, poignets liés par l'une de ses mains dans mon dos, j'avais été prise d'assaut par une traînée de frissons. Délectables frissons qui causèrent la perte de ma raison. Je voulais qu'il me touche partout. Prête à revivre l'orgasme qu'il m'avait offert l'avant-veille. Prête à lui offrir, moi, tout ce qu'il voulait. Je crois même que j'avais gémis. *Où étais-tu ?*, m'avait-il demandé d'une voix rauque alors que sa bouche embrassait mon cou et ma mâchoire. *Aux toilettes*, avais-je lâchement menti, fébrile. *J'ai faim*, avait-il ajouté sans prêter attention à mon mensonge.

Il avait faim ! Le coup de grâce ! Je m'étais retenue de lui demander s'il s'agissait de pancakes ou de sexe. Son sexe… qui se dressait constamment entre nous. Celui-là, il me faisait rêver toutes les nuits qu'il me comblait de toute sa longueur ! Je délirais toute la journée. Sur son sexe. Sur sa bouche. Sur sa langue. Sur ses mains.

Alors que dans ma tête se battaient en duel culpabilité et passion, raison et sensualité, Rick, lui, jouait ! Il passait son temps à me toucher, à m'embrasser, effaçant culpabilité et raison.

Le dimanche soir, j'avais fini par rejoindre mon lit. Dans ma chambre. L'estomac noué par les remords. Le cœur blessé de ne pas pouvoir s'exprimer. Je n'avais pas dormi plus que la nuit précédente. Et, comme le matin précédent, Rick ne s'était pas rendu compte que je n'étais pas restée avec lui.

La journée du lundi ne se déroula pas pour autant de la même manière. Il semblait tourmenté. Ailleurs. Il n'avait pas essayé une seule fois de me faire rougir. Ne m'avait pas suppliée de le rejoindre sous la douche. N'avait pas essayé de me voler un baiser. Ne m'avait pas dit une seule fois qu'il avait faim ! Morose, silencieux, il avait passé sa matinée dans une des chambres d'amis, devant son ancien bureau, sur son ordinateur. Puis son après-midi devant la télévision. Il avait refusé de m'accompagner dans la piscine et, surtout… il ne m'avait quasiment pas touchée de la journée.

Ce soir-là, devant moi et son assiette de pâtes à la carbonara, il restait muet et prostré.

Et moi je dépérissais. Comme si chaque minute passée sans un frôlement de sa peau sur la mienne m'ôtait une année de vie. J'avais beau retourner le problème dans ma tête, je ne savais pas ce qu'il avait. Je n'avais rien fait d'inhabituel. Il ne savait pas pour mes nuits solitaires.

J'avais soudain envie d'être égoïste. De ne rien lui dire. De ne pas parler d'Ethan. Ni de mon désir de tout arrêter. J'espérais seulement un sourire, une caresse sur ma joue.

Bruyamment, je reposai ma fourchette dans mon assiette. À la lumière du lampadaire de la terrasse, ses yeux quittèrent ses pâtes pour les miennes.

— Il faut que je te dise quelque chose, Oceana.

Et s'il me quittait ? S'il décidait, lui, de tout arrêter ?

— Ne me regarde pas comme ça, sinon je… (Il secoua la tête et se pinça l'arête du nez, les yeux fermés.) Laisse tomber. Bon. Une question me travaille depuis ce matin. En fait, plusieurs. Mais il n'y en a qu'une à laquelle je dois absolument trouver une réponse avant demain.

— Demain, répétai-je, la bouche sèche.

— Demain, nous sommes mardi. C'est le jour de visite de ma mère et je…

— Faisons comme s'il ne s'était jamais rien passé entre nous !

Il blêmit.

— Non. Je… Ce n'est pas ma question, Oceana. C'est ce que tu veux ?

Mes lèvres tremblèrent. Deux jours que je me demandais comment lui annoncer que je ne voulais pas continuer tout ça. Deux nuits à me torturer sans trouver de solution. Et là, il me tendait la perche. Est-ce que c'était ce que je voulais ?

— Qu'il ne se soit jamais rien passé entre nous ? La réponse est oui. (Je fermais les yeux pour ne pas le voir.) Ça serait plus simple pour nous deux. Pour moi. Parce que j'aimerais ne pas ressentir tout ça pour toi. Parce que je me rends compte combien c'est difficile de passer une journée sans que tu me touches. (Ma voix tremblait.) Alors oui, ça serait sans doute plus facile. Je n'aurais pas à espérer la sensation de ta bouche sur la mienne…

— Oceana…

Son murmure ne m'arrêta pas.

— … Je ne prierais pas tous les soirs je ne sais quel Dieu du sexe pour que tu me fasses l'amour une bonne fois pour toutes…

— Oceana…

— Je ne serais pas là devant toi à pleurer parce que je panique à l'idée que tu veuilles en finir avec tout ça !

— Oceana ! Je viens de passer la journée à essayer de chercher des solutions pour notre avenir… et tu me dis que tu voudrais que rien de tout ça ne soit arrivé !

Je tressaillis. Il était fou de rage. C'était pire qu'une journée entière sans qu'il me touche. Les larmes dévalaient mes joues. Il espérait un avenir…

— Tu vois, c'est dans ces moments-là que mes jambes me manquent, reprit-il calmement mais avec hargne. Parce que j'aurais pu te laisser ici, sur cette terrasse, pour aller passer mes nerfs ailleurs !

Son assiette valdingua sur la table pour atterrir sur le sol avec fracas. Je n'avais qu'une envie, moi, c'était qu'il me gifle pour m'infliger sa souffrance. Qu'il brise mes jambes pour que je sois son égale.

— Je suis désolée…

— Pas autant que moi.

Je sentis mon cœur défaillir. Là encore, je faisais preuve d'égoïsme. J'avais détruit en quelques mots le château de cartes qu'il avait bâti en une journée. Je préférais, une fois de plus, m'accrocher à l'idée que tout serait bien pire s'il connaissait la vérité. Qu'est-ce qu'il penserait de moi ?

Je n'arrivais plus à supporter ses yeux enragés. Je tremblais, je suffoquais et sanglotais sans bruit. Comment arrivait-il, en un regard, à me faire passer du désir à la souffrance ? Comment en étions-nous arrivés là ? Pour une question. Une question que je n'avais pas écoutée.

Je pris mon courage à deux mains. J'essuyai avec négligence mes joues et me raclai la gorge.

— Quelle était ta question ? demandai-je.

Il fronça les sourcils et soupira.

— J'ai assez d'argent pour te payer le double de ton salaire. Mais je n'en ai pas assez pour te verser celui que ma mère est censée te donner. Si elle sait ce que tu es devenue pour moi, elle ne te paiera pas. Elle te licenciera, mais tu ne seras pas tenue de partir puisque je t'emploierai immédiatement. J'ai même déjà édité un contrat.

Son explication avait dessiné les mots de sa question. Toutefois, je voulais l'entendre.

— Quelle est ta question, Rick ?

— Es-tu prête à courir le risque de perdre le salaire de ma mère ?

— Non.

J'avais répondu sans même réfléchir. Je n'étais venue que pour ce seul salaire. J'aurais pourtant pu me contenter de ce que Rick voulait me donner. Mais les deux salaires cumulés couvriraient le coût de l'opération d'Ethan à mon retour à New York.

— Pourquoi as-tu besoin de cet argent ?

Je ne pouvais pas lui mentir sur ça. Je ne voulais pas qu'il me croie vénale. Alors mon cœur se mit à parler à ma place.

— Pour payer l'opération d'un être cher à mes yeux. Trois cent mille dollars exactement, si tu veux tout savoir. Alors, non. Je ne veux pas que ta mère sache pour nous deux. Ni demain. Ni un autre mardi. Ni à l'issue des semaines qu'il nous reste. Ne cherche aucune solution à des problèmes qui me concernent seule.

— Je ne comprends pas très bien ce que tu es en train de me dire.

Je crus faillir sous sa crainte. Le cœur branlant, je me redressai avec peine.

— Je viens de te dire que cet argent m'est vital. Ça s'arrête là. C'est à cela que tu dois ma présence ici.

— Donc, si je comprends bien, si je te donnais demain la somme dont tu as besoin, tu partirais sans hésiter.

Des semaines de souffrances en moins pour Ethan… Une opération dans de meilleures conditions… Une convalescence plus rapide… Un petit garçon qui pourrait courir avec ses amis.

— Oui, soufflai-je, comme si je pouvais déjà apercevoir le bout du tunnel.

Mais je serais revenue. J'avais fait la promesse de rester jusqu'à la fin. Je n'étais pourtant pas capable de le lui dire. Je préférais l'idée qu'il me déteste que de le voir me rejeter à cause d'Ethan.

Lentement, comme si mon cerveau voulait me marquer à vie par l'image de Rick devant moi, je vis ses mains agripper les roues de son fauteuil. D'une telle force que je vis ses phalanges blanchir. Je vis le bleu de ses yeux s'assombrir. Je vis son front se rider d'une rage inconsidérable.

— Très bien, lâcha-t-il entre ses dents. Je n'ai peut-être pas de jambes pour partir en courant, mais mes roulettes feront très bien l'affaire ce soir.

Je retins mes sanglots le temps qu'il soit assez loin pour ne pas m'entendre, je retins ma bouche de lui crier que je l'aimais d'un amour insensé.

J'ai bien dû rester deux heures, assise là, devant mon assiette de pâtes à la carbonara. Sans penser. Sans bouger. Juste là. Les yeux fermés. Les bras recroquevillés sur mon ventre, comme pour m'empêcher de respirer. Les larmes avaient séché sur mes joues, le froid de la nuit saisi chaque parcelle de mon corps, qui ne frissonnait même plus.

J'étais juste là.

Le frottement de ses roues sur le carrelage de la maison me ramena à la réalité. Puis le claquement d'une porte.

La porte d'entrée.

Affolée, je me ruai dans le hall et ouvris la porte, pour découvrir Carl qui aidait Rick à entrer dans son 4 × 4. Leurs deux têtes se retournèrent vers moi au même moment. J'ignorai le sourire timide de Carl, trop accaparée par le visage de Rick dénué d'expression. Plus de craintes, plus de colère. Impassible et impénétrable.

J'étais épouvantée. Il partait.

— Je… tentai-je.

Le voir détourner la tête me fit l'effet d'un coup de poing. Je me retins à la porte.

— Je pars quelques jours, dit-il d'une voix brève, indifférente. J'ai prévenu ma mère. Elle ne viendra pas demain.

Il partait. Combien de temps ? Où allait-il ? Comment ferait-il sans moi ? Et moi, qu'est-ce que j'allais devenir sans lui ?

La portière de la voiture claqua. Finalement, ce que j'avais fait était pire que de lui dire la vérité.

CHAPITRE 15

RAISONNEMENT DÉRAISONNABLE

J'avais pleuré toute la nuit, la tête enfouie dans sa taie d'oreiller, dans son lit, comme si j'avais espéré qu'il revienne.

Il n'était pas revenu. Ni cette nuit-là. Ni le matin.

Des images de la veille faisaient encore intrusion dans ma tête. Ses yeux froids, obscurs. Sa mâchoire crispée. Son front déformé par la rage. Et la pire de toutes… son indifférence.

Je tournais en rond. Le silence commençait à me peser. Son absence devenait insupportable. Je réalisais qu'il me faudrait plus d'une vie pour me défaire de lui. Pour une fois, je m'autorisais à penser que quelqu'un, quelque part sur cette terre, s'acharnait sur moi. D'abord Ethan. Et maintenant Rick.

Mais tout était ma faute. J'avais voulu être égoïste. J'avais voulu croire qu'il me serait moins douloureux de le rejeter.

Mais il était parti.

Je passai chaque minute de la journée à sonder le calme de la maison, dans l'attente d'un bruit d'un moteur, d'un frottement de roue sur le carrelage, d'un raclement de gorge ou d'un claquement de porte. Mais rien.

Quand bien même il serait rentré, je ne savais même pas ce que j'aurais pu lui dire. Que je l'aimais ? Non. Que je regrettais ? Ce serait lui mentir encore une fois. Qu'il m'avait manqué ? Que je voulais simplement entendre sa bouche prononcer le mot « punir » ou le mot « piscine » ? Que mes joues se languissaient de rougir et qu'elles ne supportaient plus l'humidité de mes larmes ?

J'étais seule dans sa maison. À des kilomètres de la mienne. Loin de ma mère et de mon fils.

Ma mère…

Ce fut comme une révélation, une bouffée d'oxygène, la première de cette interminable journée. Je courus jusqu'à ma chambre, attrapai mon téléphone et composai le numéro de la maison. *Ma* maison.

— Allô.

J'entendis le petit rire d'Ethan. Mon cœur se serra.

— Allô ? répéta ma mère.

Je me raclai la gorge et repoussai de toutes mes forces mon envie de pleurer une nouvelle fois.

— C'est moi, maman.

— Nana ? (Ma tristesse n'était pas passée inaperçue.) Qu'est-ce que…

— Ne me demande rien, la coupai-je. S'il te plaît.

Je fermai les yeux et me laissai glisser sur le sol au pied du lit.

Je priai pour qu'elle réagisse comme tous les soirs où je restais muette, avide d'écouter leur journée, de connaître les moindres détails des sourires et des rires d'Ethan.

— Aujourd'hui, nous sommes allés à la bibliothèque. (Mes poumons se relâchèrent pour laisser entrer un peu plus d'oxygène.) Ethan a…

Sa phrase resta en suspens. Puis elle reprit d'un ton autoritaire :

— Non. Je ne peux pas, Oceana. Je ne peux pas faire comme si tout allait bien. Qu'est-ce qui se passe ? Je ne te raconterai rien de la journée d'Ethan si tu ne m'expliques pas ce que tu as.

— Vous me manquez, soufflai-je.

— Deux minutes, Oceana.

J'entendis quelque chose se froisser dans le téléphone et ma mère dire « je reviens » à Ethan.

J'imaginai mon petit garçon se précipitant sur le placard à gâteaux sitôt que sa grand-mère se serait éclipsée. Je souris une fraction de seconde. Une porte claqua, me faisant comprendre qu'elle s'était isolée.

— Toi aussi, tu nous manques. J'ai fait un calendrier avec Ethan. Ça l'aide à compter les dodos restant sans toi. Mais encore ? Tu ne pleures jamais au téléphone. Je sais que tu attends de raccrocher pour le faire.

Ma mère avait toujours eu le don pour comprendre les choses.

Je pouvais raccrocher maintenant. Attendre que ma tristesse passe. Que Rick rentre pour la rappeler. Faire comme si rien ne s'était passé. Comme s'il n'était jamais parti. Mais j'avais désespérément besoin d'entendre plus que sa voix. Je voulais du réconfort. Je voulais me sentir chez moi. J'aurais voulu être dans ses bras.

— M. Thomas n'est pas un vieil homme grabataire, récitai-je d'un trait.

— Je ne comprends pas.

— C'est le jeune frère de ton patron.

— Je…

— Ne me coupe pas, maman, sinon je crois que je n'aurai pas assez de force… (Je pris une grande respiration, me levai et commençai à faire les cent pas dans ma chambre.) Je ne sais même pas par où commencer. Je ne sais pas ce que je fais. Je ne sais plus quoi penser.

— Nana.

— Je ne sais même pas si je dois encore être là.

— Nana, répéta-t-elle un peu plus fort.

— Rick, mon patient, n'est plus mon patient. Enfin, je ne sais même pas ce qu'il est en réalité.

— Nana ! Commence par le début, je ne comprends rien à ce que tu me racontes.

Le début ? Il m'avait vue toute nue dans sa piscine.

— On s'est embrassés. Il m'a embrassée. Ou peut-être que c'est moi, je ne sais plus. Ou peut-être qu'en réalité, ça a commencé le jour où je lui ai lavé le dos, ou le soir où il a eu mal aux jambes. Maman, je… C'est allé trop loin entre nous.

Il avait posé sa bouche sur mon intimité ! Je lui avais offert une pipe sous la douche !

— Il t'a fait du mal ? s'inquiéta-t-elle.

Du mal ? Des frissons, de la chaleur, du plaisir, des fous rires et un orgasme. Je ne pouvais pas appeler ça du mal…

— Non. Rick est gentil. Il… il ne me ferait jamais de mal.

Enfin, pas physiquement.

— Il t'oblige à faire des choses que tu ne veux pas faire, alors ?

Elle n'y était pas du tout. Comment lui expliquer quelque chose que je ne comprenais pas moi-même ! ?

J'appuyai mon front contre la baie vitrée, désespérée, et fermai les yeux devant les derniers rayons de soleil.

— Non. Il y a ce truc entre nous. Au début, je pensais qu'il s'agissait seulement d'une attirance parce que nous sommes jeunes, isolés dans cette villa, qu'il est charmant et qu'il n'a certainement pas touché une femme depuis longtemps. J'ai essayé de prendre mes distances. J'ai essayé de lui imposer des limites. Mais ça n'a rien changé. Hier, il m'a parlé d'avenir et je l'ai repoussé…

Je ne l'ai pas rattrapé. Je ne lui ai pas dit que je l'aimais. Je ne l'ai pas retenu. Il était parti avec une seule idée en tête, que je ne voulais rien d'autre de lui que son argent.

— Quel est le problème, Oceana ?

Son ton était aussi calme que compatissant.

— Tu n'es pas en colère ?

— Je ne suis pas d'accord avec ce que vous faites. Mais ce n'est pas une raison pour être en colère. Tu es assez grande pour faire tes propres choix.

Oui, j'avais choisi. J'avais choisi la facilité. L'égoïsme et le mensonge.

— Il ne sait pas, pour Ethan. Il ne sait pas qu'il existe. Il croit que je suis cette Oceana célibataire et libre qui peut quitter New York pour lui.

Son souffle dans le combiné me fit comprendre que je l'avais déçue.

— Tu as peur ? Peur qu'il te repousse ?

Dans le mille ! « Peur » était un mot bien faible comparé à la réalité de ce qui pulsait dans mes veines.

— Ma chérie, reprit-elle. Ne pas lui dire revient à te persuader que ta vie serait mieux sans Ethan. (Et je l'avais pensé !) Et je sais que tu ne le penses pas. (Je l'avais pensé !) Si ce Rick tient à toi, s'il pense vraiment à un avenir avec toi, il acceptera Ethan. Ne fais pas les mêmes erreurs que moi. Ne t'éloigne pas des hommes pour ton enfant. Tu as autant droit au bonheur que ton fils a besoin de son cœur. Commence par lui dire la vérité. Tes réponses viendront après.

— J'ai essayé… Je n'y arrive pas, maman.

— Nana, il ne s'agit pas d'essayer mais de le faire.

— Et s'il me repousse ? Je veux dire s'il me rejette ?

— Alors tu sauras à quoi t'en tenir. Dis-lui.

Fallait-il encore qu'il rentre… Mais quand ?

— Tu as raison, maman. Je n'ai pas le courage de parler à Ethan ce soir. Je… je rappellerai demain.

— Il comprendra.

Je ne savais pas trop si elle parlait d'Ethan ou si elle essayait de se persuader que ce serait le cas de Rick.

— Merci, maman.

Je me réveillai en sursaut. Je l'avais entendu. Ce bruit tant attendu. Le claquement si délicieux d'une porte que l'on venait de fermer dans le silence de la nuit.

Sans prendre le temps de regarder l'heure sur mon portable que je tenais toujours fermement dans ma main, je me précipitai hors du lit de Rick.

Je courus à toute allure.

Il était là, dans l'entrée. Je sautai dans ses bras. Assise sur lui, je l'enlaçai à l'étouffer. Qu'importe s'il me repoussait, là, maintenant. Je m'en foutais. Il était rentré.

Enfin, sa main se posa sur mon épaule dénudée. Telle une brûlure ; j'en gémis. Il ne me repoussait pas. Il ne m'étreignait pas. Sa main était juste là. Posée sur moi. Mais ce simple contact provoqua un seul et unique battement d'ailes de mes papillons. Pas assez pour les faire s'envoler, mais suffisant pour me faire oublier, presque, ces dernières vingt-quatre heures.

Il était rentré…

— Je commençais à désespérer qu'il vous touche, dit une voix masculine dans mon dos.

Je reconnus sans peine la voix de Carl, mais je ne bougeai pas. Je me foutais de tout. Il était rentré ! Je restais contre lui, profitant de sa chaleur comme s'il était le seul feu de cheminée en pleine tempête de neige.

— Moi, si une fille se jetait dans mes bras dans cette tenue…

— Ta gueule, Carl, gronda Rick en essayant de couvrir mes jambes de son autre bras.

J'imaginai soudain la vision que lui offrait mon corps à peine couvert. Soudain, c'était moi, le feu de cheminée.

Les yeux de Rick trouvèrent les miens. Pleins de reproches. Je voulus m'écarter, mais une pression de ses deux mains me fit comprendre qu'il ne voulait pas que je lui échappe.

Il était rentré et il ne me repoussait pas… pour l'instant.

— C'est une tête de con. Je vous le laisse, Oceana, mais je vous préviens, il est de très mauvaise humeur ! ironisa Carl. Je passerai jeudi soir.

Sans se détacher de mes yeux, Rick répondit simplement :

— À jeudi.

Du coin de l'œil, je vis Carl nous dépasser et sortir, nous laissant seuls dans le silence de la villa.

J'osais à peine bouger, à peine respirer.

Il était toujours en colère. Je le voyais à l'expression de son visage. Je le sentais au bout de mes seins, à sa respiration précipitée.

Je ne pouvais m'attendre à rien d'autre. Je l'avais laissé partir sans rien dire. Je devais tout lui révéler. Maintenant ou jamais.

— Je…

— Tais-toi. Je ne suis pas d'humeur à entendre des excuses.

— Je…

— J'ai dit que je n'étais pas d'humeur, Oceana.

Bravant ma peur, je posai une main sur sa bouche.

— Tu vas me laisser parler, à la fin ! Je veux seulement te raconter ma vie à New York.

Il se dégagea.

— Je n'ai pas la tête à ça non plus. Les révélations attendront demain. Je suis très énervé.

— J'espérais juste qu'en te racontant pourquoi j'avais réagi de cette façon, tu le serais un peu moins.

Ou du moins qu'il ne le serait plus pour les mêmes raisons.

— Je ne suis pas énervé contre toi.

Je ne pus retenir un sourire avant de me ruer sur sa bouche pour l'embrasser. Inertes, ses lèvres ne répondirent pas à ma passion. Mon sourire s'évanouit.

J'avais agi sans réfléchir. Je l'avais embrassé autant parce qu'il m'avait manqué que parce qu'il n'était pas en colère contre moi.

— Tu ne peux pas faire ça alors que tu disais hier vouloir qu'il ne se soit jamais rien passé entre nous, Oceana.

— J'en ai eu envie. C'est tout, murmurai-je, mortifiée.

Comme pour être sûre qu'il était bien là, avec moi.

Une envie de goûter encore une fois ses lèvres – peut-être la dernière. C'était la première fois que je l'embrassais. Que je prenais l'initiative.

— Recommence, ordonna-t-il en se léchant les lèvres.

Mon cœur s'affola. Je me mis à cheval sur ses genoux et ne me fis pas prier. Mes doigts s'attaquèrent à ses cheveux. Ma langue pressa la barrière de ses lèvres pour y trouver la sienne. Il râla dans ma bouche. Ses mains se glissèrent sous mes fesses, m'arrachant un gémissement de plaisir.

Ça allait trop vite. Tout allait trop vite. Sa langue chaude et taquine. Ses mains infiltrées sous mon débardeur. Puis sous mon short, à la naissance de mes fesses. Même mon cœur semblait vouloir aller trop vite.

— Carl a raison, c'est plutôt difficile de concevoir que tu sois sur moi dans cette tenue.

Son ton suave me fit frémir alors que son bassin se pressait sur le mien.

Mes mains glissèrent sous son T-shirt pour le lui enlever. Il se laissa faire dans un frisson.

— Ne pars plus jamais, soufflai-je.

Ses mains reprirent leur place dans mon dos, grandes, exigeantes et puissantes. Je ne savais plus où donner de la tête. Mes lèvres me brûlaient de l'assaut des siennes, qui les torturaient. Mon sexe frétillait, trempé, excité par la proximité du sien, dur et tendu sous son jean. Mon dos, mes fesses, ma nuque, aucune partie de ma peau n'était négligée par ses mains.

— C'est toi qui me quitteras bientôt.

Je grimaçai face à son murmure.

— Pas maintenant. Pas demain. Ni les jours qui suivront. Tais-toi, lui répondis-je entre deux baisers.

Je ne voulais plus le quitter. Je ne voulais pas non plus qu'il me quitte. Ma mère avait raison. S'il tenait à moi, il comprendrait, pour Ethan. J'étais la même ici et là-bas. La seule chose qui avait changé, c'était que mon cœur avait gonflé d'amour.

Ses mains descendirent le long de mes flancs, tendrement, et remontèrent en emportant sur leur passage le satin de mon débardeur.

Sa bouche se décolla de la mienne pour le laisser passer, me laissant nue l'espace d'une seconde, avant que ses mains me plaquent à nouveau sur son torse brûlant. Mes tétons se dressèrent dans un frisson.

— J'ai envie de toi, Oceana. Maintenant. Demain et tous les jours qui suivront.

Moi aussi… encore et toujours plus, chaque jour.

Sa bouche gagna mon cou, empressée et dévorante. Je rejetai la tête en arrière et tirai sur ses cheveux, prisonnière, fragile face à sa musculature.

— Conçois-le alors, murmurai-je. Que je sois sur toi dans cette tenue.

Comme pour le constater, il s'éloigna de moi et ses yeux brillant d'excitation descendirent sur mon visage, mon cou, mes épaules, sur chacun de mes seins durcis, le long de mon ventre, jusqu'à mon entrejambe trempé sous mon short.

— Je veux te posséder, pas seulement te faire l'amour. Et il n'est pas question que de mon impotence, Oceana.

Il voulait me dominer. Mais ne savait-il pas que c'était déjà le cas ? J'étais à lui depuis le jour où il m'avait fait rougir.

— Je sais. Fais-moi confiance. Allons dans ta chambre.

J'avais une idée. Une seule. Je priai juste son Dieu du sexe pour qu'elle lui plaise…

CHAPITRE 16
JEU DE RÔLE

J'avais laissé Oceana dans le dressing. Devant mon lit, comme un pauvre con, toujours accroché à mon fidèle compagnon le fauteuil, j'attendais qu'elle revienne avec la désagréable sensation d'être encore dépendant d'elle. Je n'avais aucune idée de ce qu'elle avait en tête, mais je lui faisais confiance… Elle m'avait toujours surpris !

Le temps d'une nuit, je voulais mettre ma rancune contre mon père de côté. Je voulais oublier cette interminable journée. Ces deux journées. La première, je l'avais passée à chercher une solution pour un avenir avec Oceana – qu'elle avait rejeté en bloc hier soir, et aujourd'hui, j'avais couru après trois cent mille dollars. Pourquoi ? Je n'en savais rien. Peut-être juste parce que je savais que c'était important pour elle. Peut-être aussi parce que je pensais que ça l'inciterait à rester. Et il avait sûrement autre chose dans ma tête que ce truc qu'elle avait surnommé les deux A.

Dans la pénombre, je devinais les draps froissés de mon lit : elle avait dormi là en mon absence. Comment pouvait-elle dire qu'elle aurait aimé qu'il n'y ait jamais rien eu entre nous et m'offrir ces retrouvailles ? C'était insensé. Mais, bordel, tellement jouissif !

Et cette attente interminable… Qu'est-ce qu'elle manigançait ! Je ne savais pas quoi faire. Me déshabiller et m'allonger sur mon lit, pour être prêt lorsqu'elle pointerait le bout de son nez ? Ou rester là, la queue douloureusement emprisonnée dans mon jean ? J'avais l'impression d'être un adolescent se préparant à sa première fois. La fougue et la passion sauvage qui m'avaient empoigné commençaient à se dissiper pour laisser place au doute et à l'affliction.

Mais j'avais tellement envie d'elle.

— Oceana ? tentai-je, la gorge nouée.

— J'arrive. Laisse-moi deux secondes.

— Oceana, tu n'es pas obli…

Merde. Mon désir pour elle bondit à l'instant même où elle apparut devant moi. Je la détaillai à la lumière du dressing.

Elle avait relevé ses cheveux en queue-de-cheval, laissant son visage dégagé. Ses joues étaient encore rougies, et elle fuyait naïvement mon regard comme si elle avait honte de l'image qu'elle donnait. Elle ne le devrait pas… elle était bandante ! Elle portait l'une de mes chemises blanches, si grande pour elle qu'elle recouvrait la moitié de ses cuisses. Avait-elle toujours son short dessous ? Si mes jambes me l'avaient permis, je me serais précipité sur elle pour faire sauter chaque bouton de la chemise et embrasser ses seins.

Je m'accrochai aux accoudoirs de mon fauteuil.

— Je me suis toujours demandé pourquoi les hommes se plaisaient à voir une femme dans leurs vêtements… Je ne me pose plus de questions, en réalité ça ne s'explique pas.

Elle ne réagit pas à ma remarque et se racla la gorge avant de murmurer, les yeux toujours baissés :

— Monsieur, vous m'avez demandée ?

Quoi ? Surpris, je fronçai les sourcils. Droite comme un piquet, elle ne bougeait pas. Elle était juste là de l'autre côté du lit. Attendant ma réponse, la tête baissée vers le sol.

Est-ce qu'elle voulait jouer ?

— Monsieur ? répéta-t-elle sur le même ton.

Cette fois, ses yeux trouvèrent les miens. Ils étaient suppliants.

— Viens ici, Oceana, dis-je enfin.

Elle secoua la tête, comme pour me réprimander.

— Mademoiselle ? tentai-je.

— Oui, monsieur ?

Elle voulait jouer, c'était certain. Mais qu'est-ce que j'étais censé être ? Son maître ?

— Approchez, dis-je fermement.

Elle sourit furtivement, ravie du rôle que j'avais endossé, contourna le lit et se plaça devant moi.

— Montrez-moi vos mains.

Je la vis prendre une grande inspiration avant de tendre un bras. Une cravate se déroula devant mes yeux.

— Tu… (Elle m'assena un regard noir.)… vous voulez que je vous attache ?

— Si c'est ce que vous voulez, monsieur…

Est-ce que c'était ce que je voulais ? L'attacher et faire d'elle ce que bon me semblait ? L'excitation revint au galop.

Encore une fois, Oceana me surprenait. Audacieuse et intelligente. Si elle avait vécu au Japon autrefois, elle aurait fait une parfaite geisha. Je lui subtilisai la cravate et la déposai sur les draps.

— Plus tard. Il semblerait que quelqu'un ait dormi dans mon lit.

— Je suis désolée, monsieur, je me suis ennuyée pendant votre absence, et j'ai dû m'assoupir.

— Que ça ne se reproduise plus, tranchai-je. Refaites-le.

Elle s'exécuta. Bon sang. Elle n'avait plus son short. Ma queue devint encore plus dure. Était-ce possible ? Malgré la pénombre, je pouvais voir ses fesses se contracter et onduler devant mes yeux. Je ne pus me retenir de les toucher. Elle sursauta au contact de mes mains, mais continua son travail.

Je remontai la chemise sur son dos et me penchai pour goûter sa peau. Vanille… Je déposai un baiser sur chacune de ses fesses. Elle frémit, puis s'immobilisa.

— Voilà, monsieur.

Je déposai de nouveaux baisers un peu plus bas. Je crus percevoir un râle.

— Tout compte fait, je préfère qu'il soit prêt pour mon coucher.

Elle se pencha un peu plus pour tirer le drap qu'elle s'était appliquée à border.

Je pouvais faire d'elle ce que je voulais. C'était ce qu'elle m'offrait. J'empoignai ses hanches et la retournai.

— Vous travaillez trop lentement, la grondai-je.

— C'est parce que vous… m'impressionnez, répondit-elle.

Devais-je comprendre que je l'excitais ?

— Montrez-moi.

Elle tressaillit à ma demande. Plus de comédie : la crainte que je lisais sur son visage venait de la vraie Oceana. Celle qui n'avait pas eu d'homme dans sa vie depuis longtemps et qui rougissait au mot « sexe ».

Je pris soudain conscience des efforts que lui coûtait ce jeu. Elle faisait ça pour moi. Parce qu'elle savait ce dont j'avais besoin. Me sentir moi. Homme. Viril et entier.

Alors que j'allais lui dire de tout arrêter, que je n'avais pas besoin de ça, que j'avais seulement envie de me perdre en elle, je vis une de ses mains se glisser entre ses cuisses. Elle gémit, la bouche entrouverte. La voir se toucher me rendit fou. Je voulais continuer à la regarder haleter sous le passage de ses doigts – mais je voulais aussi le faire moi-même.

— Je veux goûter, exigeai-je en lui saisissant le poignet.

Je fourrai ses deux doigts humides et luisants de ses sécrétions dans ma bouche. Salé et légèrement amer, son goût succulent me poussa à sucer et jouer avec ma langue sur ses doigts fins, pour ne pas en laisser une goutte. Elle gémit. J'en voulais plus.

— Encore, soufflai-je en libérant son poignet.

Moins hésitante, sa main disparut une nouvelle fois sous sa chemise. Je m'empressai de défaire chaque bouton pour la voir faire. Elle frémit au passage calculé de mes mains sur ses seins.

Ses mouvements et sa respiration devinrent plus saccadés. Elle allait jouir. Je l'empoignai à nouveau. Un râle de désespoir sortit de sa gorge.

Pas sans moi, Oceana. Pas sans moi…

— Montez dans le lit.

D'un mouvement d'épaule, elle se débarrassa de la chemise qui glissa le long de ses bras pour s'étaler au sol. J'ôtai prestement mes chaussures, puis je me hissai sur mes jambes, déboutonnai mon jean et le laissai tomber à mes pieds avec mon caleçon. Mon sexe sortit droit et victorieux, me remerciant presque de le soulager en le libérant. Sans trop m'appuyer sur ma jambe droite, je m'assis au bord du lit.

Fragile et apeurée, Oceana restait immobile, sur le dos, attendant mon prochain ordre.

En réalité, j'étais certain que ce jeu l'aidait, elle aussi. Comme si ses années d'abstinence lui avaient fait croire qu'elle ne connaissait plus rien au sexe, qu'elle était inexpérimentée et que j'allais la guider en lui dictant sa conduite.

Je m'approchai d'elle. Ma queue s'appuya sur une de ses cuisses. Elle sursauta et ferma les yeux.

— Regarde-moi, Oceana, dis-je en attrapant son menton. On ne joue plus maintenant.

Elle n'ouvrit pas pour autant les yeux, mais hocha la tête péniblement.

— S'il te plaît, Oceana, regarde-moi.

Elle ouvrit les yeux, allant directement à la rencontre des miens. Je lui souris.

— Je vais t'attacher, parce que j'en ai terriblement envie. Mais un mot de ta part, et on arrête tout. Tu as compris ? Je ne veux pas que tu fasses ça seulement pour moi. Je veux que tu le fasses parce que tu en as envie aussi.

Elle hocha la tête une nouvelle fois.

— Embrasse-moi, Oceana. Avec la même passion que tout à l'heure.

Elle prit ma main et porta la paume à sa bouche. Ses yeux rivés aux miens, elle y déposa un baiser, puis la fit glisser le long de son corps, entre ses seins, sur son nombril, jusqu'à son sexe, où elle la laissa.

Audacieuse, avais-je dit ? Surprenante ! Elle voulait reprendre là où je l'avais arrêtée.

Elle lécha ses lèvres et me griffa la nuque, ma forçant à rejoindre sa bouche. Ses lèvres douces m'effleurèrent langoureusement. Puis sa langue se noua à la mienne. Son baiser n'était pas passionné, mais enflammé. Son bassin poussait sur ma main toujours immobile. Sa bouche suçait ma langue à me faire croire qu'il s'agissait d'une tout autre partie de mon anatomie : j'en voulais encore plus.

Comme elle.

Ma main s'agita. Rejoignit l'entrée de son vagin. Je voulais la sentir tressaillir sous mes doigts. Doucement, j'en glissai un. Elle gémit. Puis deux. Elle était si serrée ! J'embrassai ses seins, mordis ses tétons, sans jamais cesser le travail de mes doigts. Je me nourrissais de chacune de ses réactions, sa bouche grande ouverte, ses mains tremblantes sur ma nuque, ses gémissements grandissants. Elle se rapprochait tout doucement de son orgasme.

Je me figeai.

— Pas sans moi, Oceana… dis-je, tout haut cette fois-ci.

J'ôtai mes doigts, les suçai ouvertement devant son regard réprobateur et récupérai la cravate sur le côté du lit.

— Un seul mot, et on arrête ; tu te rappelles ?

Elle me tendit ses mains jointes. Elle ne doutait pas, elle.

Je nouai la cravate autour de ses poignets.

— Plus fort, murmura-t-elle d'une voix éraillée.

— Tu veux que je te fasse mal ?

— Non, affirma-t-elle. Je veux savoir que je suis avec toi. Je ne veux pas oublier.

Je resserrai les liens et plaçai ses bras au-dessus de sa tête, avant de me glisser entre ses jambes.

Je retins une moue de douleur en m'appuyant de tout mon poids sur mes cuisses.

— Non, lâcha-t-elle. Pas comme ça. Je te promets que c'est bien toi qui me feras l'amour, mais pas comme ça.

C'était ça que je redoutais. Je redoutais de la voir me chevaucher. Je voulais lui faire l'amour, l'enrober de mes bras. L'embrasser pendant qu'elle gémissait.

— Je suis attachée. Je ne pourrais rien faire sans ta force à toi, souffla-t-elle, pressentant mon malaise. Guide-moi, Rick. Je t'en supplie, ne me laisse pas tomber.

Ses yeux gris me transpercèrent. Alors qu'elle s'agenouillait avec peine, Je me secouai et récupérai un préservatif (à la vanille !) dans ma table de chevet. Je le déroulai sur mon sexe, sous son regard. Je devinais ses pensées. Elle était si serrée. Elle savait qu'elle allait avoir mal.

— Accroche-toi à la potence.

Elle leva les yeux et s'exécuta, tremblante. J'écartai ses jambes pour me glisser dessous et plaçai mes mains sous ses fesses.

— Mets tes jambes autour de moi. Je te tiens.

Elle les enroula autour de mes flancs. Je la plaquai contre moi. Je voulais la respirer. Frôler sa peau brûlante de mes lèvres. Assis, je l'embrassai entre les seins. Me délectai une nouvelle fois de chacun de ses tétons. Puis je relâchai mon emprise pour la faire glisser le long de mon corps.

Dans cette position, j'allais pouvoir tout lui faire. Comme je le voulais.

Je relâchai une de ses fesses pour m'emparer de mon sexe, douloureusement avide de se perdre en elle, et le guidai jusqu'à son entrejambe.

Mes yeux dans les siens, j'attendais un signe de sa part qui me dirait de tout arrêter. Son regard débordait de désir. Je replaçai ma main sous sa fesse et, lentement, la fis descendre sur mon pénis. Serrée comme à ma connaissance, elle râla, pressant instinctivement ses jambes autour de moi. Je gémis, longuement. J'attendais pour la relever. J'appréciais sa profondeur et sa chaleur. Ses seins brulants contre mon torse. Son souffle chaud dans mes cheveux. Son parfum de vanille dans les narines.

— Ça va ? demandai-je contre sa joue.

— Je ne suis pas en sucre, Rick. Fais-moi vivre.

Vivre ? Quel verbe philosophique pour qualifier ce que nous faisions !

Aidé de ses talons plantés dans le matelas et de ses bras accrochés à la potence, je la soulevai et la fis redescendre aussitôt. Une nouvelle grimace, une nouvelle plainte. Je recommençai, encore et encore, sous son regard sévère. Elle exigeait que je mette de côté mes craintes à la briser. Embrassant, léchant, mordant ses seins, son cou, le lobe de ses oreilles, ses lèvres asséchées par ses respirations.

Je la sentais onduler sur moi, enivrée, ravagée par le plaisir.

— Vis, maintenant, murmurai-je en ôtant mes mains de ses fesses.

Je lui laissai le contrôle. M'emparai d'un de ses seins. Caressai son dos, sa nuque et ses cuisses, tandis qu'elle coulissait frénétiquement sur ma queue. Elle gémissait. Glissait, m'engouffrant dans sa chaleur. Me dévorant en entier. Toujours plus vite et plus loin. Je perdais pied. Elle aussi.

Je la sentis jouir. Se contracter autour de moi. Crier dans mon oreille. Je ne tardai pas à la rejoindre. Ce fut l'explosion dans mon ventre. La déflagration tendit mon sexe à son maximum. Me secouant de tout mon être. Me faisant resserrer ma prise sur ses hanches à lui faire des hématomes. La pénétrant le plus loin possible pour mon ultime coup, je murmurai au moins dix fois son prénom en gémissant.

Au-delà du fait que ça devait faire presque trois mois que je n'avais pas fait l'amour, je réalisais à quel point Oceana ne me laissait pas indifférent, tant mon orgasme avait été puissant.

— Je pense que votre ancien patron s'est trompé en ce qui concerne vos qualifications… haletai-je.

— Je vous avais prévenu. Cinq ans.

Je me redressai pour la regarder. Les paupières fermées, le visage détendu, elle essayait de reprendre son souffle. Ses bras accrochés à la potence tremblaient.

— Vous vous méprenez, mademoiselle. Votre travail est irréprochable.

Je défis ses doigts crispés, un à un, alors qu'un sourire se formait sur ses lèvres. J'accompagnai ses bras et ôtai la cravate de ses poignets.

— Il me faudrait un mouchoir, mademoiselle.

Son sourire s'effaça et ses paupières s'ouvrirent, dévoilant des yeux larmoyants.

— Qu'est-ce qui se passé, Oceana ? Tu as encore mal ? m'inquiétai-je.

— Il faut que je te dise quelque chose. Il faut que je te parle de New York.

— Pourquoi j'ai l'impression que ça ne va pas me plaire ?

Elle me regardait masser ses poignets.

— Tu ne vas pas sauter de joie, c'est certain.

— Alors, demain. J'ai vraiment passé une très mauvaise journée. Mais je serais prêt à la revivre des milliers de fois si elle devait se terminer de la même façon. Alors s'il te plaît, pas maintenant.

Je repoussai l'image de mon père, droit sur ses pieds dans le bureau de son hôtel, qui m'avait regardé avec dédain du haut de ses deux jambes.

Je n'étais plus à un jour près. Son secret pouvait attendre. Et puis je n'avais pas été franc avec elle au sujet de Kristen, et moi aussi j'avais à lui avouer certaines choses. Et ce n'était pas non plus le moment pour lui en parler.

— Réveille-toi, Rick. Il y a quelqu'un dans la maison.

Ébloui par les rayons du soleil, je papillonnai des yeux.

— Quelle heure est-il ? demandai-je la bouche pâteuse.

Oceana avait déjà quitté le lit.

— Plus de dix heures, répondit-elle.

— Rick ! entendis-je. Tu es là ?

Bon sang. Il manquait plus que lui.

Oceana me regarda, indécise.

— C'est mon frère.

Elle pâlit et se cramponna à l'embrasure de notre porte commune.

— Oceana, ça ne va pas ?

— Je… balbutia-t-elle. Je ne suis pas habillée.

— Rick ? Tu es là ? hurla George derrière la porte de ma chambre.

— Oui. Laisse-moi deux minutes, le temps d'enfiler un short. Attends-moi dans le salon, j'arrive !

Oceana disparut aussitôt dans sa chambre.

Qu'est-ce qu'il foutait là ? Je n'avais aucune envie de le voir. De dix ans mon aîné, George était mon opposé en tout point. Appliqué, consciencieux et irréprochable, une vraie perfection aux yeux de mon père. Je ne le jalousais pas, je ne le méprisais pas, je n'avais juste aucune estime pour lui. Nous n'avions aucun centre d'intérêt en commun. N'avions jamais partagé d'activité et avions évolué de deux façons différentes.

Mon père l'avait pris sous son aile pour le former à la direction de l'hôtel de New York, aussi grand et aussi prestigieux que celui de Miami. Ils avaient passé tellement de temps là-bas que les années où j'aurais eu besoin d'un père ou d'un grand frère avaient défilé sans qu'aucun des deux ne se préoccupe de mon existence. Mais c'était sans compter l'hôtel de Miami. Au grand regret de mon père, j'étais nettement moins intéressé par mon héritage que par ma planche de surf. Et certainement moins docile que mon aîné.

En sortant de ma chambre, j'eus le temps d'apercevoir la jambe d'Oceana, qui se réfugiait dans la salle de bains commune. Dans le couloir, mon T-shirt et le débardeur en satin d'Oceana étaient restés sur le sol. Merde. Je les ramassai et les posai sur mes genoux.

Le regard fixé sur le jardin, George se tenait debout devant la baie vitrée, les bras croisés.

— Je ne savais pas que tu devais venir, lui dis-je en pénétrant dans le salon.

— Bonjour, Rick, répondit-il en se retournant. Où est Mlle Douglas ?

— Sous la douche.

Ses yeux fixèrent les vêtements posés sur mes jambes, et il sourit avec malice. Je me foutais complètement de ce qu'il pouvait penser.

— Je suppose que je peux attendre pour un thé, alors.

— Ou tu peux aussi faire marcher le micro-ondes tout seul. Oceana n'est pas la bonne.

Ses lèvres se pincèrent.

— Papa m'a dit que tu étais sorti d'ici hier.

Coup bas.

— Je suis aussi allé faire des courses, je me suis baigné dans une piscine et j'ai mangé dans un resto, précisai-je pour lui faire comprendre que mon fauteuil ne m'empêchait pas de vivre.

— Waouh ! railla-t-il. Mlle Douglas fait des miracles…

Je serrai mes doigts sur la barre de mes roues pour m'éviter de lui en coller une. Qu'il aille se faire foutre.

Je n'avais qu'une seule idée en tête : qu'il dégage de chez moi.

— Et si tu m'expliquais la raison de ta visite ?

— Je… (Son regard se perdit derrière moi, au moment où un parfum de vanille s'insinuait dans mes narines.) Bonjour, mademoiselle Douglas. Je suis ravi de faire enfin votre connaissance : George Thomas.

— Enchantée, répondit Oceana, qui venait d'entrer.

— Vous avez les mêmes yeux que votre mère. En réalité, j'ai vraiment l'impression de la voir, mais avec vingt ans de moins et nettement plus charmante, sans vouloir offenser votre mère.

Là, c'était trop. Je priai pour qu'elle ne rougisse pas. Pas pour lui !

— Je… Vous désirez boire quelque chose ? proposa-t-elle finalement avec un semblant de sourire.

— En tout cas, vous avez bonne mine. Je ne pensais pas que vous tiendriez plus de deux jours sans voir votre fils !

Son sourire s'effaça. Elle blêmit.

Tout s'embrouilla dans ma tête. George avait-il dit « votre fils » ? Non. Elle ne pouvait pas m'avoir caché ce genre de chose. Un fils ! ? J'avais l'impression d'avoir pris un uppercut en plein visage. Les yeux rivés à Oceana, naïvement, je priai pour qu'elle le contredise.

— Je n'ai pas tellement le choix, répondit-elle à voix basse.

Cette phrase m'acheva. Oceana avait un enfant !

CHAPITRE 17

LÂCHETÉ

Voilà. J'en étais là. À haïr le patron de ma mère pour avoir dit les choses à ma place. Au ton arrogant qu'il avait employé, j'étais certaine qu'il l'avait fait exprès.

J'avais tellement espéré qu'il se taise. Mais maintenant, alors que j'aurais dû m'excuser devant le regard affolé de Rick, ma langue en décida autrement.

— Je n'ai pas tellement le choix, répondis-je d'un ton neutre.

Du coin de l'œil, je vis les yeux de Rick s'assombrir si vite que j'en eu un haut-le-cœur. Mes mains se mirent à trembler. Je les rassemblai devant moi.

— Cela va de soi, répondit son frère, avec un sourire narquois.

Il fallait que je regarde Rick. Que je sache quelle était sa réaction à cette révélation. Je n'avais qu'à tourner la tête. Je n'en fis rien. Les yeux braqués sur son frère, je le détaillai. Ils se ressemblaient beaucoup, mais George paraissait plus petit et plus menu. Ils avaient les mêmes yeux bleus mouchetés de noisette et la même couleur de cheveux ; ceux de George se teintaient de poivre et sel aux tempes.

En revanche, pas besoin d'être intime avec cet homme pour en cerner le caractère. Une phrase et un sourire de sa part me suffisaient pour savoir qu'il était hautain et arrogant, comme sa mère. Son costume trois-pièces et ses chaussures hors de prix complétaient le personnage.

— Est-ce que je peux vous servir quelque chose à boire ? demandai-je face au silence hostile de la maison.

— Mon frère a été clair, vous n'êtes pas la bonne. Je suis juste passé pour m'entretenir avec lui.

Et aussi foutre la merde !

— Dans ce cas, je vais vous laisser.

— Salon-TV, lâcha Rick.

Je frémis sous son ton glacial. George me dépassa, un sourire orgueilleux aux lèvres. Il l'avait fait exprès. Mais pourquoi ? Qu'est-ce que ça lui apportait ?

J'entendis les roulettes du fauteuil de Rick sur le carrelage. Encore une fois, j'avais été trop faible pour l'affronter. Je n'avais même pas eu le courage de rencontrer ses yeux, par peur d'y lire le rejet ou la répulsion. Je relâchai mes mains. Elles tremblaient toujours. Je sortis de la maison, espérant qu'un peu d'air m'aiderait à me ressaisir. Foutaises.

Je m'étais mise toute seule dans cette situation. Si je lui avais dit les choses avant. Avant ce truc. Avant les papillons dans le ventre. Avant son premier baiser. Avant ces échanges de regard. Si je ne l'avais pas écouté, hier soir. Si j'avais dit, simplement, « je suis une maman ». Les mots auraient été là. Aussi simplement qu'affreusement bouleversants. Mais je l'aurais regardé. Nous aurions pu en parler. Je ne me serais pas cachée.

Comment j'aurais réagi, moi ? S'il m'avait dit qu'il avait un enfant quelque part ? Je n'en savais strictement rien !

Et c'était bien ça, le problème.

Est-ce que je pouvais lui en vouloir s'il me rejetait alors que j'aurais pu faire de même si la situation avait été inversée ?

Sous le soleil brûlant, je relevai la tête vers le ciel et inspirai puis expirai, les yeux fermés.

Inspirer, expirer.

Je voulais courir. Me déchaîner. Faire souffrir mon corps jusqu'à ne plus sentir mon estomac se tordre, jusqu'à faire taire mes pensées. Je rejoignis ma chambre pour enfiler mon legging et mes baskets.

Une heure plus tard, la chaleur étouffante de Miami eut raison de mon corps. Après m'être assise des milliers de fois sur le trottoir sur le chemin du retour, j'étais enfin rentrée. Visage rougi par le soleil, les doigts tremblant d'une probable hypoglycémie et les cuisses brûlantes de mes efforts, je filai droit sur le frigidaire à la recherche de la bouteille de jus d'orange.

Le silence régnait dans la villa. La voiture de George n'était plus là. Rick avait déserté le salon-TV.

J'essuyai la sueur de mon front et portai la bouteille à mes lèvres.

Après quelques gorgées, la nausée me prit. Je posai la bouteille sur le plan de travail et m'appuyai de tout mon poids dessus, bras tendus, mains à plat. Mon corps souffrait, mais pas autant que mon ego.

Honteuse. Dégonflée. Froussarde. Méprisable.

— Un fils ?

Je me redressai sans pour autant me retourner. Sans faire face à la rage qu'il avait exprimé en un mot. Un fils. *Mon* fils.

— Dis-moi que mon frère a menti, reprit-il. Que j'ai mal compris. Que tu n'as pas d'enfant.

Ethan n'était pas qu'un enfant ! Mon cœur martelait ma tête. Le jus d'orange remontait dans ma trachée. Et mes yeux s'embuèrent.

— Il s'appelle Ethan. Il aura cinq ans à la fin de l'année, murmurai-je.

Une larme déferla sur ma joue.

— Ça n'est pas possible…

Je me retournai, dans une grande inspiration. Assis dans son fauteuil à quelques pas de moi, Rick paraissait fou de colère.

— Je suis bien la maman d'un petit garçon, dis-je d'une voix claire.

— NON ! (Il abattit son poing sur la table.) Tu m'as menti. Tu t'es foutue de moi pendant trois semaines !

Voilà. La réaction que j'avais tant redoutée.

— Je ne t'ai jamais menti. Nous avions dit « pas de passé ».

— Ce n'est pas ton passé ! Bordel !

Les paroles de ma mère me revinrent en mémoire. « Tu sauras à quoi t'en tenir. » Il était là, le constat. Il ne m'aimait pas. Il n'aimait pas ce que j'étais réellement. Une maman.

— Non. Tu as raison. Ethan est mon présent et mon futur.

Ses traits se durcirent davantage.

— Pourquoi tu n'as rien dit ? cracha-t-il.

Son reproche était fondé. Peut-être que je ne m'étais pas attendue à ce que ce truc évolue ?

— J'ai voulu. Des tonnes de fois. Et hier encore, et cette nuit... mais tu m'en as empêché.

— Non. Non. Non. Tu aurais dû m'en parler bien avant. Avant tout ça !

Que devais-je comprendre ? Sa colère devint la mienne. Mon fils ne devait pas être la cause de sa mauvaise foi. Mon fils n'était pas une excuse. Il ne pouvait pas prétendre vouloir un avenir avec moi et renier cette volonté sous prétexte qu'il y avait Ethan. *Mon* Ethan. Le sourire de ma vie. Jamais je ne laisserai quelqu'un me faire culpabiliser.

— Avant quoi, Rick ? Avant que je ne tombe sur toi sous la douche ? Avant que je te dise que tu étais un homme et que je n'étais pas lesbienne ? Pourquoi ? Parce que je t'aurais tellement dégoûté en tant que mère, que tu n'aurais jamais osé me regarder comme une femme ? Parce que je ne t'aurais jamais attiré ? Parce que tu ne m'aurais jamais désirée ?

Ses yeux se voilèrent.

— Je n'en sais rien. Je...

Il laissa sa phrase en suspens. Je connaissais la suite. Il était désolé. Désolé de ne pas pouvoir m'aimer. De ne pas avoir assez de force pour assumer. Finalement, c'était lui le lâche.

— Ne me regarde pas comme ça. Ne me regarde pas comme si tu avais pitié de moi. Mon fils n'est pas un fardeau. Tu ne sais rien de ma vie.

Et je le plantai là. Seul dans son fauteuil. Son fidèle compagnon. Silencieux et infirme de sa stupidité.

Mon cœur martelait ma poitrine. J'avais cru aimer cet homme. Est-ce que je pourrais vivre encore neuf semaines avec lui ?

Je fonçai, sans prendre la peine de me déshabiller, sous la douche. Je n'avais qu'une envie. Oublier.

Oublier que j'avais espéré quelque chose qui n'avait existé que dans ma tête. Oublier que j'étais ici, à Miami. Oublier qu'il avait pu me faire ressentir tellement de choses. Oublier qu'il y avait ce truc.

Je pensais à Ethan. À ses petits bras qui m'enlaçaient. À sa minuscule main sur ma joue. À son premier sourire. À la première fois où il avait prononcé le mot « maman ». À ses premiers pas. Et à d'autres souvenirs, plus merveilleux les uns que les autres. Mais aussi à ses peines. Ses séjours à l'hôpital. Ses visites chez le cardiologue. Et son rêve. Le mien. Celui de ma mère.

Son opération.

Il était là, mon courage. Elle était là, ma force. Je resterais, pour lui. Pour Ethan.

Un jour. Un jour de silence. Un jour à ne penser qu'à une seule chose. L'opération d'Ethan.

Après une nuit agitée, tout était clair dans ma tête. J'avais dressé une liste de choses à faire ; j'avais aussi érigé un mur entre Rick et moi. Je me contenterais de lui donner son tramadol le soir, ne lui poserais aucune question, le laisserais seul décider des tenues qu'il voulait porter, lui apporterais ses repas, ne l'obligerais ni à prendre une douche, ni à se raser, ni à faire sa rééducation. Quant à moi, je ne resterais pas plus d'une minute dans la même pièce que lui et me ferais violence pour sortir du lit tous les matins.

Difficile ? Pas plus que ça. Il avait fui avant de me laisser digérer la première journée.

Rasé, coiffé, parfumé à m'en faire chavirer, vêtu d'une chemise bleu électrique et d'un jean, il avait pris la poudre d'escampette. Je n'avais pas pu me retenir de courir près de la fenêtre pour voir avec qui il décampait.

Un taxi.

Encore une fois, comme un lâche, il avait pris la fuite. Du moins, c'était ce que je m'étais évertuée à penser pour repousser la vague de jalousie qui pulsait dans mes veines.

J'étais jalouse parce qu'il s'était fait beau pour quelqu'un. Jalouse que des femmes puissent essayer de le posséder. Jalouse parce que lui pouvait faire ce qu'il voulait, aller où bon lui semblait. Alors que moi, je devais rester là, comme une pauvre conne, à l'attendre.

Attendre que le talkie-walkie grésille. Attendre chaque moment de la journée où j'avais quelque chose à faire pour lui. Attendre de pouvoir me coucher pour passer à une nouvelle journée silencieuse et pleine d'hostilité.

Après avoir rangé toute la maison, mis un peu d'ordre dans mes affaires, fait quelques courses au supermarché du coin et pris une bonne douche, je commençai à m'inquiéter. Le soleil se couchait et il n'était pas rentré.

Assise à même le sol, encore brûlant de la chaleur de la journée, de la terrasse, je me donnai une heure avant de lui envoyer un message. Son numéro de portable devait bien être noté quelque part dans cette maison ? Chez moi, le mien figurait sur un Post-it collé sur le Frigo. Mais moi, j'avais un fils ! J'étais la personne à prévenir s'il arrivait la moindre chose à Ethan !

Ethan, mon petit garçon trop précieux à mes yeux, et trop « mon fils » à ceux de Rick.

C'était ma vision des choses. Je rejetais, les dernières brûlures de mon vagin, pour celles de mon cœur. Blessée par son silence et une vérité que j'avais dite à sa place. C'était aussi ma force. J'avais été heureuse avant lui, sans lui. Pourquoi serait-ce différent ?

Restait la déception. Des bras douillets de Groschéri, l'ourson rose aux deux cœurs sur le ventre du monde des Bisounours, je m'étais écrasée tel un moustique sur le pare-brise d'un avion, pour finalement m'étaler sur le bitume brûlant de Miami. J'y avais laissé ma raison, ma gentillesse et mes bonnes manières. Il ne me restait plus que mon amertume et une violente colère contre moi-même : j'avais été si naïve de croire qu'un jour je pourrais compter sur l'épaule d'un homme pour me reposer !

Ne disait-on pas que la grandeur d'un homme se mesurait à ses actes et non à ses paroles ?

Finalement, je me laissai deux heures. Qu'allais-je lui envoyer ? *T'es où, minable lâche ?* ou encore *Celle qui empeste la vanille voudrait savoir si tu rentres ?* La vanille… J'avais envie d'en balancer dans tous les recoins de sa chambre, simplement pour lui rappeler, mon odeur, mon goût, celle que j'étais.

— Rick ?

Je sursautai et poussai un léger cri de détresse. Je plaquai aussitôt mes deux mains sur ma bouche. Mon cœur faisait des bonds dans ma poitrine.

Je me retournai vivement vers la voix de Carl. Est-ce qu'il m'avait entendue ?

Merde. Jeudi. S'il appelait Rick, c'était qu'il n'était pas au courant de sa fuite.

— Rick ? entendis-je une nouvelle fois, un peu plus près.

J'aurais aimé pouvoir ne former qu'un avec le carrelage de la terrasse.

Avant qu'il ne m'aperçoive, je crapahutai jusque sous la table en teck.

— Oceana ? Qu'est-ce que vous faites par terre ?

Je me statufiai à mi-parcours en imaginant sans peine la vision de Carl sur mes fesses.

— La table n'était pas ma meilleure cachette, avouai-je en me relevant.

Il me considéra un instant avant de demander :

— Rick n'est pas là ?

— Il semblerait que votre ami ait un sérieux problème avec les disputes. Il a une prédilection pour la fuite et le silence, répondis-je.

— Qu'est-ce qu'il s'est passé cette fois ?

— Son frère… est passé hier matin.

— Et il vous a trouvé dans une position cocasse ?

Devant mon regard froid et hostile, il fit la moue.

— Il lui a dit que j'avais un fils.

— Oh.

— Quoi, « Oh » ? « Oh » merde ? « Oh » le con ? Ou « Oh » elle a un fils ?

— Un peu tout ça. (Il se gratta la tête, déstabilisé.) Comment Rick a-t-il réagi ?

— J'aurais préféré qu'il dise « Oh ».

Sa main fouilla dans sa poche et en sortit son portable.

— Il reste des bières ? me demanda-t-il tout en pianotant sur son écran. Non, ne bougez pas, je peux me servir tout seul.

Il se dirigea vers le Frigidaire et en sortit une bouteille.

— T'es où, mec ? Tu QUOI ?

Il posa violemment sa bière sur le plan de travail, me faisant sursauter.

— Tu comptes rentrer à quelle heure ? reprit-il plus calmement.

Mon cœur martelait ma poitrine, attendant une réponse que je ne pouvais pas entendre.

— OK.

Quelque chose me disait que la réponse donnée par Rick ne lui avait pas plu. Me plairait-elle, à moi ? Il rangea la bière, qu'il n'avait pas touchée, et se retourna.

— Vous avez… quelque chose d'un peu plus… habillé ? demanda-t-il.

Comme si je ne savais pas ce que je portais, je baissai les yeux sur mon short en jean et mon top blanc… sans soutien-gorge.

Je croisai mes bras sur ma poitrine et le dévisageai.

— On sort, si vous voulez tout savoir !

Oui. Non. Super. Hors de question !

— Soyez pas aussi tête de con que lui. Vous n'allez pas rester ici à l'attendre ?!

— Avec qui il est ?

— Je vous le dirai si vous acceptez de sortir.

Il croisa les bras, souriant et sûr de lui.

— Pas besoin de me faire du chantage. Je ne sais même pas pourquoi je vous ai demandé ça.

Parce que j'avais terriblement envie de le savoir !

— Kristen.

Hiroshima. Mon cerveau ressemblait à un monticule de débris. Mon cœur avait littéralement explosé. Nagasaki. Mon cœur avait volé en éclat une nouvelle fois.

Kristen… C'était moi, au fond de la mer Morte, maintenant.

— Donnez-moi cinq minutes, répliquai-je, dépitée.

CHAPITRE 18

SOIRÉE DOUTEUSE

J'avais répondu sans réfléchir.

Je ne savais pourtant rien d'elle, ni de l'amour que Rick lui portait. Je n'avais pas à juger leur histoire. S'il voulait la voir, eh bien qu'il le fasse ! Mais, malgré tous les arguments que ma raison tentait de me soumettre, je ne pouvais pas m'empêcher de me sentir amère et révoltée.

Depuis que j'étais à la villa, je n'avais jamais vu le bout de son nez, ni entendu le son de sa voix au téléphone. Si Carl ne m'en avait pas parlé, je n'aurais sans doute jamais connu son existence. Et c'était ça le problème. J'étais jalouse parce qu'elle n'avait jamais été là pour Rick, ne s'était jamais démenée pour l'aider, ne l'avait jamais vu souffrir… et qu'elle le récupérerait bientôt sur ses deux jambes, comme si son accident n'avait jamais eu lieu.

J'avais été là dans les moments difficiles. J'avais vu son sourire dans une piscine lorsqu'il avait fait ses premiers pas. Je soulageais sa douleur. Je vidais sa pisse et préparais son petit déjeuner tous les matins.

Mais est-ce que ça me donnait le droit de sortir avec Carl, son meilleur ami ?

Comme pour répondre à ma question, mes mains s'empressèrent de fermer les boucles de mes sandales à talons noirs. Face au miroir, j'observai le résultat. Mes cheveux blonds descendaient en cascade sur ma combinaison noire sans manches, tellement décolletée que j'avais laissé (une fois de plus) mon soutien-gorge dans le tiroir de la commode. Une pochette beige dans une main, une veste de tailleur de la même couleur dans l'autre, un peu de fard à joue, du rimmel et du rouge sur les lèvres. Ça ferait l'affaire !

Je rejoignis Carl dans l'entrée. Téléphone collé à l'oreille, il se recoiffait en s'épiant dans le miroir accroché au-dessus du guéridon et déboutonna le col de sa chemise noire pour paraître décontracté.

— N'importe quoi ! Tu. Fais. N'importe quoi, martela-t-il.

Il sourit au miroir, sûrement pour vérifier qu'il n'avait rien entre les dents.

— Je ne sais pas à quelle heure je rentre, ajouta-t-il.

Je me raclai la gorge pour lui signaler ma présence. Pris en flagrant délit de raffinement, il grimaça.

— Bon, je te laisse. On se voit plus tard, dit-il avant de raccrocher.

Il me détailla de haut en bas. Sentant ses yeux se délecter d'un deuxième passage sur mon décolleté, je fronçai les sourcils, retenant une remarque acerbe. Confus, il sourit.

— Vous aviez autre chose de prévu ? demandai-je.

Il haussa les épaules.

— Pas vraiment.

— Pourtant vous aviez l'air d'être attendu.

— C'était Rick. Et soit dit en passant, il n'est pas très poli d'écouter les conversations des autres.

Il me servit un clin d'œil. Pourquoi Rick s'inquiétait-il de savoir à quelle heure nous allions rentrer ! ?

— Vous n'étiez pas très discret, là non plus !

— D'habitude, les femmes aiment quand on les regarde.

— Vous n'êtes pas obligé de me sortir. J'ai toute une saison de *Grey's Anatomy* à voir !

— N'importe quoi ! (Il regarda sa montre.) Il est presque 22 heures, allons-y.

Il rejoignit la porte et l'ouvrit avec une révérence.

Cette fois, je n'étais pas inquiète pour Rick, j'étais en colère. J'étais certaine que nos retrouvailles ne se termineraient pas de la même manière. Pas dans ses bras. Ni sur ses jambes. Encore moins empalée sur son membre !

Assise dans l'imposant 4 × 4 de Carl, je regardais le paysage défiler. J'étais irritée et agacée. Tout m'était désagréable, du bruit du moteur à l'odeur iodée de l'océan dans l'habitacle. Si Carl me touchait, j'exploserais !

Qu'est-ce que nous faisions au juste ? C'était un rencard ? Ou une simple sortie entre amis ?

Je reconnus sans peine les murs colorés et tagués du quartier de Wynwood, que j'avais traversé la semaine précédente avec Rick. Une lame aiguisée traversa ma poitrine quand la voiture passa devant le restaurant dans lequel nous avions mangé ce jour-là.

Finalement, au bout d'une bonne demi-heure, Carl gara son 4 × 4. Je le suivis sans entrain dans ce que je supposais être une taverne, toujours accrochée à la même question : qu'est-ce que je foutais là ?!

Il y avait de l'ambiance à l'intérieur. Beaucoup de jeunes, certains debout autour du bar central, d'autres attablés, discutaient tout en buvant et mangeant dans le vacarme d'une musique cubaine. À l'image du quartier, la taverne ressemblait à un patchwork de tableaux de Picasso et de graffitis de rue. Des centaines de petites ampoules de toutes les couleurs descendaient des plafonds en tôle, le mobilier était en aluminium et en acier, et une vieille Cadillac avait été désossée pour être aménagée en cuisine ambulante, type *food truck*.

J'essayai de me souvenir de la dernière soirée que j'avais passée dans un lieu comme celui-là. Rien ne me vint. Je n'avais jamais été du style à suivre mes amies dans un bar ou un club, et je me rappelais encore moins de ma dernière soirée étudiante.

L'effervescence du lieu me fit presque oublier mon agitation. Je regardais les filles très jeunes et qui semblaient, pour la plupart, avoir déjà bu un coup de trop, et les garçons qui leur tournaient autour, sûrement dans l'intention de repartir avec l'une d'elles ce soir. Est-ce que je devais regretter de ne pas avoir vécu ce genre de choses ?

— Venez ! hurla Carl.

Il fit un signe de la main au barman, qui lui indiqua notre table. Bien que placés à l'écart, le brouhaha des conversations et la musique me permettaient de garder le silence. Mais qu'est-ce que je foutais là ?! Carl fit un signe à une serveuse, qui lui sourit en lui montrant son index pour lui demander de patienter.

— Vous allez bien, Oceana ? s'inquiéta-t-il alors.

— J'aurais pu rester en short et en débardeur, lui répondis-je. Ma tenue est trop habillée.

— Peut-être pour ici, mais pas pour aller danser.

Mon cœur loupa un battement.

— Vous rigolez ?

— Pas du tout. Ça va vous faire du bien.

Un peu trop sûr de lui, il me sourit. Non. Non. Non. Ça n'allait pas me faire du bien !

— D'abord je n'aime pas danser… et ensuite… je ne me vois pas du tout sur une piste de danse !

— Pourquoi ? Vous devriez vous amuser un peu.

Quoi ? Faisais-je vieille fille ?

— Parce que vous pensez que c'est le genre de chose qui me rendrait heureuse ? Je n'ai jamais aimé ça. Même avant mon fils !

— Ce n'est pas ce que je voulais dire.

La jeune serveuse arriva à point nommé.

— Salut, Carl ! Deux soirs d'affilée, on a de la chance…

Un bandana rouge attaché sur sa tête brune, une chemise bleue nouée au-dessus du nombril et un short en jean, elle me rappelait les pin-up des années 1960.

— Salut, Bess, répondit-il. Je sais, tu rêverais que je sois là tout le temps…

— Et pas que… suggéra-t-elle en me faisant un clin d'œil. La même chose que d'habitude ?

— Vous mangez de tout ? me demanda Carl. (Je hochai la tête.) Alors oui, Bess, s'il te plaît. Merci.

— Attention à vous, c'est un vrai prédateur ! m'avertit Bess avant de tourner les talons.

Il la regarda s'éloigner et se pencha vers moi.

— Repartons à zéro, si vous voulez bien.

— Pas de club, tranchai-je.

— On verra.

— Qu'est-ce qu'on fout là, Carl ? Pourquoi vous faites ça ?

Je posai ma pochette à côté de moi.

— J'avoue lâchement qu'avant que Rick me parle de vous, j'espérais… enfin… vous comprenez…

— Pas tellement, non, mentis-je.

— Je ne suis pas le style de mec qui promet la lune à une fille. Je ne suis pas casanier, je suis constamment sur la route, donc je ne cherche pas à m'attacher. J'adore les filles, mais ce que j'aime par-dessus tout, c'est le sexe.

Je retins un rire.

— Est-ce que vous êtes en train de me dire que vous vouliez coucher avec moi ?

— Oui. Avant. Enfin, j'en ai toujours envie… mais il y a Rick.

Devais-je en conclure que Rick lui avait tout raconté ?

Comme une étincelle, son aveu ralluma la rage qui m'avait saisie dans la voiture.

— Non pas que je veuille faire quoi que ce soit avec vous, mais je n'appartiens pas à votre meilleur pote, qui a su trouver du réconfort auprès d'une certaine Kristen, ce soir, lançai-je.

— C'est un con.

Je compris qu'il n'aimait pas Kristen. Je ne voulais en aucun cas connaître les raisons de cette antipathie.

En réalité, si. Je le voulais.

— Je veux bien qu'on parle d'autre chose, réclamai-je néanmoins avec une grimace.

— Comment s'appelle votre fils ?

Finalement, je préférais presque parler de Rick et de sa Kristen…

Bess revint avec un plateau chargé de deux pintes et de deux assiettes copieusement garnies.

— Bon appétit ! lança-t-elle avant de nous quitter.

Banderillas de poulet et de bœuf accompagnés d'une salade assaisonnée de vinaigre et d'huile d'olive.

— Ça vous va ? s'inquiéta Carl.

Pour toute réponse, je m'emparai de mes couverts et piquai un morceau de viande.

— Alors ?

Il m'imita.

— C'est très bon.

— Non. Votre fils.

Je m'étouffai avec une feuille de salade. Il poussa la pinte vers moi.

— Je… rhmmm… je ne… rhmmm… bois pas d'alcool, articulai-je difficilement.

Ses sourcils se relevèrent. Je n'osai même pas lui demander ce qu'il pensait de moi. Je ne dansais pas. Je ne sortais pas. Je ne buvais pas.

Waouh ! Il ne manquait plus que le chat.

Après m'être débattue avec mon morceau de salade, je décidai finalement de goûter la boisson. Sous son regard amusé, je bus une gorgée de la bière qui se révéla fraîche et fruitée. Son sourire s'effaça à la vue de ma langue passant sur mes lèvres couvertes de mousse.

Il déglutit.

— Ethan, dis-je finalement pour lui rappeler que j'avais un fils.

Il cligna des yeux plusieurs fois, comme pour se détacher de ma bouche.

— Quel âge a-t-il ?

— Je n'ai pas l'habitude de parler d'Ethan. Et je sais que vous n'êtes pas réellement intéressé.

Il fronça les sourcils ; je l'avais blessé.

— Désolée. Hormis Rick, je n'ai pas dîné avec un homme depuis très longtemps.

— Si vous les accueillez tous de cette façon-là, vous avez beau être belle et irrésistiblement attirante, il est certain que vous leur coupez l'envie d'aller voir plus loin.

Je toussotai face à son ignoble vérité.

— Égalité, constatai-je, vexée.

— Je ne suis pas non plus très fort pour raconter ma vie. Je suis né dans une famille pauvre, je n'ai pas fait d'études et je suis surfeur professionnel, dit-il d'une traite.

À croire que c'était la phrase bateau qu'il sortait à tous ses rencards.

— Mais encore ? demandai-je, la bouche pleine.

— Ma mère travaille dans une usine de textile et mon père est un sale con d'alcoolo.

Je ne pus m'empêcher de glousser. Avant qu'il ne se méprenne, je m'essuyai la bouche et m'expliquai :

— Ça nous fait un deuxième point commun.

Il me dévisagea, puis annonça :

— Quand j'avais dix-huit ans, je l'ai jeté dehors à coups de poing et de pied alors qu'il prenait un malin plaisir à tabasser ma mère. Depuis, je ne l'ai plus revu, et je n'ai aucune idée de ce qu'il est devenu.

Je n'avais plus très faim, d'un coup. Je repoussai l'assiette à moitié vide. Je n'avais aucune peine à imaginer son enfance. Ses yeux continuaient à m'épier, comme s'ils appréhendaient ma réaction. Quelque chose me disait que cette étape de sa vie ne devait pas faire partie de son baratin habituel.

Je me lâchai à mon tour :

— Je n'ai jamais connu le mien, il est parti quand ma mère a su qu'elle était enceinte de moi. Et il semblerait que je sois victime de la même malédiction puisque le père d'Ethan ne veut pas entendre parler de son fils.

Je me retins de respirer. Je ne souhaitais qu'une chose, c'était qu'il ne me pose aucune question du style : pourquoi ne pas avoir avorté ? Pourquoi ne pas avoir essayé de refaire ta vie ?

— C'est un lâche.

Je repris ma respiration.

— Qui ça, Rick ? raillai-je.

— Non. (Son sourire franc me fit sourire à mon tour.) Le père d'Ethan.

— Je ne l'aimais pas, de toute façon, dis-je en haussant les épaules.

— Qui ça, Rick ? railla-t-il à son tour.

— Non. Le père d'Ethan. Enfin… je ne dis pas non plus que j'aime Rick… Oh… Vous avez très bien compris ! m'exaspérai-je.

— Ça me ferait chier, en réalité. Parce que je n'ai rien promis à Rick pour ce soir.

Son regard suggestif me brûla de l'intérieur.

Le drame ! Qu'est-ce que je foutais là ?! Je bénis les mille couleurs des lumières suspendues au plafond, qui masquaient la rougeur de mes joues, et je bus en hâte une gorgée de bière.

Une, deux, trois… tant de gorgées que je redoutais déjà la migraine inévitable.

Peut-être serait-elle mon ticket gagnant pour rentrer à la maison ?

Finalement Carl avait gagné, et ma tête ne s'était pas révoltée contre la présence d'alcool dans mon sang. Deux pintes de bière. Debout contre le bar de la boîte la plus sélecte de Miami – d'après ce que j'avais pu comprendre –, je regardais tantôt Carl, tantôt la piste de danse envahie de clients.

Ma tenue de soirée était encore mal choisie. Ici, les filles portaient toutes des robes ou des jupes si courtes qu'il me suffisait de baisser la tête d'un centimètre pour apercevoir leurs dessous. Si tant était qu'elles en portaient.

— Vous n'allez pas danser ? demandai-je à Carl presque en hurlant pour qu'il m'entende.

Il se rapprocha de moi et se pencha vers mon oreille :

— Seulement si vous y allez.

Je me retins de respirer son parfum viril. Mon ventre se tordit sous sa proximité intimidante et je ne pus m'empêcher de jeter un coup d'œil affolé à son torse, appuyé contre mon bras.

— Ne vous privez pas pour moi, dis-je finalement.

— Je sais ce qu'il va se passer si je rejoins cette piste de danse avec toutes ses filles autour de moi… m'informa-t-il en plissant les yeux.

— Je suis une grande fille, je pourrais rentrer en taxi.

— Non, Oceana. Je suis peut-être un prédateur qui aime le sexe, mais je sais me retenir et je ne sors pas avec deux filles à la fois. Ce soir, je suis ici. Avec vous.

— Nous ne sortons pas réellement ensemble.

J'appuyai de toutes mes forces sur son torse pour le repousser. Il ne bougea pas.

— Je vais vous faire un aveu, continua-t-il en se rapprochant d'autant plus. Je ne crois pas du tout à l'amitié entre un homme et une femme. Donc je pars du principe que, ce soir, je suis avec vous.

Sa bouche était si près de la mienne que j'en louchais. Affolée à l'idée qu'elle puisse s'approcher davantage, je posai ma main sur ses lèvres et reculai.

— Stop ! Ramenez-moi chez Rick, haletai-je.

Je le sentis sourire sous mes doigts alors que ses yeux sombres caressaient mon visage. Je n'osais même plus bouger. Il ne ferait de moi qu'une bouchée. J'avais surtout peur d'être trop faible, trop jalouse de Rick, trop en colère, pour l'arrêter s'il tentait quoi que ce soit !

Sa main attrapa mon poignet avec douceur et fit lentement glisser mes doigts de sa bouche. Il murmura :

— Une danse et je vous promets de vous ramener.

Je ne l'avais jamais vu aussi sérieux. Son pouce caressait le dos de ma main. Je m'empressai de la lui arracher pour faire taire les battements frénétiques de mon cœur.

— Vous saurez tenir vos mains ?

Il hocha la tête d'un geste entendu et arrondit le bras pour m'inciter à l'accompagner sur la piste. J'étais si effrayée de me retrouver ici, de danser avec lui, que même les basses de la musique ne faisaient pas autant écho que mon sang dans mes tempes. Je me faufilai entre les clubbeurs déjà trempés de sueur. Sans trop savoir comment, mes pieds et mes bras répondirent au rythme de la musique. L'adrénaline semblait peu à peu repousser la colère et la peur dans un coin de ma tête, et le peu d'alcool que j'avais ingurgité suffit à me libérer. Je ne fis presque plus attention à ce qui m'entourait jusqu'à ce que Carl, qui jusqu'alors se tenait à une distance plus que correcte derrière moi, immisce sa tête entre mon bras et ma joue.

Surprise, je me raidis.

— Je croyais que vous ne saviez pas danser, murmura-t-il si près de mon oreille que j'aurais juré sentir ses lèvres mimer un baiser sur mon lobe.

Un long frisson me saisit. Je me retournai, feignant d'être agacée.

— Mes mains n'ont pas bougé de derrière mon dos, se justifia-t-il.

Je repris ma danse en dardant sur lui un regard noir. S'il bougeait d'un millimètre, je fonçais prendre un taxi ! Si j'en avais la force… Après tout, Carl était loin d'être moche.

— Je n'ai pas dit que je ne savais pas danser, j'ai dit que je n'aimais pas danser, précisai-je sous ses sourires entrecoupés par la lumière des stroboscopes.

Soudain, tout se précipita. Je sentis une masse se frotter sur mes fesses et mon dos. Je vis Carl froncer les sourcils et virer au rouge en me voyant me décomposer et me raidir. Et ses mains empoignèrent mon bassin pour le plaquer violemment contre le sien.

— Dégage ! cria-t-il. Irrésistiblement attirante, je vous l'ai dit, chuchota-t-il l'instant d'après à mon oreille.

J'avais l'impression d'être détachée de tout ce qui se passait. Immobile, les yeux rivés à son torse, je tentais de discipliner mon corps. Profitant de la situation, Carl fit glisser les doigts d'une de ses mains le long de mon flanc, puis les remonta sur mon dos. Je frissonnai. Ensuite il effleura ma mâchoire jusqu'à mon menton, pour le relever. Ses lèvres étaient près des miennes, je pouvais sentir son souffle les effleurer, comme une caresse. La pression se fit plus importante dans ma poitrine.

— Vos mains, réussis-je à dire.

— Quoi ?

— Vos mains ! hurlai-je.

La déception se peignit sur son visage, et son corps s'éloigna du mien. Je mordis l'intérieur de ma joue à m'en faire saigner pour me retenir de m'excuser.

— Allez, je vous ramène, dit-il, amer.

Il me prit par la main et m'entraîna. Sitôt dehors, la fraîcheur de la nuit me remit les idées en place. J'étais désolée, oui, mais pas pour lui, pour moi. Parce que je ne savais pas si je désirais qu'il m'embrasse pour me faire oublier Rick ou tout simplement parce que je voulais réellement qu'il le fasse.

À quelques pas de la voiture, je m'immobilisai. Il se retourna.

— Quoi ?

— Arrêtez. Arrêtez de vous comporter comme un enfant gâté à qui l'on a refusé un bonbon !

— Je n'ai pas l'habitude d'être repoussé.

— Alors quoi ? Vous allez me ramener chez Rick, et me bouder jusqu'à ce que je reparte à New York ?

— Je ne sais pas. Je suppose que non. Il faut juste que je décante.

Gêné, il feignit de regarder ailleurs. Je libérai ma main de la sienne et avançai d'un pas.

— Réessayez, je ne vous repousserai pas.

— Qu'est-ce que vous avez dit ?

Je pris une grande inspiration pour réitérer ma demande.

— Embrassez-moi. Et ne me faites pas répéter.

Je n'eus pas le temps d'apercevoir son sourire : ses lèvres avaient déjà heurté les miennes. Violent comme un coup de poing, mais pas moins délicieux et ardent, son baiser passionné m'électrisa. Je glissai mes doigts dans ses cheveux pour y répondre.

Sans trop savoir comment ni pourquoi, je me retrouvai prise au piège entre lui et le mur coloré de la ruelle. Son bassin s'appuyait si fort contre le mien que je pouvais sentir son membre durci contre ma cuisse.

Sa langue se fraya un chemin jusqu'à la mienne, se mit à jouer avec tandis que ses mains glissaient sur mes fesses et me soulevaient avec facilité le long du mur, m'incitant à l'encercler de mes jambes.

Stop ! La question que je m'étais posée toute la soirée revint avec véhémence : qu'est-ce que je foutais là ?! La réponse, elle, vint dans un flash : pour me venger de Rick et de sa lâcheté. Carl n'était pas Rick. Il n'avait pas son goût. Il n'avait pas son odeur. Il n'y avait pas d'envol de papillons.

Mes doigts relâchèrent leur prise dans ses cheveux et, comme si Carl avait compris mon malaise, il me lâcha et stoppa notre étreinte. Je sentis à nouveau la terre ferme sous mes pieds.

— Je persiste, dit-il à bout de souffle. Rick est un con.

— Il ne faut pas qu'il le sache…

Il s'écarta et haussa les épaules après m'avoir dévisagée.

— Allez, rentrons.

La villa, à notre retour, était plongée dans l'obscurité. Mon cœur se serra en pensant que Rick allait passer la nuit avec elle. Enfin la nuit… pour ce qu'il en restait. L'horloge de la voiture indiquait un peu plus de 4 heures du matin.

— Tu veux que je reste avec toi ? demanda Carl sans sous-entendu alors que nous passions le pas de la porte.

— Je ne crois pas que ce soit une bonne idée.

— Ah, c'est certain que si je me mets à rêver que tu m'embrasses comme dans la ruelle, je…

— Dites-moi que je rêve ! ?

Rick. Nous avait-il entendus ? Je frissonnai d'effroi.

— Bordel ! Vous attendez quoi pour venir ! cria-t-il.

Avant même que Carl réagisse, je courus aussi vite que je pus jusqu'à la cuisine, comprenant que quelque chose clochait. Au sol, je heurtai une masse qui hurla de douleur et me retins *in extremis* au plan de travail.

— Merde, Rick ! m'affolai-je, comprenant enfin.

La lumière s'alluma, le dévoilant assis sur le sol, dos appuyé contre un meuble. En découvrant son visage crispé et tendu, j'hésitai entre la douleur et la colère. Ses deux mains maintenaient fermement sa cuisse droite. Il me foudroya en un regard

— Je voulais simplement un café, dit-il. J'ai dû oublier de mettre les freins et le fauteuil a roulé au moment je me suis rassis dessus.

Il eut un mouvement de recul alors que ma main s'approchait de sa cuisse. Je dus blêmir, transpercée par mille poignards.

— Mal. Quelque part ? réussis-je à dire, ravalant mon envie de pleurer.

Il m'ignora et tourna la tête vers Carl, qui observait la scène, appuyé contre le mur, bras croisés sur son torse.

— Aide-moi, salaud, lui lança-t-il.

Il ne voulait pas que je le touche… Je m'agenouillai en proie à un profond désespoir. J'avais l'impression que mon monde s'écroulait. J'étais dévastée. Je fermai les yeux pour me ressaisir, je tremblais de tout mon être face à sa répulsion. Son cri de douleur étouffa un de mes sanglots.

— J'appelle une ambulance, décrétai-je en me levant.

Il me sembla l'entendre protester. Je m'en foutais. Si je ne pouvais pas le toucher ni même l'approcher sans qu'il ne me regarde avec hargne ou rancœur, il devait au moins voir un médecin.

C'était sans doute mon seul élan de lucidité de la soirée.

CHAPITRE 19
RETOUR À LA CASE DÉPART

— T'es qu'un con, Rick.

Carl, assis sur une chaise en face de moi, me pointait du doigt pour appuyer son insulte. Je serrai les draps au creux de mes mains pour me retenir de lui sauter dessus. Cela devait maintenant faire plus d'une heure que j'étais allongé dans ce lit à attendre les résultats de la radio de ma jambe. Les antalgiques avaient soulagé la douleur.

— Oceana ne mérite pas que tu te comportes comme ça avec elle ! reprit-il pour la énième fois.

Depuis quand faisait-il preuve d'empathie pour les filles ?

— En attendant, elle n'a pas attendu longtemps pour te sauter dessus…

— Elle ne m'a pas sauté dessus, JE l'ai embrassée après qu'elle m'a repoussé à deux reprises. Et elle n'a pas répondu à mon baiser, elle s'est juste laissé embrasser !

J'essayai tant bien que mal de repousser l'image d'Oceana dans ses bras. Ça me rendait fou ! Est-ce qu'elle avait préféré ses lèvres aux miennes ? Qu'avait-elle ressenti ? Avait-elle aimé ? Est-ce qu'elle voulait recommencer ?

Je jetai un regard noir à Carl.

— Alors quoi ? Je devrais simplement te dire merci de m'avoir rendu jaloux au point de ne plus pouvoir la regarder sans penser que tu l'as touchée ? me révoltai-je finalement.

— C'est moi qui l'ai embrassée, OK ?! Pourquoi tu ne t'en prends pas à moi ?

Il avait raison. J'en voulais surtout à Oceana. Pourquoi ?

— Tu veux vraiment que je te dise ce que je pense de toi ? Là, maintenant ?

— Si ça peut t'aider !

Je lui avais déjà dit la même chose des milliers de fois, lorsqu'il rentrait tous les soirs avec une fille différente.

— Je pense que tu as un putain d'ego surdimensionné, que tu as un besoin constant de plaire à toutes les filles qui passent à ta portée, et je pense que tu es un putain de traître, que tu essaies de te taper Oceana alors que tu te doutes très bien de ce qu'elle représente pour moi !

— À la bonne heure ! (Il leva les bras au ciel puis les reposa sur les accoudoirs du fauteuil.) Mon ego t'emmerde Rick, et mon besoin de plaire aussi (petit clin d'œil). Quant à me taper Oceana, je crois que le sujet a déjà été abordé le soir où tu as créché chez moi.

— Je croyais que nous étions d'accord sur ce point ! Que tu ne tenterais rien avec elle ?

— Non. Ce n'est pas ce que je t'ai dit ! Je t'ai dit que je ne coucherais pas avec elle, point. C'était juste un bisou ! Un putain de bisou ! Et je suis certain de t'avoir rendu service, quelque part.

Je feignis la surprise.

— Ah bon ?

— Elle m'a re-pous-sé ! T'en connais beaucoup des filles qui me repoussent ?!

À part Kristen, aucune.

Ce mec était irrécupérable. J'en venais même à me demander s'il ne tenait pas un tableau de chasse. Comment faisait-il pour embobiner toutes ces filles ? J'étais même certain qu'il était capable de se faire payer, tel un gigolo !

— Elle ne t'a pas repoussé, conclus-je finalement pour défier son assurance.

— Elle ne s'est pas laissé transporter, si tu préfères. (Il porta une main sur son visage, comme s'il était désespéré.) Et elle, dans tout ça ! cria-t-il. Tu y penses ? Mets-toi à sa place ! Au moment où tu apprends qu'elle a un fils, tu te barres retrouver ton ex. Comment voulais-tu qu'elle réagisse ? À quoi voulais-tu qu'elle pense lorsque tu es parti rejoindre Kristen ?

Autrement qu'en se jetant dans tes bras, c'était certain !

— Elle n'était pas censée le savoir, argumentai-je en essayant de retrouver mon calme. Si, encore une fois, tu avais su tenir ta langue, on n'en serait pas là !

— Tu me saoules ! Je m'en vais !

Il se leva.

— Je ne suis pas parti rejoindre Kristen. Je voulais simplement comprendre certaines choses, avouai-je.

Il se retourna et demanda, intrigué :

— Vous vous êtes vus, oui ou non ?

— Oui, mais pas pour les raisons que tu crois, dis-je avec lassitude.

— Alors quoi ? Explique-toi !

M'expliquer ? Comment pouvais-je expliquer quelque chose que je ne comprenais pas moi-même ! Mes trois jours de coma m'avaient laissé une seule séquelle, une amnésie partielle. J'avais oublié les événements qui avaient précédé mon accident. Mais la nuit dernière, j'avais rêvé de choses complètement insensées que j'étais persuadé avoir vécu. Et seule Kristen aurait pu me le confirmer – ou non.

Alors, j'avais laissé de côté ma rancœur et j'avais campé, dans mon fauteuil, devant son appartement pendant au moins quatre heures. Jusqu'à son retour.

J'avais besoin de réponses. Si elle me confirmait que ce que j'avais rêvé était réel, je ne pourrais que lui donner raison de m'avoir largué comme une merde !

Dire qu'elle m'avait laissé indifférent serait mentir. Kristen était belle et raffinée, et là où Carl percevait du mépris et de l'arrogance, je voyais un masque, conséquence d'une adolescence difficile dans une famille complètement déjantée. Il n'avait jamais rien su de son passé et ne cherchait pas à le connaître.

Elle ne m'avait pas repoussé, comme je le redoutais, mais elle ne m'avait pas non plus accueilli à bras ouverts. Elle avait juste pâli lorsque je lui avais posé la fameuse question : que s'était-il réellement passé ce jour-là ? Elle avait compris alors que je me souvenais de certains détails de cette journée. Mais elle était restée muette comme une carpe. Deux heures plus tard, j'étais reparti bredouille et déprimé.

Et j'avais retrouvé la villa vide, et embaumée de vanille.

Vanille… Seulement l'arôme. La fleur était partie s'épanouir ailleurs.

— Je n'ai pas tellement envie d'en parler, d'autant que je n'ai pas eu mes réponses, dis-je finalement.

— Comment peux-tu encore avoir des sentiments pour cette fille ! ?

Est-ce que j'avais toujours des sentiments pour Kristen ? Ce que je ressentais ressemblait plus à de l'affection, finalement. Nous avions vécu un an ensemble.

— Il ne s'agissait pas de ce genre de questions, préférai-je répondre.

Je tournai la tête vers la vitre donnant sur le couloir de l'hôpital. À travers les stores ouverts, je pouvais apercevoir Oceana, assise, les jambes repliées, le menton posé sur ses genoux.

Est-ce que je pouvais la laisser comme ça ?

Je réalisais à quel point Oceana avait balayé Kristen de mon cœur. À quel point elle m'était chère. Et surtout à quel point j'avais agi comme un con !

— T'attends quoi pour lui dire ? demanda calmement Carl, qui la regardait, lui aussi.

— Lui dire quoi ?

— Que tu te fous de savoir qu'elle a un gamin.

Est-ce que je m'en foutais réellement ? Non. Mais j'avais déjà du mal à me projeter avec Oceana dans le futur alors, avec un enfant au milieu, je devenais désespéré.

Pourtant, je n'avais cessé de retourner la situation dans ma tête. Mes parents ne l'accepteraient jamais. Mais mon choix étant fait, qu'ils aillent au diable. Mais qu'est-ce que j'allais faire de ma vie ?

Les seules choses que je savais faire m'étaient désormais interdites. Plus de sports nautiques, ce qui incluait interdiction d'entraîner ou d'initier des gens à ces activités. J'avais toujours mon doctorat en marketing, qui me permettrait d'exercer en tant que professeur dans une université, ou bien comme consultant ou chercheur dans une entreprise de communication. Mais ce n'était pas ce que j'aimais, et je commençais à connaître assez Oceana pour savoir qu'elle ne souhaiterait pas me voir dépérir dans un bureau.

— Les emmerdes arrivent, annonçai-je à Carl en voyant ma mère s'approcher d'Oceana.

Celle-ci se leva et ouvrit la bouche, mais ma mère la fit taire d'un geste de la main. Le regard chargé de méchanceté, elle prononça quelques mots. Je me redressai dans le lit en voyant Oceana baisser la tête. Sa soumission et sa tristesse étaient telles que j'en oubliai la brûlure dans ma jambe. Puis elle tourna la tête vers moi et, à l'instant où ses yeux rencontrèrent les miens, son visage devint sévère, presque accusateur.

Merde. Qu'est-ce que ma mère lui avait dit ?

— Interviens, je le sens mal, ordonnai-je à Carl.

Craintif, je reportai mon regard sur Oceana. Ses lèvres articulèrent silencieusement un mot. Ne comprenant pas, je fronçai les sourcils afin qu'elle recommence.

« Au-re-voir. »

— Quoi, « au revoir » ? murmurai-je.

« New York. »

Au revoir. New York.

Je blêmis. Elle partait. Elle rentrait à New York.

— NON ! hurlai-je si fort que je la vis tressaillir sans pour autant cesser de me considérer avec amertume. Carl !

Je fis voler le drap. Mon ami, qui venait d'échanger quelques mots peu amènes, manifestement, avec ma mère, rentra précipitamment dans la chambre. Elle le suivit. Oceana resta immobile et impassible de l'autre côté de la vitre.

— T'attends quoi ? Aide-moi !

Je posai mes pieds nus sur le sol et sentis les bras de Carl me retenir.

— Qu'est-ce que tu lui as dit ? vociférai-je.

— Rick Thomas… commença ma mère.

— Il n'y a pas de Rick Thomas ! Qu'est-ce que tu as dit à Oceana ?

— C'est allé beaucoup trop loin entre vous. Ton frère m'a rapporté certains faits qui ne m'ont pas plu du tout !

Je lui dédiai un regard noir.

— Ma vie privée ne te regarde pas. Cesse de fourrer ton nez dans mes affaires ! Je répète : qu'est-ce que tu lui as dit ?

— Elle n'a pas tenu ses engagements. Elle est renvoyée.

— Ne l'écoute pas, Oceana ! criai-je. Tu es mon employée, maintenant. On en a déjà parlé. Je… Tu n'es pas obligée de partir.

Carl relâcha doucement sa prise, sentant mes muscles se relâcher.

— Et avec quel argent comptes-tu la payer, Rick ? fit ma mère, sarcastique. Dois-je te rappeler que l'argent de la vente de ton commerce ne t'appartient pas réellement ?

Nous y étions ! Je savais que ce jour arriverait. Ils m'avaient prêté l'argent, et elle comptait être remboursée maintenant.

J'avais honte de ma famille.

— Combien ? murmura Carl.

Je me retournai vers lui. Il étudiait Oceana avec un sérieux qui me surprit. Il n'y avait pas que sa question, soudain, que je n'étais pas certain de comprendre.

— J'ai dit combien, Rick ?

Je compris.

Je compris qu'il ne la défendait pas simplement pour mon bien. Qu'il ne l'avait pas seulement embrassée pour me rendre jaloux. Il y avait autre chose. Quelque chose que je n'avais jamais perçu chez lui.

Oceana, le visage crispé et fatigué, restait là à ne rien dire, attendant que l'un d'entre nous décide de son sort.

Et c'était ma décision. Est-ce que j'étais prêt à la voir tomber dans les bras de Carl ? Ou est-ce que je devais une nouvelle fois faire preuve de lâcheté et la laisser partir sans un sou ?

Elle avait tant besoin de cet argent. Et je ne voulais plus paraître lâche à ses yeux. Je préférais de loin la savoir avec Carl que de savoir qu'elle avait une bonne raison de me détester.

— Trois cent mille dollars, murmurai-je.

Je la vis fermer les paupières. Elle ne m'avait pas entendu, mais elle avait lu sa délivrance sur mes lèvres.

— OK. C'est moi qui te paierai ses services, alors, grogna Carl à côté de moi.

Au moment où j'allais lui dire que je le rembourserais jusqu'au dernier centime dès que je le pourrais, ma mère tonna :

— Monsieur Allen, je ne vois pas en quoi tout ceci vous regarde.

— Je crois surtout que ce n'est plus votre problème, madame Thomas, rétorqua-t-il.

Pour la première fois de ma vie, je vis ma mère blêmir. Un gars des quartiers pourris allait offrir trois cent mille dollars à une infirmière. Mon infirmière. Ma fleur de vanille.

— Hum.

Toutes nos têtes se tournèrent vers l'homme en blouse blanche qui venait de pénétrer dans la chambre.

— Excusez-moi, reprit-il en souriant. Je suis le docteur Mark. Désolé pour l'attente. La radio n'a rien révélé de préoccupant, tout est parfaitement en place. Vous aurez sûrement un hématome dans les jours à venir, mais rien de bien méchant. Je vais vous prescrire des anti-inflammatoires, et vous pourrez rentrer chez vous. Faites plus attention la prochaine fois ; cette nuit, vous avez eu beaucoup de chance. D'autre part, j'ai discuté avec votre infirmière à votre arrivée et je me suis permis de jeter un œil sur votre dossier, et, au vu des radios et des scanners précédents, je vous accorde l'appui progressif sur votre jambe gauche. J'ai dit progressif, monsieur Thomas. Continuez vos exercices en piscine et, dans une semaine, vous pourrez tenter de vous déplacer avec des béquilles. Mais attention, seulement la gauche. Appui interdit sur la droite. Vous avez compris ?

Je hochai la tête. Je me foutais de ma jambe. J'allais pouvoir rentrer chez moi. Avec Oceana ! Je ne voulais qu'une seule chose, me retrouver seul avec elle – et surtout lui présenter mes excuses.

Ma mère tourna les talons et marqua une pause devant Oceana. Celle-ci lui dédia un sourire narquois et nous rejoignit. Sans un regard ni pour Carl ni pour moi, elle se rua sur le fauteuil roulant et le plaça à côté de moi.

Je ne pouvais pas attendre la maison. Je devais lui dire maintenant.

— Je... commençai-je.

— Je ne veux pas t'entendre prononcer un seul mot, me coupa-t-elle. Je ne veux pas t'entendre gémir, ni même souffler. J'ai mal à la tête. Je suis exténuée. J'ai mal aux pieds. Je rêve de mon lit et d'être loin d'ici ! Il est presque 7 heures du matin. Alors... tais-toi ! Et s'il te plaît, Carl, pas de sarcasmes. Pas de combats de testostérone. On rentre. On se couche. Et nous reparlerons de tout ça demain. Est-ce que c'est clair ?

C'était clair.

Demain. Demain, je lui parlerai.

CHAPITRE 20
LA FORCE

L'eau chaude de la douche coulait sur ma peau depuis une bonne demi-heure. J'étais là, debout, inerte, les yeux fermés et la tête rejetée en arrière. Comme si l'eau allait emporter ma lassitude et me redonner l'énergie nécessaire pour affronter Rick et Carl.

Le premier dormait toujours – enfin, il dormait lorsque j'avais rejoint sa salle de bains à pas de velours – alors que le deuxième, réveillé, m'avait subtilisé la mienne.

J'avais eu beaucoup de mal à me lever. J'avais même dû me faire violence pour sortir du lit. Entre la vague migraine qui s'attardait dans mon crâne, la fatigue cuisante qui n'épargnait aucun de mes muscles et l'agitation démesurée de mes neurones en pleine réflexion, je ne savais plus où donner de la tête.

Sous la marée d'eau chaude, j'espérais puiser assez de forces pour les affronter tous les deux, trouver des mots pour leur parler, sans m'énerver ou me mettre à pleurer.

Parce que j'en étais là. Au bout du rouleau, au fond du siphon de la douche de Rick, noyée dans un océan de sable mouvant. Bref, j'étais épuisée et la seule et unique chose qui me tenait encore en vie, c'était cette somme de trois cent mille dollars.

— Oceana ?

Entendre Rick m'appeler ne me fit même pas ouvrir les yeux.

Je voulais simplement prendre une douche, déprimer un peu, voire beaucoup, m'habiller, dire à Carl que je le remerciais, à Rick que je le détestais et regarder tous les épisodes de *Star Wars* jusqu'à me persuader que maître Yoda était le nouveau Messie, dont la bonne parole serait : « La force en toi, tu sentiras. »

— Oceana, est-ce que ça va ?

Il était là. Tout près.

Est-ce que ça allait ? Non. Je lui en voulais d'avoir tout fait foirer. Je me détestais de le haïr autant que de l'aimer. Et d'être obligée de me sentir redevable envers Carl toute ma vie.

— Oceana, dis quelque chose !

Les mots ne sortaient pas. Pourtant, un simple « J'ai fini » aurait suffi à le faire taire. Mais mes lèvres restaient closes sur mes souvenirs dans cette douche. Notre premier baiser. La première fois où je l'avais surpris debout. Mon audace sur son sexe. Je ne voulais pas me disputer avec lui. Pas ici. Pas dans la buée de la douche au carrelage gris.

Sentir ses doigts se poser sur mon avant-bras me fit réagir. Je cessai de respirer et ouvris les yeux alors qu'un tsunami de frissons me dévastait.

Debout, nu, devant moi, le visage crispé par l'inquiétude, il me scrutait intensément de ses yeux bleus mouchetés de noisette.

— Oceana, je suis désolé, d'accord ?

D'accord ? Non, je n'étais pas d'accord ! Je repoussai ma rage contre lui. Il avait failli tout faire foirer !

— Tu n'as pas le droit d'être en appui sur tes jambes, murmurai-je d'une voix monocorde.

— Je me fous pas mal de ce que j'ai le droit de faire ou non.

Ma colère refit surface à ses mots, et je sentis mes yeux me brûler.

— C'est ça le problème, Rick. C'est que tu te fous de tout constamment. Tu ne sais pas écouter. Tu ne sais pas obéir. Tu ne sais pas te contrôler. Tu ne réfléchis pas. Tu agis comme un gosse. Tu n'évalues pas la portée de tes actes, ni de tes paroles…

— Arrête, Oceana.

Il saisit mon visage fermement. Je croisai les bras autour de ma poitrine et enfonçai mes ongles dans la peau de mes biceps pour me retenir de me laisser aller contre lui.

— Tu es parti, hoquetai-je. Deux fois !

Ses mains tremblèrent sous mes reproches.

— Je… je voulais simplement régler certaines choses.

J'aurais voulu me perdre dans ses yeux bleus. Glisser une main dans ses cheveux pour les discipliner sous le torrent liquide.

Je n'en fis rien.

— Comme quoi ? Tu voulais montrer à Kristen que bientôt tu serais à nouveau frais et dispos ?! Qu'elle allait avoir la chance de te récupérer comme si rien ne s'était passé ?

— Non. Bien sûr que non. Il ne s'agissait pas de ça !

Sa terreur m'empoigna aussi fort que ses mains sur mes joues. Il se rapprocha. Je sentis son torse s'animer contre mes bras, chaud, doux et puissant. Sa proximité me désarma. Là, encore, je dus repousser de toutes mes forces l'envie de me perdre contre lui.

— Et comment voulais-tu que je le sache ? Tu ne me parles pas. Tu ne me dis rien. Sitôt que quelque chose te contrarie, tu fais l'autruche et tu fuis !

Les mots étaient sortis, chargés de reproches, me faisant trembler sous l'eau chaude. Ses yeux lancèrent des éclairs. Mais je me foutais de savoir que sa virilité pouvait en prendre un coup !

— Je me suis mis à dos toute ma famille pour toi !

Était-ce un reproche ? Devais-je comprendre que je devais lui pardonner sa fuite, parce qu'il pensait que se rebeller contre sa famille était la meilleure preuve d'amour qu'il puisse m'accorder ! ?

— Non. Ne me rends pas responsable. Je ne sais rien de tes rapports avec eux. Nous nous sommes embrassés, nous avons fait l'amour et, pourtant, j'en ai plus appris sur Carl en un dîner que sur toi en trois semaines !

— Qu'est-ce que tu veux savoir ? interrogea-t-il en s'écartant de moi.

— Ça ne marche pas comme ça !

— Alors quoi ? Tu préfères Carl, c'est ça ?

Il ne comprenait pas. Il ne voyait pas plus loin que lui-même. Il ne remarquait pas l'état dans lequel il me mettait. Il ne se rendait pas compte que j'étais nue dans cette douche avec lui. Et pas avec son ami.

— Je me fous de Carl et je n'attends plus rien de toi ! Tu m'as repoussée, Rick.

Ma gorge se serra. Je me rappelai son geste sur le sol de la cuisine, le dégoût que j'avais pu lire dans ses yeux.

— Je t'ai dit que j'étais désolé. Je suis devenu dingue quand j'ai su que vous vous étiez embrassés…

— Tu n'as encore rien compris, le coupai-je désespérée. Tu m'as repoussée dès que tu as appris que j'avais un enfant. Tu m'as regardé différemment alors que je n'ai jamais cessé d'être la même.

— Et comment voulais-tu que je réagisse ! Que je saute de joie ? Que je te dise que ça ne changerait rien ? Que cet enfant serait comme le mien ? Qu'il pourrait compter sur moi, comme s'il avait désormais deux papas !

— Ethan n'a pas de papa, Rick. Il est parti bien avant sa naissance… Je n'attends plus rien des hommes. En général.

La bouche ouverte, il essayait d'assimiler ce que je venais de lui dire. Ma tête bourdonnait et ma gorge me brûlait.

— Nous ne sommes pas tous pareils. Je… je ne serais pas parti, finit-il par dire.

Il était là devant moi, aussi nu que moi, aussi trempé que moi, les poings serrés, la mâchoire crispée, à attendre que je dise quelque chose qui pourrait le rassurer.

Mais je ne pouvais pas…

— Peut-être. Ou peut-être pas, dis-je.

J'étais fatiguée de discuter. Fatiguée de ressasser cette histoire.

— Je… Ne me laisse pas.

Sa voix s'érailla sur le dernier mot. Traversée par mille émotions contradictoires, j'essayai de remettre de l'ordre dans ma tête et de dominer mes craintes.

— Je t'en supplie, Oceana, ne me laisse pas.

Au mouvement frénétique de ses jambes, j'étais certaine que, s'il l'avait pu, il se serait mis à genoux.

— Je ne te laisse pas. Je reste ici.

— Mais pas pour moi.

— Non. Pas pour toi, mentis-je. Seulement pour…

— L'argent que Carl va te donner, me coupa-t-il avec hargne.

— Pour l'argent qui va sauver Ethan. C'est ce que je vois. Seulement ça. Un rêve qui va devenir réalité.

Je lui souris pour le rassurer. En vain.

— Je… Ça m'est d'autant plus difficile de laisser Carl te donner cet argent maintenant que je sais que c'est pour ton fils.

Il détourna la tête. Moi, je me foutais de savoir d'où provenait l'argent qui allait sauver mon fils.

— C'est toi qui le permets. Tu aurais pu refuser et me laisser partir, mais tu n'en as rien fait. Tu n'as rien à lui envier.

Je pris son visage dans mes mains pour l'obliger à me regarder.

— Ah bon ? Lui, il va rendre ton rêve réalisable…

Je me hissai sur la pointe des pieds et collai mon front au sien. Il râla en fermant les yeux. Moi aussi. Comme si ça faisait des jours que je n'avais pas respiré. Des mois que je n'avais pas mangé.

— Tais-toi, Rick.

J'attrapai sa main pour la coller sur ma poitrine, là où mon cœur percutait ma cage thoracique. Pour lui, et seulement pour lui.

— Tu sens ça ? demandai-je. (Il hocha la tête.) Ça, c'est l'effet que tu me fais en permanence.

Son autre main se glissa sous mes cheveux trempés. Plaqua ma tête contre la sienne. Sa bouche saisit la mienne avec passion, puis suça ma lèvre inférieure avec avidité. La déflagration du désir était telle que mon cœur cessa de battre un instant.

Le sentait-il au creux de sa main ? Moi je sentais son désir sur le dos de la mienne, appuyée contre son torse. Son cœur battait avec le même acharnement et la même intensité.

Sa langue brûlante et empressée me pénétra. Je gémis dans sa bouche, sous son souffle saccadé. J'étais saoule de son odeur et de son goût. Je tremblais au passage de sa bouche sur ma mâchoire. Je vivais sous sa langue qui me léchait.

Je ne le lui avais pas dit, mais je l'aimais. Est-ce que j'étais capable de lui laisser une chance ? De lui faire confiance ? Car il n'était pas question que de moi !

Sa main glissa le long de mon dos. Ses yeux s'ouvrirent sur moi, avec appréhension.

— Et pourtant, tu ne veux pas de moi, déplora-t-il.

— Tu es parti. Tu recommenceras.

— Alors, il me reste huit semaines pour te prouver que tu as tort, soupira-t-il.

Il n'abandonnait pas, il se donnait, et me donnait, du temps. Comme s'il avait compris que mon entêtement et ma rancune ne dureraient pas.

Si je restais une minute de plus avec lui, contre lui, j'allai lui céder. S'il m'embrassait encore une fois avec cette fougue, je périrais dans ses bras. Je le contournai et m'empressai de récupérer une serviette, m'assurant au passage que les freins de son fauteuil étaient mis. Et je le laissai, nu, prostré sous l'eau qui déferlait sur son dos imposant et ruisselait à la naissance de ses fesses tendues avant de crépiter sur le carrelage.

Ce fut, de loin, la chose la plus difficile que j'eus à faire de toute ma vie.

— C'est quand que tu rentres, maman ?

Les mots d'Ethan finirent de m'achever.

— Encore beaucoup de dodos, mon trésor, dis-je finalement, les yeux perdus dans le ciel orangé du soleil déclinant.

— Je dors avec mamie, mais elle fait des bruits bizarres la nuit.

Penser à ma mère qui ronflait me fit sourire. Il ne m'en voulait pas de ne pas être là, et je ne pouvais pas lui reprocher de chercher du réconfort, la nuit, dans les bras de ma mère.

— Je suis certaine que si tu siffles, elle s'arrêtera, lui conseillai-je.

J'entendais les voix de Rick et de Carl dans le salon. La conversation n'avait rien de cordial.

— Je vais essayer ce soir, me promit Ethan.

— Je te laisse mon trésor, mon patient a besoin de moi, mentis-je, affolée par les jurons que j'entendais.

— Je t'aime, maman.

— Moi aussi, mon trésor, plus fort que tout.

Mon petit garçon, ses boucles blondes, son parfum sucré…

— Maman ?

— Oui, trésor…

— Tu devrais lui faire des gâteaux au chocolat, je suis sûr que ça le guérirait, ton patient, et peut-être que tu pourrais revenir plus vite.

Dans le salon, les deux garçons se turent en m'apercevant. Carl, assis sur le canapé, croisa ses jambes et mit ses mains dans ses poches. Rick était blanc de rage.

Je les ignorai.

— Je vais essayer, trésor, promis-je à Ethan. Va te coucher maintenant, demain tu vas au zoo avec mamie, et il te faudra beaucoup de force pour affronter les lions.

L'entendre rire et rugir avant de raccrocher me combla de bonheur. Son rire avait chassé toutes mes peines.

Je dévisageai tour à tour Rick et Carl.

— Il n'y a plus de bière, c'est ça ? me moquai-je ouvertement.

— Dis-lui, ordonna Rick à Carl.

Il avait renoncé à me payer les trois cent mille dollars. C'était forcément ça. Ne pas céder à la panique. Ne pas céder à la panique !

— Me dire quoi ?

— Je pose une condition aux trois cent mille dollars, dit Carl. Je veux que tu me réserves une soirée par semaine.

Tous mes muscles se relâchèrent. Ce n'était que ça !

— OK, répondis-je en haussant les épaules avec désinvolture.

La survie d'Ethan. C'était la seule et unique chose que j'avais en tête.

Carl sourit. Je jetai un coup d'œil vers Rick. Les paupières closes, la mâchoire crispée, il se contenait. Je priai pour qu'il n'explose pas, alors qu'une question me brûlait les lèvres : pourquoi Carl faisait-il tout ça ? Quelque chose me disait que Rick la lui avait déjà posée et que la réponse était la cause de toute cette agitation.

— Je passe te prendre demain à 21 heures, reprit Carl en se levant.

— Non.

J'avais devancé Rick d'une seconde. Surpris, Carl fronça les sourcils.

— Il me semble que je suis déjà sortie avec toi cette semaine, repris-je plus calmement. Et je vais sûrement mettre deux jours à me remettre de notre escapade. Choisis un autre jour. Pas demain. S'il te plaît, Carl.

Il soupira et leva les yeux au ciel.

— Ça marche. Lundi. (Il se tourna vers Rick.) Je t'appelle si je passe dimanche soir avec un pack de bière.

Rick lui offrit un hochement de tête en guise de réponse. La porte d'entrée claqua. Je recommençai à respirer.

— Je ne vois pas cette histoire d'un bon œil.

— Je sais.

— Je ne lui fais pas confiance. Je ne comprends pas pourquoi il fait ça.

— Moi non plus.

Rick fit rouler son fauteuil jusqu'au Frigo et en sortit une brique de jus d'orange et une bouteille de bière, les plaçant avec habileté entre ses jambes. Puis il fit tourner son fauteuil et avança jusqu'au plan de travail sur lequel il les déposa. Il mit les freins et se hissa sur ses jambes pour prendre un verre dans le placard surmontant l'évier.

Deux vérités me sautèrent aux yeux.

La première, c'était que j'avais du mal à concevoir qu'il ait pu oublier de mettre les freins la veille. Car même maintenant, alors qu'il était en colère, ses gestes étaient machinaux et appliqués.

La seconde, c'était qu'il n'avait presque plus besoin de moi. Est-ce qu'il me demandait de rester pour mon fils, ou parce qu'il s'accrochait à l'idée que peut-être il y aurait un après ?

— Je le laisse faire seulement pour Ethan, lâcha-t-il entre ses dents.

Il n'avait pas dit ton fils. Ou ton enfant. Il avait dit Ethan.

Il ne s'était pas emporté. Pour Ethan.

Je pouvais laisser la première vérité de côté. L'oublier, le temps d'une soirée. J'avais une soudaine envie de tendresse. Je voulais me blottir contre lui et oublier qu'il était parti deux fois.

Je contournai son fauteuil et vins me placer derrière lui. Surpris, il tressaillit à mon contact. Je glissai mes bras sous son T-shirt et enlaçai son torse chaud pour poser ma tête contre son dos. Sa respiration devint bruyante. J'entendais aussi les battements puissants de son cœur.

Je fermai les yeux et resserrai mon étreinte. Du bout des doigts, je descendais l'une de ses cicatrices.

— Merci, soufflai-je.

CHAPITRE 21
GÂTEAU AU CHOCOLAT

— Waouh !

Je me retins de sourire face à l'émerveillement de Rick. J'avais juste défait mon chignon et laissé libres mes boucles blondes, enfilé une robe blanche décolletée devant et derrière, accentué le maquillage sur mes yeux et enfilé des escarpins.

Assis derrière son ordinateur dans une des chambres d'amis, il se recula pour mieux me contempler.

Aussitôt, mes joues s'empourprèrent. Je sentais ses yeux suivre chacune de mes courbes au rythme de ma respiration, dessiner ma poitrine sous le tissu, frôler mes hanches et s'échapper sur mes cuisses nues.

— Nous ne sommes pas lundi, dit-il finalement, caustique.

— En effet, nous sommes dimanche. (Suspicieux, il plissa les yeux.) Toi aussi, tu dois te changer. Nous sortons.

— Nous avons déjà mangé, Oceana. Tu ne comptes pas me traîner en boîte ?

Je me retins de rire en l'imaginant se déhancher sur son fauteuil.

— Ne t'inquiète pas. Tu me dois juste un gâteau au chocolat aux chandelles.

— Pourquoi tu fais ça ?

Faire quoi ? Vouloir passer un moment avec lui ? Il m'avait évitée tout le week-end. Ou peut-être, simplement, m'avait-il laissée respirer. Mais le fait était là. Le lendemain soir, je devais sortir avec Carl, je savais donc que la journée allait être déplorable et que l'humeur de Rick ne serait pas au beau fixe. Alors je voulais passer une soirée avec lui. Pas devant la télévision seule sur le canapé, ni dans mon lit à fixer le plafond. Juste partager un moment avec lui. Parler. Discuter. Rêvasser. Avec lui.

— Je veux penser à autre chose, répondis-je finalement.

Il plissa les yeux et lâcha :

— Menteuse.

Démasquée, je grimaçai.

— Je veux simplement être avec toi ce soir.

Il essaya de dissimuler un sourire en se grattant le menton.

— Il est où, le plat ? s'enquit-il en levant les sourcils avec avidité.

— Le plat ?

— Je t'avais dit que je voulais lécher le plat quand tu ferais ce fameux gâteau !

— Je suppose que si tu arrives à mettre autre chose que ce short hawaïen et ce T-shirt pendant que je cherche des bougies, tu pourras le récupérer sur le plan de travail de la cuisine, essayai-je.

Il sortit en trombe de derrière son bureau.

J'avais gagné !

Tout en allumant les bougies dans de petits verres sur la table en teck de la terrasse, je pensais aux deux jours qui venaient de s'écouler. J'avais l'impression d'être en colocation avec Rick. Il se levait avant moi le matin, seul, sans aucune aide. Partait prendre sa douche et me retrouvais dans la cuisine pour déjeuner. Il ne me proposait plus de le rejoindre dans la piscine, faisait ses exercices de rééducation de lui-même, puis partait s'enfermer dans son bureau improvisé. Il n'était pas bougon, ni renfrogné, pas même ailleurs : il me laissait juste de l'espace.

Sauf que, sans lui, j'étouffais. Sans lui, l'air devenait irrespirable ! J'avais l'impression d'errer sans but dans cette immense villa, n'attendant qu'une chose : qu'il me rejoigne au moment des repas, pour me nourrir de sa présence.

Ces repas se passaient certes dans le silence, mais ils n'étaient pas hostiles. Et, à midi, il m'avait attrapée au passage alors que je m'apprêtais à débarrasser la table ; il m'avait forcée à m'asseoir sur lui (non, en réalité, je m'étais laissée faire, tellement en manque de lui !), et m'avait enfermée dans ses bras, pour humer mon cou.

« La vanille me manque », avait-il dit.

Je m'étais liquéfiée. Je n'avais plus été une fleur ou une gousse, mais une huile essentielle. J'avais glissé sous ses mots.

— Crop crop bon, dit Rick, la cuillère en bois dans la bouche, en pénétrant sur la terrasse.

Je lui souris tout en inspectant sa tenue. Un jean et une chemise noire.

— Je vais chercher le gâteau, l'informai-je, satisfaite.

Je pris deux assiettes, deux cuillères et notre dessert bien dissimulé dans un placard, avant d'éteindre la lumière de la cuisine et de le rejoindre.

Il avait laissé le plat et la cuillère en bois sur la table, à côté des bougies. Je tournai la tête en tous sens à sa recherche. Personne.

— Je suis là, entendis-je au loin dans le jardin.

Je plissai les yeux et l'aperçus finalement sur la chaise longue de l'autre côté de la piscine. Je servis une part de gâteau dans chacune des assiettes et le rejoignis.

— Ça n'est plus un gâteau au chocolat aux chandelles, soupirai-je.

— Désolé. Mais c'est la seule partie du jardin où nous pouvons observer *ça*, me dit-il en me montrant le ciel du doigt.

Ici, le ciel était dégagé, piqueté d'étoiles.

— Ça faisait longtemps, avoua-t-il, le regard perdu dans les constellations.

Je le devinais tourmenté par son passé. Je voulais tellement qu'il me parle. En savoir plus sur lui. Je connaissais ses habitudes, ses bizarreries, ses maladresses mais rien de son vécu, de sa famille. Et il en était de même pour moi.

— À New York, tu ne pourrais pas faire ça. La ville est tellement éclairée que le ciel ressemble à une gigantesque tache noire, dis-je bêtement.

— Viens ici, ordonna-t-il d'une voix rauque en tapotant le bois de la chaise longue entre ses jambes.

J'avais toujours le choix de m'asseoir dans l'autre transat. Mais est-ce que c'était ce que je voulais ?

— De quoi as-tu peur, Oceana ?

— Ethan m'a dit que si je te faisais manger assez de gâteau au chocolat, tu guérirais plus rapidement, révélai-je comme s'il s'agissait d'une simple banalité.

— S'il disait vrai, tu pourrais rentrer plus tôt.

J'eus un pincement au cœur en pensant à mon départ. Être à des centaines de kilomètres de lui… Allais-je survivre ?

— Tu n'as déjà plus vraiment besoin de moi.

Ma gorge se serra.

— Peut-être, mais toi tu as besoin de cet argent.

Je baissai les yeux. C'était donc ça. Il me permettait de rester avec lui. Oui, je voulais cet argent. Non, je n'avais pas besoin que de ça.

— Continue à me parler de toi, me pressa Rick, qui avait dû percevoir mon malaise.

Je posai une des deux assiettes sur son fauteuil et enjambai une de ses cuisses pour me placer à genoux entre ses jambes. Il prit appui sur ses bras pour se rapprocher de moi. Mon pouls me rappela à l'ordre en accélérant.

— C'est son dessert préféré. Le gâteau au chocolat. Ouvre la bouche ! (Dans un sourire, il s'exécuta alors que je plongeais une cuillère dans l'assiette.) Ethan aime tout ce qui est sucré, comme tous les enfants, je suppose… (Lentement, je fis glisser la cuillère dans sa bouche. Ses lèvres se refermèrent dessus.) J'ai même été obligé de mettre un cadenas au placard à friandises.

— Encore, souffla-t-il après avoir avalé.

Je m'exécutai tout en reprenant mon récit.

— Je ne parle jamais d'Ethan. Je crois même que c'est la première fois que je le fais. Je n'ai pas honte de lui. Je ne regrette rien de ma vie. C'est juste que je ne laisse personne m'approcher d'assez près pour avoir l'occasion d'en parler. (Nouvelle bouchée.) Ma méfiance envers les hommes n'est pas seulement due au père d'Ethan. Déjà avec lui, je ne me livrais pas. Et je suppose que c'est aussi pour cette raison que nous étions ensemble. Je ne posais pas de questions. Je ne me rebellais pas. Nous avions chacun nos activités et ne dérangions jamais l'autre sans excuse valable. Cette relation lui convenait. À moi aussi. Du moins…

— Jusqu'à Ethan.

Je hochai la tête.

— Ben – le géniteur d'Ethan, parce que dire « père » serait manquer de respect à mon fils –, est maintenant chirurgien plastique. Il a préféré sa carrière à sa vie privée. Je ne lui en veux pas. Ou, du moins, je ne lui en veux plus.

— Menteuse, dit-il, la bouche pleine.

Je lui souris.

— Tu as raison. Je le hais parce qu'aujourd'hui il gagne tellement d'argent qu'il pourrait payer l'opération d'Ethan en quelques mois. Je le hais parce qu'il sait ce qu'a Ethan et qu'il feint de ne rien savoir. Et je me déteste tout autant d'avoir pu penser une seule seconde avoir eu des sentiments pour cet homme.

Il avala rapidement un autre morceau de gâteau.

— Si un jour je le croise, je te promets de le défigurer au point qu'il devra payer un de ses confrères pour lui reconstituer le visage.

Je retins un gloussement.

— De quoi souffre Ethan ?

Il buvait mes paroles aussi vite qu'il mangeait son dessert.

— Souffrir ? Il souffre d'avoir bientôt cinq ans et de ne pas pouvoir courir comme les autres enfants de son âge. Il souffre de ne pas pouvoir nager sans s'essouffler. Souffrir n'est pas le bon mot. Ethan a une malformation cardiaque. Une valvulopathie congénitale. En gros, une des valves de son cœur ne s'ouvre pas complètement et limite la quantité de sang pompé vers le reste de son corps. Il pourrait vivre de cette façon-là, avec un traitement et une hygiène de vie irréprochable, pendant des années. Mais quelquefois, il s'autorise à aller plus loin qu'il ne devrait, et là, les médicaments ne suffisent plus. Il faut l'hospitaliser. Mais ça n'est jamais assez grave pour qu'il soit opéré et pris en charge par l'hôpital. Le soir où tu m'as… (Embarrassée par le souvenir de sa bouche entre mes jambes, je détournai la tête.) Bref, la dernière fois, je n'étais pas là, j'étais ici, avec toi. Il avait besoin de moi, et je n'étais pas là.

Et pas seulement. Il y avait tant à dire sur sa pathologie, qu'elle était le fruit d'une défaillance génétique, que je pouvais être l'unique coupable de sa maladie et que le mot responsabilité avait un goût amer dans ma bouche. Il ne s'agissait pas seulement d'élever Ethan et de faire attention à lui, mais aussi de vivre dans la culpabilité. Je pris une grande inspiration pour repousser la vague d'angoisse qui me submergeait, sous le regard intimidant de Rick.

— Je suis désolé, murmura-t-il.

Sa voix se voulait douce et rassurante.

— Ne le sois pas. J'ai regretté de ne pas avoir été avec lui, mais pas d'avoir été dans tes bras ce soir-là. Ethan avait ma mère pour l'accompagner et ça n'a duré qu'une seule nuit. (Je soupirai.) Mon père est parti de la même façon que celui d'Ethan. Je ne sais pas ce qu'il est devenu et je ne pourrais même pas le reconnaître dans la rue si je devais le croiser. Ma mère a eu quelques aventures mais n'a jamais laissé un seul homme entrer réellement dans sa vie. Parfois, je culpabilise en me disant que c'est parce que j'étais là, et d'autres fois je me dis que c'est parce que les hommes sont tous…

Je me tus subitement.

— Nous ne sommes pas tous pareils, Oceana.

Je voulais tellement le croire. Non seulement l'espérer, mais le croire.

— Et toi ? Comment se fait-il que tu sois si différent de ta famille ?

Ses yeux glissèrent sur ma bouche pour se fixer sur l'assiette que je tenais. Vide. Il fit une moue de déception et jeta un coup d'œil tenté à ma part.

— Après…

Résigné, il prit un air de martyr. Je gloussai.

— Mon père est un putain de psychorigide, maniaque et sans scrupules. Il faut que tu comprennes que l'hôtel de Miami, c'est une affaire de famille : il se transmet de génération en génération. Mon père s'est vite retrouvé propulsé à la tête de cet empire. Il n'avait que vingt-deux ans lorsque ses parents sont décédés. Je crois que c'est aussi cette année-là qu'il a rencontré ma mère. Je ne saurais te dire s'ils s'aiment encore ou s'ils se sont aimés au début, car ce n'est pas le genre de sujets que nous abordons au cours des repas familiaux. Je ne crois même pas les avoir vus une seule fois s'embrasser ou faire preuve d'affection l'un envers l'autre. Mon frère est arrivé très vite et, pour le plus grand bonheur de mon père, c'était un garçon ! De quoi pérenniser la tradition. George lui succéderait. Moi, j'ai été le dérapage, celui qui est arrivé par hasard. Heureusement pour moi, j'étais aussi un garçon !

— Pour moi aussi, soufflai-je.

Il me sourit et sembla se détendre.

— Pendant dix ans, George a été l'enfant unique, l'enfant roi ; avoir un frère n'a pas été son plus beau cadeau. Il a toujours été persuadé que j'allais tout lui voler, inquiet que je sois meilleur que lui, jaloux, anxieux que mon père puisse me préférer. Il n'a jamais été gentil ni affectueux. Il n'a jamais été mon confident. Il faisait même tout pour que je sois détesté, me faisant accuser à tort de choses que je n'avais pas faites. Mon père n'était pas aveugle et, pour faire cesser cette guerre puérile, il a eu l'idée d'ouvrir un nouvel hôtel, plus grand, plus luxueux, mais qui ne concurrencerait pas celui de Miami.

— New York.

Il hocha la tête.

— Exact. Créé spécialement pour George Thomas, déclama-t-il comme s'il présidait une cérémonie. Ils sont partis peu après l'obtention de son diplôme de commerce. L'hôtel venait d'être terminé, il ne restait plus qu'à faire l'ouverture. Je devais avoir tout au plus quatorze ans, et leur départ a signé le jour de ma libération. Pour le grand malheur de mon père. Il s'attendait à ce que je fasse tout pour être le meilleur, pour surpasser mon frère. Ça n'a pas été le cas. J'ai toujours eu des facilités à l'école, donc je suppose que mes résultats masquaient mes activités, d'autant que ma mère passait tout son temps à l'hôtel. Entre les cours, je fonçais prendre ma planche de surf et j'allais flirter avec les vagues. (Sa voix enjouée me fit frissonner, me rappelant ses premiers pas dans la piscine.) C'était le début de tous mes rêves, et c'est aussi à cette période que j'ai connu Carl. Il… il n'était pas comme aujourd'hui.

Je me retins de faire une remarque sur le père de Carl.

— Pourquoi as-tu abandonné tes rêves ? préférai-je demander.

Attristé, il fronça les sourcils. Sujet sensible…

— Je n'ai pas envie de parler de Kristen.

Hors de question qu'il se défausse : je pris mon assiette, et engloutis une bouchée de ma part. Ses yeux fixèrent la cuillère, dans ma bouche, avec avidité.

— Oceana, gronda-t-il.

— Donc, tu as renoncé à tes rêves pour elle ?

— Non, pas pour elle. (Il soupira.) Je me suis remis dans le droit chemin.

— À t'entendre, faire du surf est illégal ! Ça n'est pas comme si tu fumais un joint au bord d'une plage !

— Non, c'est bien meilleur qu'un joint !

Il subtilisa un morceau de gâteau dans mon assiette.

— Kristen ne voulait pas que je mène la même vie que Carl, reprit-il.

— Tu n'es pas comme lui !

— J'ai eu ma période. Des coups d'un soir, précisa-t-il. D'ailleurs c'est grâce à l'un d'eux, qui est devenu plus par la suite, que j'ai pris la meilleure décision de ma vie. Ouvrir un club de sport aquatique. Puis j'ai rencontré Kristen. Je continuais à gérer l'hôtel avec mon père, j'enchaînais les heures, je m'épuisais, tout le monde y trouvait son compte. Sauf Kristen. Je rentrais tard le soir et partais tôt le matin. Elle m'a demandé de faire un choix. Un choix logique et raisonné. Ça a été la pire décision de ma vie. J'ai vendu mon club. J'ai rangé ma planche et mis mon jet au garage. Je n'y avais plus touché jusqu'à mon accident. Je sais que, ce jour-là, je me suis disputé avec mon père et que j'ai eu besoin de me sentir libre une nouvelle fois. J'ai récupéré mon jet et…

Il laissa sa phrase en suspens.

— Quoi ?

— Tu as lu mon dossier médical ? (Je hochai la tête.) Je ne me rappelais plus pourquoi elle était là. Kristen. Je crois qu'elle m'a rejoint. Je ne sais pas ce qu'elle m'a dit, ni ce que je lui ai répondu, mais elle s'est mise en colère et a démarré trop vite son jet. Je crois que j'ai voulu la rattraper… l'accident a eu lieu. Jusqu'à maintenant, je voulais me souvenir. Aujourd'hui, je n'en suis plus très sûr. Je revois son visage déformé par l'angoisse, sa main sur le guidon du jet. Et c'est tout.

Comme s'il vivait la scène une deuxième fois son visage se crispa. Je compris alors. Il n'était pas allé la voir pour lui revenir, mais pour avoir des réponses.

— Je… Je suis désolée, balbutiai-je.

— De quoi ?

— J'ai embrassé Carl parce que j'espérais que tu aurais aussi mal que moi quand j'ai su que tu étais retourné la voir.

Rick ferma les yeux quelques secondes.

— Est-ce que tu as aimé ce baiser ? demanda-t-il enfin.

— Pas autant que les tiens.

— Mais tu as aimé.

— Rick, le sermonnai-je. Je ne ferai jamais de gâteau au chocolat pour Carl. Je ne prendrai pas de douche avec lui. Je ne dormirai pas dans son lit et je ne voudrai jamais de sa bouche comme je désire la tienne.

Voilà ! C'était dit !

Il m'enlaça et me colla contre lui. L'oreille contre son torse, j'écoutais le tintamarre de son cœur. Je humais son parfum, à me rendre saoule de lui.

— Comment tu fais ? reprit-il. Pour relativiser, pour prendre les choses comme elles viennent, pour avoir autant de force.

— Je fais des choix, Rick. On fait tous des choix. Ils ne sont pas toujours bons, mais ce sont les miens. Et puis… pour Ethan, je n'ai pas le droit de manquer de force.

— Il n'est pas ici.

Il caressa mon épaule du bout de ses doigts chauds. Son contact fit naître sur ma peau une traînée de frissons. Non. Ethan n'était pas là. Ethan était loin de moi. Ma plus belle réussite. Le sourire de ma vie. La chair de ma chair. N'était pas là.

Je n'étais pas avec lui.

— Mais toi, oui, haletai-je.

Son autre main remonta le long de ma cuisse Je sentis l'air frais de la nuit glisser sur mes fesses dénudées. Mon cœur s'emballa.

— Et ?

— Et si je flanche, j'ai peur que tout dérape. Encore. Comme la semaine dernière et la précédente.

— Et si j'ai envie que tu flanches ? Rien qu'une soirée. Je veux juste pouvoir me dire que, moi aussi, je t'ai aidée.

Je ne luttais plus. Je laissais s'envoler mes pensées. Je m'apaisais au rythme de ses respirations.

Sa main quitta la naissance de mes fesses pour soulever mon menton. Son regard intense me fit trembler. Il me détailla lentement, sans rien dire. Glissa une mèche de mes cheveux derrière mon oreille. Dessina la forme de ma bouche du bout de son pouce. Me sourit.

— La vanille me manquait…

CHAPITRE 22

ROUGE...

Lundi. Début de la quatrième semaine. Le jour où je devais sortir avec Carl. J'étais nerveuse, Rick aussi.

La nuit avait juste été parfaite – dans ses bras, à la belle étoile – mais, au matin, j'avais retrouvé mon colocataire des cavernes ! Il s'était enfermé dans son bureau. L'après-midi, en revanche avait été plus surprenant, il avait eu une course à faire, seul, et il m'avait proposé de me déposer au centre commercial au cas où je voudrais acheter quelques vêtements pour le soir. Il n'avait pas tort : à part deux robes et une combinaison, ma maigre garde-robe se résumait à des shorts, des T-shirts, des tuniques et des leggings. Pas très glamour…

Son taxi m'avait déposée, et, à la fin de l'après-midi, je m'étais délestée de plus de 200 dollars et je disposais de cinq tenues supplémentaires.

Quand Carl avait débarqué avec une boîte de pizzas, je m'étais crue sauvée. Il avait abandonné cette idée saugrenue de sortir avec moi chaque semaine. Nous allions manger un morceau tous les trois sur la terrasse, et chacun retrouverait son lit (et sa maison), plus tard dans la soirée.

Carl raconta ses sorties, ses parties de jambes en l'air qui avaient duré toute la nuit, ses réveils difficiles auprès de jeunes filles qu'il surnommait ses « aphrodites » et dont il ne connaissait même pas le prénom. Tandis que Rick prenait un malin plaisir à le questionner et à le charrier, j'hésitais encore entre le dégoût et la jalousie.

Je m'étais peut-être faite à l'idée qu'il ne m'offrait pas trois cent mille dollars par simple générosité ou par amitié pour Rick !

Finalement, après avoir mangé deux parts de pizza, observé la nuit grignoter le jardin et écouté sans entrain les conversations machistes des deux hommes, je bâillai, le menton posé dans mes mains, coudes appuyés sur la table.

— Oceana s'endort, signala Rick, railleur.

— Je ne m'endors pas. Je digère la bouche ouverte et les yeux fermés, précisai-je en me redressant.

— Tu ne me la feras pas deux fois, Oceana, protesta Carl.

— Je pensais que tu avais abandonné l'idée de me sortir, répondis-je en haussant les épaules.

Il se pencha légèrement vers moi et murmura :

— Oceana, je n'abandonne jamais.

Les mots glissèrent sur ses lèvres d'une manière si sensuelle qu'un soupir involontaire m'échappa. J'énumérai mentalement les choses à faire en priorité : Respirer. Sourire. Se lever. Et m'habiller.

Je pris donc la direction de la salle de bains. J'aurais pu être enchantée de cette soirée – la première n'avait pas été si catastrophique –, mais c'était sans compter sur l'humeur jalouse de Rick qui, je le savais d'avance, me ferait payer la moindre rougeur de mes joues pour son ami Carl.

Après une douche rapide, je me plantai devant mon armoire. Que devais-je porter ? Il fallait d'abord que je sache où nous allions.

Emmitouflée dans mon peignoir de bain, je pris la direction de la terrasse.

Un murmure me parvint. Rick. Je me glissai derrière le pilier de la cuisine, tendant l'oreille.

— Non. C'est terminé, Carl, chuchotait Rick. J'ai bien réfléchi ces derniers jours. Je ne pourrais pas faire semblant. Il y a ce truc. Je ne pense pas pouvoir passer outre tout ça.

Pourquoi parler aussi doucement ? Sauf s'il avait des choses à cacher…

À *me* cacher. Parce qu'il était question de moi et de ce *truc*. Outre quoi ? La lame d'un couteau me traversa de part en part. Outre mon fils…

— Tu en es bien certain ? demanda Carl d'un ton compatissant.

Mes jambes supportaient à peine le poids de mon corps, elles ne tenaient que pour me laisser entendre la réponse. Une réponse rassurante, je l'espérais.

— Je ne ressens que de la pitié pour elle.

Je portai une main à ma bouche pour retenir le cri qui montait de mon ventre, et pris appui sur le pilier de l'autre.

— De la pitié ? s'étonna Carl.

Mes oreilles bourdonnaient, mon corps me suppliait d'attendre une nouvelle réponse. De lui donner une autre chance.

— Oui. Tu ne peux pas comprendre. Tu ne sais pas tout d'elle, lâcha Rick avec une pointe d'amertume.

Je vacillai, le souffle coupé.

— Est-ce qu'elle sait tout ça ? s'enquit Carl.

— Non. Je le lui ai fait comprendre, répondit-il sans équivoque.

J'en avais assez entendu. Tout était clair dans ma tête. Comme il l'avait si bien dit, il me l'avait fait comprendre. Quatre jours sans un baiser. Quatre jours à jouer l'homme des cavernes. Quatre jours… En réalité, il ne m'avait pas laissée respirer, il avait pris ses distances.

Mais que dire de cette nuit dans ses bras, de son nez enfoui dans mes cheveux ? De ses confessions sur sa famille ? De son intérêt pour Ethan ?

Pitié, avait-il dit. Était-ce seulement de l'affection ?

J'étouffais. Je suffoquais. Et pourtant, je n'avais pas plus envie de sortir avec Carl que de rester ici avec Rick. J'avais simplement envie de m'enfuir. D'enfiler mon survêtement, de chausser mes baskets et de courir pendant des heures, pour me faire oublier que j'avais si mal dans la poitrine – jusqu'à me faire vomir cette pizza coincée dans ma gorge.

Une nouvelle fois, il m'avait déçue. Au moment où je commençais à m'habituer à l'idée que je pourrais lui faire confiance, que je pourrais peut-être me reposer sur lui lorsque la faiblesse me prendrait, qu'il allait faire partie de ma vie et que je le laisserais entrer dans celle d'Ethan, il détruisait tout en deux phrases.

J'étais secouée et écœurée par ce qu'il avait pu dire. Comme si une partie de moi m'avait été arrachée brutalement. Mais je ne devais pas flancher. Même si mon cœur avait littéralement explosé dans ma poitrine. Je laissai sur le sol les bons souvenirs, ses doux baisers, ses caresses, mes papillons, ses sourires et ses regards intenses, pour me concentrer sur ceux qui me donneraient le courage de l'affronter, ses coups de folies, sa fuite, sa répulsion, son dégoût.

Revenue dans ma chambre, j'attrapai la première tenue qui me tomba sous la main dans l'armoire, l'enfilai, chaussai mes escarpins et retournai camoufler mon désarroi dans la salle de bains avec un peu de maquillage supplémentaire.

Ne pas flancher.

Je défis mon chignon et appliquai un baume à lèvres aussi rouge que ma robe. Cette robe, je ne l'avais pas achetée pour Carl, mais pour lui. Une robe rouge courte, cintrée à la taille, décolletée dans le dos. S'il éprouvait de la pitié en me regardant, je la porterais pour quelqu'un d'autre.

J'avais conscience de l'image que j'allais leur offrir ce soir. Ce rouge, symbole de la passion mais aussi des pulsions sexuelles et du pouvoir de séduction, allait réveiller l'intérêt de Carl.

Et Rick ?

Je m'en foutais. Je refoulai une dernière larme, m'éclaircis la voix, redressai mes épaules et franchis le seuil de ma chambre d'un pas décidé.

Je ne flancherais pas. Pas ce soir.

— J'espère que je n'ai pas été trop longue, lançai-je en pénétrant sur la terrasse.

Leurs deux têtes pivotèrent. Dans un premier temps, la même expression, au spectacle que je leur offrais, enflamma leur regard. Puis Carl sourit avec satisfaction ; Rick, lui, devint livide.

— Bon, je crois que nous allons partir, annonça Carl en se relevant.

Les yeux de Rick n'étaient plus que deux billes noires, chargées de fureur.

C'est ce que je voulais.

— On y va ? me demanda Carl.

Je l'ignorai, le temps d'offrir un sourire méprisant à Rick. Puis je me retournai vers Carl. Rick ne me faisait pas peur. Je n'avais pas non plus de pitié. Et, le plus important pour moi… je ne flanchais pas.

— Tu es magnifique, me complimenta mon cavalier dans le couloir.

Je l'ignorai, à l'affût du moindre bruit. Rick allait-il tenter de nous rattraper ? Rien. Silence. Seuls mes talons claquaient sur le carrelage. J'avançai, le dos bien droit, laissant de côté ma peine et mes blessures. J'aurais le temps, plus tard, pour y penser. Si je m'autorisais à subir les huit semaines qui me restaient avec lui.

Dans la voiture, je restai les yeux fixés sur la route. Il n'avait même pas essayé de comprendre. Il n'avait pas cherché à me rattraper. Il s'était contenté de me laisser partir.

J'avais cru en lui. Naïvement.

— Je ne veux pas te forcer à sortir, Oceana, me dit Carl.

Sans le regarder, je demandai :

— On va où ?

— Euh… Je pensais t'emmener au club. Comme la semaine dernière.

— Très bien, répondis-je avec aplomb.

— Tu es sûre que ça va ?

Il paraissait anxieux.

— Pourquoi fais-tu tout ça ? l'interrogeai-je ne tournant la tête vers lui.

Mal à l'aise, il bougea ses mains sur le volant et se redressa. Quelque chose me disait que j'allais devoir faire face à une nouvelle complication. Mais rien ne pouvait être pire que ce que j'avais entendu de la bouche de Rick, tout à l'heure.

— Quand tu auras la réponse, dit-il, tu pourras peut-être me le dire, parce que la seule chose que je sais, c'est que j'ai aimé passer du temps avec toi l'autre soir.

CHAPITRE 23

EFFET KISS COOL

— Un Cosmopolitan et un jus d'oran…

— Deux Cosmopolitan.

Carl me dévisagea, surpris, tandis que le serveur notait la commande.

— Si tu me demandes encore une seule fois si ça va, je te promets de rentrer avec quelqu'un d'autre ce soir, le défiai-je.

— Tu ne le ferais pas, se moqua-t-il avec un brin d'inquiétude.

Il défit le bouton du haut de sa chemise en soie noire.

— Tu veux tenter ?

Ses yeux agrippèrent mes lèvres avec férocité. Trop longtemps. Je venais de décupler son envie de me mettre dans son lit. Ce n'était qu'un jeu pour moi. Je ne deviendrais jamais une aphrodite. Jamais. Il le savait, non ?

Sitôt nos boissons servies, je saisis le pied fin du verre, ôtai la rondelle de citron vert et versai une gorgée du liquide rouge dans ma bouche.

Je n'avais aucune idée du goût de ce cocktail. Les yeux fermés, je reconnus la vodka et le citron ; un autre parfum, plus âpre, persistait sur ma langue.

— Vas-y doucement, me conseilla Carl.

Pour toute réponse, je réitérai l'opération. Cette fois, je toussai, et Carl retint un rire.

— Au pire, tu devras me porter pour me ramener…

— Au mieux, tu veux dire ? me fit-il écho d'une voix rauque.

Ses mains géantes agrippées à mes cuisses, voire à mes fesses… Je me retournai et m'accoudai au bar pour refouler l'excitation qui montait en moi, et surtout ignorer ses yeux qui m'étudiaient avec ardeur.

En quelques gorgées, j'en avais terminé avec le Cosmopolitan. J'avais l'impression d'être sur une autre planète. Non. En réalité, j'étais consciente d'être toujours sur Terre, mais rien n'avait plus d'importance, comme si tout ce que je voyais et ressentais semblait simple et amusant.

J'étais saoule. Et bizarrement… euphorique.

— Tu veux un jus d'orange maintenant ?

Je me retournai vivement vers Carl, lui pris la main et le tirai vers la piste.

Même ça, c'était bizarre. J'avais envie de danser alors que je détestais ça ! Je laissai de côté la question qui mûrissait dans ma tête, à savoir pourquoi je n'aimais pas ça, et me concentrai sur la recherche d'un endroit où les mains baladeuses ne pourraient m'atteindre. J'étais peut-être saoule, mais pas inconsciente au point de laisser n'importe qui s'approcher de moi.

Je trouvai refuge près d'un pilier bordé de néons de différentes couleurs qui s'allumaient et s'éteignaient au rythme de la musique. Je lâchai la main de Carl et me retournai vers lui. Il ne bougeait pas. Ne dansait pas. Se contentait de me regarder me déhancher, les yeux brillants.

Habituellement, j'aurais rougi sous l'intensité de son regard. Mais là, non. Au contraire. J'aimais ça. J'aimais savoir qu'il me suffirait de l'approcher de quelques centimètres pour l'enflammer. J'étais presque… heureuse.

Qu'est-ce que je faisais ? Est-ce que je m'amusais, ou est-ce que je draguais volontairement Carl pour me faire du mal, et peut-être aussi à Rick ?

Tout le monde dansait. Hormis deux brunes qui nous épiaient tout en discutant, les bras croisés.

— Oceana, dit Carl. Ne fais pas ça. Je… Rick est mon…

Là, je m'emportai :

— Je veux simplement danser pour penser à autre chose. Soit tu fais de même, soit tu retournes t'asseoir au bar ; je suis certaine qu'une de ces filles sera ravie d'être ton aphrodite ce soir.

Je lui montrai les deux brunes.

— Merde ! cria-t-il en abaissant mon bras d'un coup sec.

— Quoi ? Elles ont déjà fait partie de tes coups d'un soir ?

Ses yeux me fusillèrent.

— Pire que ça. Elle m'a vu, c'est sûr. Putain. Il ne manquait plus que ça.

Il paniquait. Le grand Carl paniquait ! Je jetai un rapide coup d'œil derrière lui.

— Je crois que l'une d'elle s'approche, l'avertis-je.

Je crus voir perler une goutte de sueur sur son front à la lumière des néons.

— Danse avec moi, suggérai-je. Elle rebroussera peut-être chemin.

Il ne bougea pas.

Je ne lui laissai pas le choix. J'ignorai le frisson qui l'avait gagné et me rapprochai de lui jusqu'à le frôler. Mes doigts glissèrent dans ses cheveux bruns.

— Danse, lui soufflai-je.

Sa main se posa au creux de mes reins. Il se mit, enfin, à remuer au même rythme que moi. Je nouai mes mains autour de son cou.

— J'en veux plus, murmura-t-il dans mon oreille.

Son aveu se répercuta jusqu'à ma culotte. Ses lèvres frôlèrent ma joue avec délicatesse. Je continuai à danser dans ses bras, accrochée à son cou, telle une marionnette. Sa marionnette.

— Je t'en prie, Oceana, retiens-moi.

J'étais incapable de lui répondre. J'avais chaud et, pourtant, je frémissais au rapprochement de nos deux corps. Son corps si tendu, dont j'aurais pu dessiner chaque muscle sous sa chemise soyeuse.

— Si tu ne dis rien, c'est que tu ne dis pas non.

Mon corps se tendit sous sa révélation. Mes doigts exercèrent une légère pression sur sa nuque et lui donnèrent le feu vert. Sa bouche trouva mon cou. Je gémis sous le choc de sa langue qui me goûtait et qui remontait jusqu'au lobe de mon oreille, qu'il suça avec ferveur. Le mur du pilier accueillit mon dos alors que son autre main glissait sur ma cuisse. Il me jaugea l'espace d'une respiration affolée. D'un regard intense et fiévreux. Son membre durci contre mon ventre augmenta mon effervescence. Sa langue remonta avec ferveur jusqu'à ma bouche pour y déposer un baiser fugace. Il me regarda, guettant ma réaction puis, pénétrant ma bouche avec agilité, trouva ma langue. Il aspira mes gémissements. Un à un. S'enflammant – autant que moi.

— Salut, Carl ! nous coupa une voix féminine dont le ton était tout sauf amical.

J'ouvris les yeux. Mon cœur battait à tout rompre.

— Tu ne peux pas t'en empêcher, hein ? répondit Carl avec froideur en se détachant de moi.

— Je me fous de tes plans cul, Carl.

— Oceana n'est pas un plan cul, répliqua-t-il avec férocité.

La brune éclata de rire.

— Oceana ? Tiens donc ? s'étonna-t-elle. L'infirmière de Rick ?

Grande, mince, les yeux clairs, les lèvres fines, elle me sourit avec dédain.

— Je ne vois pas en quoi c'est ton problème, Kristen, ragea Carl.

Kristen. Inspirer.

Devant. Expirer.

Moi. Inspirer.

Carl compris son erreur. Il paniqua. Pas autant que moi.

— Enchantée de vous connaître, me dit-elle en me tendant la main. Kristen, la fiancée de Rick.

— Ex-fiancée, corrigea froidement Carl en repoussant sa main.

Kristen. Fiancée.

Mon estomac se tordit. Ma tête vacilla.

Je me précipitai vers le bar. C'était trop ! Comment avais-je pu me laisser embarquer dans tout ça ?!

— Un Cosmopolitan ! commandai-je au barman.

Je voulais retrouver cette sensation d'euphorie qui m'avait inondée plus tôt dans la soirée. Je voulais une nouvelle fois flotter sur toutes ces conneries ! Comme avant que je ne danse avec Carl. Avant qu'il ne m'embrasse. Avant que Kristen ne débarque.

Sitôt servie, je jetai la rondelle sur le comptoir et bus d'un trait le cocktail. La brûlure dans ma gorge me rappela que j'existais. Douloureuse, mais vivifiante.

— Je suis désolé, dit Carl, qui m'avait suivie.

Il était désolé !

— Aucun problème, mentis-je froidement sans le regarder. (Je levai un bras en l'air à l'intention du serveur.) Un autre, s'il vous plaît.

— Arrête, Oceana.

— C'est le dernier, ensuite on s'en va.

Je m'emparai du verre et bus une nouvelle fois, cul sec. Cette fois, ma gorge anesthésiée par le précédent chauffa sans que la sensation ne soit désagréable. Les yeux fermés, j'accueillis une vague de plénitude qui submergea tout mon corps. Au contact des doigts de Carl sur mes reins, j'ouvris les yeux et le foudroyai du regard.

— Tu penchais dangereusement en arrière, m'expliqua-t-il.

Je me ressaisis et lui emboîtai le pas. Je voulais de l'air frais. Exacerber cette sensation de liberté. Je me serais même laissée aller à un bain de minuit dans l'océan si j'avais été seule.

Pas un seul brin d'air frais à l'extérieur. À croire que les nuits, à Miami, ressemblaient aux journées. Chaudes et humides.

— J'aurai dû te dire qui elle était, je suis désolé, dit Carl.

Il n'abandonnait donc jamais ! Je me retournai vivement vers lui.

— Non, tu n'es pas désolé ! Tu as profité de la situation !

Je pouvais encore sentir sa langue sur mon cou.

— Je t'ai dit de m'arrêter, se défaussa-t-il. Et je n'ai jamais prétendu qu'elle était un de mes coups d'un soir !

— Parlons-en de tes coups d'un soir ! Je suis censée être quoi, moi ?

— Tu n'es pas un coup d'un soir, c'est certain.

Il avait envie de moi, je l'avais senti. Je le sentais encore, dur et long.

— Pourquoi je n'en serais pas un ? Parce que tu ne couches jamais deux fois avec la même fille ? Laisse tomber, je ne sais même pas pourquoi j'ai cette discussion absurde avec toi ! Je crois que l'alcool me fait divaguer !

Un sourire se dessina sur sa bouche, où la lumière des réverbères laissait deviner des traces de mon rouge à lèvres.

Cette… bouche…

— Est-ce que tu as aimé ? demanda-t-il.

Je détournai la tête. Le trottoir était rosé et s'étendait le long d'un gazon où poussaient des palmiers. Je m'en foutais. Je voulais simplement ignorer sa question.

— Je veux juste savoir si tu as aimé, Oceana.

Il était si près que son souffle se déposait telle une caresse sur mes joues.

Je ne voulais pas répondre sans savoir ce qu'il pensait, lui.

— Qu'est-ce que je suis pour toi ?

Il sourit et se lança :

— Tu es la vanille de Rick, c'est comme ça qu'il t'appelle. Et je comprends pourquoi, maintenant.

— Ne me parle pas de Rick. Je répète : qu'est-ce que je suis censée être pour toi ?! Au point que tu veuilles offrir généreusement trois cent mille dollars pour que je reste à Miami et que tu insistes pour me voir une fois par semaine ?

— Je te l'ai dit, je n'en sais rien ! J'ai juste envie de le faire ! C'est tout !

— Comme tu as eu envie de me prendre sur la piste de danse ?

Est-ce que j'avais vraiment dit ça ? L'alcool ne me réussissait pas du tout !

— Je… Tu es le fruit défendu, alors ! Vois-le comme ça.

— Chasse gardée ?

— Vois-le comme ça, *vanille de Rick*, articula-t-il.

Quoi ? Chasse gardée sur une femme dont Rick ne voulait pas ! Je sentis une vague de colère me secouer.

— Non, mais je rêve ! Il me repousse, tu me repousses…

— À t'entendre, on dirait presque que tu voudrais que je recommence…

— Oui. Non… Ce n'est pas ça. Tu t'es fait je ne sais combien de filles ce week-end, j'ai arrêté de compter à trois. Et tu penses tout de même à ça avec moi. Tu es insatiable !

— Je ne me suis fait personne ce week-end, avoua-t-il timidement. J'ai dit ça pour rassurer Rick sur mes intentions envers toi.

— Et quelles sont-elles ?

Il replaça une mèche indisciplinée derrière mon oreille.

— Je crois que tu le sais déjà.

Non. Je ne le savais pas. Ou je ne voulais pas le savoir. Qu'importe ! Aphrodite ou pas, il me rendait dingue avec ses devinettes.

— Ramène-moi chez Rick, suppliai-je.

— Est-ce que tu as aimé, Oceana ? s'obstina-t-il.

J'avais adoré. Même si ça n'était pas aussi puissant et jouissif qu'avec Rick. J'avais aimé. Apprécié. Appelez ça comme vous voulez !

— Horriblement. Mais tu le sais déjà, non ? murmurai-je.

— Je voulais seulement te l'entendre dire.

Il me fit un clin d'œil et un sourire radieux avant de tourner les talons.

— Nous avons dépassé la voiture, expliqua-t-il.

Je le rejoignis au pas de course, non sans mal. La vodka n'était pas ma meilleure amie. Je m'accrochais à son bras, hésitant même à ôter mes escarpins. Je ne l'écoutais plus. Je voulais seulement mettre un pied devant l'autre. Il me semblait qu'il me faisait la morale à propos de l'alcool.

À peine installée dans le siège passager, je fermai les yeux pour me concentrer, cette fois-ci, sur mon estomac. Deuxième effet kiss cool. Pas très cool en soi. J'avais la nausée. Je respirais lentement. Trop lentement. Je tentai de me souvenir du premier, qui m'avait apporté un merveilleux élan de liberté sur la piste de danse, encore bien loin de Rick, de Carl et surtout de Kristen, *la* fiancée.

— Oceana. Nous sommes arrivés.

La voix douce de Carl essayait en vain de me sortir de mon sommeil. Malgré toute ma bonne volonté, mes paupières étaient trop lourdes pour s'ouvrir.

— Porte… (Il n'y avait pas que mes paupières. Ma bouche aussi était sèche et molle, j'avais du mal à articuler.)… porte-moi, réussis-je à dire avec peine.

Je ne réagis même pas lorsque les mains de Carl agrippèrent avec fermeté la naissance de mes fesses sous ma robe. Je nichai ma tête, instinctivement, contre son cou.

— Rick va me tuer, chuchota-t-il tout en avançant.

Je m'en foutais ! Je ne pensais qu'à une chose : mon lit !

— Qu'est-ce qui s'est passé ? entendis-je Rick demander avec fureur.

Carl s'était immobilisé.

— Elle a bu, répondit-il simplement.

Et nous nous sommes embrassés ! C'était horriblement bon !

— Oceana ne boit jamais, répliqua Rick, suspicieux.

— Elle a bu, je te dis. Tu crois que je l'aurais droguée ?

— Lit… réussis-je à dire.

Ses pas se hâtèrent.

— Bonne nuit, *vanille de Rick*, chuchota-t-il dans mes cheveux avant que je ne sente le moelleux du matelas contre mon dos.

Il m'ôta mes escarpins et ramena mes jambes sur le lit. Instinctivement, je me mis en position fœtale. La fraîcheur des draps me fit comprendre que quelqu'un m'avait recouverte. Je souris, incapable de dire merci. La porte se referma.

Mon œsophage me brûlait dangereusement, mon cœur battait la chamade et ma bouche s'emplissait de salive. Mon estomac était en ébullition.

J'allais vomir. Je sautai du lit, me débattant avec le drap, et sortis de la chambre en courant, une main plaquée sur la bouche. Carl était sur mon chemin ; je le poussai et franchis la salle de bains avant de plonger la tête la première dans les toilettes et de me mettre à vomir.

Quand je me relevai, les jambes tremblotantes et les genoux marqués par les rainures du carrelage, Carl et Rick me regardaient avec inquiétude. Je me rinçai la bouche.

— Je t'avais prévenue, dit Carl.

— Ça va ? demanda Rick.

Je faillis fondre. Était-ce de la pitié, ça aussi ? J'étais épuisée. De me battre avec ma tête et avec mon cœur.

Je voulais juste me coucher.

CHAPITRE 24
PUNITION

Carl avait dû partir ; je me souvenais juste avoir entendu un « C'est bon, je m'en occupe » de Rick. Je ne savais pas non plus quelle heure il était car chaque fois que j'essayais de regarder l'heure sur mon téléphone, les chiffres devenaient flous. Je m'étais résignée à me fier à la noirceur du ciel, qui m'indiquait que l'aube était encore loin.

Depuis que nous étions rentrés, je vomissais. J'étais épuisée. Comme si un camion de dix tonnes m'avait roulé dessus au ralenti. Rick, impuissant, tapi dans l'ombre du couloir, m'observait. Je tirai la chasse et m'apprêtai à enlever ma robe pour aller prendre une douche.

— Viens ici, je vais t'aider, me dit-il avec douceur.

Quelle belle image je devais lui donner ! Je n'avais plus rien de sexy. Ma robe froissée, mon visage livide… sans compter l'odeur.

— Tu ne seras pas capable de te déshabiller toute seule, et encore moins de te laver. Viens ici.

Je l'ignorai et tentai de trouver le bouton fermant ma robe, enfoui sous ma tignasse. Mes bras, aussi lourds que deux éléphants, purent à peine parcourir la moitié du chemin. Je les laissai retomber.

— Ne m'oblige pas à venir te chercher, Oceana.

Il ne pouvait pas entrer dans ma salle de bains, de toute façon : l'encadrement de la porte était trop étroit pour son fauteuil.

— S'il te plaît.

Sa plainte m'empoigna le cœur. Je sentis qu'il souffrait de mon silence.

— Je suis fatiguée, dis-je d'une voix éraillée.

J'étais incapable de lui répondre autre chose.

— Alors, laisse-moi t'aider.

Encore une fois, je m'étonnais du pouvoir qu'il avait sur moi. De la manière dont mon corps réagissait à lui. Et ce, malgré ce qu'il avait dit de moi quelques heures plus tôt. Que je lui faisais pitié, et rien d'autre.

— Pourquoi es-tu comme ça avec moi ?

— Tu ne comprends pas. Je suis fatiguée de tout ça et je suis incapable d'en parler. Pas. Maintenant.

— Comme tu veux. Je suis peut-être incapable de te porter, comme Carl l'a fait. Mais si tu ne viens pas ici tout de suite, je suis prêt à me casser la jambe une deuxième fois pour venir te chercher.

Il tendit sa main devant lui. Je l'attrapai sans hésitation. Hors de question que je passe une nouvelle matinée aux urgences, et surtout qu'il se fasse mal à cause de mes erreurs.

Ses doigts brûlants me firent prendre conscience de mon corps. J'étais gelée. Je me blottis contre lui ; j'avais envie de sa chaleur.

— Je sens le vomi, murmurai-je dans une grimace.

— Non. Tu pues Carl, lâcha-t-il.

Je sentis sa mâchoire se contracter. Il nous fit avancer.

Carl avait dit que j'étais la vanille de Rick. Il voulait seulement dire qu'il ne me toucherait jamais parce que Rick le lui avait demandé. Nos deux baisers n'avaient été que des loupés, des folies, des écarts de conduite.

— Il ne sent pas si mauvais, répondis-je finalement.

Je humai son cou. Soudainement plus ivre que je ne l'étais déjà.

— Mais il ne sent pas aussi bon que toi, ajoutai-je.

J'en aurais presque oublié mon état tant je me sentais bien contre lui. Les yeux fermés, les bras serrés autour de son torse, je refoulai ma rancœur et acceptai son influence sur moi.

Le soubresaut de son fauteuil me fit comprendre que notre voyage était terminé. J'entendis le bruit d'un robinet qu'on ouvrait. Puis le crépitement pur et doux de l'eau sur la porcelaine. Nous n'étions plus dans *ma* salle de bains, mais dans la sienne.

— Oceana, je ne peux pas te déshabiller si tu restes contre moi. Je viens avec toi, de toute façon. Je suis là.

Il était là. Oui. Mais il ne m'avait pas retenue lorsque j'étais partie. Ne m'avait pas empêchée de recommencer à me laisser bercer par les lèvres de son ami. Et…

Et tout était ma faute. J'étais partie. J'avais voulu le provoquer. J'avais dansé pour Carl. J'avais bu. Et surtout, j'avais fui en surprenant une conversation que je n'étais pas censée entendre. Sans réfléchir, sans discuter avec lui. J'avais tiré des conclusions trop hâtives.

Honteuse, je me redressai et détournai la tête pour dissimuler mes yeux brillant de larmes. Nous étions dans sa salle de bains, devant la baignoire.

Ses doigts glissèrent sous mes cheveux jusqu'au bouton de ma robe. Je frissonnai. Puis la pression de sa main sur mes bras m'aida à me mettre debout. Mes jambes tremblèrent sous le poids de mon corps alors que mes pieds accueillaient le tissu rouge, froissé et sali.

— Je n'aime pas cette robe.

Ses doigts se faufilèrent sous la dentelle de ma culotte et la firent descendre le long de mes cuisses avec délicatesse. Savoir ses yeux posés sur mes fesses fit palpiter mon sexe. J'étais ébréchée, puante et impure, et malgré tout il était là.

— Je l'avais achetée pour toi, murmurai-je, la gorge nouée.

Son souffle chaud sur mes cuisses répondit à sa place. Je l'avais portée pour Carl.

J'enjambai le bord de la baignoire et entrai dans l'eau chaude. Je ramenai mes genoux contre ma poitrine. Des remous me firent comprendre que Rick m'avait rejointe. Il était là. Nu, derrière moi. Ses jambes s'étendirent le long de mes flancs, son torse s'appuya sur mon dos et son sexe dur et long contre mes reins.

Il était là. Avec. Moi.

Il attrapa la douchette et mouilla ma tête. Immobile, je me laissai aller. Délicatement et avec soin, il me fit un shampooing, massant mon crâne alors que je me mordais la lèvre en essayant d'oublier qu'il me touchait.

Il me touchait.

C'était si bon. Mon cœur battait à tout rompre dans ma poitrine. Je laissai échapper une respiration bruyante au passage de ses doigts sur ma nuque. Mes tétons durcirent quand ses mains descendirent dans mon dos. Puis vint le tour de mes épaules et de mes bras. J'observais la puissance de ses mains sur mon corps, ressentais la tension de ses muscles contre mes reins, l'aplomb cuisant de sa queue sur mes fesses. Je me rappelais la première fois où je l'avais autorisé à me toucher, son souffle sur mes épaules brûlées par le soleil, le désir que j'avais perçu dans sa voix rauque.

— Ne me fais plus jamais ça, Oceana, tu entends.

Ses mains s'insinuèrent entre mes seins, glissèrent vers mon ventre. S'il continuait jusqu'à mes lèvres, il trouverait mon clitoris gonflé de désir. Un gémissement m'échappa alors que ses doigts remontaient délicatement jusqu'à mon cou.

Il n'irait pas plus bas.

L'eau dégoulina une nouvelle fois sur mes cheveux, emportant avec elle le shampooing, mais pas l'incandescence qu'il avait fait naître.

— Tu ne sens pas la vanille, mais au moins…

— Je ne sens plus Carl.

— Oui.

Comment pouvait-il réagir avec tant de hargne quand un homme m'approchait, après ce qu'il avait dit ce soir ? C'était incohérent !

— Efface-le. Fais-moi oublier, l'implorai-je haletante.

Je voulais sentir ses lèvres sur moi, sa bouche sur ma peau, ses bras puissants autour de mon corps, son membre durci entre mes cuisses, mon sexe palpiter sous ses doigts.

— Non.

— Pourquoi ? demandai-je dans une plainte.

L'eau de la baignoire clapota. Il se levait. Il partait.

— Parce que tu n'acceptes pas que je fasse partie de ta vie et qu'il m'est insupportable de savoir que je t'ai aujourd'hui et que je ne t'aurai pas demain.

Je me retournai, paniquée.

— Je…

— Nous parlerons de tout ça demain. Tant que tu ne m'auras pas donné une explication convaincante, je ne te dirai rien de plus.

Et il ne ferait rien de plus.

Allongée dans le fauteuil du salon, je somnolai devant les informations locales. Il était déjà plus de 19 heures et Rick était parti tôt ce matin, alors que, terrée au fond de mon lit, j'avais tenté de maîtriser une insupportable gueule de bois. Depuis, j'avais repris une douche, et mon estomac avait réussi à garder deux feuilles de salade et un yaourt.

J'avais aussi essayé de remettre de l'ordre dans ma tête. Ma révolte contre Rick, les bras de Carl et… Kristen.

La fiancée.

Comment peut-on promettre à quelqu'un qu'on passera sa vie avec lui et le laisser pour mort dans un lit d'hôpital ? Contre toute attente, ma conscience me soufflait que ça ne me regardait pas. Comment peut-on dire qu'on n'éprouve plus que de la pitié pour quelqu'un et prétendre, quelques heures plus tard, qu'on espère un lendemain ?

J'entendis soudain un cliquetis de serrure et me redressai.

— Laissez-le dans l'entrée, dit Rick. Merci.

Je souris malgré moi en le découvrant debout, béquilles à bout de bras. Il referma la porte. Son fauteuil replié avait été posé contre le mur.

Il ne m'avait pas vue, et je pris le temps de l'observer. Ses cheveux châtain clair. Son T-shirt moulant ses impressionnantes épaules et les muscles de son dos. Sa poigne sur les béquilles. Mon ventre se noua en pensant que je pouvais avoir tout ça. Que j'aurais pu, peut-être. J'étais forcée, une fois de plus, de constater qu'il n'avait plus besoin de moi.

— Tu as mangé ? demandai-je enfin d'une petite voix.

Il se retourna d'un coup sec. Je frémis sous son regard noir. Sa mâchoire se crispa et il avança rapidement jusqu'au couloir, le traversa en deux foulées à l'aide de ses béquilles et pénétra dans sa chambre.

— Oceana ! cria-t-il.

Figée, incapable de raisonner, je regardai la porte entrebâillée de sa chambre.

— Oceana ! VIENS ICI !

Mes jambes flageolantes me portèrent jusqu'à lui. Le souffle court, l'estomac au bord des lèvres, j'étais incapable de raisonner. Debout devant son lit, entièrement nu, il me fixait, immobile et tendu. Je longeai le mur, loin de lui dans un silence lourd et oppressant. Soudain il envoya valser d'un coup de poing sa lampe de chevet qui s'éteignit instantanément. Je fermai les yeux, effrayée, alors que les éclats de porcelaine sur le carrelage volaient en tous sens. Il se précipita sur moi si vite que, dans mon affolement, je me collai au mur derrière moi. Son poing le heurta et son autre main agrippa mon visage. Séquestrée, mon cœur s'affola.

J'avais terriblement mal. Mal, parce qu'il m'en voulait. Mal parce que je l'avais mis dans cet état. Mal, parce que je ne pouvais que supposer de quoi il s'agissait, même si je refusais de me l'avouer et, surtout, de lui demander de me pardonner. J'avais embrassé Carl, encore une fois.

— Tu. As. Tout. Fait. Foirer, articula-t-il, acerbe.

Son pouce dessinait le contour de ma lèvre inférieure. Délicatement. Lentement. Trop calmement. Trop paisiblement. Alors que son regard reflétait sa rage – et aussi son désir. Il me détaillait, respirait fort, dessinait le contour de mon visage d'un pouce.

Son autre main saisit mes cheveux et sa bouche percuta la mienne. Violemment. Sans retenue. Mon ventre se contracta. Ses dents accrochèrent mes lèvres. Les mordirent. Puis sa bouche les suça. Encore et encore. Je les sentais gonfler et rougir alors que, gémissante, je cherchais mon souffle. Puis sa langue pénétra ma bouche. Durement. Il baisait ma bouche et mon sexe frétillait. Il descendit jusqu'à ma mâchoire. La lécha. La mordit et la suça. Puis vint le tour de mon cou. Meurtrie, je m'enflammais pourtant sous son assaut. Puis il dessina une nouvelle fois le contour de mes lèvres bouffies agrippant mes yeux des siens. Mélange entre le désir et la fureur.

— Je veux que tu te souviennes de ma bouche. Je vais t'embrasser encore et encore jusqu'à effacer la sienne. Je vais te marquer de la mienne, pour que tu ne penses qu'à elle lorsque tu le regarderas. La mienne. Tu m'entends ? Je vais te baiser si fort que tu ne te rappelleras que de mon corps sur le tien. Ce soir. Demain. Et tous les jours qui suivront.

Tant de jours à espérer que sa bouche me touche encore une fois. Tant de jours à se languir de sa chaleur. Tant de jours à rêver qu'il m'ébranlerait. Alors qu'importe la manière… J'acceptais sa punition.

— Efface-le, soufflai-je sur sa colère.

Un de ses sourcils se releva. Il ne s'attendait pas à ce que ça puisse me plaire. Moi non plus, à vrai dire.

Sa tête plongea dans mon cou. Je me laissai aller dans une longue expiration au contact doux et brûlant de ses lèvres, comme si elles m'insufflaient à nouveau la vie. Ses dents me mordillaient avec ardeur. J'étais autant paralysée par sa brutalité que transie par sa tendresse.

— *Ma* vanille, revendiqua-t-il d'une voix rauque.

Je frissonnai à ses mains s'insinuant sous ma robe à bretelles. Lentement, trop lentement à mon goût, écorchant mes flancs du bout de leurs ongles. Je me trémoussais dans ses mains comme pour le supplier d'aller plus vite, de me prendre.

— Ce soir, ce sont mes règles, Oceana.

Sa voix sèche et perverse m'ébranla. Comme s'il ne se languissait que d'une seule chose… que je le supplie de me faire jouir. Sa cuisse appuyait délicieusement sur mon sexe, trempé et gonflé. Il ôta ma robe d'un geste brusque, blessant mes bras avec les bretelles. Puis il s'empara d'un de mes seins. Il lécha mon téton durci et ses yeux cherchèrent les miens. Ils étaient endiablés. Alors que j'allais fermer les paupières, intimidée par l'image de sa langue jouant avec mon mamelon, une morsure brève me déchira. Je criai.

— Tu as mal ? demanda-t-il, faussement compatissant.

J'avais envie de lui répondre que oui. Mais une succion de sa bouche effaça le souvenir de la douleur. Je plongeai mes mains dans ses cheveux comme pour lui intimer l'ordre de ne pas s'arrêter. De ne plus s'arrêter.

Le supplice reprit. Il passait d'un sein à l'autre, les léchant, les mordant, les suçant. Mon bas-ventre était en feu. J'allais exploser. J'allais jouir, là, tout de suite. Mais il s'arrêta net.

— *Mes* règles, souffla-t-il sur mon sein.

— *Ta* vanille, râlai-je.

Ma voix éraillée ne le laissa pas indifférent. Comme si j'avais déclenché une étincelle, ses doigts se crispèrent sur la dentelle de ma culotte, qu'il ne tarda pas à faire glisser le long de mes jambes, alors que sa bouche agrippait à nouveau mes lèvres. Je me frottai contre lui. Je voulais sentir sa queue contre ma peau nue.

— Patience, Oceana…

Ses règles.

Tout me brûlait. Mon dos écorché contre le mur. Mes seins et mon cou ravagés de ses morsures. Mes lèvres assiégées par sa bouche. Et mon sexe.

Sa main se posa sur mon ventre. Sa bouche s'immobilisa à quelques centimètres de la mienne. Je devinais la suite, toujours plus excitée par sa lenteur. Savait-il à quel point je le désirais ? Si je n'avais pas eu trop peur que tout s'arrête, je le lui aurais crié.

Deux doigts s'appliquèrent entre mes grandes lèvres, frôlant mon clitoris. Ses yeux fixés sur ma bouche, Rick savoura l'effet de leur lente ascension dans mon vagin. Un son guttural s'échappa de ma gorge. Animal et irréel à la fois. Je frémis sur ses doigts à leur retrait. Me fit plus lourde sur sa main lorsqu'ils revinrent, pour les faire aller plus profondément en moi. Je voulais qu'il sache. Que tout était à lui. De la vanille au goût amer de ma cyprine.

— Tu es trempée.

Pour toi… uniquement pour toi. Tandis que son pouce appuyait délicieusement sur mon clitoris, dessinant de petits cercles, ses doigts continuaient de récolter le fruit de mon plaisir. Je suffoquais. C'était si bon. Tellement bon.

Les yeux rivés sur mon visage, il se délectait de mes gémissements, attendant le moment opportun pour me frustrer une nouvelle fois. Je ne mis pas longtemps à l'atteindre. La chaleur envahit une nouvelle fois mon bas-ventre, l'enflamma…

— Pas. Maintenant. Vanille.

Ses doigts trempés glissèrent sur ma cuisse. Il m'avait à nouveau fait défaut. Ses mains puissantes emprisonnèrent mes fesses. Le sol se déroba sous mes pieds, mon dos glissa contre le mur.

— Ta jambe, réussis-je à dire, comprenant qu'il me portait.

Son regard se durcit.

— Tu devrais te faire plus du souci pour mon état mental, Oceana.

Pas le temps d'analyser le sens de sa phrase.

— Monte, ordonna-t-il en me déposant sur le matelas et en me désignant la tête de lit.

Le cœur battant la chamade, je m'exécutai, jetant au passage un coup d'œil rapide sur ma poitrine couverte de traînées rouges et de marques de morsures.

Un délicat baiser à l'intérieur de ma cuisse… puis sa langue glissa jusqu'à mon entrejambe et enroba mon clitoris. Il bascula mon bassin et plongea goulûment sa bouche entre mes lèvres.

Il aimait mon goût.

Mon sexe pulsait, fort sous sa langue. Toujours cette brûlure au creux de mon ventre qui ne demandait qu'à exploser. Et toujours cette frustration…

Il releva la tête, la bouche luisante de mon plaisir, il me sourit avec fierté. Tout était pour lui.

Il se haussa et embrassa ma bouche avec douceur, insinuant sa langue jusqu'à la mienne pour que je me goûte. Mélange amer et sucré à la fois.

J'entendis le bruit d'un tiroir, puis le froissement métallique de l'emballage d'un préservatif. Il s'agenouilla devant moi, déroula le préservatif sur son membre. Lentement. Il prenait son temps. Encore.

Puis, il m'embrassa rapidement et une de ses mains guida son pénis jusqu'à l'entrée de mon vagin. Je savais qu'il allait me prendre avec rage. Je savais aussi que j'étais au bord de l'orgasme.

— Ne me regarde pas comme ça, Oceana. Je ne reviendrai pas sur ce que j'ai dit. Je vais te faire mal – pas seulement pour lui, mais aussi pour ce que tu as perdu.

Son membre glissa dans mon vagin. Comblée, je gémis. Mon sexe pulsa une première fois, se révoltant contre la chaleur qui montait. Une de ses mains se glissa sous mes reins alors que l'autre agrippait fermement ma nuque.

Sans bouger, il m'embrassa avec passion, comme si c'était la dernière fois qu'il le faisait. Puis il se retira de moi. Resserra l'emprise de ses mains sur mon corps et, en un coup de reins, me pénétra si violemment que je crus que mon bas-ventre se déchirait. Je hurlai la tête rejetée. Quand il se retira pour la seconde fois, je sentis une brûlure cuisante au fond de mon vagin, comme si une partie de lui y était toujours.

C'était ce qu'il voulait. Il voulait me marquer.

— Encore, implorai-je, la gorge serrée.

En réalité, je ne voulais pas. Je ne voulais pas de ça.

Il me pénétra avec la même force, je me déchirai avec la même intensité. Encore et encore. Alternant violence et douceur. Sa bouche aspirait et atténuait chacun de mes râles, chacun de mes gémissements. Je le suppliai d'en finir.

Contre toute attente, la douleur s'atténua et je me sentis exploser. La déflagration fut si déconcertante que je ne savais plus où il me touchait, ce qu'il me faisait ; j'en oubliais sa brutalité. Je le savais seulement en moi. Sur moi. Brûlant et ardent. Je criai.

Ah. Oui.

Je jouis, cambrée. Dans sa bouche. Sur son pénis. Agrippée à sa nuque tendue, à ses trapèzes bandés.

— *Ma* putain de vanille.

Ses lèvres tremblèrent sur les miennes, ses gémissements devinrent plus rauques. Il me pénétrait avec brutalité – avec animosité.

Cette baise brutale aurait pu me plaire s'il avait été question d'autre chose que d'une affaire de territoire. J'étais déjà à lui.

Je le sentis frémir entre mes doigts. S'agripper plus fort à mes fesses. Grommeler dans ma bouche. Oceana. Ma. Vanille. Jouir en moi. Avant de s'effondrer au creux de mon cou. Son corps sur moi se fit plus lourd. Très lourd. Mais ce n'était rien en comparaison du poids qui grandissait dans ma poitrine.

Il m'avait blessée. Futilement physiquement mais profondément moralement. De toutes mes forces, je retins mes larmes. J'avais autant envie qu'il se détache de moi que de le laisser là afin qu'il ne remarque pas mon état.

Son retrait m'incendia. Je me mordis l'intérieur de la bouche pour me retenir de crier, et m'empressai de me dégager lorsqu'il se mit à genoux.

— J'ai bien envie de recommencer, me dit-il en nouant le préservatif rempli de son foutre.

Non. Hors de question qu'il me touche.

Plus jamais.

J'avais envie de lui crier que je le détestais autant que je l'aimais.

Chancelante, j'ignorai les brûlures cuisantes entre mes cuisses et me ruai jusqu'à la salle de bains.

Je ne pus me retenir de tressaillir en découvrant les dégâts causés par sa brutalité dans le miroir. La lumière des néons faisait luire ma peau et révélait ses morsures et ses suçons, de ma mâchoire à ma poitrine. Les empreintes parfaites de ses dents mettraient des jours à disparaître. Je passai un doigt sur l'une d'elles, sur ma clavicule, et grimaçai de douleur.

— Je suis désolé.

Debout, appuyé sur ses béquilles, dans l'encadrement de la porte, il me détaillait avec précarité. Je l'assenai d'un regard noir.

— Oceana, j'étais en colère. Je suis désolé.

Eh bien, moi, pas. Je me foutais de ces marques sur mon corps. Et de l'empreinte de son sexe dans le mien. Il avait voulu me faire du mal. C'était tout ce que je voyais.

Je récupérai une serviette propre dans le meuble, la mouillai et la portai à mon entrejambe, espérant que l'eau apaiserait mes brûlures.

— Parle-moi, Oceana.

— *Ta* vanille ne veut pas te parler, tranchai-je. Ni ce soir. Ni demain. Ni un autre jour. Tu as voulu me faire souffrir. Tu as voulu me déchirer pour un simple baiser échangé avec ton ami. Est-ce que ça en valait vraiment la peine ?

Il chancela.

— Je n'avais jamais été brutal avec une femme, s'excusa-t-il.

— Ça ne joue pas en ta faveur, Rick. Tais-toi !

Je jetai la serviette dans la corbeille à linge. Et passai devant lui, retenant une grimace de douleur sous l'élancement dans mon vagin. Il me suivit jusqu'à ma chambre.

— J'avais réussi à convaincre ma mère de me laisser cet argent. Ça signifiait que tu aurais pu rentrer demain et que tu aurais pu organiser l'opération de ton fils ! Bordel, Oceana ! Elle me faisait confiance ! Me donner cet argent, c'était comme si elle reconnaissait que tu comptais pour moi !

— Je ne comprends pas en quoi…

— Kristen l'a appelée cet après-midi et lui a raconté qu'elle t'avait vu avec Carl. Carl ! Je… ma mère connaît Carl, ses dangereux penchants pour le sexe, et elle n'a pas cherché à comprendre. Tu as perdu sa confiance. Elle est revenue sur sa décision.

— Est-ce que ça en valait vraiment la peine ? répétai-je.

— Je ne voulais pas te faire si mal, Oceana.

Ses yeux osèrent s'aventurer sur ma poitrine. Je m'empressai d'enfiler un T-shirt pour me cacher. Le tissu incendia chaque blessure.

— Mais tu l'as fait. Et pas seulement pour ta mère. Tu l'as fait pour Carl. Essentiellement pour Carl.

— Je l'avoue, lâcha-t-il en baissant la tête.

Je rejetai la vision de son corps prostré.

— Sauf qu'il te suffisait de me faire l'amour avec tendresse.

Comme aucun homme ne l'avait jamais fait. Avec Amour.

— Tu as aimé cette baise, Oceana, je l'ai senti…

Une vague de chaleur s'empara de mon ventre.

— Non. Mon corps a aimé, pas ma tête et encore moins mon cœur. Je me fous de ces marques, je me fous de la douleur, la seule chose qui m'importe c'est que pour un baiser avec Carl tu as voulu me faire souffrir. Alors, je le répète : est-ce que ça en valait la peine ? Je t'ai entendu, l'autre soir, parler de moi avec lui. Et je ne veux pas de ta pitié.

Il se ressaisit. Retrouva quelque chose de sa fureur.

— C'était donc ça… Oceana, aujourd'hui j'ai juste pitié de voir que tu n'es même pas capable de te remettre en question. Tu as voulu me faire souffrir ce soir-là, comme je viens de le faire avec toi. Comme tu l'as si bien dit, est-ce que ça en valait la peine ?

CHAPITRE 25

LE PARI

Rick n'avait jamais été aussi collant que depuis notre dispute. Il ne parlait pas. Ne me regardait pas. Ne me touchait pas. Il se contentait juste d'être dans la même pièce que moi. De respirer le même air que moi. Et même de se pavaner torse nu dans la maison pour me faire baver.

Parce qu'il était là, le problème. Je ne pouvais pas m'empêcher de laisser mes yeux s'égarer sur lui. Le pire ? C'était lorsqu'il quittait une pièce appuyé sur ses béquilles. Non… c'était bien pire lorsqu'il sortait de la piscine ou après une séance de gym. Je voulais être une de ces gouttes d'eau ou de sueur qui perlait sur son dos, qui le dévalait sur toute sa longueur, jusqu'au creux de ses reins. Je me retenais de respirer, les dents serrées, jusqu'à ce qu'il ne soit plus dans mon champ de vision.

Pathétique ! Voilà ce que j'étais, pa-thé-tique !

Et l'arrivée de mes règles, le lendemain de notre dispute, n'avait rien arrangé. J'étais d'une humeur exécrable et mes hormones me donnaient chaud.

Certaines de mes cicatrices, au bout de trois jours, s'estompaient ; d'autres persistaient, à croire que j'allais les garder. Le flux de mes menstruations enfin tari, j'avais pu faire un bon footing. J'étais reboostée et disposée à inverser les rôles.

Aujourd'hui, il deviendrait ma proie. J'enfilai le top le plus décolleté que je possédais afin de lui rappeler notre voyage au septième ciel, ou aux enfers, de mardi soir. Un short en jean et mes sandales, et je gagnai la cuisine pour lui préparer ses éternels pancakes et son café.

Il m'attendait, assis sur un des tabourets de l'îlot central. Ostensiblement, il regarda sa montre. OK. Il voulait jouer.

Je sortis les ingrédients du placard et du Frigidaire, pris deux bols et les ustensiles dont j'avais besoin et commençai à énumérer d'une voix monotone :

— Six cuillères à soupe de farine, six cuillères à soupe de sucre, six cuil…

— Oh, mais elle a une langue…

Imperturbable, je repris, plus fort :

— Six cuillères à soupe de lait. Monter deux blancs en neige et les incorporer aux autres ingrédients…

— Tu me fais quoi, là ? Un cours de cuisine ?

— Puis ajoutez les deux jaunes d'œuf au mélange obtenu.

Je lui souris et plongeai mon doigt dans la mixture beige avant de le porter à mes lèvres.

— Mmm… je t'aurais bien fait goûter, mais je tiens trop à mon doigt, ironisai-je.

Ses yeux se plissèrent. Il soupira et récupéra ses béquilles pour rejoindre la terrasse.

Une vague de gaieté, inattendue, m'envahit. Et ce n'était que le début ! Je devais juste penser à ma prochaine attaque.

Après avoir cuit les pancakes et son café, je le rejoignis avec son plateau.

— Tu devrais mettre de la crème, le soleil tape fort aujourd'hui, m'avertit-il, grognon.

Sans lui répondre, je déposai son plateau devant lui et rentrai dans la maison, à l'abri du soleil. Je bus lentement mon café, les yeux rivés sur lui, analysant chacun de ses gestes. Il voulait paraître serein, mais je voyais sa tête se tourner de temps à autre, comme pour s'assurer que j'étais toujours là.

À peine eut-il fini que je récupérai son plateau, rangeai la vaisselle et rejoignis le canapé du salon pour regarder l'épisode en replay de *The Voice* de la veille.

Comme je m'y attendais, il ne tarda pas à me rejoindre. Au bruit de ses béquilles sur le carrelage, je m'allongeai de tout mon long sur le canapé. Il marqua un arrêt, puis s'approcha encore.

Il n'allait tout de même pas essayer de s'asseoir dans les dix centimètres qui séparaient mes pieds de l'accoudoir ? Si ?

Lentement, il déposa ses béquilles sur la table basse et se retourna vers moi. Il allait le faire ! Il attrapa mes chevilles avec fermeté, souleva mes jambes, puis s'assit en posant mes pieds sur ses cuisses.

Les yeux rivés sur les mains immenses posées sur mes tibias, j'hésitais à battre en retraite. Ses doigts sur ma peau… Je le remerciai intérieurement de feindre de s'intéresser à la candidate qui interprétait une chanson d'Adele, *Make You Feel my Love*. Ça ne pouvait pas tomber mieux.

I know you haven't made your mind up yet
*But I would never do you wrong**

(* Je sais que tu n'as pas encore pris ta décision.
Mais je ne te ferai jamais de mal)

Ses pouces tracèrent de petits cercles sur mes chevilles, puis ses autres doigts se promenèrent le long de mes tibias. Je ne pus me retenir de tressaillir, tant la sensation fut délicieuse.

Je perdais lamentablement mes moyens.

— Je peux te poser une question ? demandai-je pour me ressaisir.

Sans quitter l'écran des yeux, il émit un murmure qui pouvait passer pour une approbation. Ou un défi.

— Est-ce que tu comptes aussi me suivre dans les toilettes ? Je te demande ça parce que, si c'est ton intention, autant que j'utilise les tiennes, qui sont nettement plus spacieuses. Je dois juste penser à récupérer ma boîte de tampons au passage… Je suis indisposée.

Ses doigts glissèrent sur mes jambes en même temps qu'un râle dans sa gorge. Sous son hâle, je crus deviner une légère teinte rosée. Pourquoi même dans cette posture, déstabilisée, à la limite du choc émotionnel, je ne pouvais m'empêcher de penser que ce mec était l'homme le plus sexy que je connaisse ?

Je m'assis et appliquai mes doigts sur ses joues, comme je l'aurais fait pour un Ethan fiévreux. Je refrénai un rire et exprimai à voix haute mon inquiétude supposée :

— Je crois que tu es trop resté au soleil ce matin ; tu es rouge pivoine, Rick. Tu es sûr que ça va ?

Il resta immobile un instant, puis un sourire se dessina sur ses lèvres – ses lèvres dont la vue ne me laissait pas indifférente, loin de là… Pourquoi avais-je l'impression d'être faite comme un rat ? Un panneau DANGER s'éclaira dans ma tête.

— Je vois que tu es d'humeur taquine aujourd'hui. J'ai bien envie de jouer avec toi, moi aussi, *Vanille*.

Il posa un doigt sur ma lèvre inférieure.

— Je parie, reprit-il en se penchant vers moi, que cette bouche remplacera ta main sur ma joue avant demain soir. Je dirais même avant 22 heures.

Ivre de son souffle sur mon visage, mon cœur s'affola. Je croisai les bras sur ma poitrine pour me donner plus de contenance et peut-être pour me retenir de le toucher encore. Sous ses yeux bleus aussi foncés que l'océan en pleine tempête, ma tête chavirait dans tous les sens dans une chaloupe, ça n'était qu'une question de temps avant qu'elle ne s'explose contre des rochers…

— Et qu'est-ce que j'ai à y gagner ? lançai-je.

— Ce que tu veux. Tu pourras me demander ce que tu veux. Hormis les trois cent mille dollars, puisque, par ta faute, je ne les ai pas.

Je grimaçai.

— Coup bas.

— Quoi ? Le pari ? C'est pourtant simple, non ?

Son assurance en était presque déconcertante. Là, je n'avais pas affaire au Rick passionné et rêveur, je découvrais l'homme d'affaires, le futur directeur d'un des plus grands hôtels de Miami.

— Non, je parlais de l'argent.

— Tu es donc disposée à en parler ?

Ses doigts longèrent mes tibias jusqu'à mes orteils.

Il ne m'aurait pas. Il n'y avait rien à raconter. Il était tout aussi fautif que moi. S'il n'était pas parti sans explications la semaine précédente, je n'aurais sans doute jamais été tentée de tester mon attirance pour Carl. Et il pouvait en dire autant de moi pour ma sortie de lundi soir.

— Est-ce que tu as fait exprès de te retrouver par terre le premier soir où je suis sortie avec Carl ?

Ses doigts s'immobilisèrent sur mes jambes une seconde de trop.

— Tu joues ou tu ne joues pas, Oceana ?

— J'en étais sûre ! m'exclamai-je.

— On en parlera après. Tu relèves mon défi ?

Bien sûr que je le relevais. Mais il fallait d'abord que je trouve quelque chose qui l'inciterait à me laisser gagner.

— Tout ce que je veux ? (Il hocha la tête.) OK. J'accepte. Si je gagne, je veux que tu me baises avec la même intensité que l'autre soir.

Mots dangereux, qui allumèrent aussitôt une mèche dans mon ventre.

— C'est plutôt tentant, mais… Tu ne m'auras pas, Oceana. Ce que tu as à gagner est beaucoup plus alléchant. Je te le promets.

— Je t'écoute.

Il attrapa un de mes pieds et le porta à ses lèvres.

— Tu le sauras demain soir, souffla-t-il.

Je repliai mes jambes, pour me tenir le plus loin de lui et de ses lèvres aphrodisiaques. Sans laisser le choix à mon cerveau, je me concentrai sur les candidats et me mis à fredonner tant bien que mal les paroles des chansons.

— Je ne serai pas là cet après-midi, m'annonça-t-il alors que le programme se terminait.

Ça ne me plaisait pas. Alors que j'avais cherché la solitude pendant deux jours, maintenant je prenais goût à notre jeu du chat et de la souris. Savoir qu'il ne serait pas là pendant des heures provoquait déjà en moi un profond sentiment d'ennui.

— OK, dis-je en me levant pour aller éteindre la télévision.

Il m'agrippa la main et me fit tomber sur ses genoux. Je lui lançai un regard noir. Là, il ne s'agissait pas d'un jeu.

— Oceana, je dois voir Kristen.

Ne pas céder à la panique !

— Pas de souci, répondis-je avec une désinvolture bien jouée.

— Ça ne te pose aucun problème ?

— À moi, non. En revanche, ça réduit considérablement tes chances de recevoir un baiser sur la joue.

Ses yeux s'attardèrent sur ma bouche.

— J'y vais seulement parce que je veux des réponses, Oceana.

Il savait que l'idée de le savoir avec elle me rendait verte de jalousie. Mais se doutait-il que j'en venais à me demander si ces réponses ne lui feraient pas oublier que, pendant deux mois, elle n'avait pas été présente une seule fois pour lui ?

CHAPITRE 26

LA TRÊVE

Les yeux perdus dans le jardin, derrière la baie vitrée de ma chambre, j'attendais, le téléphone à l'oreille, que quelqu'un décroche.

Le soleil ne s'était pas encore couché, et quelques nuages de l'orage quotidien flottaient encore dans le ciel.

— Ethan à l'appareil !

— Ça, c'est la voix d'un petit garçon qui raffole de sucreries !

— Maman ! s'extasia-t-il.

— Qu'as-tu fait de beau aujourd'hui, trésor ?

L'entendre me réchauffait le cœur. En fermant les yeux, je pouvais l'imaginer devant moi ; je le voyais sautiller dans tous les sens, venir se blottir contre moi essoufflé de bonheur et déverser son flot de paroles contre l'une de mes joues.

— Je suis allé faire les magasins.

— Tout seul ? fis-je semblant de m'indigner.

Il éclata de rire.

— Mamie m'a acheté un nouveau cartable. Celui des Avengers !

Je souris.

— Je suis certaine que tu seras parfait pour ton premier jour d'école, mon trésor.

Je repoussai tant bien que mal la vague d'angoisse qui m'envahissait. Lundi, Ethan ferait sa première vraie rentrée scolaire. Et j'allais rater ça. J'allais rater les premiers pas vers l'école de mon fils.

— Tu ne seras pas là, conclut-il d'une toute petite voix.

Le coup de grâce. Mon cœur cessa de battre. Ma vision devint trouble. Je reculai jusqu'à mon lit, sonnée.

Je pouvais gérer mes sentiments mais, à des centaines de kilomètres de lui, je ne pouvais pas gérer les siens. Je pouvais lui crier tous les mots d'amour que je voulais, ça ne changerait rien, je ne serais pas là, et il le savait.

— Passe-moi mamie, Ethan, lui demandai-je en m'asseyant.

J'essayais de garder une voix claire mais, en réalité, ma gorge était prise dans un étau. Je me recroquevillai sur le lit. Je ne voulais pas qu'Ethan m'entende pleurer.

J'entendis résonner les talons de ma mère sur le sol.

— Que se passe-t-il ?

— Rien, répondis-je dans un sanglot.

— Nana, Ethan pleure. Qu'est-ce que tu lui as dit ?

Il pleurait et je n'étais pas là. Comme le jour où il avait été hospitalisé. Comment expliquer à un enfant de cinq ans que, parfois, cela vaut la peine de souffrir ? Que ses efforts et les miens ne seraient pas vains ?

Pour son petit cœur…

— Oh non… Maman, va le chercher, s'il te plaît.

Elle soupira.

— Ethan ! Ethan ! cria-t-elle.

Les secondes passèrent. Je me retenais de respirer. Même mes larmes avaient cessé de couler.

— Écoute, Nana, reprit ma mère chaleureusement, ne t'inquiète pas. Rappelle demain soir. Je vais essayer de le calmer et je t'envoie un message dans la soirée pour te rassurer.

Il ne voulait pas me parler. En un mois, c'était la première fois que Ethan me repoussait. Il avait raison de m'en vouloir. Je ne le verrais pas dans son uniforme bleu marine avec son sac Avengers sur le dos et son sourire plein de fierté.

Je raccrochai. Je pouvais hurler, pleurer comme une hystérique, personne ne m'entendrait. Rick n'était toujours pas rentré et, pour la première fois depuis qu'il était parti, j'étais soulagée qu'il ne soit pas là.

J'avais l'impression de m'enfoncer dans un gouffre sans fin. Ma gorge me faisait si mal que déglutir devint une épreuve. J'avais les joues en feu et la tête douloureuse. Quand à mon corps, il se convulsait de ne pas pouvoir consoler sa propre chair.

— Oceana ? entendis-je derrière la porte de ma chambre.

Rick toqua deux fois. Je m'empressai d'aller fermer le verrou.

— C'était seulement pour te dire que j'étais rentré.

Je posai mon front sur la porte et fermai les yeux.

— Je suis désolé, j'aurais dû appeler, continua-t-il.

— Je m'en fous, Rick ! criai-je d'une voix rauque.

— Ouvre cette porte, Oceana ! me supplia-t-il. Je resterai là le temps qu'il faudra.

J'imaginais ma mère avec Ethan. Il ne resterait pas longtemps prostré derrière la porte de sa chambre. Il l'ouvrirait et ma mère se mettrait à genoux devant lui pour accueillir sa petite tête blonde au creux de sa poitrine. Le visage boursouflé par les pleurs, il essuierait ses larmes du revers de sa manche et reniflerait jusqu'à ce que ma mère trouve un mouchoir en papier. Elle lui expliquerait que dans deux mois, je serais de retour et qu'il pourrait avoir un nouveau cœur. Puis elle lui préparerait un gâteau au chocolat. Mon gâteau au chocolat.

Deux mois… Je reniflai.

— Laisse-moi juste… une seconde.

J'essayais de contrôler ma respiration. De tarir mes larmes, de ne pas me laisser aller sur le sol froid et hostile.

— Oceana, qu'est-ce qui se passe ?

Je me retournai, surprise. Rick, avait fait le tour par sa chambre et se tenait debout sur ses béquilles dans l'encadrement de notre porte commune.

Je ne voulais pas qu'il me voie comme ça. Je ne voulais pas de sa pitié. Je ravalai mes derniers sanglots, les yeux brûlants.

Il s'assit sur mon lit et ôta ses chaussures, qu'il envoya valser à l'autre bout de la pièce. Ses yeux se posèrent sur mon téléphone, resté sur le lit, puis sur moi. Pas besoin de lui dire quoi que ce soit, il avait compris. Son regard grave m'effleura, telle une caresse.

— Que tu restes, ça en vaut la peine, dit-il, le visage adouci. En revanche, ça ne valait pas le coup que je m'effondre sur le sol de la cuisine juste pour me retrouver dans tes bras. Ça ne valait pas le coup que tu veuilles me rendre jaloux avec Carl. Nous avons foiré. Et j'ai commencé à foirer bien avant ça. J'ai foiré en apprenant l'existence d'Ethan et j'ai même foiré avec Kristen !

Est-ce que je devais prendre ça pour des excuses ?

Je pris des mouchoirs dans ma table de nuit et me mouchai.

— Ça ne me plaît pas tellement que tu sois sur mon lit, lui fis-je observer, le nez encore bouché.

— Qu'est-ce qui s'est passé avec Ethan ? demanda-t-il.

— Je… je ne serais pas là pour sa rentrée scolaire.

Il me regarda. En souriant.

Me voir dans cet état, le visage boursouflé de larmes, l'amusait ! C'était le comble. J'aurais misé sur la compassion, voire la pitié, mais pas sur la dérision ! Je fronçai les sourcils, agacée par son manque de tact.

— Il y en aura d'autres. Ça en vaut la peine, Oceana. Ne lâche pas maintenant. Je serais même prêt à parier un sourire de ta part avant demain soir.

Pourquoi était-il si sûr de lui ?

— Maintenant que tu as ta réponse, tu peux peut-être bouger de mon lit, attaquai-je.

— Mon lit, tu veux dire, rétorqua-t-il sur le même ton. J'en ai marre du lit médicalisé.

Je n'avais vraiment pas envie de jouer au chat et à la souris. J'attrapai mon oreiller et mon téléphone. J'allais feindre de vouloir dormir ailleurs. Peut-être aurait-il pitié de moi, alors ?

— Reste, implora-t-il. Il est assez grand pour qu'on se le partage.

Non, je ne passerai pas la nuit avec lui.

— Tu sais très bien que ce truc entre nous ne nous laissera pas dormir chacun de notre côté.

— Tiens ? M. Truc est revenu…

Ses yeux pétillèrent et un sourire ravageur naquit sur ses lèvres. Comment faisait-il pour me faire… *ça* ? Comment osait-il être si sexy ?

— Il a eu un nouveau bébé, grimaçai-je. Un quatrième A, le pauvre. A-ni-mo-si-té !

Rick gloussa. Je lui envoyai le coussin en plein visage. Il fit mine de tomber à la renverse sous le choc, et je me laissai aller à sourire à l'abri de son regard.

Il roula sur le côté, tendit le bras, me subtilisa mon téléphone et le posa sur la table de chevet.

— Viens là, Oceana, me supplia-t-il. Faisons la paix. Juste pour ce soir.

Paix ? Juste pour ce soir ?

— Pourquoi ? Tu as voulu l'embrasser et elle t'a repoussé ?

Son sourire disparut.

— Je ne suis vraiment pas d'humeur à me prendre la tête avec toi. J'ai même envie de dire : surtout pas avec toi.

En réalité, ce soir, il avait l'air tout aussi affecté que moi. Il s'était passé quelque chose avec Kristen. Avait-il eu ses réponses ?

Au plus profond de moi, je savais que ce qu'il me proposait n'était pas une solution. Faire comme si rien n'existait, ni passé ni futur. Faire comme s'il était le dernier mâle et moi la dernière femme sur Terre. Mais une autre vérité me sautait aux yeux. Sa seule présence me tirait du puits noir et profond dans lequel, quelques instants auparavant, je me débattais.

Je soupirai.

— Je m'en veux pour Ethan et je me déteste de te céder aussi facilement.

Je m'allongeai à côté de lui, les mains sur mon ventre, et fixai le plafond qui se teintait d'orangé sous les derniers rayons du soleil.

— Moi je m'en veux pour Kristen et je me déteste de ne pas pouvoir faire plus pour toi. Je me déteste aussi de t'avoir fait ça, ajouta-t-il.

Il effleura du doigt une marque de morsure juste au-dessus de ma clavicule gauche. Je tressaillis à son contact.

— Je t'ai fait mal. Je suis désolé.

Frénétiquement, je secouai la tête et mordillai l'intérieur de ma joue, la respiration coupée. Mon cœur commençait à s'affoler dans ma poitrine. J'avais envie de lui dire que sa baise brutale ne m'avait pas déplu, que je n'avais plus mal et que je lui avais en partie pardonné.

Sa bouche caressa ma peau lésée. Une, deux, trois secondes, peut-être plus.

— Tu n'as pas le goût de vanille, s'indigna-t-il en se léchant les lèvres comme s'il ne voulait pas perdre une miette d'un délicieux repas.

— As-tu déjà mis de la crème sur une plaie ? le provoquai-je.

Il grimaça, comprenant ma répulsion à me tartiner le corps !

— Je veux recommencer.

— Qu'est-ce qui s'est passé avec Kristen ? interrogeai-je pour détourner le cours de ses pensées.

Il déposa un fugace baiser sur une des marques qui persistaient dans mon cou, puis retira son polo, le lança à travers la chambre et se laissa tomber à côté de moi.

— Je n'ai pas tellement envie d'en parler, siffla-t-il.

Je me redressai sur un coude et scrutai son visage.

— Pas parce que je ne veux pas te le dire, mais parce que j'ai du mal à croire ce qu'elle m'a raconté, reprit-il plus calmement.

Il savait où les secrets nous avaient menés. Pas besoin de lui faire un dessin.

— C'est insensé, continua-t-il, les yeux dans le vague, comme s'il essayait de reconstituer la scène dans sa tête.

S'il n'y avait pas eu cette histoire de pari, j'aurais embrassé sa joue pour détendre son visage torturé. Je décidai donc de me blottir contre lui. Nous avions décidé d'une trêve, après tout…

Il posa son bras sur mon épaule tout en plongeant son nez dans mes cheveux. Ses muscles se relâchèrent.

— Oceana, je ne veux pas en parler parce que je ne veux pas que tu me détestes, toi aussi.

— C'est si affreux que ça ?

— Je te l'ai dit, je me déteste.

Je parcourus l'une de ses cicatrices du bout des ongles. Ses abdominaux se contractèrent.

— J'ai du mal à croire que tu puisses être aussi ignoble que ce qu'elle t'a laissé entendre, murmurai-je.

Il récupéra ma main baladeuse et la porta à sa bouche. Je sentis ses lèvres se retrousser. Il aimait que je touche ses cicatrices. Moi aussi, je les aimais ; sans elles, je ne l'aurais jamais connu.

— Tu sais que la trêve n'est que pour cette nuit, le menaçai-je.

Je repris le dessin de ses entailles. Parfaites et lisses, elles avaient pris, au soleil, une légère teinte rosée.

— Et toi, sais-tu que demain soir, en plus de m'offrir un sourire et un baiser sur la joue, tu voudras enterrer définitivement la hache de guerre ?

— Tu as un ego surdimensionné ! m'indignai-je.

— Non. Ça, c'est Carl, me fit-il remarquer avec amertume.

Après nos deux rendez-vous, je n'étais plus certaine que ce soit vrai. J'avais plus l'impression qu'il avait érigé un énorme mur autour de lui, pour ne pas se laisser approcher, ou peut-être pour ne pas avoir d'attache.

— Tu sais, je n'ai pas vraiment fait exprès de tomber, l'autre soir. Je me suis fait prendre à mon propre piège ! J'ai voulu m'asseoir par terre pour te le faire croire, sauf que j'avais réellement oublié de mettre les freins. Le fauteuil a glissé, il s'est dérobé sous mon poids, et je me suis retrouvé par terre.

J'eus un haut-le-cœur en revoyant l'expression de répulsion sur son visage quand je l'avais approché.

— Tu avais si peu confiance en moi ?

— Dois je te rappeler que tu l'as embrassé ce soir-là ?

— Je voulais seulement savoir si j'étais attirée par lui ou si je voulais te rendre jaloux.

— Et ?

— Rien.

— Tu mens.

Si je lui disais que j'avais aimé, il deviendrait enragé. Si je lui disais que c'était seulement pour le rendre jaloux, j'étais certaine qu'il répliquerait par un « Pourquoi as-tu recommencé, alors ? ».

Coincée, je me penchai vers son oreille et murmurai d'une voix langoureuse :

— Carl embrasse délicieusement bien. Je n'ose même pas imaginer ce qu'il saurait faire avec cette bouche, *ailleurs*.

— Oceana… gronda-t-il.

— Et que dire de sa langue… Ah !

Rick avait renversé la situation dans tous les sens du terme ; à présent, il m'écrasait de tout son poids.

— Je crois que je vais te laisser gagner demain ! me menaça-t-il.

Je ressentais chaque tension de son corps, sa main agrippée fermement à mon poignet, ses pectoraux appuyés sur mon buste, son biceps tendu sur mon bras fin, la fureur de son regard planté dans le mien.

— Sache que la seule chose qui me retient de lui casser la gueule, ce sont les trois cent mille dollars, alors ne joue pas avec mes nerfs.

— Il m'appelle *la vanille de Rick*. Alors je pense que tu n'as aucun souci à te faire avec lui, Dracula. Même si je le suppliais, il ne ferait rien d'autre avec moi. Il a bien trop peur de toi et il tient bien trop à votre amitié.

— Tu te trompes. Il a peur de toi et il tient à toi ! Et tu n'aurais pas besoin de le supplier…

— Tais-toi, Rick, me hâtai-je de dire en posant mon index sur sa bouche.

— Tu sais ce que ça veut dire, chuchota-t-il avec malice.

Il allait m'embrasser !

— Je croyais que nous devions seulement dormir…

— Exact. Mais comme toute personne bien élevée, je vais te souhaiter une bonne nuit.

CHAPITRE 27

SURPRISE

Rick n'avait toujours pas gagné son pari. Il était un peu plus de 19 heures, je tenais le bon bout. Pourtant, son sourire s'élargissait à mesure que l'heure approchait. Ce n'était pas normal.

Je ne lui avais presque pas adressé la parole de la journée : la trêve était finie. Lui, en revanche, m'avait cherchée toute la journée. Ou plutôt avait cherché à m'énerver, à me faire craquer, à me faire rougir, à me faire rire.

Il y était presque arrivé au supermarché. Il s'était précipité dans la galerie marchande, prétextant vouloir renouveler sa garde-robe. Puis il m'avait rejointe à la sortie des caisses avec un vigile. Feignant de ne pas me connaître, il avait fait croire à l'énorme barracuda en costard qu'il m'avait surprise dans un rayon, en train de fourrer un soutien-gorge dans mon sac à main. J'avais dû suivre le vigile jusqu'au poste de surveillance de la galerie marchande pour en déballer le contenu et prouver ma bonne foi. L'homme s'était confondu en excuses.

Par vengeance, j'avais envisagé d'avancer mon rendez-vous avec Carl à ce soir. Mais finalement, je m'étais résignée. Mon silence semblait le troubler et l'intriguer.

— Comment fais-tu ? me demanda Rick en enfournant la dernière cuillerée de sa salade de fruits dans sa bouche.

Pour me retenir de t'étrangler ?

Pas bien compliqué. Je fixais son cou bronzé et je me disais que je préférais y nicher le bout de mon nez plutôt que de l'entourer de mes mains – de toute manière, je ne réussirais jamais à en faire le tour.

— Oceana, je t'en supplie, parle-moi.

Pour t'insulter ?

Je haussai les épaules. Non. Je préférai afficher un sourire en coin pour le frustrer.

Heureusement, dans quelques heures, le pari prendrait fin. Je n'aimais plus ce jeu du chat et de la souris. J'avais envie de le frôler, de me jeter dans ses bras et de plonger tête la première dans le bleu océan de ses yeux.

— C'est ridicule. Tu m'as pardonné pour ce que je t'ai fait, je le sais.

Ah bon ? Il m'avait fallu porter un foulard en plein été pour camoufler les marques de mon cou, succomber à la chaleur étouffante du climat tropical, me noyer dans ma transpiration et prendre mon mal en patience pendant presque trois heures dans le supermarché. Ah ! C'était certain, je lui avais pardonné !

— Tu as eu des nouvelles d'Ethan ?

Je me retournai vivement vers lui, la bouche pincée. Ma mère m'avait envoyé un message, tard la veille au soir, pour me certifier qu'Ethan allait bien, que l'orage était passé et qu'elle m'appellerait le lendemain. Il le savait déjà puisqu'il m'avait lu lui-même le message dans mon lit.

— Je vais prendre une douche, l'informai-je d'une voix neutre.

— Ah ! s'exclama-t-il, les yeux pétillants.

— Seule, précisai-je.

Curieusement, je ne lus aucune déception sur ses traits.

Je lavai rapidement la vaisselle, tout en me retenant de lui demander de me rejoindre, finalement.

— Je serai dans mon bureau, annonça-t-il en prenant la direction du couloir.

J'étais certaine qu'il manigançait quelque chose.

Je fonçai à la douche, presque pour le fun. Il fallait que je lui fasse perdre ses moyens, que je le déstabilise. Et j'avais ma petite idée sur la manière dont je devais m'y prendre.

En petite culotte, je me faufilai jusqu'à sa penderie et en récupérai deux accessoires indispensables. La chemise blanche et la cravate. Sa chemise blanche et sa cravate… celle de la soubrette et de notre première fois. Je tendis l'oreille : son rire me parvint.

Curieuse, je pris le couloir et m'arrêtai devant la porte du bureau.

— Oui. Elle est sortie de la douche.

Avec qui parlait-il ?

La sonnerie de mon téléphone me fit sursauter. Dans un sprint, je rejoignis ma chambre pour répondre.

Maman.

J'étais peut-être curieuse, mais j'avais des priorités dans la vie. Ou plutôt j'en avais une seule : Ethan.

— Allô ! répondis-je, essoufflée.

— Bonjour, Nana. Ça va ?

La voix enjouée de ma mère me fit comprendre que tout allait bien de son côté.

— Oui, maman. Comment va Ethan ?

— Très bien, ne t'inquiète pas. Il sait que tu fais tout ça pour lui. Et, comme toi, il a besoin de craquer.

Sauf que moi, j'avais trouvé une nouvelle manière d'évacuer mon stress. Rick et le grand pouvoir du truc.

— Je ne lui reproche rien, c'est plutôt moi qui culpabilise de ne pas être là.

J'évitai soigneusement de fermer les yeux, par peur de voir apparaître l'image d'Ethan habillé en petit écolier.

— J'y serai, me réconforta-t-elle. J'ai posé la matinée et je prendrai des photos.

— Qu'est-ce que vous avez fait aujourd'hui ?

— Je l'ai emmené à Rockaway Beach.

Surprise, je fronçai les sourcils. Ethan était peut-être un amoureux de la nature, mais s'il y avait quelque chose qu'il n'aimait pas trop, c'était la plage et les baignades dans l'océan.

— Il a aimé ? Non. Ne me dis rien. Passe-le-moi, je veux qu'il me raconte…

— Ne quitte pas, dit-elle avec un léger gloussement.

— Maman !

— Coucou, petit cœur, dis-je tendrement.

— Coucou, maman.

Ça n'était pas comme d'habitude. Comme s'il était occupé à faire autre chose, et qu'il n'arrivait pas à se concentrer en même temps sur ma conversation et son activité. En temps normal, il racontait sa journée en détail. Là, il se taisait.

— Qu'est-ce que tu fais ?

— Ça, c'est une surprise.

Mais qu'est-ce qu'ils avaient tous avec les surprises !

— Ah bon ?

J'entendis un froissement dans le téléphone, comme s'il couvrait le combiné de sa main, puis une voix masculine au loin.

— Qui est à la maison, Ethan ? questionnai-je.

— Mamie et moi.

Sa réponse sonnait comme une évidence. J'étais pourtant certaine d'avoir entendu un homme.

— Tu regardes la télé ?

— Non, maman. Je t'ai dit que je préparais une surprise.

— Ethan, passe-moi mamie.

— Rick me dit de te dire qu'il faut que tu le rejoignes dans son bureau.

— Rick ? Je… Quoi ?

— Il faut que tu ailles dans son bureau, répéta Ethan, amusé.

Rick. Bureau. Ça n'avait pas de sens. Comment Ethan pouvait-il savoir qui était Rick – et surtout qu'il était dans son bureau ?!

Je me précipitai dans le couloir.

— Maman ? Tu es toujours là ?

Je tournai la poignée et pénétrai dans le bureau.

Rick passa la tête sur le côté de son écran d'ordinateur et son sourire s'agrandit quand il m'aperçut. J'avais l'impression de le revoir lors de ses premiers pas dans la piscine. Le visage illuminé par la joie.

— Elle est là, dit-il en fixant l'écran.

— À qui parles-tu ? demandai-je dans un murmure.

— Je te laisse le soin de venir le découvrir par toi-même.

Il recula son fauteuil du bureau pour me laisser la place devant l'ordinateur. Je détachai le téléphone de mon oreille et laissai tomber mon bras contre ma cuisse

— Elle est où ? Je ne la vois pas !

J'aurais pu reconnaître parmi des milliers d'autres la petite voix qui sortait des enceintes de l'ordinateur.

Il était là.

Mes yeux se remplirent de larmes si rapidement que ma vision devint trouble. Mes jambes se mirent à flageoler. Sans comprendre ni comment ni pourquoi, je me retrouvai sur les genoux de Rick.

— Maman ! hurla Ethan.

Il était là, les joues rougies, un sourire aux lèvres et les yeux étincelants.

Du bout du doigt, je touchai l'écran et dessinai le contour de son visage. Il était là. Un mois que je ne l'avais pas vu sourire, crier, sauter, s'animer ! Comment était-ce possible ? Où ma mère avait-elle trouvé cet ordinateur ?

— Rick ? Qu'est-ce qu'elle a, maman ? demanda-t-il en fronçant les sourcils.

Rick se racla la gorge.

— Elle est surprise. Ça a marché, bonhomme.

Je frissonnai sur le *bonhomme*.

— Moi, quand on me fait une surprise, je saute comme un kangourou, répondit-il.

Oui. Il avait raison. Et il ne m'avait jamais vue perdre mes moyens. Le ventre vibrant de papillons, le cœur soudain aussi léger qu'une plume, j'affirmai d'une voix éraillée :

— Je vais bien, mon trésor. J'ai juste du mal à croire que tu sois là.

Un sourire malicieux naquit sur ses lèvres. Je fondis comme neige au soleil.

— Tu sais quel jour on est ?

Je secouai la tête.

Je vis la main de Rick pousser un petit gâteau au chocolat sur le bureau ; ma mère apparut alors avec un autre gâteau surmonté d'une bougie.

— Qu'est-ce… Je… balbutiai-je.

Merde. Le 3 septembre. C'était mon anniversaire !

— Joyeux anniversaire ! crièrent ma mère et Ethan si fort qu'ils firent grésiller les enceintes.

— Tu es contente, maman ? s'enquit Ethan.

Contente ? C'était bien mieux ! Bien plus que la caresse d'un doux soleil au printemps. Bien plus qu'un baume à lèvres sur une bouche gercée. Bien plus qu'une dose d'antalgiques contre un mal de crâne. C'était l'euphorie, le bien-être absolu.

— Je crois que c'est la plus belle surprise de toute ma vie ! Merci.

— Fais semblant de souffler, maman, je t'aide, s'excita Ethan.

— D'abord un vœu, mon trésor !

Je fermai les yeux quelques secondes, feignant de trouver quelque chose à souhaiter. Mon choix était vite fait. Son cœur. Je hochai la tête pour l'avertir que j'étais prête et m'approchai de l'écran. Au moment où je mimais une bouche en cœur, Ethan souffla ma bougie.

— Désolé. Je n'avais pas de bougie, murmura Rick dans mon dos.

Je jetai un coup d'œil dans l'angle de l'écran, là où une petite fenêtre reflétait ce qu'Ethan et ma mère voyaient de nous. Le bureau dissimulait mon corps à partir de ma poitrine.

J'étais presque soulagée de savoir que ma mère ne verrait pas mes jambes nues.

J'attrapai une des mains de Rick et la posai sur mon ventre. Cet écran d'ordinateur valait toutes les bougies d'anniversaire. Il méritait amplement son bisou sur la joue. Après cette conversation vidéo…

— Raconte-moi Rockaway Beach ! m'exclamai-je.

— J'ai vu des surfeurs ! Je voudrais essayer, moi aussi, comme Rick.

Comment ça, *comme Rick* ?

— C'était comme tu m'avais raconté, dit-il à Rick. Je me demande comment ils font pour tenir sur la planche autant de temps. (Il regarda vers la cuisine.) J'ai essayé sous la douche sur un des plateaux de cuisine de mamie, j'ai failli tomber, chuchota-t-il.

J'imaginai les cheveux d'Ethan rougis de sang, sa tête heurtant le carrelage de la salle de bains.

— Il ne faut pas faire ça sans une grande personne, Ethan, le sermonna Rick en dissimulant un rire.

Je repoussai mon envie d'en savoir un peu plus sur ce que Rick lui avait raconté et surtout à quel moment il l'avait fait, et lui promis :

— Je te rapporterai une vraie planche de Miami et on avisera l'année prochaine. Mais promets-moi de ne plus recommencer sous la douche, Ethan.

— D'accord, dit-il en haussant les épaules.

Ma mère déposa une part de gâteau devant lui.

— Est-ce que c'est la même ? demanda-t-il avant de déguster sa première bouchée.

— La même ?

Il avala rapidement, et ses lèvres couvertes de chocolat s'agitèrent :

— L'eau. Est-ce qu'elle est pareille qu'à New York ?

— Je… je n'en sais rien, trésor, je n'ai pas eu l'occasion d'y aller.

Je sentis les doigts de Rick se crisper sur mon ventre. Je me rappelais ce qu'il avait dit : s'il pouvait le faire, il m'emmènerait voir un coucher de soleil à Miami Beach ou nager dans l'océan avec les dauphins. Je voulais moi aussi le faire avec lui. Je serrai ses doigts pour le rassurer.

— Mais je suppose que ça doit être la même, repris-je.

— Elle est plus chaude ici, compléta Rick.

Ethan sourit avant d'avaler une nouvelle bouchée.

— La seule chose que je n'aime pas à la plage, c'est le sable. Il colle partout sur la crème !

Sa grimace me fit sourire.

— Oui, mais la crème c'est important, ça évite d'avoir des coups de soleil. N'est-ce pas, Oceana ? dit Rick.

Il ne perdait rien pour attendre.

— Tu en mets, toi ? demanda Ethan à Rick.

— Pas toujours.

— Pourquoi ?

— Je n'y pense pas.

— Pourquoi ?

— Je… euh… balbutia Rick.

Ah ! Je me retins de glousser en le voyant perdre contenance devant un enfant de cinq ans.

— Ethan ! gronda ma mère.

— Les adultes ne font pas toujours les choses comme il le faut, mon trésor, commentai-je, perfide.

Après avoir parlé une demi-heure des alligators de Floride, des ouragans et de la guérison de Rick, vint le moment de se coucher.

— Vous pourrez vous appeler tous les soirs, le rassura Rick. Je te l'ai dit, Ethan, l'ordinateur est à toi.

L'idée ne me plaisait guère.

— Je te remercie, mais…

— J'ai dit « à Ethan », Oceana, me coupa Rick.

Ma mère se retenait de rire, je le voyais. En quoi la situation était-elle risible ?

— À demain, trésor. Je t'aime. Fais de beaux rêves.

— Moi aussi je t'aime, maman. À demain, Rick !

Il m'envoya un bisou soufflé, que je rattrapai en vol pour le coller sur ma bouche et le renvoyer aussitôt.

L'écran devint noir.

Je dus prendre une grande inspiration pour me retenir de pleurer. J'allais le revoir le lendemain. Et tous les soirs, jusqu'à mon retour à la maison.

— Joyeux anniversaire, Vanille, souffla Rick dans mon dos.

Je m'affaissai contre lui. Il m'entoura de ses bras pour me réconforter. Il devait se douter que j'avais l'impression d'être tombée de mon petit nuage.

— En quel honneur, cette tenue ? demanda-t-il en faisant glisser un doigt sur une de mes cuisses.

— D'abord mes questions.

— Je t'écoute.

Je me retournai pour me placer à califourchon sur lui.

— Comment as-tu fait ? Je veux dire, nous sommes tout le temps ensemble. Tu ne m'as pas quittée d'une semelle depuis trois jours.

— Pas tout le temps, Oceana. Lundi, je suis sorti seul, tu te rappelles ? C'est à ce moment-là que j'ai commandé l'ordinateur et que je l'ai fait livrer. Et mercredi soir, j'ai testé la ligne pendant que tu étais sous la douche. Et jeudi aussi.

— Et le gâteau ?

Il soupira, ouvrit le tiroir de son bureau et en sortit un paquet.

— J'ai demandé à Carl de le livrer pendant que nous étions au centre commercial cet après-midi. Tiens, il a laissé ça pour toi.

Je grimaçai en remarquant ses sourcils froncés. Le paquet contenait un livre de recettes, *Cocktails sans alcool*. Je me mordis la joue pour me retenir de rire, mais un gloussement s'échappa néanmoins de ma gorge. Puis je reposai le livre sur le bureau derrière moi et me jetai au cou de Rick pour embrasser sa joue. Sous mes lèvres, je le sentis sourire. Il avait gagné.

— Ton cadeau vaut bien mieux qu'un livre sur les cocktails, murmurai-je à son oreille.

— Mais ça n'était pas mon cadeau. J'ai bien mieux. Enfin, je crois. Ou plutôt, j'espère.

Il ouvrit une nouvelle fois le tiroir de son bureau et en sortit une enveloppe.

— Ne te méprends pas, il ne s'agit pas des trois cent mille dollars.

Il me tendit l'enveloppe. Le cœur battant la chamade, la bouche sèche, je la pris. Qu'est-ce qui pouvait être mieux que de voir mon fils le jour de mon anniversaire et tous les autres soirs ?

Les doigts tremblants, je l'ouvris.

Des billets d'avion.

— Ça n'est qu'une semaine, Oceana, mais je me suis dit qu'Ethan avait besoin de sa maman pour sa première…

Je ne lui laissai pas le temps d'en dire plus et me précipitai sur sa bouche. Mes larmes coulaient. J'étais tellement excitée que j'aurais voulu hurler au monde entier que personne ne pouvait être plus heureuse que moi !

— Merci. Merci. Merci. Merci, dis-je contre sa bouche, en l'embrassant, en le serrant de toutes mes forces contre moi.

J'avais l'impression qu'on m'avait soulagée d'un poignard resté trop longtemps planté dans mon cœur. Comme si ça faisait des semaines que je portais un lourd fardeau.

— Je crois que j'ai gagné, murmura-t-il sous mes baisers.

Je revins à moi et me redressai.

— Hum, dis-je en hochant la tête. Tout ce que tu veux.

Il prit mon visage entre ses mains et le rapprocha du sien.

— Je (bisous) pars (bisous) avec (bisous) toi.

Je remis de l'ordre dans ma tête…

Il partait avec moi.

CHAPITRE 28
DOUTES

Je ne voulais pas me laisser envahir par le doute. J'allais assister à la première rentrée scolaire d'Ethan, grâce à Rick : il n'y avait rien à dire de plus.

Je déposai un rapide baiser sur sa bouche et me dégageai de son étreinte.

— Quel est le problème, Oceana ?

Il connaissait déjà la réponse. Il allait être le minuscule problème.

— Aucun. Je pars à New York, mentis-je.

Quand, d'ailleurs ? J'ouvris l'enveloppe tout en marquant une pause à l'entrée du bureau. Demain. Demain ! Mon bonheur balaya mes appréhensions. Je serrai l'enveloppe contre ma poitrine et fermai les yeux, apaisée. J'aurais pu faire le kangourou, comme Ethan.

— Oceana ? Ta mère est au courant, mais pas Ethan. Il nous verra à son réveil.

Nous ? Est-ce qu'il comptait dormir dans notre ridicule petit appartement tous les soirs ? Finalement le problème devenait un peu plus gros…

— Est-ce que tu es… hum… en colère ?

En colère ? Pourquoi voulait-il que je sois en colère ? Il allait me permettre d'assister à la première rentrée scolaire d'Ethan. Je le verrais pendant une semaine. Une semaine entière, où je pourrais l'emmener et aller le chercher à l'école. Six soirs à lui chanter sa berceuse, à lui lire des histoires et à le border. Six nuits où j'aurais à loisir le temps de l'admirer, dormant et souriant dans ses rêves. Six matins à me réveiller avec la douce mélodie de sa voix angélique.

Mon cœur s'emballa, et je flottai sur le carrelage, telle une bulle de savon dans les airs, jusqu'à ma chambre.

— Oceana…

Rick semblait tourmenté. Pourquoi ? Non, je voulais laisser toutes les questions en suspens, ne plus y penser. Je voulais qu'il comprenne l'état dans lequel il me mettait. J'étais heureuse et je voulais le rester.

Je déposai les billets sur sa table de chevet et me retournai. Rick avait l'air méfiant, incertain. Comme s'il pensait que j'allais exploser d'une minute à l'autre.

D'un sourire, je tentai de le rassurer. Je voulais lui dire à quel point j'aimais ce qu'il faisait pour moi, mais les mots restaient coincés dans ma gorge. J'avais si peur qu'ils se transforment en un simple *Je t'aime.*

— Reviens sur mes genoux, me supplia-t-il.

Je secouai la tête.

— Je veux juste te sentir contre moi…

Moi aussi. Mais pas sur son fauteuil. Je voulais plus que de simples baisers et de simples caresses.

— Je n'ai pas fait tout ça pour m'excuser, Oceana. J'avais tout préparé bien avant.

Avant cette nuit marquante et tumultueuse. Il aurait pu tout annuler et se contenter de l'écran d'ordinateur, après ma soirée avec Carl. Mais il m'avait tout de même offert un merveilleux séjour à New York. Et c'était seulement pour ça que je ne pouvais pas lui reprocher de venir avec moi.

— Je sais. Je ne t'en veux plus. Depuis longtemps, d'ailleurs. Je veux…

Je voulais mettre mes doutes et les siens de côté. Je voulais le serrer contre moi et lui dire à quel point je l'aimais. Et je voulais lui rappeler qu'il y avait Ethan. Je voulais qu'il flotte avec moi dans cette bulle et qu'il partage ma joie.

Il s'approcha de moi et prit ma main.

— Est-ce que tu as encore mal à tes jambes ? demandai-je.

— Pourquoi ?

— J'ai follement envie d'un bain de minuit. Avec toi. Même s'il n'est pas minuit.

Un sourire naquit sur ses lèvres, et ses yeux descendirent sur mon corps avec indécence.

— Je ne suis plus indisposée, Monsieur-qui-rougis-aux-trucs-de-filles.

— Il n'était pas question de ça. Je me disais juste que… (Il plissa les yeux.) Non. Aveu pour aveu.

— D'accord.

J'ouvris la baie vitrée et me laissai transporter jusqu'au bord de la piscine.

Le jardin était plongé dans l'obscurité. Comme pour mon premier soir à la villa, seule la lumière de ma chambre filtrait sur la terrasse. Je fermai les yeux l'espace d'un instant pour me laisser enrober par la brise chaude de l'été tropical.

J'entendis, derrière moi, un bruit que je connaissais bien. Rick avait délaissé le fauteuil pour les béquilles. Il s'approcha de moi et souffla sur ma nuque.

— On a dit aveu pour aveu…

Il était si grand, si robuste, si imposant… J'aimais cette sensation. Me savoir en sécurité et dominée. Croire que quelqu'un d'autre pouvait prendre les décisions à ma place. Pas n'importe qui : juste lui.

— Après, Rick, promis-je.

Dos à lui, j'entrepris de défaire le premier bouton de ma chemise, mais sa main me retint. Sa béquille tomba avec fracas dans l'eau.

— Garde ma chemise, murmura-t-il.

Sa voix avait pris cette intonation grave et rauque qui me faisait vibrer. Son autre béquille rejoignit la première, et ses doigts soulevèrent mes cheveux. Je dus prendre une longue inspiration pour ne pas gémir au frôlement de ses lèvres dans mon cou. Les papillons dans mon ventre volaient. Sa bouche et sa langue voguaient près de mon oreille.

— Bain de minuit, réussis-je à dire avant de lui échapper et de sauter dans la piscine.

L'eau était encore chaude du soleil de la journée. Je fis quelques brasses et remontai à la surface, essoufflée.

Rick n'avait pas bougé. Il se contentait de me regarder.

J'attrapai sa cravate que j'avais coincée dans ma culotte et la lui tendis.

— Est-ce que je dois garder ça aussi ? demandai-je, l'air de rien.

Ses sourcils se relevèrent, puis il retira son T-shirt et s'élança tête la première dans la piscine, provoquant un puissant remous.

C'était sa nouvelle technique. Il n'avait plus besoin du lève-malade et pouvait sortir de la piscine en s'aidant de ses béquilles.

J'entendis le clapotis de l'eau contre le carrelage de la piscine, je la sentis onduler autour de moi, perler sur mon visage, et ma bouche s'assécha de le savoir quelque part, immergé, à l'abri de mes regards. L'excitation naissait en moi. J'étais une proie attendant d'être dévorée.

Soudain, ses mains firent pression sur mes flancs et, alors que sa tête émergeait de l'eau, il m'attira à lui. Instinctivement, j'enroulai mes jambes autour de ses hanches et mes bras autour de son cou, serrant entre mes doigts sa cravate. Ses yeux plongèrent dans les miens et ravivèrent une intense chaleur dans mon ventre. Je m'emparai avec délicatesse de sa bouche, absorbant son souffle ardent et rapide, comme s'il s'agissait du meilleur gâteau au chocolat que je puisse déguster. Je ne voulais rien en perdre, aucune saveur, aucun arôme.

— Aveu pour aveu, dis-je enfin.

Il hocha la tête.

— J'ai peur de ce qu'il va se passer à New York.

Il me dévisagea. Oui. Il devinait. Où allait-il dormir ? Est-ce que j'allais pouvoir me passer de ses caresses et de ses baisers alors qu'il se trouverait à quelques mètres de moi ? Et surtout, Ethan comprendrait-il qu'il y avait ce truc entre nous ? Qu'en penserait-il ? Et si rien ne fonctionnait ? Et si Rick se rendait compte de ce que signifiait réellement avoir un enfant ? S'il partait ?

— Moi aussi, avoua-t-il. N'y pense pas de cette façon.

Sa bouche s'empara à son tour de la mienne. Avec autant de douceur. Comme si, pour lui aussi, je devenais la chose la plus importante à préserver sur Terre. Je sentis le carrelage froid contre mon dos. Le poids de son torse sur ma poitrine.

— À toi. À quoi pensais-tu, tout à l'heure ?

Je voulais un sursis. Je voulais me rappeler à la raison.

— Je pensais que j'avais envie de toi.

— *Avais* ? fis-je mine de m'offusquer.

— Maintenant, c'est plutôt *terriblement* envie de toi.

Je me mordis l'intérieur de la bouche pour m'empêcher de lui dire que… moi aussi. Que je le désirais tellement fort que ça en devenait presque douloureux.

— Et je ne suis même plus sûr de vouloir te voir avec cette chemise, reprit-il.

Ses mains s'évadèrent sous le tissu, remontant mes reins du bout de ses doigts, avec tant d'application que j'en imaginai le tracé.

— Et moi, je crois que je vais la garder dans cette piscine. Je garde ta chemise et ma culotte, et toi ton short de bain.

J'avais peut-être envie de lui, mais je n'étais pas stupide.

— Putain de préservatifs, lâcha-t-il.

Je hochai la tête, il avait compris.

— C'est notre seul moyen de contraception, insistai-je.

Je ne voulais pas revivre ça. Je ne voulais pas me retrouver une nouvelle fois enceinte, même si la situation pouvait être différente avec lui. Je ne prendrais pas le risque de le voir partir, ni de le voir rester par obligation.

— Demain, je me rendrai dans la première pharmacie ouverte, je leur achèterai une boîte de pilules et j'en mettrai une dans ton café tous les matins.

— L'idée me plaît bien. Je m'en occuperai moi-même en rentrant à New York.

Qu'est-ce que je venais de dire ?! C'était un peu comme si je lui promettais de voir plus loin que ces quelques semaines qui nous restaient…

— De quoi as-tu peur ?

— Je suis tellement heureuse de tout ce que tu viens de me faire vivre que je ne veux pas tout gâcher en parlant de mes peurs maintenant. S'il te plaît.

Il tourna la tête vers la chambre. Je devinai l'idée qui naissait en lui.

— N'y pense même pas, l'avertis-je d'un ton autoritaire.

— J'aimerais tant pouvoir te porter jusqu'au lit.

— Tu fais déjà tellement plus, Rick. Et je te parie que tu seras dans ma chambre avant moi. J'ai deux ou trois trucs à récupérer avant de te rejoindre.

Je m'agrippai fermement à son cou et retins ma respiration pour me laisser entraîner sous l'eau avec lui. Entre deux bulles, je lui donnai un rapide baiser et le lâchai pour sortir de la piscine.

En entrant dans la maison, dégoulinante, je priai intérieurement pour qu'il ne glisse pas sur les flaques que j'avais laissées sur le carrelage. Mon pari n'était pas raisonnable. Qu'est-ce qui l'était dans tout ça ? Il n'était pas raisonnable de coucher avec lui. Il n'était pas raisonnable de partir à New York avec lui. Il n'était pas raisonnable de laisser Ethan l'apprécier, ni de me torturer en refoulant mes sentiments pour lui.

C'était peut-être ça, mon problème. Je voulais être déraisonnée, là où je m'efforçais habituellement d'être la maman et l'infirmière idéale. Mais à New York, je redeviendrais moi-même : je ne voulais prendre aucun risque pour Ethan et j'avais peur que Rick bouleverse toutes mes règles. Un peu comme s'il devenait une nouvelle inconnue à mon équation parfaite.

Je me débarrassai de la chemise trempée dans la salle de bains et m'emmitouflai dans mon peignoir blanc. J'en sortis un autre et le laissai sur mon lit pour Rick, puis j'allai chercher une petite cuillère dans la cuisine, récupérai le gâteau au chocolat dans le bureau et terminai par la boîte de préservatifs dans sa table de chevet. Elle rejoignit la petite cuillère dans ma poche.

— Je n'ai pas très envie de goûter au gâteau au chocolat de Carl, annonça-t-il en me voyant entrer dans la chambre.

Il avait abandonné son short près de sa chemise sur le sol. Assis, le dos appuyé contre la tête de lit, vêtu lui aussi de son peignoir de bain, il avait retrouvé sa place de la veille. La lumière de ma lampe de chevet se reflétait sur ses cheveux trempés, dont le désordre me donnait envie de les discipliner.

— C'est toi qui lui as commandé ce gâteau ? interrogeai-je.

— Je sais que tu aimes le chocolat, soupira-t-il comme s'il comprenait mon manège.

— Alors on s'en fout de savoir si c'est Carl ou quelqu'un d'autre qui l'a apporté. Enfin, on s'en fout tant que je ne m'étouffe pas avec une bague de fiançailles glissée à l'intérieur.

— N'importe quoi !

Je m'installai à califourchon sur lui et récupérai la petite cuillère dans ma poche. Il empoigna mes fesses pour me rapprocher et laissa ses mains posées sur elles. J'allais devoir une nouvelle fois le nourrir, et l'idée de le faire m'excitait.

Je glissai la cuillère dans le carré de chocolat et la portai à ses lèvres. Les yeux plongés dans les miens, il goba le morceau de gâteau. Je déglutis tant l'image de ses lèvres sur le couvert me fit saliver d'envie.

— Redis-le.

— N'importe quoi ?

— Non. Ce que tu m'as dit dans la piscine.

Il réfléchit.

— Putain de préservatifs ?

Je secouai la tête, puis pris à mon tour une bouchée de gâteau. Trois chocolats. Il ne s'agissait pas de génoise, mais de mousse. Excellent et tellement léger en bouche que je ne me contenterais sûrement pas d'une seule bouchée !

— Avant ça, précisai-je en avançant la cuillère vers sa bouche.

Il feinta :

— Moi aussi, j'ai peur.

Je m'octroyai d'autorité la bouchée suivante.

— Arrête de faire l'idiot, Rick.

Il ôta ses mains de mes fesses et me subtilisa la cuillère et le gâteau.

— *J'avais* terriblement envie de toi, me nargua-t-il.

Piquée, je croisai les bras sur ma poitrine.

— *Avais* ?

Il prit un air rêveur, lécha goulûment la cuillère, puis annonça :

— Disons que ce gâteau au chocolat se révèle délicieusement bon…

La phrase de trop. Je m'emparai de la cuillère et de l'assiette et les posai sur la table de chevet.

— Puni. Plus de gâteau.

Il me prit dans ses bras et bascula sur moi. Sa cuisse s'inséra entre les miennes.

— Et que comptes-tu faire maintenant, O-ce-a-na ? articula-t-il.

— Je serais tentée d'aller dormir dans une des chambres d'amis, réussis-je à dire. Et je ne manquerai pas de fermer la porte à clé pour t'empêcher de m'y rejoindre !

Ses yeux bleus se mirent à me détailler avec lenteur, comme s'il voulait garder en mémoire ce qu'ils voyaient.

— Ça va être compliqué, murmura-t-il.

Sa main effleura ma hanche. Je ne pus m'empêcher de gémir. Sa bouche aspira la mienne. Ses doigts remontèrent sur mon ventre.

— De faire comme s'il n'y avait pas ce truc entre nous, reprit-il.

Ses caresses me faisaient presque oublier mes pensées pour New York. Presque. Ses dents agrippèrent ma lèvre inférieure. Sans brutalité.

— De faire comme si je n'avais jamais touché cette bouche…

Ses doigts défirent la ceinture de mon peignoir ; ses baisers brûlants et humides parcoururent mon cou jusqu'à ma poitrine, dont les pointes se durcirent.

— De faire comme si je ne t'avais jamais vue dans cet état.

Instinctivement, j'appuyai ma cuisse sur son membre. Il tressauta à mon contact. Mes jambes s'enroulèrent autour de lui. Mes mains se crispèrent dans ses cheveux. Je tirai dessus. Rick rapprocha son bassin du mien. Je passai mes mains sous son peignoir et le lui ôtai. Il se redressa sur ses genoux et me contempla. Mon sexe, exposé à sa vue, me brûlait. Je me débarrassai à mon tour de mon peignoir.

— De faire comme si je n'aimais pas te voir comme ça…

Je l'attrapai par la nuque pour l'attirer contre moi. Il retomba sur ses bras tendus. Nos lèvres se mêlèrent, se délectèrent du goût de chocolat qu'elles trouvaient dans la bouche de l'autre. Une de ses mains s'introduit entre mes jambes. Son pouce toucha mon clitoris.

— De faire comme si je ne savais pas à quel point tu pouvais être trempée ici…

Son ton rauque m'incendia alors qu'un de ses doigts me pénétrait lentement. Trop lentement. Pas assez loin. Je poussai sur sa main pour le lui faire comprendre. Un va-et-vient plus appliqué me fit trembler tant il était parfait. Parfait. Son autre main attrapa mon sein. Sa langue joua avec mon téton. Ses lèvres le pincèrent. La chaleur montait en moi.

— De faire comme si je ne savais pas te donner de plaisir…

Je laissai de côté mes appréhensions. Seul avait de l'importance l'instant présent. Le bruit rauque de nos respirations, l'oreiller mouillé derrière ma tête, ses lèvres passionnées sur mes seins, l'air frais de la climatisation sur mes cuisses, ses doigts pénétrant mon vagin.

— De passer outre le fait que j'aime te voir jouir…

Mes ongles se plantèrent dans son cou. Il en garderait des marques. Je m'en foutais. Rien n'était plus important que la chaleur qui irradiait de mon vagin. L'explosion m'arracha des gémissements inhumains. C'était si bon. Si bon. Je jouis intensément.

Le cerveau embrumé, les tempes battantes, j'entendis le bruit métallique de la pochette du préservatif qui se déchirait. Il se redressa au-dessus de moi et saisit son pénis d'une main pour l'enfiler. Je me demandai encore une fois comment il pouvait entrer en moi. Ma seule certitude : je le voulais en moi.

D'une main, il guida son membre jusqu'à mon antre. Je frémis en le sentant si près et passai mes jambes autour de son bassin. Lentement, délicatement, il me pénétra. Je me contractai autour de lui, reste de mon précédent orgasme, alors qu'un son guttural sortait de sa bouche.

Ses mains s'accrochèrent fermement à mes hanches, et son bassin s'agita. J'étais certaine de pouvoir grimper jusqu'au plafond tant la sensation de son membre en moi était puissante. Alors que je me cambrais pour l'accueillir plus loin, il s'immobilisa et ferma les yeux un instant.

— Doucement, *Vanille*. Je veux y aller doucement. Ça ne sera pas comme la dernière fois, OK ?

Contre toute attente, je fis non de ma tête. Je voulais qu'il soit doux et brutal à la fois. J'aimais l'animosité de ses caresses et la douceur de ses dents sur ma peau.

— Ce n'est pas une demande, *Vanille*. J'ai tellement envie de toi que tu me ferais dérailler en moins de temps qu'il ne le faudrait.

Savoir que j'avais du pouvoir sur lui décupla mon désir. Je le rendais ivre et fou de moi. Je lui faisais perdre le contrôle.

Ses mouvements voluptueux reprirent. Ses mains se firent plus pressantes sur mes seins et mes hanches. Sa bouche plus avide. Mais je voulais plus. Toujours plus.

— Qu'est-ce que tu veux, Oceana ?

Je me mordis la lèvre inférieure.

— Tu veux que je te morde ? haleta-t-il.

Je hochai la tête lentement.

— Je ne veux pas te faire mal…

La lumière de la lampe de chevet luisait sur son torse imposant, dessinant chacun de ses muscles bandés.

— Pas mal, mais vivre, susurrai-je.

Ses dents meurtrirent mon téton. Ravivant une douleur que la succion de ses lèvres effaça presque immédiatement. Je gémis, entre ses bras, sous ses coups de bassin, plus forts et plus profonds. Je brûlais.

— Encore plus, murmurai-je sans bien en avoir conscience.

Je voulais le dévorer, l'engloutir. Je voulais le sentir et ne pas l'oublier pendant une semaine. Il passa mes jambes sur ses épaules. J'étais sa vanille. Il déposa un baiser sur ma cuisse puis me pénétra avec hargne. Je m'arc-boutai sous le choc tout en gémissant « encore ». Il anima mes hanches à la rencontre de son bassin. J'étais en incandescence. J'explosai contre lui, autour de lui, sous son regard fiévreux.

— Bordel, *Vanille*, je…

Sa phrase resta en suspens après un dernier coup si puissant que je dus me mordre la lèvre pour me retenir de hurler. Il gémit pour moi, la bouche ouverte et les doigts plantés dans mes fesses à m'en faire des bleus, avant de s'écrouler sur mes jambes de tout son poids. Épuisé et essoufflé, il se laissa aller contre moi. Je l'entourai de mes bras avec tendresse, jouai avec ses cheveux emmêlés. Son cœur battait aussi vite que le mien, son sexe pulsait encore dans mon vagin. C'était divin.

— Ça ne va pas être compliqué, dis-je d'une voix rauque. Ça va être terriblement difficile. Je ne veux pas qu'Ethan sache quoi que ce soit.

— Je m'en doutais.

Il se redressa et s'assit à côté de moi.

— Je suis désolée, Rick.

Je me mis à genoux et me collai à son dos. Il tourna la tête et me sourit avec une telle tendresse que si j'avais été une boule de glace (au chocolat), je serais redevenue crème.

— Ne le sois pas, Vanille. Je ne t'en veux pas. (Il retira le préservatif et le noua avant de le jeter sur son short à l'autre bout de la pièce.) J'ai juste peur que cette semaine avec Ethan change les choses.

— Qu'est-ce que tu veux, toi ? osai-je demander.

Je dégageai du bout du doigt une mèche de cheveux collée sur son front. Ses yeux plongèrent dans les miens.

— Je te veux, *toi.*

Au-delà de l'envol de papillons dans mon ventre, l'angoisse me prit.

— Malheureusement, nous sommes un lot. Ethan et moi. Moi et Ethan. Tu le sais. Un enfant, ça n'est ni repris ni échangé. C'est pour la vie.

Ses doigts voyageaient le long de mes jambes.

— Oui, je le sais. Je ne te reproche pas d'avoir Ethan. J'ai juste peur de ne pas savoir gérer. J'ai juste peur de ne pas savoir et de ne pas pouvoir. Pouvoir faire ce que je veux pour lui, avec lui et pour toi. Avec toi. Pour nous.

Nous… Il avait dit « nous »…

— Laissons la semaine passer, Dieu du sexe, articulai-je avec difficulté.

Son rire emplit la chambre.

— Tu préfères peut-être que je t'appelle Monsieur-qui-rougis-aux-trucs-de-filles ? le taquinai-je, soulagée.

CHAPITRE 29
ATTERRISSAGE

Dans une demi-heure, je serai chez moi. Je n'avais pas fermé l'œil de tout le vol et j'avais passé mon temps à regarder les minutes défiler sur la montre de Rick. Si bien qu'il avait fini par la laisser sur la tablette devant moi. Bien en vue !

Nous avions récupéré nos bagages et nous attendions devant l'aéroport qu'un certain Peter, ami de Rick, vienne nous chercher.

— Nous aurions très bien pu prendre un taxi, remarquai-je.

Rick m'offrit un sourire en guise de réponse.

— Carl a plutôt bien pris la chose cet après-midi, au téléphone, ajoutai-je pour lui délier la langue.

Il n'avait pas dit un mot depuis notre départ, sauf pour me laisser entendre qu'il n'aimait pas prendre l'avion. Il était à présent sur la terre ferme, il pouvait parler ! À moins que ma mère le terrorise autant que l'avion ? Elle n'était pas un dragon. Loin de là ! À condition qu'elle ne remarque pas les marques sur ma poitrine…

— Je lui dois deux rendez-vous la semaine prochaine, poursuivis-je en feignant de regarder la route.

— C'est bien ce qui m'inquiète, murmura-t-il. Carl m'a laissé entendre qu'il t'embarquerait pendant deux jours. Pas qu'il viendrait te chercher deux soirs d'affilée !

J'accusai le coup. Deux jours avec Carl.

— Bizarrement, je ne suis plus le seul à avoir laissé ma langue à Miami, rétorqua-t-il. Bon, il est là.

Qui ça ? Carl ?

Je fus rassurée de constater qu'il s'agissait seulement de Peter.

— Vous devez être Oceana, me dit-il en me tendant la main.

Il ouvrit le coffre de sa voiture et chargea les bagages. Nous y étions. Je rentrais chez moi. Une brise fraîche effleurait mon visage. Nous n'étions plus à Miami, mais bien à New York.

Je pris place à l'arrière du véhicule. C'était une vraie voiture de parents. Des lingettes, une boîte de mouchoirs en papier, des emballages de bonbons et des miettes de biscuits sur la banquette, un siège auto…

— Je suis désolé, nous n'avons pas pu venir après ton accident, à cause de la grossesse de Wendy. Tu as l'air en forme, dit Peter tout en conduisant.

Peter et Wendy ? Et leur fille s'appelait Clochette ?

— Je n'étais pas non plus à l'article de la mort, éluda Rick.

Trois jours de coma, les membres restructurés en acier inoxydable, le torse et le ventre travaillé à la manière d'Octave Pixel (peintre contemporain), il n'avait jamais été à l'article de la mort. Non. Presque pas.

— Wendy voudrait que vous veniez dîner à la maison cette semaine.

— Il faut voir avec Oceana, c'est sa semaine, se défaussa Rick.

— C'est la première semaine d'école d'Ethan…

— Pour Lily, notre fille, aussi. Nous avons de la place pour le faire dormir, et puis, si vous venez en fin d'après-midi, vous ne rentrerez pas tard. Wendy sera enchantée de pouvoir enfin se rendre utile !

— Je suis certain qu'elle trouve toujours quelque chose à faire, se moqua Rick.

— Elle a refait la déco de toute la maison au moins dix fois depuis le début de sa grossesse, cuisine pour quinze personnes tous les jours – je ne monte plus sur la balance, d'ailleurs (Il tapota son ventre.) –, et j'ai peur de consulter le compte bancaire quand elle me dit qu'elle a passé sa journée au centre commercial.

Rick se mit à rire. J'aurais peut-être dû leur expliquer ce que c'était que d'être enceinte : les nausées, les hémorroïdes, les réveils incessants la nuit, les vergetures, les jambes gonflées, et je ne parlais même pas de l'accouchement !

— Quel âge a Ethan ? me demanda Peter.

— Cinq ans.

— Lily va sur ses six ans, ils devraient bien s'entendre.

Je n'en doutais pas.

J'appris durant le trajet que Wendy entamait son dernier mois de grossesse et que le bébé serait un garçon. Wendy travaillait comme décoratrice d'intérieur (avant Lily) et Peter comme chargé d'études dans un cabinet de sondages. Nous avions fixé la soirée au mercredi pour le dîner, ce qui me laisserait deux soirs auprès de ma mère. Puis nous étions arrivés. Le cœur battant à tout rompre, j'avais gravi les trois marches qui permettaient d'accéder au porche de mon petit immeuble de cinq étages, suivie par Rick sur ses béquilles et par Peter, portant le fauteuil replié.

— Vous pouvez le laisser ici, indiquai-je. J'occupe le rez-de-chaussée et Ethan ne sait pas que nous rentrons. Je ne voudrais pas le réveiller.

Je voulais surtout ne pas avoir à craquer devant un inconnu.

— À mercredi alors, je prendrai mon après-midi, nous informa-t-il en déposant le fauteuil.

Voilà. Nous y étions. Dans quelques heures, je verrais Ethan. Mon trésor. Mais là, devant la porte de mon appartement, j'avais besoin de prendre mon temps, de refouler mes larmes et d'empêcher mes mains de trembler.

— Ça va bien se passer, chuchota Rick contre mon oreille.

— Fais-moi penser à quelque chose, n'importe quoi, qui me mette en rogne ou qui me fasse rougir, tu as le choix, répliquai-je.

— Il était question de quoi avec Carl, tout à l'heure ? À quoi tu pensais ?

À tes mains sur mes hanches, ta bouche dans mon cou, ta peau sur la mienne.

— Je pensais seulement à la puissance de mon Dieu du sexe…

Il gloussa dans mon cou.

— J'aime savoir que tu penses à moi.

Il déposa un baiser sur ma nuque alors que son bassin se pressait au creux de mes reins.

Comment allais-je faire pour tenir une semaine ?

— Ça va bien se passer, Vanille, me rassura-t-il encore.

La porte de mon appartement s'ouvrit sur ma mère. Vêtue d'une robe de chambre, elle se tenait très droite ; ses yeux verts lancèrent des éclairs à Rick.

— Miami reste à Miami, Rick Thomas, l'avertit-elle impassible. Tant qu'Ethan est dans cette maison, je ne veux pas vous voir à moins d'un mètre de ma fille. Et pour toi c'est pareil, Oceana. Ne donne pas de faux espoirs à Ethan si tu n'es pas sûre de toi. Miami à Miami, suis-je claire ?

Rick hocha la tête en même temps que moi.

— Vous ressemblez énormément à votre frère, c'est… hum… troublant, reprit-elle, presque souriante. Entrez, vous ne comptez pas dormir sur le palier de la po…

Je l'entourai de mes bras brutalement, humant son parfum.

— Je suis contente que tu sois là, Nana.

Elle me serra contre elle. Mon cœur éclata et se rafistola aussi vite. J'étais chez moi.

— Allez, il est tard, nous aurons toute la matinée pour pleurer. Allez vous coucher, me dit-elle d'une voix éraillée.

Rien n'avait changé. L'entrée donnait directement dans la pièce à vivre. Un petit poste de TV entre deux fenêtres sur la gauche, un canapé devant, la cuisine sur la droite, nous étions loin de l'immense salon de Rick. En face, la première porte donnait sur la chambre de ma mère, celle du milieu sur la salle de bains et, pour finir, la dernière, sur ma chambre.

Enfin… mon ancienne chambre. Depuis qu'Ethan avait passé l'âge de dormir dans un lit à barreaux, je squattais le canapé et je lui avais laissé ma chambre.

— Où est Ethan ? chuchotai-je à ma mère.

— Dans mon lit. Sois patiente, Oceana, la surprise n'en sera que plus belle. Et tu sais aussi bien que moi que si tu le réveilles maintenant, il ne fermera plus l'œil de la nuit.

Mon cœur éclata une nouvelle fois : il était si près de moi, et, pourtant, je ne pouvais ni le toucher ni le voir.

— Rick ne peut pas dormir sur le fauteuil, je vais récupérer un oreil…

— Je vous ai préparé les deux lits dans ta chambre, souffla-t-elle.

— Oh.

— Pour ce soir, dit-elle avec fermeté. Demain, tu m'aideras à mettre le lit d'Ethan dans ma chambre et tu retrouveras ton canapé.

Finalement ma mère était un dragon…

Allongée dans le lit d'Ethan, je fixais le plafond. Je n'arrivais pas à trouver le sommeil. Doux mélange d'excitation, de crainte et de joie d'être à la maison.

Rick non plus ne dormait pas. Je décidai de le rejoindre. Je m'assis au bord du lit et balayai ma chambre du regard. Ethan dormait ici, mais à part un pêle-mêle de photos de sa naissance, un poster de Thor et quelques oursons en peluche, rien ne laissait penser qu'il s'agissait d'une chambre d'enfant. Mon énorme miroir, ma palette de maquillage, les photos de mes années de lycée et d'études punaisées sur les portes de la penderie…

Je me faufilai jusqu'à Rick. Il ne fut pas surpris de me voir et écarta son bras gauche pour me laisser m'installer contre lui.

— Je suis heureux de voir que tu as laissé ton merveilleux pyjama en satin à la maison.

Pour éviter toute tentation, j'avais opté pour un large débardeur en coton et un legging noir.

J'évitai de tiquer sur le mot *maison* et chuchotai :

— Et moi, de voir que tu portes un T-shirt.

Néanmoins, je faufilai mes doigts sous le tissu pour poser ma main sur son ventre. Là où mon index pouvait longer une de ses cicatrices, là où ma paume pouvait se laisser soulever par sa respiration. Il frissonna sous ma main glacée.

— J'aime beaucoup ton lit, chuchota-t-il dans mes cheveux.

— Et pourtant, tu ne dors pas.

Là. Tout était parfait. Ethan. Rick. Chez moi.

— C'est justement ça, le problème. Je t'imagine ligotée aux barreaux.

— Demain, après avoir déposé Ethan à l'école, je fonce à l'hôpital pour me faire prescrire la pilule… murmurai-je.

Voire me faire directement poser un stérilet pour être certaine de l'efficacité immédiate de ma contraception.

— Et moi, je fonce chez Hugo Boss pour acheter des cravates, me nargua-t-il.

Je gloussai contre son T-shirt.

— Hugo Boss ? Rien que ça ?

Avec des cravates à cent dollars en soie ou en satin, l'idée était plus que tentante !

— Allez Vanille, me taquina-t-il, cesse de provoquer Dieu du sexe, ça ne sera pas du goût de ta mère.

— Pourquoi tu as fait ça ? Je veux dire… pourquoi tu m'as offert tout ça ? lui demandai-je soudain.

— Parce que je… (Il soupira.)… je voulais te rendre heureuse. Je voulais te voir sourire. Comme ce jour, dans la piscine, où tu m'as vu marcher pour la première fois. Comme ce jour où nous sommes allés au restaurant. Comme sous la douche et dans le lit quand je t'appelle *Vanille*. Et tout simplement parce que je te veux, toi !

Il tapota mon nez du bout du doigt. Comment pouvait-il me dire tout ça quand il parlait de pitié avec Carl ? Je m'approchai de sa bouche, le cœur battant et soufflai :

— Je ne serai à personne d'autre qu'à toi. Tu m'as déjà, Rick.

Ses lèvres s'écrasèrent sur les miennes. Retenant mes mots coincés dans ma bouche… *Je t'aime.*

CHAPITRE 30

LE GRAND JOUR

J'avais été réveillée par le sifflement de la cafetière italienne sur la gazinière, puis par le vacarme de la chasse d'eau, et enfin par les éclaboussures de l'eau dans la douche. Si bien que je m'étais hissée toute seule hors du lit, et surtout hors des bras de Rick, pour rejoindre la cuisine. Le temps que ma mère finisse de se préparer, j'avais repris mes vieilles habitudes, en y ajoutant les nouvelles. Sur la table, il y avait les six pancakes et le sirop d'érable de mon Dieu du sexe, la boîte de cornflakes d'Ethan et deux verres de jus d'orange fraîchement pressé.

Ethan dormait toujours. Patience. Patience.

— Déjà debout ? me demanda ma mère en sortant de la salle de bains.

Vêtue de son tailleur noir, de sa chemise blanche et de son foulard rouge satiné aux couleurs de l'hôtel, les cheveux tirés dans un impeccable chignon, elle vint déposer un doux baiser sur mon front.

— Je croyais que tu avais posé ton jour ? demandai-je en fronçant les sourcils.

— Seulement si tu ne venais pas. Je m'absente déjà assez ces derniers temps. M. Thomas ne s'y oppose pas, mais certaines rumeurs courent sur mon compte.

Mon cœur se serra. Elle se servit un café.

— Je suis désolée, maman, murmurai-je.

— C'est pour Ethan. Tant que je ne perds pas mon job, je pense pouvoir survivre aux mauvaises langues.

Elle était l'une des cinq gouvernantes de l'hôtel des Thomas, avait sous sa responsabilité une vingtaine d'employés et les plus belles suites de l'hôtel. Je n'avais pas pensé que ma relation avec Rick pouvait avoir des conséquences sur son travail. Est-ce que George Thomas serait capable de la mettre à la porte pour défier son frère ? Il l'aurait déjà fait, non ?

— Vous en êtes où ? demanda-t-elle. Avec Rick ?

Prise au dépourvu, je me servis un café pour réfléchir. Je l'aimais désespérément, mais est-ce que ça suffisait ? Et lui ? Miami, c'était bien, si on oubliait disputes et quiproquos, Carl, Kristen et sa famille, mais New York… New York, c'était une réalité ! Responsabilités, prises de décisions consciencieuses et réfléchies. C'était Ethan !

— Tu ne sais toujours pas, dit ma mère face à mon silence.

— C'est un peu plus compliqué qu'un « je ne sais pas ».

— Et lui ? Qu'est-ce qu'il en dit ?

Il me voulait, moi ! C'était ce qu'il disait !

— Là, c'est un gigantesque « je ne sais pas », ironisai-je.

Elle me fixa d'un air de reproche. J'avais terriblement envie de lui dire que j'étais loin d'être insouciante, que ma décision était prise, et que je n'attendais plus que celle de Rick. Oui. Je voulais qu'il fasse partie de ma vie. Et de celle d'Ethan.

Finalement, son visage se radoucit, et elle s'approcha de moi pour m'enlacer tendrement. Je posai ma tête sur son épaule. Ça me manquait. Nos soirées et nos matins remplis de rire me manquaient.

— Ethan l'aime déjà, me dit-elle.

— Ethan aime tout le monde…

Elle rit.

— Tu marques un point. Mais il ne s'agit plus de se regarder et de parler à travers un écran, Oceana. Rick est ici. Avec vous.

— *Nous*, la repris-je avec véhémence. Il est avec *nous*.

— Lorsque Ethan aura été opéré, je veux que tu prennes un appartement, me dit-elle avec fermeté.

Elle se retourna et ouvrit le robinet d'eau pour laver sa tasse. Moi, je venais de prendre une douche froide. Mon estomac se tordit. Est-ce qu'elle venait de signer oralement une sorte de préavis d'expulsion ? Est-ce que je la gênais ? Nous avions toujours vécu ensemble.

— Je ne comprends pas très bien…

Elle soupira et se retourna.

— Nous reparlerons de tout ça lorsque tu seras rentrée. As-tu déjà préparé le déjeuner d'Ethan ?

Je secouai la tête.

— Non. Tu ne peux pas me dire ça et parler ensuite du repas de midi d'Ethan, comme si de rien n'était !

Sans répondre, elle prit le paquet de pain de mie dans le placard. Apparemment si, elle le pouvait.

— Maman…

— Oui, Nana ?

Oui. Elle le pouvait. Elle commença à préparer le repas d'Ethan. Je ne savais même plus si je devais être énervée, agacée, vexée ou tout simplement attristée.

— Suis-je une si grosse charge pour toi ?

Elle cessa un instant de beurrer une tranche de pain pour me caresser la joue.

— Oh Nana, bien sûr que non ! C'est plutôt moi qui n'ai pas ma place avec vous.

— Pourquoi dis-tu ça ? m'affolai-je.

— Oceana, est-ce que tu te verrais vivre avec Mme Thomas ?

Je me redressai au garde à vous.

— Je… Tu n'es pas Mme Thomas. Cette femme est…

— Oceana Douglas, je ne t'ai pas élevée comme ça. C'est grâce à elle que ton fils pourra être opéré. Qu'importent son comportement, son manque d'affection ou ses *a priori* sur les gens.

Elle avait raison. Même si cette mégère dépourvue de sensibilité, hautaine et… STOP !… ne m'employait plus, j'étais à Miami parce qu'elle l'avait permis. Et si j'en croyais les propos de Rick, elle aurait même été prête à lui laisser les trois cent mille dollars avant que je n'embrasse Carl.

— Rick est si… différent, répondis-je, finalement.

— Je sais. Mais il n'en est pas moins un Thomas. George Thomas peut se montrer sévère et froid ; il n'en est pas moins juste avec ses employés…

— Je ne vois pas en quoi ça va m'aider à apprécier les Thomas ! raillai-je.

Je posai mon mug sur le plan de travail. J'avais eu ma dose d'excitant pour la matinée.

— Je ne savais pas que tu les détestais… Ce que je veux te dire, c'est que tu connais Rick depuis peu de temps. Tu ne sais pas comment il se comporte lorsqu'il se retrouve avec des personnes du même rang social que lui. Tu n'es pas toute seule dans cette histoire, il y a…

— Ethan, la coupai-je froidement. Je le sais. Alors quoi ? J'aurais dû refuser cette semaine à New York et passer à côté de la première rentrée scolaire d'Ethan parce que Rick m'accompagnait ?

Ses traits se radoucirent.

— Bien sûr que non. Mais si vous décidez de construire quelque chose ensemble, tu ne pourras pas faire comme s'il n'était pas un Thomas ! Tu ne pourras passer outre le fait que vous ne faites pas partie du même milieu.

J'envisageais de m'enfuir. Oui. Courir sous la douche, m'habiller et m'engouffrer dans la chambre de ma mère pour réveiller Ethan. Le seul fait de penser à lui me détendit. Ethan.

Je soupirai et murmurai :

— Mais je ne m'attache pas à ça, maman. Je ne veux pas de Rick pour son argent ou son statut social.

— Toi. Oceana. Mais peut-être pas lui. Je te connais. Même s'il n'accorde aucune importance à tout ça, est-ce que tu le laisseras se séparer de sa famille pour toi ?

Voilà. Elle l'avait installée dans ma tête. La culpabilité. Et le pire, c'est qu'elle avait raison. Comme d'habitude. Non. Je ne voulais pas que Rick coupe les ponts avec sa famille. Je ne savais que trop bien ce que c'était de vivre sans père.

Un raclement de gorge nous fit tourner la tête. Rick, se tenait sur ses béquilles à l'entrée de la cuisine. Depuis combien de temps était-il là ? Qu'avait-il entendu ?

— Bonjour, murmura-t-il timidement.

Je dus me mettre un coup de pied aux fesses pour me secouer. Waouh. Rick était dans ma cuisine. Dans cette minuscule cuisine, à peine plus grande qu'un des placards de sa villa.

— Bonjour, Rick, dit ma mère d'une voix enjouée. J'espère que vous avez bien dormi.

Une fraction de seconde, ses yeux bleus glissèrent sur moi. Je rougis instantanément. Dormir n'était pas le bon mot. Je m'empressai de lui servir un café dans *mon* mug et y ajoutai quelques gouttes de lait.

— Bien… mais pas assez, dit-il.

Je posai le mug sur la table.

— Tiens, comme tu l'aimes. Sers-toi, je vais prendre ma douche.

Vite, avant que ma mère n'aborde d'autres sujets délicats.

Sourire sur les lèvres, le souffle coupé, les doigts tremblants et les larmes au bord du précipice, j'y étais. Enfin.

La chambre était plongée dans l'obscurité, et je devinai seulement la présence d'Ethan à la petite forme ronde sur le lit. Lentement, le corps si léger qu'il m'aurait permis de marcher sur des œufs sans les casser, j'avançai et m'arrêtai au pied du lit.

Je me liquéfiai devant son visage si paisible. La joue écrasée contre l'oreiller, la bouche entrouverte, allongé sur le ventre, Ethan serrait fermement contre lui son doudou Captain America.

C'était comme dans mes rêves à Miami et mes souvenirs à New York. Ses boucles blondes déposées telle une caresse sur son visage, ses petits doigts, sa peau blanche et parfaite dont je sentirais la douceur dans quelques secondes, et tout le reste. Ses lèvres roses. Ses longs cils. Son petit nez retroussé. Son odeur. Ses bras.

Regarder mon enfant dormir, c'était un exquis mélange entre le frisson dans le grand huit et la sérénité d'un champ de coquelicots au printemps. C'était prendre conscience que cette vie devenait une prolongation de la mienne. C'était m'imaginer que j'étais l'auteur d'un chef-d'œuvre. C'était me dire que mes cellules avaient fait les siennes. C'était me rappeler que les choses les plus simples étaient aussi les plus belles.

Je m'agenouillai, les yeux noyés de larmes et le souffle coupé.

— Ethan… soufflai-je, la gorge nouée.

Je vis ses yeux s'ouvrir instantanément. Pas le temps de dire ouf, waouh ou Ethan : son petit corps m'avait percuté, me faisant tomber à la renverse sur le parquet.

Entre deux sanglots – les miens, les siens –, je refermai mes bras sur lui.

— Maman ! Maman !

J'étais là. Étendue sur le sol, mais surtout ailleurs dans ses cheveux et les bras sanglés autour de lui. Il était là, lui aussi. Blotti contre moi et les doigts fermement agrippés à ma nuque.

— Je suis là, trésor.

Ses larmes chaudes coulaient dans mon cou. Instinctivement, je le berçai pour l'apaiser. Il était là. J'étais là. Rien d'autre ne comptait. C'était plus divin que le meilleur gâteau au chocolat du monde et plus puissant que l'envol d'un milliard de papillons. Je sentais la pression de ses doigts dans mon dos. Les yeux fermés, je pouvais presque dessiner leurs contours parfaits. Je sentais la chaleur de ses bras sur mes épaules, la douceur de sa peau sur la mienne.

Je dus l'embrasser des milliers de fois pour me persuader qu'il était bien là, dans mes bras. La bouche sèche, comme si toute ma salive avait servi à alimenter mon canal lacrymal, je gloussai dans ses cheveux :

— Tu m'aides à sauter comme un kangourou ?

— Elle est plus mieux ta surprise, maugréa-t-il contre moi.

Cette petite voix…

— C'est celle de Rick, chuchotai-je.

Il se redressa, plongeant ses yeux gris dans les miens avant de coller sa joue contre la mienne.

Il se défit une nouvelle fois de moi et plissa les yeux avant de dire dans un hochement de tête :

— On l'appellera ce soir avec la petite caméra, pour lui dire merci.

— Tu n'en auras pas besoin. Il est dans la cuisine.

Il sauta sur ses jambes et partit en courant vers le salon.

— Riiiiiick !

Oui, ma mère avait raison. Ethan l'aimait déjà. Si ça ne marchait pas, il souffrirait autant que moi. Je laissai mes doutes et ma culpabilité de côté et, le cœur vibrant de papillons, je le suivis. Dans la cuisine, Ethan était accroché aux jambes de Rick.

— Attends, *bonhomme*, gloussa ce dernier, en perdition avec ses béquilles.

— Doucement, Ethan ! le gronda ma mère.

Je m'appuyai contre l'encadrement de la porte, la respiration coupée et les jambes flageolantes. Et si ça marchait ?

Rick posa ses cannes contre la table et souleva Ethan dans ses bras sans effort.

— T'as le droit de faire ça ? demanda Ethan, ses petits bras autour de son cou.

— Non. Maman te l'a dit, les adultes ne font pas toujours les choses comme il le faut.

— Ça va ? s'inquiéta Rick.

Je regardai la tête blonde d'Ethan, qui se mêlait aux autres enfants dans la cour de l'école. Je me dressai sur la pointe des pieds devant la grille. Là. Il était là. Je lui fis un signe de la main. Ses lèvres arborèrent un merveilleux sourire. Je fermai les yeux bien fort, pour imprimer cette image dans ma tête à tout jamais.

— Merci, soufflai-je à Rick sans détacher mes yeux d'Ethan.

Ethan rigolait avec Andrea Suamez, l'une de nos voisines. D'autres enfants descendirent en courant des bus jaunes pour rejoindre le portail de l'école. Il serait parmi eux la semaine prochaine. Tout était déjà planifié depuis des mois. Ma mère le déposerait chez les Suamez, nos voisins, avant de partir au travail, puis il prendrait le bus avec Andrea. À 15 h 30, il rentrerait avec elle et attendrait chez les Suamez que ma mère rentre à son tour. Avec l'argent économisé pour sa garde habituelle, nous avions pu payer les frais de scolarité de cette école privée, qui se trouvait à dix minutes de marche de la maison et, surtout, dans le quartier où je travaillais.

— C'est pas trop dur ? La séparation ? reprit Rick.

Séparation ? Partir à Miami était une séparation. Là, c'était mettre entre guillemets quelques heures de la journée. Cet après-midi, nous serons de nouveau réunis. Et cette nuit, il me rejoindra pour dormir sur le canapé. C'était toujours comme ça.

— Je pense que ce n'est pas le bon mot… Ethan allait à la garderie catholique avant. La seule chose qui diffère aujourd'hui, c'est le rythme scolaire.

— C'est un grand.

— Pas seulement. Il va devoir une nouvelle fois faire face à ses différences…

— Pourquoi ne pas avoir attendu, alors ?

Je souris en constatant son manque de discernement.

— Je ne peux pas le priver d'une année scolaire sous prétexte qu'il ne pourra pas courir ! Il saura s'adapter. Ethan n'a pas envie de rester enfermé dans une bulle, à l'abri de tout problème.

Rick hocha la tête. Je me glissai derrière son fauteuil et le poussai le long du trottoir en direction de l'appartement.

— C'est ça qui est difficile, pas vrai ?

Je passai derrière son fauteuil et le poussai pour rentrer.

— Là où d'autres mamans se préoccupent de savoir si les chaussures de leurs enfants sont bien cirées et leurs tenues d'écolier impeccables, s'ils n'ont pas oublié leur goûter ou leurs cahiers, moi je m'affolerai en entendant la sonnerie de mon portable et je prierai de toutes mes forces qu'il ne s'agisse pas de la directrice de l'école m'annonçant qu'Ethan a eu une crise.

Rick enclencha les freins de son fauteuil.

— Je crois que je vais rester devant ce grillage jusqu'à ce qu'il sorte.

— Ethan se vexerait. Et moi aussi, d'ailleurs…

CHAPITRE 31

BÉBÉ

La matinée avait filé à vive allure et mon téléphone n'avait pas sonné. Soulagement. Je ne pouvais pas en dire autant de celui de Rick. Le premier coup de fil avait à peine troublé sa bonne humeur ; j'avais cru comprendre qu'il s'agissait de Carl. Assis à côté de moi dans la salle d'attente de mon gynécologue, il n'avait répondu au deuxième que par phrases brèves et monosyllabes, comme « Tout à fait », « Oui », « Non », « Cette semaine », « À code », « Je ne suis pas à Miami » ou encore « Mme Thomas vous donnera tous les détails ». Son ton avait été si courtois et solennel que je l'avais imaginé en costume et chaussures cirées. Et si je n'avais pas été si angoissée par ce qui m'attendait, je me serais laissée aller à des pensées érotiques à son sujet… avec, comme accessoire, une cravate satinée.

Pour ma contraception, j'avais choisi le stérilet. Protection immédiate : je n'aurais pas besoin d'attendre le commencement d'un nouveau cycle et, avec un peu de chance, je n'aurais peut-être même plus mes règles. La pose du stérilet ne créait en moi aucune anxiété, mais mon entretien avec Green Morgan, mon gynécologue (et ami), oui. Il connaissait mon dossier par cœur, et surtout le cas d'Ethan. Et la maladie d'Ethan était mon problème, pas celui de Rick. J'aurais préféré qu'il ne soit pas là. Le lui dire moi-même ou ne pas le dire tout court.

— Tu as fait le test, Oceana ? avait demandé Morgan pendant qu'il m'auscultait.

Les yeux fixés sur le faux plafond blanc, j'avais ignoré sa tête dégarnie entre mes jambes et lui avais répondu :

— Non. Je n'en vois pas l'intérêt.

— Je crois pourtant comprendre que tu comptes refaire ta vie.

Expression débile. Refaire sa vie. Je n'avais aucune intention de la refaire, je l'améliorais. Nuance.

— Et tu vas me poser un stérilet.

En insérant le petit objet en forme de T, il avait souri à Rick, assis devant son bureau à quelques mètres derrière nous.

— Tu fais l'autruche, Oceana. Le père d'Ethan peut être porteur de la maladie. Ça ne vient peut-être pas de toi. C'est fini, tu peux te rhabiller, avait-il conclu en faisant claquer ses gants en latex pour les retirer.

— Vous pouvez m'éclairer ? avait demandé Rick.

La question était adressée à Morgan, mais je connaissais assez bien Rick pour comprendre qu'une discussion houleuse m'attendait.

— La maladie d'Ethan est héréditaire. Soit Oceana, soit son géniteur – ou même les deux –, sont porteurs de la pathologie, porteurs sains puisqu'ils ne l'ont pas développée. J'ai vivement conseillé à Oceana de faire un test de son génome avant toute nouvelle grossesse.

Voilà pourquoi je ne voulais pas d'autres enfants. Je ne me sentais pas capable d'assumer de nouveau le parcours du combattant quotidien que j'affrontais avec Ethan. C'était non. Radicalement non.

Morgan avait continué avec les sujets sensibles. Il n'avait plus été question de mon utérus ou de mon ADN, mais de mon avenir. D'après lui, je gâchais mon potentiel en continuant à travailler à domicile. Je perdais mes connaissances et mon savoir-faire. Là encore, il avait su susciter l'intérêt de Rick en lui expliquant qu'un poste, largement mieux rémunéré, n'attendait que moi dans sa clinique. Ce qu'il avait oublié de lui dire, c'était que dans cette même clinique, un certain Ben, le géniteur d'Ethan, venait faire quelques vacations. Et là aussi, c'était non. Radicalement non. Je ne pourrais jamais travailler avec cet homme.

Le silence avait plombé le reste de la matinée et malgré les températures estivales que nous offrait New York, le climat entre Rick et moi était redevenu glacial. Au restaurant chinois du coin, pas un mot, pas un regard, il s'était contenté de manger, les yeux rivés à l'écran de son téléphone. Puis, après un rapide passage au laboratoire, où nous avions laissé deux tubes de nos sangs pour des tests sérologiques, l'heure de récupérer Ethan était enfin arrivée.

J'étais de nouveau excitée et bourgeonnante de joie. J'allais retrouver mon trésor. Des écoliers dévalèrent les marches de l'entrée et se ruèrent dans les bus jaunes stationnés devant l'école, sous le regard des institutrices et des accompagnateurs. Postée près d'un des piliers en brique rouge qui servaient de support aux grilles, j'épiais chaque petite tête qui sortait.

— Ethan ! appelai-je lorsque je l'eus enfin aperçu.

Il courut vers moi, faisant ballotter son sac à dos sur ses épaules. Je m'accroupis, et il m'enlaça avec fougue. *Oui je suis bien là, avec toi,* pensai-je. Non. Ça n'était pas un rêve, j'avais bien été là à son réveil, et je le serais encore demain et jusqu'au samedi suivant. Mon cœur se serra à la perspective d'un nouveau départ. Une nouvelle séparation. De presque deux mois encore.

— Bonjour, mademoiselle Douglas, me héla une voix d'homme.

Je reconnus l'instituteur d'Ethan, M. Powell, un homme d'une trentaine d'années que j'avais rencontré lors de la journée d'inscriptions, en juin. Ses cheveux noirs et sa peau hâlée par le soleil de l'été faisaient ressortir le vert de ses yeux. Malgré sa taille et sa carrure, il paraissait timide et gêné.

Comment arrivait-il, en classe, à imposer son autorité ?

Je me redressai, lui souris et lui tendis la main pour le saluer.

— Bonjour, monsieur Powell.

Il prit ma main avec autant de délicatesse que si elle avait été en sucre, et sembla surpris de l'appui de mes doigts sur la sienne.

— Je vous rejoins, dis-je à Rick.

Celui-ci fronça légèrement les sourcils avant de tendre les bras à Ethan, qui s'installa sans hésitation sur ses genoux.

— Y a-t-il eu un problème ? demandai-je alors qu'ils s'éloignaient.

— Euh… Non… balbutia-t-il. C'était seulement pour vous dire que la journée s'était bien passée.

Il se gratta la tête, désarmé. Je ne voulais pas qu'Ethan ait un traitement de faveur et je le lui avais déjà précisé lors de notre première rencontre. Mal à l'aise, je préférai refaire passer le message avec humour :

— Si vous devez appeler chaque parent pour lui dire que tout s'est bien passé, vous risquez d'y passer la nuit…

— Je voulais simplement, hum… vous rassurer.

— Je vous remercie, monsieur Powell. Je… comment dire, vous n'êtes pas obligé de faire ça. Je vous fais entièrement confiance. (Ses lèvres fines dessinèrent un beau sourire.) Maintenant, si vous voulez bien m'excuser…

— Oh… euh… Oui, bien sûr, je ne vous retiens pas, bon après-midi, à bientôt.

Je lui souris et rejoignis Rick et Ethan.

— Qu'est-ce qu'il voulait ? grogna Rick.

— Euh… Il manquait des informations dans le dossier d'Ethan, mentis-je.

Il m'adressa un regard en biais.

— Oh ! On peut aller au parc, maman ? s'excita Ethan, toujours sur les genoux de Rick.

Celui-ci s'arrêta comme pour attendre mon accord.

— Pas en uniforme. Tu montes te changer, et je t'y accompagne, répondis-je.

Rick reprit sa course, le visage fermé, pendant qu'Ethan racontait sa première journée. M. Powell leur avait fait visiter l'école, leur avait expliqué ce qu'ils feraient tout au long de l'année, puis ils avaient joué à des jeux de présentation, qui ne l'avaient pas enchanté.

Rick nous attendit en bas de l'immeuble. Un coup de fil à passer. Ethan mit à peine deux minutes pour se changer, tant il était surexcité à l'idée de pouvoir montrer à Rick comment il escaladait les cordes des portiques.

Moi, j'étais épuisée. Pourtant nous n'avions pas fait grand-chose, à part attendre dans une salle d'attente, attendre au laboratoire, attendre au restaurant, attendre devant l'école. Il ne me restait plus qu'à attendre patiemment l'heure du coucher !

L'avantage à New York, c'était qu'il y avait des parcs dans tous les quartiers. Celui qui bordait la route en face de l'immeuble de ma mère (puisqu'il ne s'agissait plus du mien), à Brooklyn, était assez grand pour y faire un jogging. Des chemins, certains en terre, d'autres cimentés, étaient bordés de bancs. Enceinte d'Ethan, je m'y étais assise et je m'étais laissée transporter par les odeurs de feuilles mortes et de terre mouillée. L'automne était ma saison préférée à New York. Les températures restaient douces, les paysages se paraient de mille couleurs comme sur la palette de Van Gogh.

Assise sur un banc à quelques mètres des jeux, j'observai Ethan, parmi les autres enfants, escalader, grimper, sauter et glisser. Je souris malgré moi à l'énergie qui émanait de ce petit corps pourtant si fragile.

— Alors ? Il voulait quoi ? demanda Rick.

— Rien. Il voulait seulement me rassurer.

— À t'entendre, on dirait que ça te pose problème.

— S'il veut m'envoyer un texto tous les soirs, je n'y vois pas d'inconvénient, mais Ethan n'a pas besoin qu'on lui rappelle qu'il est différent de ses copains de classe.

— C'est ce que tu lui as dit ? s'enquit-il. Qu'il t'envoie un texto tous les soirs ?

Je me retins de rire.

— Bien sûr que non ! Je lui ai juste fait comprendre que je n'avais pas besoin de savoir que tout allait bien. Ethan connaît ses limites.

— Je n'aime pas ce type, bougonna-t-il.

Mais il souriait. Presque. J'avais toujours ce pouvoir sur lui. Nous en revenions toujours au même point tous les deux, nous ne savions pas nous détester.

Ethan peinait à gravir l'échelle du toboggan. Alors que deux enfants s'impatientaient derrière lui, il ne se laissa pas démonter et continua à grimper en leur criant de ne pas pousser. Je croisai les jambes pour ne pas intervenir et serrai des dents.

— Il ne va pas tarder à revenir, annonçai-je.

— Comment le sais-tu ?

— Il a les joues rouges comme s'il venait de courir un marathon, alors qu'il n'a joué qu'un quart d'heure.

Effectivement, Ethan revenait, essoufflé, vers nous.

— Ça ne va pas, bonhomme ? s'inquiéta Rick.

Il l'ignora pour me demander :

— Je peux avoir de l'eau, s'il te plaît ?

Je sortis sa gourde de son sac et la lui tendis. Il s'assit à côté de moi, tout en avalant de grosses gorgées bruyantes. Rick l'observait. Je l'avais pourtant prévenu : Ethan n'aimait pas qu'on lui fasse remarquer ses faiblesses. Il aurait préféré que Rick lui dise un truc du style « Il est aussi haut qu'un gratte-ciel, ton toboggan ! ».

— Tu sais pourquoi je n'ai pas pris mes béquilles aujourd'hui, Ethan ?

— Maman t'as interdit de marcher ?

— Non, bonhomme, comme pour toi, maman sait que je connais mes limites. Je ne les ai pas prises parce que je crains de tomber sur un trottoir, et que j'ai peur de me retrouver, une fois de plus, bloqué dans un lit d'hôpital.

Ethan sauta du banc et vint se placer devant lui. Il le toisa un instant.

— Toi, tu as peur ? demanda-t-il, peu convaincu.

Moi aussi, j'aurais eu peur à sa place. Deux mois dans un lit à dépendre des uns et des autres. Deux mois sans pouvoir toucher la terre ferme du bout de l'orteil. Deux mois à se poser des milliers de questions sur son avenir. Deux mois à se demander si ses jambes seraient capables de refaire ce qu'elles faisaient avant.

— Bien entendu, acquiesça Rick.

Ethan me regarda timidement avant de murmurer :

— Maman n'a jamais peur, elle.

Mon cœur se serra. Je ne voulais pas qu'il me voie comme ça. Qu'il pense que j'étais insensible à sa maladie. Est-ce que je m'étais trompée sur toute la ligne ? Est-ce que je devrais craquer devant lui de temps en temps ? Rick remarqua mon malaise et m'offrit un clin d'œil pour me rassurer. Loupé. Je déglutis avec difficulté.

— C'est peut-être une sorte de super-héros mais en femme, répondit-il à Ethan sur le même ton. En tous cas, même si je te fais entièrement confiance, moi, j'ai eu peur pour toi toute la journée.

Ethan grimaça. Il devait se demander, comme moi, s'il devait s'arrêter sur le mot « confiance » ou sur l'inquiétude de Rick à son égard.

— Moi aussi j'ai peur parfois, chuchota-t-il. Parce que je cours et que je n'ai pas le droit de le faire et que je risque de retourner à l'hôpital aussi.

Et là, il ne parlait pas de ses limites mais bien de *sa* peur. Comme s'il pensait qu'il n'avait pas le droit d'être effrayé. À cause de moi…

En pleine réflexion, Rick lui sourit.

— Monte, bonhomme, on va faire la course avec maman jusqu'à la maison, tu vas pouvoir courir aujourd'hui.

Ethan ne se fit pas prier. Il lui sauta sur les genoux, lui arrachant un couinement de douleur. En temps normal, j'aurai pu me laisser tenter par un sprint jusqu'à l'appartement. Mais là, j'étais noyée dans ma culpabilité. Et, en plus, une douleur lancinante dans mon bas-ventre me rappelait la pose du stérilet. Non sans mal, je me levai et fis mine de presser le pas derrière le fauteuil roulant, écoutant les cris de joie et les encouragements d'Ethan.

— Jusqu'à samedi, alors ? demanda Ethan avec tristesse.

À genoux devant son petit lit, je lui caressais le front. La veilleuse me permettait de distinguer chaque détail de son visage angélique. Les deux petites lignes blanches sur son nez, dues à ses multiples grimaces, la fossette sur son menton, ses joues rosées d'avoir trop rigolé avec Rick, ses boucles fines, ses yeux gris, ses longs cils blonds.

Je hochai la tête, incapable de trouver une meilleure réponse.

— Ça fait combien de dodos, dis ?

Je fis mine de réfléchir et dénombrai :

— Avec ce soir, ça nous fera cinq dodos et autant de matins ensemble.

Je remontai le drap sur son épaule pour le border.

— C'est pas grave si ça fait pas beaucoup. Elle est quand même super cette surprise, déclara-t-il.

Je souris à sa facilité à deviner la lumière dans les ténèbres.

— Je suis d'accord avec toi.

Je déposai un baiser sur sa joue. Elle était chaude et sentait la vanille, comme moi.

— Dis maman, tu n'es pas en colère ?

— Pourquoi voudrais-tu que je sois en colère ?

— Parce qu'il m'arrive d'avoir peur.

Je m'attendais à ce qu'il m'en parle et j'avais eu le temps de méditer sur ce point tout le reste de la journée. Je ne voulais ni le décevoir ni lui laisser penser qu'il pouvait être la cause de mes angoisses.

— Tu peux garder un secret, trésor ? (Il hocha la tête.) Surtout ne dis rien à Rick, c'est mon patient, et s'il savait ça, il n'aurait peut-être plus confiance en moi. (Il se redressa sur un coude et me sourit, partagé entre la fierté et l'amusement.) En vrai, je me fais constamment du souci pour toi, trésor. Pas seulement parce que tu es mon fils, ni à cause de ton petit cœur, mais parce que je t'aime si fort que le simple fait de penser que je ne pourrais plus te voir empêche le mien de fonctionner. Parfois, je pleure, d'autres fois je panique ou je mange des tonnes de chocolat, mais il me suffit d'imaginer ton petit sourire, de tendre l'oreille à ta petite voix ou de plonger mon nez dans tes cheveux pour savoir. Savoir que tu es là et que tu me donneras assez de courage pour oublier que j'ai peur.

Ma voix semblait lointaine tant mon sang pulsait dans mes oreilles.

— Je suis ton superpouvoir, alors ? s'extasia-t-il.

— Oui, trésor. Mon superpouvoir contre la peur.

Il se rallongea sur le flanc et attrapa ma main pour jouer avec. J'aimais ça. Il entremêlait ses doigts aux miens, glissait dessus, me caressait avec une infinie douceur. Ça me rappelait tous ces moments privilégiés lorsque je le nourrissais, d'abord au sein puis au biberon.

— En fait, je ne voudrais pas te voir pleurer, grimaça-t-il. Parce que ça me rendrait triste.

Je me mordis l'intérieur de la bouche pour ne pas flancher.

— Je suis d'accord. Allez, dodo maintenant. Je n'aimerais pas que monsieur Powell me dise que tu t'es endormi sur ton bureau demain.

Il me sourit, inconscient de mon malaise, et lâcha ma main pour serrer son doudou contre sa poitrine.

— Bonne nuit, maman, murmura-t-il, toujours souriant. Je t'aime jusqu'à la lune !

— Moi aussi, trésor. À demain.

Je me faufilai jusqu'à la porte, la refermai et m'y adossai, les yeux fermés, en relâchant chacun de mes muscles. Puis je me dirigeai vers la porte de l'appartement. Au passage, je fis signe à ma mère, qui s'était levée du canapé, de ne pas me suivre.

Je me retrouvai assise sur la première marche, sous le porche de l'immeuble. J'avais beau me souvenir du sourire d'Ethan, me rappeler le son de sa voix et la douceur de sa peau, rien y faisait. J'avais mal dans ma poitrine, dans mon ventre et dans ma tête. J'en avais assez de trop réfléchir, de trop me contrôler. J'étais épuisée.

Contemplant sans vraiment les voir les feux des véhicules qui continuaient à circuler à cette heure de la soirée, les mains tremblantes, je restais là, à attendre. Sans rien faire. Sans rien faire d'autre qu'attendre que ça passe.

Et ça ne passait pas. Au contraire. Ma vision se troubla, ma gorge se serra davantage, et ma tête me semblait prise dans un étau.

— Tu me fais une place ? entendis-je.

Je me décalai vers le centre des marches pour laisser à Rick l'espace contre la rampe d'escalier. Il passa ses béquilles devant lui et s'assit. Je me collai contre son épaule, laissant échapper un sanglot.

— Tu veux en parler ?

Je haussai les épaules. Il n'y avait rien à cacher et rien à dire, pourtant. Il ne se passait rien de grave, Ethan était bien au chaud dans son lit, à la maison, pas à l'hôpital, et, pourtant, je craquais.

— Je ne t'ai pas vue souvent pleurer, *Vanille.*

Je voulais qu'il continue de parler. Qu'il fasse taire ce vacarme dans ma tête, un bruit pire que celui des Klaxon en plein Manhattan.

— Aujourd'hui, tu m'as vraiment fait passer par tous les sentiments, murmura-t-il dans mes cheveux. D'abord la jalousie avec ce Morgan et cet instit. Puis tu m'as énervé avec cette histoire de test de ton génome. Tu m'as laissé culpabiliser pour Ethan. Tu m'as attendri avec ce que tu viens de lui dire et, maintenant, je suis désemparé de te voir dans cet état.

— Ne le sois pas. Tu es là.

Je me redressai et déposai un chaste baiser sur sa joue. Il essuya mes larmes comme s'il voulait dire : « Je suis là, oui, ne t'inquiète pas. »

— Ah ! J'ai oublié la frustration, reprit-il. J'aimerais pouvoir t'embrasser et te toucher quand je le souhaite.

— Tu aurais pu le faire cet après-midi.

— Tu passais ton temps à regarder autour de nous comme si tu avais peur que quelqu'un que tu connaisses nous voie ensemble.

Ce n'était pas un reproche, mais un simple constat.

— Je n'ai pas fait attention, je suis désolée.

— Tu es pardonnée. Après tout, ça pourrait arriver jusqu'aux oreilles d'Ethan.

Il allongea ses jambes le long des marches et plaça son bras derrière mon dos. Sa main pressa mon flanc pour me rapprocher. Je me blottis contre son torse. J'entendais les battements de son cœur, ses amples respirations. Il était là.

— Jaloux de mon gynéco ? demandai-je.

Il releva mon menton, plongeant ses yeux dans les miens.

— Oui.

— Tu n'as rien à envier à un vieux croûton dégarni ! le taquinai-je.

— Il a mis son nez dans ton intimité.

Il appliqua ses lèvres sur les miennes. Nos souffles se mêlèrent et nos muscles se relâchèrent, comme si, pour tous les deux, ce baiser devenait vital. Oui. Rick était vital pour moi, comme Ethan. Penser que je ne le verrais peut-être plus jamais dans deux mois m'était difficile, voire impossible. Je ne m'imaginais plus sans lui.

— Et cette histoire de test…

Nous devions en parler. Plus de secrets. Il agrippa ma nuque et embrassa mon front.

— C'est justement ça, le problème.

Son téléphone se mit à sonner, et je me redressai. Il regarda l'écran et ignora l'appel.

— Tu ne réponds pas ?

— C'est Kristen.

Oh. Mon cœur se fissura. Kristen. Même à plus de deux mille kilomètres de Miami, elle était encore là.

— Pourquoi tu ne réponds pas ?

Il replia ses jambes et joignit ses mains sur ses genoux, feignant de s'intéresser au spectacle de la rue.

— Parce que c'est une composante du même problème. Tu te rappelles lorsque je t'ai parlé de mes souvenirs juste avant mon accident ? (Comme s'il revivait une scène pénible, il changea de nouveau de position, allongea ses jambes, les croisa, serra les poings et secoua la tête.) Attends. Je reprends. Est-ce que tu voudras un jour avoir des enfants avec moi ?

Je redoutais cette question. Plus de secrets et encore moins de mensonges, c'est ce que j'avais décidé.

— Non. Je ne veux pas d'autre enfant. Je ne veux pas revivre tout ça.

Son regard se chargea de mélancolie.

— Tu vois, ce n'est pas le fait que tu n'en veuilles pas qui me pose problème, parce que je suis certain de pouvoir te faire changer d'avis ou d'être assez comblé par Ethan – le problème, c'est ma réaction. (Il soupira.) Ça me fait mal. J'ai l'impression qu'on m'enfonce un pieu dans la poitrine et qu'on s'amuse à jouer avec.

Je voulais lui hurler que j'étais désolée et que je l'aimais. Il reprit :

— Pourquoi lorsque tu me dis, toi, que tu n'en veux pas, je souffre comme jamais, alors que, lorsque Kristen m'a annoncé qu'elle était enceinte de moi, je n'ai pas voulu de ce bébé ?

Sonnée, j'essayais désespérément de remettre de l'ordre dans mes idées – de reconstituer l'histoire dont j'apprenais peu à peu des bribes. Ce jour-là, Kristen lui avait annoncé qu'elle était enceinte, et il lui avait dit qu'il n'en voulait pas… Il avait mal réagi. Elle s'était affolée, il avait voulu la rattraper et ils avaient eu un accident.

Un bébé. Kristen était enceinte. Ou *avait été* enceinte ?

CHAPITRE 32
ENVIE

Oceana avait quitté mon lit (ou plutôt le sien) un peu avant 2 heures du matin. Après des caresses et des baisers à n'en plus finir, elle avait délaissé mes bras pour ceux de Morphée, sur le canapé de son salon.

Nous avions parcouru les rues de Manhattan toute la matinée, juste pour penser à autre chose qu'à ce truc entre nous. Il me devenait difficile de ne pas la toucher sans bander quand sa mère était à côté, alors tous les deux seuls dans cet appartement… Nous n'avions plus de préservatifs, et les résultats de nos tests sanguins ne seraient prêts qu'en début d'après-midi. Il fallait patienter. Juste patienter.

Longtemps… En réalité, à peine les résultats récupérés, ce serait le moment d'aller chercher Ethan à l'école, puis nous partirions chez Wendy et Peter et nous ne rentrerions pas avant… *Fais chier !*

Je regardai une dernière fois l'écran de mon portable. Kristen avait cessé de me harceler. Je ne savais pas ce qu'elle voulait, mais ça attendrait mon retour à Miami. Que changerait une discussion ? Elle me l'avait déjà répété. J'avais tué notre bébé dès l'instant où je lui avais dit que je n'en voulais pas.

Je ne comprenais pas. Oceana non plus. Elle n'avait pas mal réagi. Elle avait seulement formé un O avec sa bouche, puis avait secoué la tête, les yeux fermés, pour enfin dire « Impossible ». Pourtant, Kristen avait fini par me montrer le test de grossesse, la dernière fois que nous nous étions vus, et le rapport de l'hôpital après notre accident. Avortement spontané causé par un choc à l'abdomen. Ils pouvaient appeler ça comme ils voulaient, j'avais causé l'accident qui avait tué notre bébé. Là encore, Oceana n'avait pas mal réagi. Elle ne m'avait pas non plus trouvé d'excuses, elle s'était contentée de dire : « C'est pas net. » Nous avions les mêmes impressions.

Avec Kristen, nous n'avions jamais parlé de ça. Il ne m'était jamais venu à l'esprit qu'il existait un moment particulier, pour un couple, où il fallait se poser de part et d'autre d'une table pour discuter d'avoir ou non un enfant. On ne décidait pas ça du jour au lendemain. Il fallait une raison. La mienne avait été Oceana. Bien avant ses histoires de génome et de maladie héréditaire. La question avait mûri avec Ethan. Avant de le connaître et encore plus depuis que je l'avais vu sourire.

Alors pourquoi aurais-je refusé d'avoir un enfant avec Kristen, mon propre enfant, quand celui d'un autre me procurait tant de plaisir ? Comme me l'avait dit Oceana, ça n'était pas net. Ou alors, j'avais changé. Changé à tel point qu'aujourd'hui avoir un enfant, mon enfant, avec elle devenait presque une obsession !

Je me retournai et enfouis mon nez dans l'oreiller parfumé de vanille, qu'Oceana venait de délaisser. Je m'endormis.

Une légère agitation sur le matelas me réveilla. La pénombre me permit de distinguer une petite forme au pied du lit. Ethan.

— Mamie ronfle, chuchota-t-il.

Je retins un gloussement en imaginant Madelyn, sa grand-mère, la bouche entrouverte et un filet de bave sur le menton. Je regardai l'écran de mon téléphone. Bientôt 6 heures.

Il me prit le coussin de sa mère et s'installa sous les draps avec la délicatesse d'un enfant de son âge. Autant dire que le lit devint un vrai champ de bataille.

— Rendors-toi bonhomme, murmurai-je en dégageant son visage de ses boucles blondes. Il te reste encore une bonne heure de dodo.

Il releva la tête vers moi et grimaça.

— J'ai plus sommeil.

C'était vraiment la copie conforme d'Oceana. Le même regard gris, si expressif, le même petit nez qui s'agitait au gré de ses humeurs, les mêmes cheveux et la même peau blanche. La seule chose qui les différenciait était la bouche. Celle d'Oceana était généreuse et petite, la sienne fine et large.

— Qu'est-ce que c'est ? demanda-t-il en appliquant un doigt sur une des cicatrices sur mon ventre.

Il se redressa sur un coude et approcha sa tête de mon torse.

Je commençais à connaître assez Ethan pour savoir que si je m'embarquais dans une première tentative d'explication, des tonnes de questions suivraient.

— Je te le dirai quand tu te seras rendormi.

— Tu en as d'autre ? s'enquit-il, ignorant ma réponse.

Je soupirai et tapotai de ma main son oreiller.

— Sur les jambes, répondis-je néanmoins. Dodo, Ethan. Ce soir, tu vas te coucher tard, tu te rappelles ?

Il hocha la tête et se rallongea sur le dos, les bras le long du corps.

— À mon école, je suis le seul à ne pas avoir de papa.

Je déglutis. Je pouvais lui apprendre à faire du surf, lui montrer comment faire rougir sa mère, lui trouver de nouvelles cachettes pour ses bonbons, mais le sujet paternel, ce n'était pas mon fort.

— Tu sais, Ethan, commençai-je, l'important, ça n'est pas tellement d'en avoir un, c'est surtout d'être aimé par les personnes qui nous entourent.

Il sourit. Ce sourire me faisait craquer, comme celui de sa mère. Avec ça, il pourrait acheter n'importe qui. Mission accomplie !

— Est-ce que tu m'aimes, toi ?

Merde. Nouvelle question. Nouvelle épreuve. La réponse était pourtant évidente.

— Bien sûr, bonhomme. Viens là.

Je lui tendis les bras, et il vint se nicher contre moi. La joue contre mon torse et une main sur mon ventre, il me donnait l'impression d'avoir de l'importance. Il sentait la vanille, comme sa mère. Je remontai le drap jusqu'à son épaule et l'étreignis comme pour le protéger.

— Est-ce que ce serait un mensonge si je disais à mes copains que tu es comme mon papa ?

Sa question me prit au dépourvu. Je ne m'attendais pas à ça. Il aurait pu tout aussi bien dire : est-ce que tu veux être mon papa ? Est-ce que je pouvais lui dire qu'il ne devait pas me voir comme ça ? Et moi, qu'est-ce que je voulais ?

— Ça n'est pas la vérité, répondis-je finalement. Mais je ne te gronderais pas.

Je sentis sa joue frémir contre moi. Il souriait. Si ça le rendait heureux, alors qu'il le crie à toute l'école ! Mon cœur se remplit de fierté. Deux jours avec lui, et il ne m'avait pas seulement changé, il m'avait transformé. Comme sa mère.

Sa respiration devint sifflante et légère, sa tête se fit plus lourde. Il dormait.

Des pas précipités résonnèrent sur le parquet dans le couloir. Madelyn avait découvert le lit d'Ethan vide et Oceana seule sur le canapé.

La porte de la chambre s'ouvrit ; je portai un doigt à ma bouche, pour indiquer à ma ou mes visiteuses de ne pas faire de bruit.

— Il est là, maman, entendis-je Oceana chuchoter à sa mère.

La porte se referma derrière elle.

— Laisse-le, il vient juste de se rendormir, murmurai-je.

— Désolée.

Je lui tendis la main pour toute réponse. Moins spontanée qu'Ethan, elle choisit de s'asseoir à mes pieds, les jambes entrelacées aux miennes. Ses petits pieds gelés me firent sourire. Sage décision. Qu'aurait dit Ethan s'il l'avait découverte dans mes bras à côté de lui ? Pourtant, Oceana se rapprocha. À quatre pattes, elle remonta le lit jusqu'à moi.

— Je connais mon fils, chuchota-t-elle. Un ouragan pourrait le frôler qu'il ne se réveillerait pas. Je sais aussi qu'il peut dire jusqu'à cinquante fois le mot maman dans son sommeil et qu'il ne supporte pas de dormir dans les bras de quelqu'un parce qu'il a tout le temps chaud. Ensuite il prendra toute la place, adoptera des positions digne d'un contorsionniste, pour finir bras et jambes écartés en travers du lit, et tu n'auras d'autre choix que de te lever.

À peine eut-elle finit sa phrase qu'Ethan se mit à bouger et se retourna, embarquant le drap avec lui.

Oceana sourit avec fierté.

— Debout, Rick le surfeur, souffla-t-elle sur ma bouche sans la toucher.

Une chose était certaine, j'allais surfer aujourd'hui. Mais pas sur une vague, seulement sur sa peau et sur ses lèvres !

Je récupérai mes béquilles et, avec le plus de discrétion possible, je la rejoignis dans la cuisine. Elle ne se retourna pas à mon entrée et continua à préparer mes délicieux pancakes dont je connaissais la recette par cœur maintenant. Au mouvement de ses bras et au tintement de la vaisselle, j'en déduisis qu'elle en était à monter les blancs en neige. À deux pas derrière elle, je l'observais. Ses hanches ondulaient dans ce putain de legging. Je jalousais tout ce qui avait le droit de mouler avec indécence son petit cul parfait. Moi aussi, je voulais ne faire qu'un avec sa peau, m'immiscer entre ses cuisses et y rester toute la journée et toute la nuit.

Au bruit de l'eau provenant de la salle de bains, je supposai que sa mère était sous la douche. Je me collai à elle. Elle frémit au passage de mes lèvres près du lobe de son oreille.

— Rick...

Elle ne me grondait pas. Elle ne me repoussait pas. Comme moi, elle n'en pouvait plus de se retenir. Rien n'était comme à Miami, où nous pouvions nous toucher, nous frôler, nous regarder. Ici, il y avait la crainte qu'Ethan nous surprenne et que sa mère nous sermonne.

— À quelle heure, les résultats ? haletai-je dans son cou.

Elle rejeta sa tête et s'appuya contre moi, appliquant ses fesses au plus près de mon intimité tendue, et soupira.

— 13 heures…

— Hum.

Bordel. Sa mère. Là, pour le coup, mes joues devaient être aussi rouges que celles d'Oceana. Je bondis en arrière, ce dont je fus récompensé par une fulgurante douleur dans ma jambe droite.

— Dé… désolé.

Madelyn m'ignora pour lancer un regard réprobateur à Oceana.

— Tu vois, Oceana, c'est pour cette raison que je veux que tu aies ton appartement !

Oceana m'avait vaguement parlé de ça. Moi, je n'étais pas contre. Mais je m'étais retenu de lui faire part de mon avis. Elle se mordit la lèvre inférieure et se remit à la confection des pancakes, comme si sa mère n'avait rien dit. Un sourire aux lèvres, Madelyn me demanda poliment si ma nuit s'était bien passée et s'excusa pour l'arrivée d'Ethan au petit matin.

Pendant qu'Oceana prenait sa douche, je lui offris à nouveau de se joindre à nous pour la soirée et, comme la veille, elle refusa. Néanmoins, l'explication qu'elle me donna me fit sourire. Il était question de la liberté de sa fille, de prendre ses distances avec elle et de lui laisser un semblant d'intimité. J'appréciais beaucoup Madelyn et, même si elle restait réservée sur la relation que j'avais avec sa fille, je savais que c'était réciproque.

Finalement, comme la veille, nous avions passé la matinée dans les magasins. Oceana ne se voyait pas débarquer chez Peter et Wendy les mains vides. Bougon, je l'avais suivie dans une boutique de puériculture, puis dans un magasin de jouets et, enfin, nous avions rejoint le laboratoire. Munis de nos enveloppes encore fermées, nous nous étions hâtés de retourner à l'appartement – j'étais même arrivé avant elle en haut des marches de l'immeuble, les doigts engourdis d'avoir chassé les roues toujours plus vite sur le bitume et les jambes douloureuses d'avoir fait l'effort de porter mon fauteuil jusqu'à la porte d'entrée. Je m'en contrefichais !

À peine eut-elle passé la porte qu'elle s'empressa de soulever sa robe blanche en coton.

— Non, non, non, Vanille, tu me la laisses...

L'instit l'avait lorgnée sans vergogne ce matin, laissant glisser ses yeux sur ses jambes nues avec un peu trop d'insistance à mon goût. Et je voulais me venger. Je voulais pouvoir lui dire dans une heure : « Salut connard, je lui ai enlevé cette foutue robe et j'ai embrassé chaque centimètre de sa délicieuse peau ! » En réalité, je ne dirais rien, mais les joues d'Oceana, rougies de notre étreinte, parleraient à ma place !

— Les tests, dit-elle.

Je la rejoignis assez vite pour la faire sursauter. Mes mains filèrent à vive allure sous sa robe, jusqu'à sa fine culotte en dentelle. J'embrassai sa clavicule. Elle frémit.

— Je t'en prie, fais-moi la lecture...

Putain de vanille. Ma langue glissa jusqu'à son cou. Le bruit d'un papier qu'on déchire effleura mon oreille. Première enveloppe. Un de mes doigts courut sous la dentelle, jusqu'à son clitoris, le pressa, fit de petits cercles.

— Je ne peux... haaaa, gémit-elle en fermant les yeux.

J'appuyai mon membre durci sur sa cuisse.

— Je suis certain que tu peux y arriver.

J'insérai un doigt en elle. Trempée. Elle trembla dans mes mains. Je la soulevai pour la porter jusqu'à la table, lui arrachant un cri de désespoir.

— Négatif, haleta-t-elle contre moi.

Elle ? Moi ? Peu m'importait. J'entendis le froissement de la deuxième enveloppe. Bon Dieu qu'elle était belle. Je posai mes lèvres sur son cou, descendis sur son épaule puis à la naissance de son buste.

— Négatif, haleta-t-elle une nouvelle fois.

Coup d'envoi. Comme le gong d'un match de boxe. Plus rien ne pouvait nous arrêter maintenant. Je fis glisser les bretelles de sa robe et me reculai pour l'observer. Sa poitrine enfermée dans son soutien-gorge en dentelle se soulevait rapidement. J'introduisis une main dedans. Découvrant entièrement un sein, j'effleurai de ma langue son téton durci.

— Qu'est-ce que tu veux ?

— Que tu me mordes.

Je souris avant de m'exécuter. Doucement, mais assez fort pour la faire grimacer. Et comme chaque fois, je lui offris une succion, feignant de lui aspirer toute douleur. Elle gémit, la tête rejetée en arrière, ses ongles s'enfonçant dans mes omoplates. J'aimais tant la voir dans cet état, les joues rougies, les muscles bandés, la peau parcourue de frissons. Elle croyait être ma soumise, mais il n'en était rien, j'étais son pantin, je respirais uniquement pour la sentir, je la caressais seulement pour la faire frémir et je n'existais que pour la faire jouir.

Elle me retira mon polo. En un tour de main, j'ôtai pantalon et caleçon. J'appuyai mon pénis en érection sur sa dentelle trempée. Je voulais lui faire sentir l'effet qu'elle me faisait. Un râle sortit de sa bouche, ou peut-être de la mienne, je ne savais plus bien. Je n'étais plus rien.

Elle se souleva pour m'aider à lui retirer sa culotte. Bordel. Nous y étions. Ce dont je rêvais depuis des jours se trouvait devant ma queue. Je la pénétrai dans un grognement. Là. Il était là. L'objet de mes fantasmes. L'exquise chaleur humide de son vagin. Je la sentais. Sans barrière. Sans entrave. Entièrement. Avalant mon sexe sans pudeur. Bordel, je n'allais pas tenir longtemps. C'était si bon.

— Mouillée à souhait, haletai-je.

Je l'embrassai, suçai ses lèvres, entrelaçai nos langues. Puis, à l'appui de ses talons sur mes fesses, j'agrippai ses hanches. Je m'agitais en elle. J'oubliais tout, la chaleur de la pièce sans climatisation, le bruit de la circulation et même le fait que nous étions sur la table de la salle à manger de sa mère.

À la tension de ses bras autour de mon cou, je sus qu'elle allait exploser et m'emporter avec elle.

— Pas encore, Vanille, soufflai-je en m'immobilisant. Pas encore.

De ses poings, elle pressa mes fesses avec audace, pour s'empaler plus profondément sur moi. Je devenais fou. Mais je voulais ses bras autour de moi. Je la soulevai et, sans penser à la douleur de mes jambes, la portai jusqu'à son canapé où je me laissai tomber en arrière.

Elle me dévisagea un instant. Oui. Je voulais qu'elle me chevauche. Ainsi assis sous elle, je pouvais me noyer en elle et sur elle. Au mouvement de ses cuisses, je compris ce qui m'attendait. Elle m'enfonça en elle dans un grondement. Je gémis sur un de ses seins. Observai la tension de son cou. Soutins le poids de son dos au creux de mes mains. Elle ondulait sur moi. Sa poitrine glissait sur mon torse. Tout était lisse, chaud et humide. Sa peau, son souffle, dehors, dedans. L'orgasme pointait son nez. Je grognai des « Oceana ! », haletai des « Oui ! » et soufflai des « Encore ! ». Je lâchai prise. Elle jouit avec ardeur dans mon oreille, criant des mots incompréhensibles, la bouche ouverte, les yeux braqués sur les miens. Je m'effondrai sur son épaule, le souffle court. Je ne vivais que pour elle.

Je ne regrettais qu'une chose, que sa peau ait aussi bien cicatrisé et que le hâle ait si vite recouvert mes morsures de la semaine précédente. Parce que cette robe laissait tant voir de son décolleté que le salopard d'instit aurait, en les découvrant, un bon sujet de réflexion.

Oceana, les yeux rivés sur la masse d'écoliers qui dévalait les marches de l'institution, n'y voyait que du feu. Une seule chose comptait. Ethan. Moi, en revanche, j'avais chargé les miens de noirceur, uniquement pour ce type. Et le pire dans tout ça, c'était qu'il jouait le timoré et l'effarouché devant elle, mais à l'abri de ses regards, il l'épiait comme un vieux pervers.

Ethan se rua dans les jambes de sa mère, puis sauta sur les miennes. Cette fois-ci, je ne pus me retenir de grimacer. Je n'avais rien dit à

Oceana, mais quelque chose clochait dans ma jambe droite. Ça attendrait mon retour à Miami. Comme le premier jour, l'instituteur s'approcha d'elle et lui servit son numéro de « Je ne sais pas quoi vous dire pour vous parler… ». Oceana me sourit pour me faire comprendre de ne pas l'attendre.

J'assenai au faux coincé un regard noir qui le fit déglutir et pris de l'avance. Lentement. Au bout de quelques mètres, je m'arrêtai et me retournai. Ethan m'expliquait qu'ils avaient un poisson rouge dans la classe. Je ne l'écoutais qu'à moitié. Oceana revenait vers nous, trop doucement, le regard hagard et les lèvres pincées. Arrivée à notre hauteur, elle enfouit sa main dans la chevelure d'Ethan puis la lui tendit, sans me regarder. Il l'attrapa et descendit de mes genoux.

— Oceana ?

Sans répondre ni tourner la tête vers moi, elle reprit son ascension vers l'appartement. Je réitérai :

— Oceana ?

Elle sourit à Ethan qui s'était arrêté et lui dit :

— J'ai une très grosse envie de faire un gâteau au chocolat, trésor.

Mon cœur se brisa. Si elle avait une envie de gâteau au chocolat, ça n'annonçait rien de bon. Et c'était moi dont elle choisissait d'ignorer l'existence.

CHAPITRE 33

DÉSOLÉ

Wendy et Peter habitaient dans un luxueux appartement au trentième étage d'un immeuble de l'Upper West Side. Oceana avait gardé la tête bien droite et la bouche fermée sur un charmant sourire à notre arrivée. Je n'avais pas pensé une seule seconde qu'elle pourrait se sentir mal à l'aise avec mes amis. C'était Oceana. Et Oceana s'accommodait de tout, non ?

Il fallait croire que non. Elle avait rougi naïvement en distribuant ses cadeaux à Lily et à Wendy, comme si ce qu'elle avait choisi ne serait jamais à la hauteur de leurs attentes. Peter et Wendy pouvaient paraître superficiels, puisqu'ils ne regardaient jamais à la dépense, mais ils n'en aimaient pas moins les choses simples. Peter, à la différence de Wendy, devait son argent à ses efforts et à son ambition. Issu de la Little Haïti, à Miami, le quartier le plus pauvre de la ville, il avait réussi à obtenir une bourse d'études et à intégrer la prestigieuse école de commerce de Miami, la même année que moi. Dès l'obtention de son diplôme, il avait plié bagage pour New York et fait la connaissance de Wendy dans des circonstances cocasses. Les parents de Wendy possédaient de nombreux appartements, et Peter occupait l'un d'entre eux. Sauf que Peter, tout comme moi à cette époque, n'avait en rien l'apparence du parfait intellectuel timide à lunettes, mais plutôt celle du mauvais garçon. Et Wendy, qui habitait à l'étage inférieur, en avait fait les frais. Elle avait subi, presque tous les soirs, les cris des filles et les grincements des ressorts de son lit, des heures durant. Bien que gentille, élégante et de bonne famille, elle n'était pas du style à se laisser faire. Elle avait, un soir, simulé une jouissance exagérée tout en martelant avec rythme le mur de la chambre. Peter avait cessé ses activités nocturnes et avait fait livrer à Wendy une rose rouge, tous les jours, pour s'excuser. Pendant un mois.

— J'ai cru comprendre que vous étiez infirmière ? demanda Wendy en posant le paquet cadeau sur ses genoux.

Oceana, assise dans le sofa en cuir blanc en face d'elle, acquiesça avec appréhension. Je pensais pourtant que l'excitation de Lily l'avait rassurée. Sitôt son cadeau ouvert, celle-ci avait foncé dans sa chambre avec Ethan. Peter avait raison, ces deux-là s'entendraient à merveille.

Je quittai mon fauteuil roulant pour m'asseoir plus confortablement dans le sofa à côté d'elle. Peter revenait avec nos boissons, jus d'orange pour les femmes et bière pour nous. Je ne pus me retenir de frôler sa cuisse du bout des doigts par-dessus le tissu en velours de sa robe noire. Elle se tendit, mais le coin de ses lèvres se releva. Première réaction positive depuis que ce sale gars d'instit lui avait parlé. Sitôt rentrée à l'appartement, elle avait préparé son gâteau en silence, plongée dans ses pensées ; elle en avait même oublié de proposer au bonhomme de lécher le plat. Il l'avait boudée jusqu'à notre arrivée chez Peter et Wendy. Ou plutôt, Lily avait réussi à lui faire oublier son (presque) caprice.

— Vous n'auriez pas dû pour le cadeau, c'est très gentil à vous, la remercia Wendy en défaisant le ruban vert. Oh ! C'est magnifique ! s'extasia-t-elle en brandissant le petit pyjama bleu turquoise. Mais bleu ? Pourquoi ?

— J'ai cru comprendre que c'était un garçon, murmura Oceana en jetant un rapide coup d'œil à Peter.

Wendy se tourna vers lui.

— Un garçon ? Et comment peux-tu en être certain ?

— Je ne voulais pas causer de disputes, intervint Oceana.

— Peter, j'espère réellement que tu ne connais pas le sexe du bébé, sinon tu peux récupérer ton oreiller et filer droit vers la chambre d'amis ! menaça Wendy.

— J'ai gardé le ticket de caisse, vous savez… reprit Oceana.

— Alors, Peter ? insista Wendy.

— Ne t'inquiète pas, ils sont toujours comme ça, murmurai-je en me penchant vers Oceana.

Wendu soupira.

— Je ne ferai pas de troisième essai pour avoir un garçon, alors il vaut mieux pour lui qu'il se fasse à l'idée d'avoir une fille. Je serais même prête à lui faire subir une vasectomie, railla-t-elle.

Peter devint livide.

— Elle ne le ferait pas, me dit Peter sans grande conviction.

— Tu veux parier ? le défia Wendy.

Lily et Ethan revenaient en courant.

— On a soif, papa ! s'écria Lily.

Peter posa sa bière sur la table et la souleva dans les airs.

— Ça n'est pas comme ça qu'on demande, jeune fille…

— S'il te plaît, papa !

Ethan, essoufflé, les suivit jusqu'à la cuisine. Oceana semblait préoccupée. Elle aussi avait remarqué ses joues exagérément rouges.

— Comment arrivez-vous à concilier votre vie de famille et votre vie professionnelle ? demanda Wendy. Lily est constamment dans mes pattes. Je ne trouve même pas le temps d'aller chez l'esthéticienne !

— Ma mère m'aide beaucoup. Mais peut-être que Lily veut profiter de vous avant que sa petite sœur arrive ? suggéra Oceana.

Wendy se pencha vers nous.

— En réalité, chuchota-t-elle, c'est un garçon. Je le sais depuis quelques semaines, mais Peter l'ignore. Je veux le voir pleurer comme une fille à la naissance ! Et toi, Rick, tu ferais mieux de te taire où je te promets de te faire subir la vasectomie à la place de ton pote !

Oceana se mit à rire.

— Laisse mes couilles tranquilles, Wendy, je compte bien avoir des enfants un jour, rétorquai-je.

Le rire d'Oceana s'arrêta net. Comme si ma phrase avait coupé ses cordes vocales.

— Il va falloir que tu te mettes sérieusement au travail, Rick. Peter m'a raconté pour… comment s'appelle-t-elle, déjà ? Kristen. Tu as eu des nouvelles, depuis ?

Je hochai la tête, incapable d'en dire plus, et bus d'un trait ma bière. Wendy se releva en grimaçant, gênée par son énorme ventre.

— Je vous fais visiter ? lui demanda-t-elle.

Oceana se leva à son tour, sans se faire prier. Elle n'avait pas l'air d'avoir envie de rester à côté de moi. J'aurais voulu lui dire que j'étais désolé pour Ethan, désolé pour Kristen, désolé pour les enfants que je désirais et qu'elle refusait d'avoir. Non. En réalité, je n'étais pas désolé. J'avais cru agir pour le mieux avec Ethan, Kristen avait fait partie de ma vie et, qu'elle le veuille ou non, je voulais des enfants.

Quand Peter revint, il se montra direct.

— Où tu en es, avec Kristen ?

— Ta femme m'a posé à peu près la même question, il y a cinq minutes. Je n'en sais rien.

Et je n'avais aucune envie d'aborder ce sujet…

— Maintenant que tu es presque sur pied, tu comptes reprendre tes affaires avec ton père ?

— Dans deux mois, soufflai-je, les yeux rivés sur Oceana.

Ses boucles blondes dansaient sur son dos. Les bras appuyés sur le comptoir de l'îlot central de la cuisine, elle discutait avec Wendy devant les fourneaux. Cette robe en velours noir dessinait chacune de ses courbes. Si nous n'avions pas été à New York avec Ethan, j'aurais déjà glissé mes mains dessous et remonté lentement le galbe de ses cuisses jusqu'à la cambrure de ses reins. Je m'y voyais déjà.

— Oceana est une jolie fille.

Plus que jolie, même.

— Je t'ai vu la regarder, continua-t-il. Elle ne te laisse pas indifférent. C'est quoi, l'embrouille ?

— Pourquoi veux-tu qu'il y ait une embrouille ?

— Tu n'as plus tellement besoin d'elle, mais tu la gardes encore avec toi à Miami. Soit tu es un putain d'égoïste qui préfère la séquestrer plutôt que de la laisser avec son fils, soit il y a une embrouille.

— Embrouille. Elle a besoin d'argent. Pour Ethan.

Il fronça les sourcils, indécis.

— Pourquoi tu ne lui donnes pas ce qu'elle veut ?

— Parce que je ne peux pas. C'est Carl qui va lui donner l'argent, figure-toi.

Je jetai un coup d'œil à Oceana. Elle me sourit rapidement avant de détourner la tête.

— Carl ? J'ai du mal à te croire ! D'où lui vient cet élan de générosité ?

Je le savais pour avoir eu une discussion avec lui. Il pensait éprouver quelque chose pour elle. Au départ, il s'agissait d'un simple défi, parce qu'elle lui avait résisté et qu'elle l'avait repoussé. Mais maintenant, après l'avoir vue rire, sourire, s'amuser, il était comme moi. Dépendant. Tombé sous le charme de « la vanille de Rick », comme il disait.

— Ça n'est pas de la générosité. En fait, je pense qu'il ne sait même pas pourquoi Oceana en a tellement besoin. Et tu le connais. Il ne donne rien pour rien.

Alors que moi, je lui aurais donné ces trois cent mille dollars aujourd'hui, si je les avais eus. Pour Ethan. Pour mon bonhomme.

— Quel est son deal ?

Il m'avait promis de ne plus rien tenter avec elle tant que je serais au milieu. Au milieu. Comme si je pouvais être un simple caillou qu'on pouvait écarter du bout du pied.

— Un putain de rendez-vous par semaine. Et la semaine prochaine, il l'embarquera deux jours entiers.

Amer, je finis ma bière d'une traite. J'espérais simplement que mon plan fonctionnerait. Si c'était le cas, Carl serait éliminé du jeu, elle pourrait rentrer chez elle plus tôt, et Ethan aurait son opération plus vite.

— Ça n'a pas l'air de t'enchanter. Mais, d'après moi, ce n'est pas non plus le vrai problème. Je me trompe ?

— Qu'est-ce que je vais faire, Peter ? Je veux dire, Oceana ne voudra jamais venir vivre à Miami avec Ethan sans sa mère. Et moi, à New York, je ne suis rien ! Je n'ai pas un sou, mes parents m'ont coupé les vivres, et je ne me vois pas le cul sur une chaise dans un putain de bureau.

Il me sourit.

— Ça n'est pas si terrible.

Je fronçai les sourcils.

— Les bureaux. Laisse tomber, c'était une boutade ratée. Quelle est la différence, au fond, entre être assis derrière un bureau à New York ou derrière celui de ton père à Miami ?

Je soupirai. Oceana faisait la différence. Mais pouvait-il comprendre qu'à Miami tout était déjà tracé et écrit ? C'était une valeur sûre. Un peu comme la meilleure porte de sortie dans un manoir hanté.

— Ici, je ne suis qu'un type sur des béquilles, alors qu'à Miami, j'ai une place qui m'attend, répondis-je.

Il leva les yeux au ciel.

— Pour la première fois en dix ans d'amitié, je vais t'insulter ; ne le prends pas mal surtout. Tu agis comme un sale gosse de riches.

— Ce n'est pas une insulte, c'est ce que je suis…

— Non. C'est pire, s'esclaffa-t-il. Tu n'as jamais été comme ça. Tu t'es toujours débrouillé sans tes parents. Et là, à la première difficulté, tu prends tes jambes à ton cou. Tu es un putain de tocard de riches, en réalité.

Je soupirai. Est-ce qu'il avait raison ? Tout aurait été plus simple si j'avais gardé mon club de sports aquatiques ! J'aurai juste eu besoin d'un gars pour donner les cours et gérer la boutique en attendant d'être capable de le faire moi-même. Si j'avais su…

— Je peux toujours te trouver un poste dans mon entreprise, reprit-il. Je sais ce que tu vaux. Et tu n'as pas besoin de tes jambes pour bosser pour eux. Réfléchis-y.

— Réfléchir à quoi ? demanda Wendy, qui sortait de la cuisine un plateau d'amuse-bouches entre les mains

— À travailler avec moi, répondit-il.

Oceana me frôla en prenant place à côté de moi. Je me raidis. Elle me parut plus proche que tout à l'heure. Nos cuisses pouvaient presque se toucher. Qu'elle n'ait pas choisi l'autre extrémité du canapé me rassura.

— Au moins tu auras une bonne excuse pour rentrer tard, annonça Wendy à son mari en lui plantant un doigt dans le flanc.

Je profitai de leurs chamailleries pour prendre la main d'Oceana et la porter à ma bouche pour l'embrasser rapidement. Un sourire angélique naquit sur ses lèvres. J'allais y réfléchir. Je devais y réfléchir.

La soirée s'était bien passée. Oceana, détendue, avait beaucoup ri. Et à présent que nous allions enfin nous retrouver seuls, je me demandais si c'était le bon moment de parler de ce qui l'avait agacée en début d'après-midi. Je n'avais aucune envie de me disputer avec elle. Parce que s'il était question d'Ethan et de son envie de dire que j'étais comme son père, je ne m'excuserais pas. Elle, mieux que quiconque, pouvait réaliser à quel point c'était important pour lui de ne pas paraître différent.

— Il s'est rendormi ? lui demandai-je.

Elle hocha la tête et posa ses yeux sur mes jambes nues. Assis sur le lit, je les massais. Nos galipettes de l'après-midi ne m'avaient pas laissé indemne. Et même si Ethan ne devait pas peser plus de vingt kilos, l'avoir porté sur mes genoux de la voiture au porche de l'immeuble n'avait pas arrangé les choses. Mais j'étais fier qu'il ait voulu être avec moi, sur moi. Et ça, c'était plus fort que la douleur lancinante de mes jambes.

— J'ai passé une bonne soirée, annonça-t-elle en récupérant son oreiller et sa couverture dans son armoire.

Il était tout au plus 22 heures, et elle partait déjà.

— Tu ne restes pas ?

— Je suis barbouillée, quelque chose n'est pas passé.

Elle se frotta le ventre en grimaçant.

— Est-ce que c'est la seule raison ?

Elle secoua la tête, puis soupira.

— Je ne t'oblige pas à rester si tu n'as pas envie d'être avec moi…

Elle vint se placer devant moi et se tourna, soulevant ses cheveux, pour me donner accès à la fermeture à glissière de sa robe.

Cette robe… Bon Dieu ! Lentement, je la tirai jusqu'au bas de ses reins. Sa peau douce était gelée. Je l'attirai à moi pour la réchauffer.

— Qu'est-ce qu'il t'a dit ? L'instituteur ? demandai-je contre sa peau.

Elle frissonna une nouvelle fois. J'ôtai mon T-shirt et le lui tendis. Elle s'empressa de l'enfiler.

— Pas ce soir, Rick. Je t'assure que ça ne va pas. Je suis réellement barbouillée, je suis gelée, j'ai des courbatures et j'ai du mal à parler.

Son murmure me déchira. J'ouvris le lit ; elle s'allongea près de moi. Elle ne frissonnait plus, elle grelottait. J'éteignis la lampe de chevet et étreignis Oceana, nichant sa tête contre mon torse et entrelaçant ses jambes aux miennes.

— D'accord, chuchotai-je.

Je ne voulais pas qu'elle me quitte. Je voulais combler le fossé froid et hostile qu'elle avait creusé cet après-midi. Je voulais qu'elle sache que j'étais là pour elle, aussi bien dans les bons moments que dans les mauvais.

Comme si elle pouvait lire dans mes pensées, elle posa un baiser sur mon bras et se serra contre moi. Son nez froid sur mon torse me surprit. Elle était réellement malade.

— Je reste avec toi…

Je frictionnai son dos et caressai ses cheveux jusqu'à ce qu'elle cesse de grelotter. Cinq minutes ? Dix minutes ? Peut-être plus. À guetter ses soubresauts dans son sommeil agité, à observer sa chambre dans la pénombre et à écouter sa respiration. Finalement son souffle devint régulier, ses muscles se relâchèrent. Elle s'était endormie.

La nuit ne fut pas calme pour autant, Oceana partit en courant jusqu'aux toilettes au moins quatre fois. Je ne pouvais faire mieux que lui tenir les cheveux et lui tendre une serviette pour s'essuyer chaque fois que cela se terminait.

— Qu'est-ce qui se passe ? S'inquiéta Madelyn en nous découvrant sur le sol de la salle de bains.

Le dos contre le carrelage froid, je tenais Oceana dans mes bras. Elle s'était rendormie entre mes jambes, épuisée, seulement couverte d'une petite serviette de bain.

— Quelque chose n'est pas passé, lui expliquai-je. J'ai essayé de lui faire prendre un antivomitif, mais elle ne garde rien.

Elle resserra la ceinture de son peignoir blanc.

— Je vais poser un jour pour emmener Ethan à l'école, se résigna-t-elle.

— Je m'en occupe, ne vous inquiétez pas ; je sais que chaque jour compte quand Oceana est à Miami.

Elle savait que j'avais raison. En l'absence de sa fille, elle n'acceptait plus les heures supplémentaires et refusait de bosser le week-end. C'était temporaire, mais je connaissais assez le milieu hôtelier pour comprendre qu'elle perdait tous les jours un peu plus d'argent et que le traitement de faveur dont mon frère l'avait gratifiée n'était pas passé inaperçu auprès des autres employés. Et il y avait Ethan. Si jamais il lui arrivait quelque chose, elle devrait prendre des jours de congé pour être auprès de lui. Alors, autant profiter de ma présence.

— Froid… murmura Oceana.

Ses paupières frémirent, comme si elle essayait de les ouvrir. Je caressai son visage pâle.

— Ne t'inquiète pas. Vous pouvez m'aider ? demandai-je à Madelyn.

Celle-ci s'agenouilla pour maintenir Oceana assise. Je m'appuyai de toutes mes forces sur mes bras pour me relever et retins un cri tant les décharges dans mes jambes devinrent insupportables. À bout de souffle, le visage crispé par la douleur, je me baissai pour hisser Oceana. Madelyn me regarda avec inquiétude.

— Ça va aller, mentis-je.

Vingt-deux pas. Vingt-deux pas pour rejoindre sa chambre. C'était aussi long qu'atroce. Je vacillai sur les derniers. Bloquant mon souffle comme s'il me permettait de retrancher ma douleur plus loin. Ce ne fut que lorsque je sentis le cadre du lit contre mes tibias que je pus respirer. Je la déposai délicatement sur le matelas dans un grognement libérateur et repris mon souffle avant de tenter de la rejoindre.

— Laissez-moi vous aider. Là, il ne s'agit plus d'Oceana, Rick.

Je ne refusai pas. Madelyn m'aida à contourner le lit et à soulever mes jambes crispées.

— Merci.

Elle me sourit avec tendresse.

— Je vous apporte une bassine, ne vous levez plus, vous m'entendez ? Sinon, je m'occuperai moi-même d'Ethan demain matin. C'est compris ?

— Rick… m'appela Oceana, la bouche pâteuse. Je… Rick, je…

— Je te l'ai dit, je suis là, ne t'inquiète pas, ma vanille.

Je me foutais pas mal de Madelyn. De ce qu'elle pouvait voir. Moi, torse nu, dans un lit avec sa fille vêtue de mon T-shirt qui couvrait à peine ses fesses. Ou de ce qu'elle pouvait entendre. Mes mots doux. Je savais qu'elle avait dépassé tout ça. Qu'elle ne jugeait pas. Qu'il n'était question que de mon affection pour sa fille.

— Appelez-moi si ça ne va pas, d'accord ? insista-t-elle chaleureusement.

Je n'avais plus le choix. L'amertume m'envahit. Comment pourrais-je m'occuper convenablement d'Ethan et d'Oceana au quotidien si aujourd'hui je n'étais même pas capable de gérer une simple indigestion ? Je ne voulais pas être un poids. Je ne voulais pas être un frein. Je voulais être un moteur. Je voulais être la traînée lumineuse de ces deux étoiles. Je voulais seulement les porter toujours plus haut et plus loin.

Et je n'étais pas de taille à le faire.

CHAPITRE 34
SÉPARATION

Je grimaçai devant le miroir de la salle de bains. Ou plutôt devant l'image qu'il me renvoyait. Désolante. Maigre. Blafarde. Immonde. Je me rappelais avoir passé une nuit effroyable. Une journée entière à lutter contre les spasmes de mon estomac vide et contre des accès de fièvre. Rick était resté avec moi. Un médecin aussi était passé, dont je ne me rappelais même pas avoir vu le visage. En revanche, lui avait vu mes fesses. Intramusculaire d'antivomitif.

Rick. Il m'avait tenu les cheveux, tendu une serviette mouillée, cajolée, offert sa présence et sa chaleur. Et j'avais essayé de lui faire comprendre que je ne voulais pas qu'il me quitte, que j'étais désolée pour tout ça, et pour le reste.

J'enfilai rapidement un chemisier blanc et un jean, appliquai l'anticernes de ma mère sous mes yeux, exagérai le blush sur mes pommettes, passai sur mes lèvres une fine couche de gloss rose. Je paraissais moins fade. Mais l'essentiel pour moi, c'était d'être assez remise pour emmener Ethan à l'école aujourd'hui. Ma mère m'avait raconté la nuit de mercredi à jeudi, et la journée qui avait suivi pendant notre petit déjeuner qui, je l'espérais, resterait à sa place dans mon estomac. Rick s'était occupé d'habiller Ethan, de le conduire à l'école et de retourner le chercher. Puis ils avaient pris un taxi pour Central Park, avaient visité le zoo, canoté sur le lac et regardé le ciel changer de couleur, allongés sur l'herbe.

Ce que je redoutais s'était produit à mon insu, Ethan s'était pris d'affection pour lui. Venir ensemble à New York n'avait pas été notre meilleure idée. D'une part, Ethan allait devoir faire face à deux séparations et, d'autre part, je devais encore mettre certaines choses au clair avec Rick. Plus tard. Lorsqu'Ethan serait à l'école. Lorsque nous serions seuls.

Quand Ethan me vit entrer dans la cuisine, il sauta de sa chaise et se précipita dans mes jambes en hurlant « Maman ! ». Il n'avait pas l'habitude de me voir malade. Je venais de rattraper des années de résistances aux virus en une seule indigestion ! Je caressai la tête de mon fils. Le prolongement de ma vie. La meilleure partie de moi. Ethan. Ce petit être au cœur fragile mais au pouvoir de reconstruction si grand. Il me suffisait de le regarder, les yeux rayonnant de gaieté, pour comprendre ce qu'était l'amour.

Je n'étais pas au mieux de ma forme. Je fus tout de même capable d'emmener Ethan à l'école, pendant que Rick dormait à poings fermés dans mon lit. Après tout ce qu'il avait fait, il méritait bien sa grasse matinée !

La météo semblait de mon côté, le soleil rayonnait dans un ciel bleu, sans nuage. C'était le dernier matin. Mon cœur se serra en pensant que cette semaine me paraîtrait presque irréelle le lendemain, et bien plus encore les jours qui suivraient. Un rêve éveillé. La prochaine fois que je poserais les pieds sur le sol de New York, la nature se serait habillée des couleurs de l'automne, la brise serait fraîche et vivifiante, et Ethan pourrait avoir son opération.

C'était mon seul objectif.

Je le laissai monter les marches blanches de l'école et lui envoyai un baiser soufflé avant de rebrousser chemin. La conversation la plus difficile de ma vie m'attendait. J'avais cinq minutes, le temps qu'il me fallait pour rentrer à la maison, pour faire le point. Peut-être plus, si Rick dormait encore.

D'abord tout se dire : plus de secrets. Cesser de croire que Rick pourrait partir en courant quand il entendrait ce que j'avais à lui dire.

Je ne voulais pas d'autres enfants. Insister sur ce point. Qu'il s'engage en connaissance de cause. Je ne changerais pas d'avis. Je ne prendrais pas le risque de revivre toutes ces épreuves, je ne voulais pas entendre un laborantin me dire que tout était ma faute, que j'avais légué à mon fils le mauvais gène. Que je le rendais malade.

Ethan. Je n'étais pas seule. Au risque de me répéter, s'il voulait vivre avec moi, et pour moi, il ne pouvait pas omettre Ethan. Nous étions un lot. Je ne lui demanderais pas de dire qu'il était son père, mais je voulais qu'il prenne conscience qu'en s'engageant avec moi, il prenait aussi le risque qu'Ethan s'attache à lui. Qu'il ne pourrait pas dire : « Oui, je suis là aujourd'hui, mais peut-être pas demain. »

Ensuite lui. Et sa famille. Je ne voulais pas être la raison de leur séparation. Je ne voulais rien d'autre qu'être Oceana et Ethan. Je ne les détestais pas, je ne les méprisais pas. Je n'avais jamais rencontré son père, et quelque chose me disait qu'il aurait autant de considération pour moi que pour un vulgaire chewing-gum collé sur un trottoir ! Pour ce qui était de sa mère… j'étais presque certaine qu'elle n'était pas le dragon qu'elle paraissait. Pourquoi, sinon, avait-elle accepté de me donner les trois cent mille dollars dont j'avais besoin ? Et son frère… Il était le patron de ma mère, et, d'après elle, quelqu'un d'humain. J'avais peine à y croire.

Quoi d'autre ? Notre avenir. Je le suivrais, c'était décidé. S'il voulait que je vienne à Miami, je le ferais sans hésiter. Je n'aurais aucun mal à trouver un poste dans une des nombreuses cliniques de la ville et une nouvelle école à Ethan, je le savais. Ma mère avait raison, je devais m'envoler. Et aussi lui laisser son espace. Notre relation fusionnelle empiétait sur notre vie privée.

De loin le plus important. Je l'aimais. Je devais lui dire. Le lui crier. Le lui répéter, même s'il n'était pas capable de l'entendre.

Finalement, cinq minutes avaient suffi. Très calme, j'entrai dans l'appartement. La cuisine baignait dans la pénombre. Il n'était pas levé.

— Je te l'ai dit, je n'en sais rien, Kristen, entendis-je.

Kristen… Mes jambes flageolèrent.

— Non. Tu… tu ne peux pas me dire ça. Tu m'as laissé partir. Tu *es* partie !

Parfait mélange de la tendresse et de culpabilité, le ton de sa voix m'acheva. Je chancelai et m'appuyai au mur du couloir.

— C'est un enfant, Kristen, ne parle pas comme ça de lui. Tu ne le connais même pas.

Le cœur battant la chamade, j'entrepris de continuer mon ascension jusqu'à ma chambre.

— Ne le compare pas à notre bébé ! Ne mélange pas tout !

Bien consciente que je n'avais pas à écouter cette conversation, je franchis le pas de la porte pour lui faire savoir que j'étais là. La lumière de la lampe de chevet se reflétait sur la peau luisante de son dos. Assis au bord du lit, la tête entre les mains, l'air abattu, il ne remarqua pas ma présence.

— Je rentre demain. Ne pleure pas, s'il te plaît. Je… (Il soupira.) Demain, Kristen. S'il te plaît.

Je toquai doucement à la porte. Il se retourna.

— Non. Je te le répète, je n'en sais rien, murmura-t-il.

Autant sa phrase que son expression me firent rebrousser chemin jusqu'à la cuisine, où me laissai tomber sur la première chaise venue. Il ne savait pas ? Il ne savait pas quoi ?!

Pas le temps d'imaginer le pire ou de monter un scénario dans ma tête, il était déjà là.

— Je ne sais pas ce que tu as entendu, commença-t-il, mais je suis désolé.

Je pouvais imaginer le pire. Il était désolé.

Je me levai et pris une tasse propre dans le placard.

— Oceana…

Je remplis la tasse de café et la lui tendis. Ma main tremblait.

— Dis quelque chose, me supplia-t-il.

Dire quoi ? En cinq minutes, j'avais eu le temps d'échafauder tout un discours, mais il ne m'avait fallu que quelques secondes pour perdre tous mes moyens. Je ne savais plus rien.

— Qu'est-ce qu'elle te reproche ? soufflai-je.

Il s'empara de la tasse et la posa sur la table. La distance entre nous se réduisit sensiblement. Mon corps réagit, aussitôt attiré par le sien.

— Qu'est-ce que tu as entendu ? demanda-t-il.

— Je ne veux plus qu'il y ait de secrets, je ne veux plus que tu te caches. Dis-moi simplement ce qu'elle te reproche.

Ses yeux bleus se chargèrent de tendresse.

— D'aimer Ethan, de t'aimer.

Mon cœur se serra. Il nous aimait.

— D'aimer Ethan, alors que tu ne voulais pas de ton propre enfant ? repris-je.

Sa béquille tomba avec fracas sur le sol. Il prit mon visage entre ses mains.

— Est-ce que tu as entendu ce que je viens de te dire ? Je viens de te dire que je t'aimais, Oceana !

Je fermai les yeux un instant pour fixer ses mots dans ma tête et oublier la détresse de son regard.

— Moi aussi. Mais réponds à ma question. Elle pense que tu préfères Ethan au bébé que tu aurais pu avoir avec elle ?

Il hocha la tête, les traits tirés par la culpabilité. Il savait qu'elle avait raison.

— Est-ce que tu veux avoir un enfant ? À toi ? repris-je, le ventre noué.

— Pas pour l'instant, répondit-il en secouant la tête.

— Mais un jour, oui. Tu y penses, n'est-ce pas ?

Son silence fut aussi lourd et dur qu'un coup de poing dans l'estomac.

— Je ne veux pas, moi, réussis-je à lui avouer.

Ses sourcils se froncèrent.

— Seulement parce que tu as peur.

Peut-être, mais pas seulement.

— Je ne veux pas. Ethan me donne tellement d'amour que je ne ressens pas le besoin d'en avoir plus. Tout simplement.

— Alors j'aurai Ethan aussi.

— Ne dis pas ça…

Je reculai. Sa chaleur m'hypnotisait, sa présence m'enivrait, nous devions parler. Je fis mine de me servir un café.

— Un jour où l'autre, tu me le demanderas et tu me reprocheras de ne pas vouloir te donner un enfant. *Ton* enfant. Et alors, tu regretteras de ne plus avoir le choix.

— Est-ce que tu es en train de me dire qu'il faut que je choisisse Kristen ?

Non. Je voulais qu'il me dise qu'il m'aimait plus que tout, qu'il essaierait de me faire changer d'avis, et que, s'il n'y parvenait pas, il me séquestrerait et m'attacherait dans un lit à baldaquin jusqu'à ce que je sois enceinte et qu'il ait un bambin à lui. Je ne voulais en aucun cas qu'il me parle de Kristen. Mon cœur se brisa. Il pensait à Kristen.

— Est-ce que c'est ton choix aujourd'hui ? Je veux dire, est-ce que tu penses que tu dois choisir entre Kristen et moi ? Parce que si tu y penses, c'est que tu y as déjà réfléchi.

Chancelant, il attrapa une chaise et s'assit. Il avait mal aux jambes. J'évacuai sa douleur dans un coin de ma tête, nous devions parler. Si je m'inquiétais pour lui, si je le touchais maintenant, ça en serait fini de notre conversation. Nous finirions sur cette table ou bien dans mon lit.

— Kristen m'a quitté, souffla-t-il.

— Non. Elle a fui parce que tu ne voulais pas de son enfant. Elle revient parce qu'elle sait qu'aujourd'hui tu ne réagirais plus de la même manière. Parce qu'elle sait que tu veux un enfant. Maintenant.

Je portai la tasse à mes lèvres sans pour autant apprécier mon café.

— Tu ne penses pas ce que tu dis.

Bien sûr que non, je ne le pensais pas. Elle était partie. Perdre un bébé n'était pas une raison valable. C'était un accident.

— Et si on laissait cette histoire de côté ? Pourquoi étais-tu désolé ?

Il soupira.

— Je suis terrifié, Oceana. Terrifié parce que je ne sais pas quoi faire pour vous rendre heureux ! Terrifié parce que je ne serai jamais capable de subvenir à vos besoins…

— Mais de quoi tu parles ?

— Regarde-moi !

Son cri me fit tressaillir. Je ne faisais que ça, le regarder. Avec l'envie de me réfugier entre ses bras.

— Je ne peux rien faire sans avoir mal aux jambes, reprit-il. Le seul choix que j'aie, c'est de rentrer à Miami et de travailler pour mon père.

— Et tes parents ne veulent pas de moi, conclus-je à sa place.

Je pouvais le comprendre. Je n'étais qu'une simple infirmière, maman d'un petit garçon de cinq ans, fille d'une de leurs employés. À quoi bon s'attacher à moi, alors qu'il avait Kristen, jeune, riche et de bonne famille ?

Le poing de Rick s'abattit sur la table. Je sursautai.

— Je me fous de ce qu'ils veulent ou non ! s'exclama-t-il. Mon père est un éternel insatisfait et, quoi que je fasse, ça ne sera jamais assez bien.

— S'il avait si peu d'estime pour toi, il ne te permettrait pas de devenir le futur directeur de son hôtel. Tu sais que j'ai raison.

Il soupira et me dévisagea.

— Alors, quoi ?

— Est-ce que tu l'aimes encore ?

Je retins ma respiration. Le visage impassible, j'essayais de faire bonne figure. En réalité, j'étais brisée en mille morceaux. Tout était douleur en moi.

— Kristen ? Je… C'est… Je n'en sais rien. Est-ce qu'on pourrait parler d'autre chose que de Kristen ?

Il ne savait pas. Comment pouvait-il hésiter ? Comment pouvait-il encore lui donner une chance après ce qu'elle avait fait ?

Il attrapa mon poignet et tenta de m'attirer à lui. Je résistai.

— Non. Parce que là, tu as le choix. Tu as le choix entre Kristen, appréciée de ta famille et qui désire avoir un bébé avec toi, et moi.

Ses yeux ne m'offraient plus l'azur des Caraïbes, mais le bleu marine du fond froid et hostile d'un océan.

— Et toi, quel est ton choix ? Est-ce que tu veux de moi ?

Ses doigts firent pression sur mon poignet. Je déglutis.

— Pas dans ces conditions. Pas tant que tu n'auras pas réglé tes problèmes à Miami. Pas tant que tu ne seras pas convaincu que je me fous de l'argent et de tes jambes.

Déçu, il me lâcha.

— Ne fais pas ça. Tu choisis à ma place.

Il avait raison. Je le laissais partir parce que je ne voulais pas qu'il se retourne un jour en se disant qu'il avait fait une erreur. Je ne voulais pas vivre avec ses regrets.

— Non. Je choisis de t'aimer et de prendre le risque de te perdre.

Je m'engouffrai dans la salle de bains et refermai la porte derrière moi. Qu'est-ce que j'étais en train de faire ? Je détruisais mon bonheur. Pourquoi n'étais-je pas égoïste ? Pourquoi n'étais-je pas médisante ? J'aurais gerbé des tonnes d'insultes sur Kristen et sa famille, et je lui aurais demandé de tout quitter pour nous. Non. Je n'étais pas comme ça.

La nausée me prit. Je n'eus que le temps d'atteindre les toilettes.

Au bruit, Rick accourut. D'un signe de la main, je lui intimai l'ordre de rester à sa place et me levai.

— Je vais bien.

— Ne me repousse pas, me supplia-t-il.

Je me lavai rapidement la bouche avec un peu de dentifrice.

J'étais incapable de le repousser. S'il s'approchait de moi, je ne pourrais plus répondre de mon corps. Mon chemisier blanc taché de café fut ma porte de sortie.

Je dépassai Rick et me réfugiai dans ma chambre.

— Oceana, s'il te plaît…

Ma vision se troubla. Je défis les boutons nacrés de ma chemise et la jetai dans un coin de la pièce. J'eus l'impression de mieux respirer l'espace d'une seconde. Jusqu'à ce que Rick pose ses doigts sur mon épaule.

— Oublie cette histoire de bébé. Oublie Kristen, soufflai-je. Qu'est-ce que tu aurais fait, si rien de tout ça n'existait ?

Il me caressa le haut du bras.

— Je… je ne sais pas, balbutia-t-il. Je veux être avec toi et Ethan, mais je ne veux pas dépendre de toi. Je veux pouvoir m'assurer que vous ne manquiez de rien.

Dans ma tête, c'était Tchernobyl, alors que mon corps se liquéfiait sous sa tendresse.

— Est-ce que je te parais vénale ?

Ses lèvres sur ma nuque m'électrisèrent. Les bretelles de mon soutien-gorge tombèrent.

— Bien sûr que non, Oceana. Je veux simplement pouvoir jouer mon rôle à la perfection.

— Mais tu l'as joué à la perfection. Ethan t'aime comme un père, il a crié à tous ses copains qu'il avait, lui aussi, un père ! Tu lui as donné en cinq jours autant d'amour et d'importance que moi en cinq ans. Tu lui as fait croire que tu serais toujours là !

— Je suis désolé.

— Non. Tu ne l'es pas parce que tu pensais bien faire. Je ne te reproche pas d'avoir voulu lui faire plaisir.

Il caressa ma joue, apparemment soulagé.

— Tu m'as pourtant boudé pendant tout un après-midi.

— J'étais en colère contre moi. Je ne l'ai pas vu venir.

— Je suis désolé, répéta-t-il.

Son pouce effleura mon menton.

— Tu ne peux pas tout lui donner et tout lui reprendre le lendemain parce que tu as des doutes. C'est un enfant, il ne comprendra pas.

— Je sais. Ne me repousse pas. Par pitié, ne me repousse pas.

Pitié. Ce fut le déclic dans ma tête. Je pris mon courage à deux mains.

— Tu… Je vous ai entendu parler Carl et toi, le soir de cette dernière sortie et tu… tu disais avoir de la pitié pour moi. Est-ce que je te fais pitié ?

Son regard se durcit et son bras retomba.

— De quoi parles-tu, Oceana ?

Trop tard pour faire machine arrière, même si j'étais terrifiée.

— Tu as dit que tu ne ressentais que de la pitié pour moi.

Il serra les poings.

— C'est pour ça que tu es partie de cette manière-là ? Que tu as embrassé Carl ? Que tu t'es donnée en spectacle ?

— Je… Peut-être, balbutiai-je, incapable de lui donner une raison valable.

— Est-ce que tu m'as entendu dire ton nom, ne serait-ce qu'une seule fois ?

— Non.

— Bordel, Oceana, tu as embrassé Carl sans savoir si je parlais de toi !

Qu'est-ce que j'avais fait ? J'avais agi comme une écervelée. Je m'étais laissé guider par la folie, je n'avais pas réfléchi.

— Je suis désolée.

— Pas autant que moi ! cria-t-il en se retournant.

Il se laissa tomber sur le lit.

— Ça ne se reproduira plus, et tu le sais très bien, promis-je.

— Je n'en sais rien. Tu vas passer deux jours entiers avec lui.

Je me précipitai à ses pieds et posai mes mains sur ses bras. Mon cœur battait si fort qu'il en était presque douloureux de le sentir.

— Il n'y aura rien, insistai-je, affolée.

— Et les autres rendez-vous ?

— Il n'y en aura pas d'autres. Je compte réclamer ce que Carl m'a promis et rentrer à New York.

Moi qui pensais que cette conversation avec Rick serait mon pire souvenir avec lui, j'étais très loin de m'imaginer que notre retour à Miami le surpasserait largement. En réalité, ça ne serait pas un souvenir, mais un cauchemar. Pas seulement le mien, mais le nôtre.

Nous ne nous attendions pas à ça.

Encore chamboulée par les pleurs d'Ethan à notre départ, vaseuse après les trois heures de vol, je me serais écroulée sur le gravier, devant sa villa, si je n'avais pas été assise dans le taxi.

— Qu'est-ce que… commença-t-il dans un murmure presque inaudible.

Il m'avait promis d'essayer. De régler ses problèmes et de revenir sans doutes et sans regrets. Quitte à retourner avec elle. En revanche, je ne m'attendais pas à devoir, dès notre arrivée, être confrontée à ça.

Il prit ma main et l'étreignit avec force sans pour autant me regarder. J'étais là. Oui. J'étais bien là, assise dans ce taxi.

Pour l'instant. Plus pour longtemps.

— Appelle Carl, réussis-je à dire.

— Non…

Je refrénai mon envie de le prendre dans mes bras et de pleurer contre lui. J'avais l'impression de vivre une séparation. La deuxième en une journée. Si je partais maintenant, dans combien de temps nous reverrions-nous ?

Une larme dévala ma joue.

— Montre-moi les photos, hoquetai-je.

Il sortit son téléphone et fit glisser ses doigts sur l'écran jusqu'à afficher l'album photo. Je n'avais pas pris le temps de les regarder cette nuit. Il voulait me prendre en photo les joues rougies par l'extase et il avait réussi. Je souris malgré moi en me découvrant les yeux brillant d'ivresse, la lèvre inférieure meurtrie par mes dents retenant le gémissement suprême de l'explosion de mon orgasme, les joues si rouges qu'on aurait presque pu penser qu'elles brûleraient tous ceux qui les toucheraient. Il avait réussi à me subtiliser ce moment si érotique. Il fit défiler les clichés, lentement. Ceux d'après. Ils me firent penser à des photos de jeunes adolescents insouciants et amoureux. Des grimaces. Des sourires. Des bisous volés. Et moi qui dormais. Je pensais pourtant m'être endormie après lui.

Cette nuit. Cette dernière nuit.

— Envoie-moi celle où je te regarde, l'implorai-je.

Il s'exécuta.

— Maintenant, appelle Carl.

— Tu n'es pas obligée de partir.

— Je ne souhaite pas rester avec vous deux. Il faut que tu lui parles.

Comme pour clore la discussion, je déposai un rapide et ardent baiser sur sa tempe et me dégageai pour sortir de la voiture.

L'air humide et chaud de Miami me suffoqua. Comme la première fois, je me surpris à chercher du réconfort dans la brise et, de nouveau, rien ne se passa. Je contournai le taxi pour prendre mon sac de voyage, la valise et le fauteuil de Rick avant de commencer mon ascension jusqu'à l'entrée de la villa. Jusqu'à elle.

Kristen.

Elle était là. Adossée contre le montant de la porte, les bras croisés sous sa poitrine, le visage fermé et dédaigneux. Je m'arrêtai à sa hauteur. Le regard fixé sur Rick qui, derrière moi, devait régler la course du chauffeur, elle murmura :

— J'ai rassemblé vos affaires ; je suis là maintenant, nous n'avons plus besoin de vos services.

Elle pouvait dire ce qu'elle voulait, rien ne pouvait m'atteindre. Rick m'aimait et quelque chose me disait qu'il ne lui offrirait pas le quart de ce qu'il m'avait fait vivre. J'avais presque pitié d'elle. Il allait certainement lui offrir une seconde chance, lui pardonner et lui promettre de m'oublier, et elle n'était même pas capable de me regarder en face.

Au bruit des béquilles sur le gravier, je me retournai. Rick chercha mon regard. Le mien, pas le sien. Je le regardai comme si c'était la première fois que je le voyais. Je me rappelais ses premiers pas dans la piscine. Le goût de ses lèvres sous la douche. Ses bras rassurants pendant l'ouragan. Mais aussi ses caresses sur mon coup de soleil et ses sourires lorsqu'il me faisait rougir.

— Carl sera là dans cinq minutes, m'informa-t-il en arrivant à notre hauteur.

Je hochai la tête, la gorge nouée.

— Bon retour à New York, persifla Kristen en tournant les talons.

Je ne répondrai pas à ses attaques. Qu'elle le veuille ou non, je resterai encore un peu à Miami. Le temps de persuader Carl de me laisser partir avec mon argent.

CHAPITRE 35
MISE EN BOUCHE

D'habitude, Carl se montrait causant, souriant et moqueur. Mais là… Au début, j'avais pensé que la présence de Kristen était la cause de cette humeur mais, même dans sa voiture, loin de la villa et de cette mégère dépourvue de sentiments, il ne s'était pas déridé. Ça me convenait. Au moins, j'étais certaine qu'il ne me poserait aucune question sur New York ou sur la présence de Kristen à la villa… ou encore sur le fait qu'il devait m'héberger. De toute façon, j'aurais été incapable de lui donner une réponse rationnelle. J'étais trop secouée. Si je fermais les yeux, je pouvais de nouveau entendre les pleurs déchirants d'Ethan à notre départ, les sarcasmes de Kristen, et revoir l'expression indéchiffrable de Rick lorsque j'avais rejoint Carl à sa voiture.

J'avais trouvé mes affaires regroupées, pliées, rangées sur une commode d'une des chambres d'amis. En notre absence, certaines choses avaient changé. Le bureau de Rick avait retrouvé sa place dans mon ancienne chambre ; le lit médicalisé avait dû être rendu à la société de location.

Il n'avait plus besoin de moi.

Il n'avait plus besoin de mes services, comme Kristen l'avait si bien dit…

Mais moi, j'avais besoin de lui. Pour me faire sourire, rire, rougir et vivre. Tout simplement pour me faire vivre.

Le plus difficile avait été de constater que tout cela ne semblait pas l'affecter. Comme s'il s'y attendait. J'aurais aimé qu'il me dise quelque chose. Mais non.

J'avais vu Carl comme une bouée de secours. Dès son arrivée, j'avais sauté sur le siège passager après avoir jeté mes bagages dans son coffre. Puis j'avais attendu que Carl et Rick finissent de discuter avant de voir les palmiers de l'allée de la villa disparaître derrière nous.

Et maintenant, alors que le soleil de Miami entamait sa descente derrière les grands buildings, je n'étais même plus certaine de vouloir rester avec Carl. Sans l'opération d'Ethan, j'aurais pris le premier vol direct pour New York. Les paysages défilaient à travers les vitres de son pick-up et moi, je tremblais.

— J'ai fait aussi vite que j'ai pu, marmonna Carl.

Même s'il ne me voyait pas, bien trop concentré sur sa conduite (ou autre chose), je lui souris.

— Vous avez eu de la chance : à quelques minutes près, je n'avais pas mon téléphone sur moi, reprit-il.

De la chance ? Est-ce que je devais voir Carl comme ma chance ? Après tout, je l'avais bien traité de bouée de secours…

— J'ai perturbé tes plans, désolée, répondis-je d'une voix fêlée.

Il ne répondit pas. Je me sentis coupable. Après la tristesse, la frustration et l'impuissance, je m'en serais bien passée.

Les buildings avaient laissé la place aux plages et à l'océan qui s'étirait à perte de vue sous un ciel orangé. Peut-être que demain, je serai plus disposée à en apprécier la beauté.

Carl s'engagea dans un parking sous un immeuble d'une trentaine d'étages entièrement vitré, et se gara. Nous y étions. Toujours silencieux, il sortit de sa voiture, récupéra mes bagages et, sans m'attendre, il partit au pas de course dans un couloir.

Quand je le rejoignis devant l'ascenseur, je n'y tins plus et lançai :

— Demain, je chercherai une solution.

Cette fois-ci, sa réaction fut immédiate :

— Une solution ?

Je levai la tête vers lui timidement.

— Une chambre d'hôtel en attendant de pouvoir repartir à New York.

Les portes s'ouvrirent sur une cabine luxueuse, toute de marbre et de miroirs. Il y entra, je le suivis.

— N'importe quoi ! bougonna-t-il en sélectionnant le vingtième étage.

— Je ne vais pas rester chez toi éternellement.

Il haussa les épaules.

— Pourquoi pas ? Tu ne me dérangeras pas. Enfin, je n'en sais rien puisque je n'ai jamais vécu avec une autre femme que ma mère.

J'avais oublié ce détail. Qui devenait soudain un énorme problème. Je serais pour lui une proie facile. Est-ce que je devais avoir peur de lui ?

— C'est pour ça que tu te comportes de cette manière ?

Autant crever l'abcès dès maintenant.

— Comme un con, tu veux dire ?

Les portes s'ouvrirent sur un long couloir blanc. C'est vrai, je n'avais pas réfléchi aux conséquences. J'avais demandé à Rick d'appeler Carl, parce que c'était l'unique personne que je connaissais à Miami.

— Je suis désolée…

— Ça n'est pas à toi de l'être. Je suis énervé après mon trou du cul de pote.

— C'est pourtant moi qui vais dormir chez toi, ajoutai-je alors que nous suivions le couloir.

— Je te l'ai dit, tu ne me déranges pas. Et je devrais même me réjouir de savoir que tu seras chez moi, sauf que je n'y arrive pas. Tu es là parce que tu n'as pas le choix, et seulement pour ça. C'est la première chose qui m'énerve.

Devant une porte, il lâcha mes sacs. Les clés tintèrent dans la poche de son short comme s'il se battait en duel avec elles.

Je baissai les yeux, honteuse.

— La deuxième, reprit-il, c'est de voir Rick retourner avec cette fille, ou plutôt de constater qu'il te laisse tomber pour cette fille. Tu vaux cent fois mieux qu'elle. Je dirais même que vous êtes incomparables ! Et ça aussi, ça devrait me réjouir.

Un instant, je crus qu'il se retenait d'ajouter que ça lui laissait le champ libre.

Il ouvrit la porte et, d'un signe de main, m'invita à entrer. Je vis une cuisine entièrement équipée, meubles en Inox laqués gris. Sur la gauche, face à l'îlot central, après une longue table rectangulaire et ses six chaises, un énorme canapé d'angle beige devant un écran plat. Par la baie vitrée, j'aperçus une vue à couper le souffle.

— Je lui ai demandé de finir ce qu'il avait commencé avec elle, précisai-je.

L'océan s'étendait devant moi. Le soleil parait le ciel de mille nuances orangées, puis se teintait de bleu foncé et devenait presque noir au ras de la ligne d'horizon.

— Tu es maso, ma parole !

Maso ? Non. Je m'étais plusieurs fois posé la question. Je l'aimais. C'était à lui que le choix incombait. Je n'avais pas à le persuader de quoi que ce soit, ni à trouver des solutions à des problèmes qui ne me concernaient pas.

Je haussai les épaules et ouvris la baie vitrée pour sortir sur la terrasse. Peut-être que le vingtième étage m'offrirait la bouffée d'oxygène qui me manquait depuis mon départ de New York ?

Les yeux fermés, les deux mains cramponnées à la balustrade, j'essayai de respirer largement. Une mèche de mes cheveux frétilla contre ma joue, mais l'extase s'arrêta là.

Que faisait Rick en cet instant ? Quelque chose me disait que cette question allait me tarauder.

— Je… Enfin… balbutia Carl derrière moi. Tu manges de tout ?

Je me retournai.

— Je n'ai pas très faim.

— Tant que tu seras chez moi, tu mangeras, Oceana.

Je devinai au ton de sa voix qu'aucune négociation ne serait possible.

— Viens, je te montre ta chambre, si tu veux te rafraîchir pendant que je prépare le dîner.

Il traversa le salon. Je le suivis sans entrain.

Il ouvrit une porte entre le coin salon et le coin salle à manger. C'était la seule porte, en dehors de la porte d'entrée. Je demandai :

— Où est ta chambre ?

— C'est ma chambre.

J'eus un mouvement de recul. Je déglutis bruyamment. Carl, amusé, émit un gloussement.

— Je dormirai sur le canapé, m'informa-t-il comme pour me rassurer.

— Je peux aussi dormir sur le canapé, m'empressai-je de dire, la bouche sèche.

— Tu peux aussi demander à mon voisin de palier s'il ne veut pas te sous-louer une de ses chambres, se moqua-t-il. Je te préviens, c'est un vrai pervers. Il passe son temps à épier les jeunes filles en bikini sur la plage.

— Je n'ai pas de bikini…

— Dans ton cas, n'importe quoi ferait l'affaire.

Ses yeux glissèrent sur mon débardeur, puis sur mon short, le long des jambes nues. Immédiatement, je bannis de ma tête l'idée de porter un quelconque vêtement moulant, sexy ou court. Il ne me restait pas grand-chose à mettre.

Sa chambre donnait sur la terrasse du salon, sur la gauche ; j'imaginai le lever de soleil qu'elle pouvait offrir le matin au réveil. Au centre, entre deux tables de chevets grises, trônait un lit *king size* en face d'un écran plat. Sur la droite, je devinai l'entrée d'un dressing. Je m'avançai. Carl me montra les interrupteurs et les LED au plafond s'allumèrent. Le dressing avait été aménagé de part et d'autre d'un couloir au fond duquel se révélait une salle de bains carrelée de marbre.

Je retins mon souffle face au luxe de cet appartement. Je ne m'y ferais jamais. J'avais l'impression de ne pas être à ma place ici. Un peu comme si j'étais le dessin d'un enfant de trois ans exposé au milieu des œuvres de Picasso.

— Tu trouveras des serviettes dans le meuble du bas, je t'apporte tes bagages.

Je m'engouffrai dans la salle de bains et fermai la porte à double tour. Seule. J'étais seule. Avec ma nausée. Avec mes questions lancinantes. Je tentai de refouler un sanglot en pensant qu'elle pouvait le toucher, le regarder. Je me souvenais de la place de ses cicatrices sur son ventre, des marques disgracieuses laissées par les agrafes. Elle ne les aimerait pas autant que moi. Tout simplement parce que pour moi, ses jambes étaient synonymes de chaleur et d'affection. Elles étaient le premier lien que j'avais noué avec lui.

Je sursautai à la vibration de mon téléphone dans la poche de mon short. C'était ma mère. Ethan allait bien, il s'était endormi. Son message m'arracha un minuscule sourire. Même mon fils ne pouvait rien pour moi. Je n'étais pas seulement triste, j'étais anéantie. Comme engloutie par les ténèbres. Tout était noir et sans fin. Ma tête bourdonnait et me faisait atrocement mal. Ma poitrine me brûlait, comme si une braise avait été glissée à mon insu dans mon œsophage.

Elle était là, ma réalité. Je l'avais laissé repartir avec elle.

Mes poumons me brûlaient ; je me laissai tomber à genoux sur le sable frais, éreintée.

— Tu t'arrêtes déjà ? se moqua Carl qui continuait à courir sur place à côté de moi.

Oui. Déjà. Ça devait faire trente bonnes minutes que nous courions le long de la plage. Et j'étais épuisée. Je n'avais pas sa forme athlétique, et cavaler sur le sable demandait plus d'efforts que sur la terre ferme. Je lui offris un regard noir.

— En même temps, si tu mangeais, tu aurais plus de force pour avancer…

Nouveau regard noir. J'avais seulement sauté le repas d'hier soir, en m'endormant juste après ma douche sur son lit. Non, en réalité, j'avais fait semblant de dormir pour ne pas avoir à parler, et aussi pour pleurer librement.

— Si tu ne lèves pas tes fesses de ce sable, je te jette toute habillée dans l'eau.

Bizarrement, je n'avais pas assez mal aux jambes pour m'arrêter là. Je me levai précipitamment et me remis à courir. Il me dépassa dans la foulée, mais je préférais le savoir devant plutôt que derrière moi, à reluquer mes fesses.

Deux minutes plus tard, mes cuisses me brûlaient, et j'avais du mal à respirer. Le soleil montait dans le ciel, attirant les baigneurs sur les plages qui s'étendaient à perte de vue devant des grands bâtiments luxueux.

Carl m'attendait devant le sien. Il s'étirait, une jambe en appui sur une borne, son débardeur sur la nuque. Je me retins de laisser traîner mes yeux sur la tension parfaite de ses dorsales et de ses trapèzes et le dépassai pour rejoindre la porte d'entrée.

Carl était plus que charmant. Il devait faire rêver bien des femmes, mais il n'était pas Rick. Mon Rick. Je les imaginais tous les deux, traînant dans les bars il y a quelques années. Le brun ténébreux et le beau gosse aux yeux bleus. J'étais presque certaine qu'ils devaient parier sur celui qui emballerait le plus de filles.

Sitôt rentrée, je me précipitai sous une douche bouillante pour détendre mes muscles. Et, comme je l'avais décidé la veille, je bannis shorts et jupes, préférant un jean et un top sans manches très large.

Il prit ma place dans la salle de bains, tandis que je m'affairai à préparer notre petit déjeuner. Ce footing matinal m'avait finalement ouvert l'appétit. Malheureusement pour mon estomac, cet état ne dura pas. Machinalement, j'avais préparé six pancakes… Est-ce que Kristen savait les faire mieux que moi ?

— Tu n'étais pas obligée de faire ça.

Je sursautai, me retournai et manquai de peu de renverser l'assiette que je tenais.

— Désolé, lâcha Carl avec une grimace.

Seulement vêtu d'un boxer, il se séchait les cheveux avec une serviette. Il m'était impossible d'ignorer le tableau qu'il m'offrait.

— Tu ne peux pas mettre un T-shirt ?! lançai-je, agressive.

Au lieu de retourner dans sa chambre, il traversa mon champ de vision pour prendre deux verres dans un placard et le jus d'orange dans le frigidaire. Je me retournai hâtivement vers le plan de travail. Inspirer. Expirer. Pourquoi avais-je réagi ? Maintenant, il allait penser qu'il ne me laissait pas indifférente. Je m'obligeai à refouler le souvenir plaisant de son baiser. Je. Ne. Devais. Pas. Penser. À. Ça.

Plus de pensées pour Carl. Plus de pensées pour Rick. Que me resterait-il ? Ah oui ! Mon fils ! Penser à Ethan !

— Il faut que nous parlions, hasardai-je en prenant place en face de lui.

Il remplit les verres de jus d'orange.

— Je ne sais pas pourquoi, mais je sens que je ne vais pas tellement aimer.

— Là n'est pas la question, Carl.

Son regard s'assombrit.

— Bien entendu, tout le monde se fiche de savoir ce que j'apprécie ou non !

Ce n'était pas ce que je voulais dire.

— Laisse tomber, soufflai-je.

Je regagnai la chambre et claquai la porte derrière moi. Je pris mon téléphone sur la table de nuit, puis fis glisser mes doigts sur l'écran ; le répertoire défila jusqu'à la lettre R.

Rick. L'appeler, un réflexe. Mais.

Il était avec elle, je ne devais pas le déranger. Comme la veille, mes entrailles se retournèrent. Je ne pouvais pas l'appeler.

Je devais seulement jouir de la vue que m'offrait cet appartement, faire les cent pas sur le parquet, me jeter sur le lit et regarder la télévision jusqu'à ce que lui décide de me contacter. Je devais attendre. Patiemment. Me nourrir, sortir sur la plage, me laver, dormir, sans oublier de respirer. Patiemment.

CHAPITRE 36
CINQ JOURS

Cinq jours sans nouvelles. Cent vingt heures sans le voir, sans le sentir, sans le toucher. Je me rendais compte à quel point j'avais été stupide de ne pas le retenir. Plus les heures passaient, plus mes chances de le retrouver diminuaient. J'étais en manque de lui, de son odeur et de sa chaleur. De son souffle dans mon cou le matin au réveil. De ses mots qui me faisaient rougir. De ses caresses et de ses sourires. De lui. Comment avais-je pu penser une seule seconde que j'allais pouvoir vivre sans lui ?! J'étais stupide. Je regrettais de ne pas lui avoir dit des tonnes de fois je t'aime… J'avais l'impression d'avoir été rouée de coup, tant mon corps tout entier souffrait de son absence.

Malheureusement, je n'arrivais pas à lui trouver des excuses pour ne pas m'appeler. Cinq jours, c'était bien trop long pour une simple discussion avec Kristen. Il fallait que je me fasse une raison. Il était retourné définitivement avec elle. Sinon, il m'aurait déjà appelé, non ?

Alors, tous les soirs, je me couchais avec un nouvel objectif, voir le lendemain autrement, apprécier la beauté de Miami, visiter la Floride, me baigner dans l'océan, sourire, vivre, tout simplement. Ou laborieusement, sans lui. Mais chaque matin était un peu plus fade, et chaque journée plus difficile. Je partais courir tôt alors que Carl dormait encore, je prenais ma douche, je déjeunais et je repartais pour ne revenir que le soir. Je ne faisais pas grand-chose. J'errais dans les magasins sans rien acheter, je me surprenais à rester des heures assise sur un banc public sans rien regarder et j'attendais, le téléphone à la main. J'avais seulement changé de smartphone, pour en acquérir un qui permettait d'appeler Ethan et de le voir en même temps.

C'est à peine si Carl et moi échangions un bonjour. Il partait lui aussi le matin avec sa planche de surf pour s'entraîner, et je ne le voyais que le soir. Mon dîner m'attendait chaque jour sur la table de la salle à manger. Il ne dînait pas avec moi et sortait avant que j'aie terminé. Je ne savais pas où il allait, mais ses vêtements parlaient pour lui. Pantalon à pinces et chemise, cheveux parfaitement disciplinés, montre Rolex hors de prix au poignet. Il rentrait tard dans la nuit ; je ne dormais jamais, je ne dormais que très peu d'ailleurs, mon sommeil était agité et cauchemardesque. Il avait pris l'habitude de passer sa tête par la porte de la chambre, pour s'assurer que j'étais toujours là. Puis il se jetait sur le canapé tout habillé.

C'était décidé, demain, je chercherais du travail, n'importe quoi, de nuit comme de jour, pour ne plus penser à Rick et Kristen et à ma culpabilité envers Carl. Miami regorgeait de cliniques et d'hôpitaux.

Allongée dans le lit, je regardai une dernière fois l'écran de mon téléphone et le reposai sur la table de chevet. Pour la première fois en cinq soirs, je réussis à ignorer la photo qu'il m'avait envoyée. Je n'avais plus besoin de la regarder, il me suffisait de fermer les yeux pour m'en rappeler chaque détail. Ses yeux bleus, un demi-sourire sur ses lèvres rougies par des baisers échangés, ses cheveux indisciplinés, et moi blottie dans ses bras, le regard perdu sur son visage, comme si c'était la dernière fois que je le voyais. Et c'était presque ça. Je me rappelais ce que j'avais pensé à ce moment-là, que jamais je n'aimerais quelqu'un comme je l'aimais, lui.

1 heure du matin. J'éteignis la télévision et fixai le plafond, suppliant le sommeil de m'emporter rapidement. J'observais les dessins que projetait la lune dans la chambre, devinais les ombres des objets sur les murs et comptais les secondes qui défilaient. Au moment où mes paupières se faisaient plus lourdes, le cliquetis de la porte d'entrée me fit sursauter. Je fronçai les sourcils, surprise. Carl rentrait tôt. Il

était aussi plus bruyant que les autres soirs. Il jura, et je devinai qu'il avait percuté un objet.

Je me levai et passai la porte de la chambre. Carl, avant de plisser les yeux, assis sur une chaise, le pantalon défait, maintenait un torchon sur un de ses genoux.

— Je ne voulais pas te réveiller, s'excusa-t-il.

Je haussai les épaules et posai ma main sur la sienne pour découvrir son genou. Il eut un mouvement de recul à mon contact. Le sentir sur la défensive me fit l'effet d'une douche froide. Pendant cinq jours, je n'avais fait que penser à moi et à mon cœur brisé sans jamais penser que Carl puisse être affecté par ma distance et ma morosité. Je devais changer.

— Ne bouge pas, murmurai-je en courant jusqu'à la salle de bains.

Je pris des compresses, un spray antiseptique et du sparadrap dans l'armoire à pharmacie et revins dans le salon.

— C'est juste une égratignure, m'informa-t-il.

Je me débarrassai de mon matériel sur la table et me mis à genoux devant lui. J'ouvris le paquet de compresses et en imbibai quelques-unes de désinfectant. Je jetai un rapide coup d'œil à son visage et reposai ma main sur la sienne. Cette fois, il se laissa faire dans une déglutition. C'était une belle plaie qui, néanmoins, ne nécessiterait pas de points de suture. Tant mieux.

— Je… euh… Je suis ravi de te voir à genoux devant moi, se moqua-t-il.

Carl et sa franchise ! Au lieu de rougir, j'appliquai fermement la compresse imprégnée d'antiseptique sur sa plaie. Il grimaça de douleur tandis que je lui offrais un sourire narquois.

— Tu dormais aussi dans cette tenue chez Rick ?

Comment voulait-il que je dorme ? Nue ? En jean ? Ici, je n'enfilais mon débardeur et mon short en satin que lorsque j'étais certaine de ne plus le croiser dans la maison. Loupé pour cette nuit.

— Comment tu as fait ça ? demandai-je.

— Le tiroir du casserolier.

Pauvre tiroir.

— Tiens-moi ça et tends ta jambe, ordonnai-je.

Je lui fis un pansement lâche, qui ne le gênerait pas en marchant ou en se baissant. Concentrée, je ne vis pas sa main s'approcher de mon épaule. Elle remonta sur mon biceps pour replacer la fine bretelle de mon débardeur. Au frisson qui me gagna, je me figeai ; ses sourcils se froncèrent. Je posai ma main bien à plat au-dessus de son genou et lui souris avec affection.

— Ça devrait suffire pour la nuit, l'informai-je.

— Merci, souffla-t-il.

Pour la première fois en cinq jours, j'avais eu l'impression de servir à quelque chose. Il m'avait même fait sourire. Alors c'était peut-être à moi de le remercier. Merci de m'accueillir. Merci de supporter mon comportement. Merci de me forcer à me nourrir. D'insister pour que je survive (même stupide).

— Où as-tu appris à faire la cuisine ? lui demandai-je en allant jeter les compresses usagées dans la poubelle de la cuisine.

— Ma mère. Enfin, je me souviens l'avoir regardée pendant des heures.

Après s'être débattu avec son pantalon qui s'étalait à ses pieds, il se mit debout pour défaire les premiers boutons de sa chemise. Je me retournai vers le Frigidaire et en sortis une bouteille d'eau fraîche. Je l'avais déjà vu torse nu, mais j'avais du mal à le regarder dans les yeux lorsqu'il se pavanait devant moi en boxer.

— Je me suis régalée, dis-je, toujours dos à lui, avant de boire directement au goulot.

— Ravi. Tu me fais boire ? Moi aussi, j'ai soif.

Il était à côté de moi. Les fesses appuyées contre le plan de travail, bras croisés sur son torse nu, il me dévisagea, songeur. Le souffle court, je lui tendis la bouteille. Son regard fiévreux planté dans le mien, il but une gorgée.

— Bonne nuit, lançai-je.

Vite. Respirer. Vite. Marcher. Tout droit. En évitant le casserolier, son pantalon sur le sol. Vite. Sans tourner la tête. Jusqu'à sa chambre, dont je refermai la porte derrière moi.

— Oceana ? entendis-je.

Je me crispai. Il était là. Contre le battant.

— Oceana, je voudrais qu'on parle, me supplia-t-il. Pourquoi as-tu besoin de cet argent ?

J'ouvris la porte. Il fallait que je l'affronte, cette fois.

— Mon fils. Il doit se faire opérer.

Son regard se radoucit et sa main s'approcha dangereusement de ma joue.

— Arrête, Carl, le réprimandai-je, paniquée.

Il soupira, dépité.

— Mon fils, Ethan, a une malformation cardiaque. J'ai besoin de cet argent pour le sauver, répétai-je.

Il resta un moment silencieux.

— Donne-moi jusqu'à lundi, et tu pourras rentrer chez toi, dit-il enfin.

Rentrer. Chez. Moi.

— Je… J'ai peur de ne pas comprendre, bégayai-je.

— Ça n'est pas pour l'argent, je le ferai virer sur ton compte dès que possible. À moins que Rick réussisse à faire… ce qu'il voulait faire. Bref. Je veux seulement que tu restes avec moi jusqu'à lundi. Je veux te montrer que je ne suis pas celui que tu crois…

Je lui sautai au cou, délivrée. Comme si je venais de respirer ma première bouffée d'air de la semaine.

— Je… euh… balbutia-t-il, surpris, avant de poser ses mains à la naissance de mes reins.

Je ne bougeai pas et me laissai submerger par le bonheur. J'allais pouvoir offrir à mon fils un nouveau cœur. Il allait pouvoir courir comme tous les enfants de son âge, sauter, danser, rire.

Grâce à Carl.

Je l'étreignis avec force, le visage trempé de larmes, des larmes de joie, cette fois.

— Merci, hoquetai-je. Merci. Merci.

— Je… euh… C'est difficile pour moi de te tenir dans mes bras… dans cette tenue.

Je commençais à le connaître assez pour savoir que son ironie dissimulait un réel malaise. Mais rien ne pouvait m'atteindre à cet instant. Je rentrerais plus tôt. Dans quatre jours. Et Ethan serait opéré.

— Tais-toi, Carl. Je suis heureuse et j'ai confiance en toi.

Quelques mèches de mes cheveux, échappées d'une casquette de base-ball dix fois trop grande pour ma tête, s'agitaient au rythme des bourrasques de vent. Je fermai les yeux, agrippée à la rambarde de notre embarcation, pour apprécier l'air humide et salé qui lissait mon visage. Carl, qui conduisait son bateau de plaisance à vive allure, sourit en me voyant m'extasier pour si peu de choses.

Pour la première fois en une semaine, j'avais réussi à dormir une nuit complète. Savoir que j'allais pouvoir rentrer plus vite à New York et organiser l'opération d'Ethan, me faisait un bien fou. J'avais même réussi à occulter la douleur lancinante de mon cœur brisé. J'étais comme anesthésiée.

Le vrombissement du moteur se fit plus doux et l'air plus calme ; nous perdions de la vitesse.

— Ici, ça sera parfait.

Carl arrêta le moteur.

— À l'eau ! clama-t-il en ôtant son T-shirt.

Je grimaçai tout en scrutant le fond marin. Est-ce que j'avais envie de me faire bouffer une jambe par un requin ?

— Je vais t'attendre à bord, ne te gêne pas pour moi, me défaussai-je.

Exaspéré, il s'écria :

— Je ne te regarderai pas, Oceana !

Je ne parlais pas de ce requin-là, mais maintenant qu'il soulevait le problème du maillot, hors de question que je quitte le bateau. Pour affirmer mon refus de me baigner, je me jetai sur la banquette derrière moi, bras en croix sur ma poitrine.

— Soit tu y vas toute seule, soit je te jette à l'eau, comme tu es. Et je te préviens, je n'ai pas de rechange à te proposer.

J'imaginais que des tonnes d'éclairs sortaient de mes pupilles. Et il n'était pas question d'éclairs en chocolat.

— Tu mets trop de temps à te décider !

Je lui jetai mes sandales à la tête ; il fit un pas vers moi. Vite, je me débarrassai de ma robe et de sa casquette et courus jusqu'à l'échelle. Peine perdue ! Il me ceintura, et nous basculâmes par-dessus bord.

J'avalai une grande gorgée d'eau salée. Carl lâcha prise pour me laisser tousser et reprendre haleine.

— Tu es fou ! suffoquai-je en tentant de rejoindre le bord de l'échelle.

— Vois le bon côté des choses, Oceana, ta robe est sèche !

Je l'éclaboussai pour faire cesser son fou rire.

— Nous avons des visiteurs, annonça-t-il.

Des visiteurs ! Je fonçai dans ses bras et me cramponnai à lui. Ce n'était peut-être pas une bonne idée, d'ailleurs. Il était blessé au genou. J'avais entendu qu'un requin pouvait sentir l'odeur du sang à des centaines de mètres.

— Calme-toi, Oceana, tenta-t-il de me rassurer. Ce ne sont que des dauphins !

— Sûr ? Dauphins ? Pas de requins ?

— Non, ils nous auraient déjà bouffés, s'esclaffa-t-il. Les requins se déplacent en solitaire et approchent rarement des côtes.

— Vachement rassurée, marmonnai-je.

— Découvre par toi-même, murmura-t-il contre moi.

Son souffle chaud se déposa sur ma joue telle une caresse. Je frémis et décidai de mettre cette sensation sur le compte de la crainte.

Une forme sombre, fuselée, glissait dans les profondeurs turquoise de l'océan. La forme repassa. Avec agilité. Longue et grise. Puis une autre. Et encore une autre. Carl se mit à frapper l'eau du plat de la main.

— Le bruit les attire. Ils sont très curieux.

Effectivement, les dauphins dansaient autour de nous. Ils nous encerclaient. Je me détendis. Légèrement. Partagée entre l'excitation et la crainte de l'inconnu.

— Il faut les laisser s'approcher, m'expliqua Carl. Nous ne devons pas oublier qu'ils restent des animaux sauvages. Parfois, ils se laissent toucher, d'autres fois, ils se contentent de nager autour de nous sans jamais venir à notre rencontre. Et il semblerait qu'aujourd'hui nous ayons de la chance. Tu me fais confiance ?

À nouveau son souffle sur ma joue. Se rendait-il compte de l'effet qu'il pouvait avoir sur moi ? Je me retins de tourner la tête, dans la crainte de rencontrer sa bouche. Je déglutis et murmurai un « oui » les yeux fixés sur l'eau, où les cétacés passaient et repassaient.

— Alors retiens ta respiration et garde les yeux ouverts.

Et il plongea. Je resserrai ma prise autour de ses hanches. À un mètre de nous, trois dauphins se chevauchaient, se frôlaient avec volupté. Quand l'un d'entre eux s'approcha dans une ondulation majestueuse, Carl me saisit le bras et m'obligea à le tendre. Le dauphin percuta délicatement ma main de son rostre et glissa sur ma paume, comme un chat. Lisse, soyeuse, tiède, sa peau me parut irréelle tant elle était parfaite. J'eus l'impression d'être très petite et très ignorante face au monde marin, inconnu, qui nous entourait. Est-ce que la découverte de quelque chose de nouveau donnait toujours cette sensation ?

J'aurais pu rester des heures ainsi, sous l'eau, si ma cage thoracique douloureuse ne m'avait pas poussée à remonter à la surface pour reprendre de l'air.

Dans une inspiration bruyante, Carl me rejoignit. Il souriait ; il devait sentir l'état d'euphorie dans lequel il m'avait plongée. Je voulais y retourner. Encore, et encore, jusqu'à ce que les dauphins se lassent de nous et qu'ils trouvent une meilleure attraction.

À chaque plongeon, ce fut la même joie, une nouvelle découverte, d'autres sensations. Je rencontrai l'œil d'un dauphin et me sentis transpercée par son regard, comme s'il m'avait acceptée telle que j'étais, m'avait purifiée et lavée de toute tristesse, m'avait remplie d'un amour inconditionnel pour la nature. Le temps parut alors suspendu, comme si nous n'avions été, lui et moi, qu'une seule et même personne.

— Alors ? me demanda Carl dans une fierté à peine dissimulée en me rejoignant sur le bateau.

Il n'y avait pas de mot pour décrire ce que je venais de vivre.

— *Divinement extra* serait trop faible, répondis-je.

Son regard s'attarda un instant sur mon sourire. Puis il ouvrit un coffre près du poste de pilotage et en sortit deux serviettes. Il en déplia une, où je me réfugiai avec empressement. Je tremblais de tout mon corps. Carl frictionna mes avant-bras.

— Je récupère la glacière et je te rejoins devant.

Emmitouflée dans la serviette, j'escaladai l'échelle et m'assis sur le pont avant recouvert d'un large matelas qui, je le supposais, devait faire office de transat.

Le tissu, encore imprégné de la chaleur du soleil, me réchauffa. J'avais nagé avec des dauphins, je n'avais toujours pas de coup de soleil et, dans trois jours, je serais à New York avec les trois cent mille dollars nécessaires à l'opération d'Ethan. J'ignorai le pincement fugace de mon cœur et l'image du regard bleu de Rick.

— Ça va mieux ? s'inquiéta Carl en déposant la glacière à côté de moi. Tu veux une bière ?

— Non. Je me suis promis de ne plus toucher à une goutte d'alcool !

— Je m'en doutais. J'ai apporté du jus d'orange. Tiens. Tu devrais enlever ta serviette, elle est trempée, suggéra-t-il.

Je me retins de me retourner pour le dévisager et obéis à sa suggestion.

— J'ai bien cru qu'il faille encore que je négocie, railla Carl.

— Est ce que tu négocies aussi avec tes coups d'un soir ?

Il colla son torse brûlant contre mon dos. C'était bien plus agréable que le tissu mouillé et froid de la serviette. Je m'installai confortablement, et me laissai même aller à poser ma tête sur son épaule.

— Le principe même du coup d'un soir, c'est justement de passer la nuit avec une fille qui ne posera aucune question, qui pensera de la même manière que moi.

— Comment fais-tu ?

— Je lui demande si elle est partante pour une nuit torride avec moi. En d'autres termes, si elle veut baiser.

— Carl ! Je ne parlais pas de ça ! Comment fais-tu pour faire l'amour avec une fille sans créer aucune attache ?

— Je… euh… balbutia-t-il. Tu fais chier avec tes questions, Oceana.

Le grand Carl, à l'ego surdimensionné, avait peur de parler avec moi !

— *Je* fais chier ? La question est simple, pourtant. À moins que tu ne veuilles pas y répondre ?

— Je ne me vois pas parler de ça avec toi, c'est tout.

— Je dois sérieusement remettre en question tous tes plans, ces derniers temps…

— Tu ne crois pas si bien dire !

J'allais lui rappeler qu'il serait débarrassé de moi dans trois jours quand il reprit :

— Ce n'est pas ce que tu crois, Oceana ! Je ne ramène aucune fille chez moi.

L'image de Carl baisant dans une ruelle mal éclairée me donna la nausée.

— Alors, si tu as ce que tu veux toutes les nuits, en quoi est-ce que je remets en question tous tes plans ?

— Je ne fais pas ce genre de choses toutes les nuits… Je sors aussi pour m'amuser, pour boire et me détendre, lorsque je ne suis pas en compétition. Et je n'ai pas réussi à toucher une fille depuis plus d'une semaine.

Je retins non sans mal un gloussement.

— Tu vas me faire croire que cette semaine, tu es sorti tous les soirs pour boire et te détendre ?

— Non, pour t'éviter. Ou plus précisément pour me retenir de te sauter dessus.

— Ce soir, tu sors ! exigeai-je.

Il se mit à rire franchement.

— Non. Je me suis fait une raison. Tu pars dans trois jours. Même si je dois agoniser dans d'atroces souffrances, subir les médisances de mon cerveau et les brûlures de ma queue, je préfère profiter de toi !

— D'atroces souffrances ? Tu n'avais pas l'air d'être à l'agonie tout à l'heure avec les dauphins.

— Là, je profitais. L'agonie c'est quand tu me repousses ou que tu pars toute la journée, je ne sais où, faire je ne sais quoi.

Il se mit à jouer avec mes doigts. Je regardai au loin le soleil entamer sa descente derrière les grands buildings de la ville.

— Je vais t'avouer quelque chose, dis-je finalement. Je préfère être sur ce bateau plutôt que je ne sais où, à faire je ne sais quoi.

Ses bras se resserrèrent autour de moi.

— Tout à l'heure, dans l'eau, ça faisait longtemps que je ne t'avais pas vu aussi heureuse…

Aussitôt, je pensai à Rick. Il voulait tellement me faire nager avec les dauphins. Il y tenait. Et ce n'était pas avec lui que j'avais partagé cette expérience.

— Tu penses à lui, n'est-ce pas ?

Je soupirai.

— Tout le temps, murmurai-je, la gorge serrée.

— Oceana, regarde-moi.

Je n'en fis rien. Je me concentrai sur la chaleur de ses bras autour des miens et sur l'odeur salée de la brise pour oublier la mélancolie qui semblait vouloir me dévaster à nouveau.

— Oceana, il est avec elle.

Est-ce qu'il avait eu des nouvelles ? Quelle question ! C'était son meilleur ami !

— Je le sais…

— Je ne te demande pas de ne plus être triste ou de ne plus penser à lui, mais seulement d'essayer de vivre *ta* vie.

Tout serait plus simple à New York. J'aurais l'esprit préoccupé par Ethan, par mon travail, par la recherche d'un nouvel appartement. Est-ce que je penserais encore à lui ?

— Pourquoi tu fais tout ça, Carl ?

Pris au dépourvu, il tressaillit, puis marmonna :

— Il semblerait que Rick n'est pas le seul à avoir craqué pour tes beaux yeux gris.

Je ne m'attendais pas à ça. Ou peut-être que ça me plaisait, après tout. Carl n'avait jamais apprécié une fille au point de faire des concessions, de changer ses habitudes.

— Comment peux-tu en être certain ? demandai-je.

J'étais toujours blottie dans ses bras, et ma main n'avait pas quitté la sienne.

— Je ne le suis pas, répondit-il. Mais tu hantes mes pensées, assez pour pouvoir espérer une vie avec toi.

J'en eus le souffle coupé. Je déglutis et murmurai :

— C'est ce que tu voudrais ? Que je sois avec toi ?

— Non. Je ne veux pas passer après lui. Je ne veux pas être ton second choix.

— Qui te dit que je pense à lui lorsque je suis avec toi ?

— Si je te dis que tu sens bon (il frotta son nez dans mon cou et prit une profonde inspiration), tu vas penser à la vanille de Rick. Si tu poses tes yeux sur mes jambes, je suis presque certain qu'elles te sembleront imparfaites puisqu'elles ne portent pas ses cicatrices. Si je caresse ta joue du bout des doigts (il joignit le geste à la parole), tu vas sûrement te dire que ce ne sont pas les siens, qu'ils sont moins habiles et plus rugueux. Si je t'embrasse là (il posa un doigt sur mes lèvres), maintenant, tu chercheras son goût à lui…

Il ôta rapidement son doigt et attrapa sa bouteille de bière. Est-ce que je devais lui dire qu'il avait autant raison qu'il avait tort ? Certes, avant et après chacun de ses baisers, j'avais pensé à Rick, mais pendant… pendant, il n'y avait que lui contre moi, ses lèvres assoiffées et indélicates, sa langue intrusive et ses mains ardentes s'appropriant mon corps.

Je le regardai du coin de l'œil. Il arborait un air détaché. Il n'en était rien. Il pensait à nous. Et, comme moi, devait se demander s'il était stupide en me laissant partir sans rien tenter.

— Hors de question ! protestai-je en subtilisant à Carl la télécommande de la télévision.

Je me réinstallai à la hâte à l'autre bout du canapé, le laissant surpris, et choisis un film au hasard dans la catégorie « science-fiction ». Puis je cachai la télécommande derrière mon dos, sous un énorme coussin.

— Petite nature ! se moqua-t-il.

— Je n'ai pas peur ! Je n'aime pas les films d'horreur, point !

J'avais déjà du mal à dormir la nuit…

— Donne-moi ton téléphone, ordonna Carl avec malice.

— Pour quoi faire ?

— Je vais régler ton réveil pour trois heures du matin. L'heure où le diable et ses acolytes viennent rendre visite aux mortels.

— Hors de question !

— Je croyais que tu n'avais pas peur ?

— Il est sur la table de chevet, marmonnai-je.

Il sauta du canapé.

Quand il revint, son regard, fixé sur mon écran, était devenu inexpressif.

— Tu… tu devrais rappeler ta mère, dit-il.

— Qu'est-ce que tu racontes ?

Appeler ma mère alors qu'il devait être plus de 23 heures ?

— Tu as une cinquantaine d'appels en absence. Tous de ta mère.

Mon verre de jus d'orange s'écrasa sur le sol. Mes doigts avaient lâché prise. Ils avaient compris avant moi. Plus de batterie. Ethan. Téléphone laissé en charge avant de partir. Ethan. La journée entière sans téléphone. Ethan. J'avais été injoignable. Ethan. Il était arrivé quelque chose à Ethan.

Ethan…

Je lui arrachai le téléphone et composai le numéro que je connaissais par cœur.

— Oceana ! cria ma mère à l'autre bout du fil.

— Maman, qu'est-ce…

— Ma chérie, je… Il faut que tu rentres à New York. Maintenant ma chérie, maintenant.

Je connaissais ce ton-là. Ma gorge se noua.

— Où est Ethan, maman ? soufflai-je.

— Je… je ne peux pas te le passer, il faut juste que tu rentres.

Non. Je voulais l'entendre. L'entendre me dire qu'il allait bien. Qu'il avait fait des bêtises aujourd'hui. Qu'il avait fait un gâteau au chocolat.

J'entendis une autre voix, plus faible.

— Madame Douglas ? Je suis le docteur…

Plus rien. Un froissement. Je devinai qu'elle avait mis sa main sur le téléphone.

— Maman ? Maman ! hurlai-je.

Le froissement cessa enfin.

— Rentre, Oceana, ordonna-t-elle fermement.

— Où est Ethan, maman ? Ne me laisse pas prendre un avion sans savoir où est Ethan. Où est Ethan ? Où est Ethan ? hurlai-je, proche de la folie.

— Il y a eu un souci à l'école. Ethan vient de sortir du bloc opératoire, il est en réanimation pédiatrique.

Le téléphone fit le même plongeon que le jus d'orange. Ou peut-être que mes genoux le heurtèrent avant. Tout devint flou et noir. Ce que j'avais redouté pendant cinq années venait de se produire. Réanimation pédiatrique. Ça ne voulait dire qu'une seule chose pour moi. La vie de mon fils ne tenait qu'à un fil. Et moi, j'étais là, à Miami. Quelque part sur le sol du salon de Carl. Dans ses bras qui m'enveloppaient. Sous ses murmures qui tentaient de me calmer. Noyée dans mes larmes alors que mon fils, Ethan, tentait de survivre. Alors que la vie pouvait le quitter d'un instant à l'autre.

Mes poumons hurlaient la souffrance de mon corps. Ma tête bourdonnait et me renvoyait des tonnes d'images, toutes plus horribles les unes que les autres. Son visage inexpressif. Ses yeux clos et sa bouche masquée par un tuyau. Ses bras meurtris par les perfusions. Ses petites mains inertes et pâles. Un petit garçon qui se battait pour vivre. Sans sa mère. Sans moi.

CHAPITRE 37
GÉLULES BLEU TURQUOISE

Une heure à regarder la piscine, appuyé sur mes béquilles. Soixante minutes à lorgner l'écran de mon téléphone, dans l'attente d'un message de Carl qui me rassurerait. Trois mille six cents secondes à l'écoute du moindre bruit dans la villa, signe de la présence de Kristen. Rien. Rien à voir près de la piscine. Rien sur mon écran de téléphone. Rien non plus dans le salon ; Kristen n'avait pas quitté ma chambre. Ce qui avait été *notre* chambre.

Depuis New York, je souffrais constamment, debout comme assis, éveillé comme endormi (pour le peu que je dormais). Ça devenait insupportable ; j'avais l'intention de contacter mon chirurgien lundi, à la première heure, et j'avais déjà l'impression que rien ne se passerait comme prévu.

L'ancienne chambre d'Oceana avait retrouvé l'allure et la sobriété d'un bureau, de *mon* bureau. Seule l'odeur délectable de la vanille semblait persister, pour mon plus grand bonheur. Plus de petites photos d'Ethan et, surtout, pas d'Oceana. Elle était partie. Je l'avais laissée partir sans lui expliquer que ma mère avait fait réagencer la maison pour la vendre, sans lui avouer que, bientôt, j'aurais en ma possession l'argent pour l'opération d'Ethan, et surtout sans lui crier une dernière fois que je l'aimais.

Je me laissai tomber sur mon fauteuil. Mes béquilles heurtèrent le carrelage alors que mon téléphone vibrait enfin dans ma poche. C'était un message de Carl.

› T'es qu'un con. Elle va pas trop mal.
Samedi 10 Sept – 5:08 PM

Un con ? Pire. Un abruti. Si seulement Kristen n'avait pas été là à notre arrivée… Mais qu'est-ce que ça aurait changé, après tout ? Cette situation était inévitable. Mais comment savoir si je faisais le bon choix ? En outre, était-ce réellement *mon* choix ? Oceana m'avait demandé de régler mes différends avec Kristen. Elle ne voulait pas que je me lève un jour et que je me dise : « Peut-être que ça aurait été différent si… »

Kristen. Nous devions discuter, nous disputer peut-être, pour cesser de nous détester et repartir sur de bonnes bases, quelle que soit notre relation future. Je ne pouvais pas rejeter en bloc nos années d'amitié puis d'amour parce qu'elle m'avait quitté au moment où j'avais le plus besoin d'elle. Quelque part, j'avais été responsable de ma solitude. À cause de l'accident, de sa fausse couche. Et pourtant… quelque chose clochait, j'avais beau me repasser la scène de notre accident en boucle, je voyais toujours la même chose, la bouche de Kristen se tordre, son visage pâlir… Sa main qui démarrait son jet-ski pour me fuir. Mais jamais je ne m'entendais dire que je ne voulais pas de ce bébé. Jamais. Je voulais tirer cette histoire au clair, mais je redoutais l'emprise qu'elle pouvait encore avoir sur moi.

— Je te sers quelque chose à boire ?

Je me retournai vers Kristen, debout dans l'encadrement de la porte. Elle me sourit. Elle portait un pantalon de tailleur et une chemisette en soie d'une blancheur éclatante, elle était parfaite. Tout était lisse, soyeux, fin, de ses cheveux noirs à ses vêtements. Pas de taches, de bretelle échappée de son épaule, de chignon ou de queue de cheval fait à la va-vite : tout était parfait. Trop parfait. Retenant un soupir, je hochai la tête. En faisant claquer ses talons aiguilles sur le carrelage, elle marcha vers le minibar, l'ouvrit et en sortit une bière.

— Seulement de l'eau gazeuse, l'informai-je. Pas d'alcool avec les médicaments. J'ai dû faire trop d'efforts ces derniers temps.

Elle haussa les épaules avec désinvolture avant de replonger sa tête brune dans le minibar. Son indifférence me fit le même effet qu'un coup de poing en plein visage. Oceana n'aurait jamais réagi de cette manière. Je l'imaginais à mes genoux sous ce bureau, ses mains fraîches et réconfortantes appliquées sur mes cuisses.

— Il faut qu'on parle, Kristen.

Pas d'Oceana sous le bureau. Pas de massages délicats. Seulement Kristen, moi… et la petite bouteille d'eau gazeuse dont le verre éclata sur le sol. Kristen se retourna lentement.

— Ne fais pas ça. Je t'en supplie, Rick, ne fais pas ça. Pas après tout ce qu'on a vécu ensemble.

— Comment veux-tu que je réagisse ? Tu es partie, j'ai du mal à te pardonner.

Elle baissa les yeux sur les débris de verre à ses pieds. J'avais l'impression de revoir la Kristen écorchée d'une vie qu'elle n'avait jamais voulue. Sa mère avait été l'amante d'un sénateur, marié et très influent en Floride, et Kristen le fruit honteux de cette union extraconjugale. Il n'y avait pas de place pour la maîtresse et sa fille illégitime dans la vie de cet homme. Jusqu'au jour où la vérité avait éclaté. Sa mère, grâce aux sommes conséquentes qu'elle avait reçues du père de sa fille, leur avait payé une nouvelle identité et avait monté la plus grande agence immobilière de Miami.

— Moi, j'ai réussi, murmura-t-elle enfin. J'ai réussi à te pardonner.

Elle se laissa tomber à genoux sur le carrelage et se mit à rassembler les morceaux de verre. Elle me pardonnait. Même si des larmes coulaient sur ses joues, délayant son maquillage, j'avais du mal à y croire. Je connaissais assez bien Kristen pour savoir qu'elle ignorait ce qu'était le pardon.

— Plus de deux mois sans avoir de tes nouvelles, Kristen, dis-je plus calmement. Est-ce que tu sais quels sont les premiers mots que j'ai prononcés à mon réveil ? Je n'ai pas demandé ce qu'il s'était passé. Je n'ai pas demandé ce que je foutais là, dans un putain de lit d'hôpital, j'ai juste dit « Où est Kristen ? » *Tu* as été ma seule pensée. Et où étais-tu à ce moment-là ? Tu vidais cette maison qui devait être la nôtre. Tu es partie alors que j'avais besoin de toi. Bébé ou pas bébé, je ne méritais pas ça. Tu aurais pu m'insulter, me frapper si tu voulais, mais pas partir de cette manière-là !

— Je suis désolée. Ne me rejette pas, s'il te plaît. Laisse-nous une chance.

Je pouvais compter sur les doigts d'une main le nombre de fois où je l'avais vue pleurer. Le jour où elle m'avait raconté tous ses secrets, une nuit de cauchemars sur son passé, et une soirée mondaine où son père avait été invité. Mon cœur se serra en la voyant si démunie et si fragile. Je ne voulais pas être responsable d'un de ses nombreux chagrins. Je ne pouvais pas l'être. C'était au-dessus de mes forces.

Je lui tendis la main.

— Viens ici.

J'étais vraiment le pire connard de Miami. Quel que soit mon choix aujourd'hui, je rendrais triste quelqu'un demain. Mais est-ce que j'étais suffisamment fort pour faire semblant d'aimer Kristen ? Ou pour affronter mon père et tout plaquer pour rejoindre Oceana ?

Kristen se releva et, en quelques enjambées, se retrouva sur mes genoux, le visage enfoui dans mon cou. Je l'enlaçai, ravalant mon amertume.

— Un dernière chance, me supplia-t-elle.

Son parfum boisé me rappelait toutes ces nuits où j'avais déposé à son insu des bisous sur sa tête pendant qu'elle dormait. Kristen n'était pas de nature câline et, à la différence d'Oceana, n'aimait pas particulièrement dormir dans mes bras.

— S'il te plaît, Rick.

Elle resserra ses bras autour de mon cou.

— OK, lâchai-je, incapable de dire autre chose.

Ses sanglots ne cessèrent pas pour autant. Ils redoublèrent. Ma réponse brève ne l'avait pas totalement satisfaite.

— Kristen, regarde-moi…

Elle dégagea sa tête de mon cou et essuya ses larmes. Le regard fuyant, elle se mit à jouer avec l'une de ses bagues. Pas n'importe laquelle. La mienne. Celle qui était censée sceller notre amour. La portait-elle la dernière fois que nous nous étions vus ? Impossible de m'en souvenir.

— Pourquoi n'es-tu pas revenue plus tôt ? demandai-je finalement.

Ma question la prit au dépourvu. Elle se figea.

— Je… je… je ne sais pas. J'avoue que cette fille m'a fait peur.

— Oceana, la repris-je en serrant des dents.

— Tu l'aimes, c'est ça ?

— Ne change pas de sujet, Kristen. Est-ce que je dois comprendre que la jalousie a été ta seule motivation ?

— Oui. Et arrête de prononcer son nom. J'ai déjà du mal à me défaire de cette image… vous deux, dans ce taxi.

Mes yeux se posèrent sur mon téléphone resté sur le bureau. Il contenait mes plus beaux souvenirs de New York avec Oceana, les plus difficiles aussi. Notre dernière nuit. Sa demande. Mes doutes et mes plus grandes peurs. Ma lâcheté.

— Tu devrais la remercier. Nous ne serions pas en train d'avoir cette discussion si Oceana ne m'avait pas poussé à revenir vers toi.

Elle tressaillit. Je ne lui avais jamais tenu tête.

— Nous avons tous les deux nos torts, Rick. Tu as provoqué cet accident qui m'a fait perdre notre bébé, et je t'ai quitté alors que tu étais dans le coma : ne me reproche pas le reste.

Non. Elle n'était pas responsable de l'état de mes jambes. Même si elle accentuait la douleur en restant sur mes genoux.

— Et toi, ne me reproche pas de ne pas pouvoir oublier.

Elle soupira. Cette conversation ne nous mènerait nulle part.

— Pourquoi vends-tu la maison ?

— Pour Ethan, le fils d'Oceana.

Oui, je désirais prendre soin de cet enfant qui n'était pas le mien. Pas de celui qu'elle avait perdu par ma faute.

— Comm…

— C'est non négociable.

— Tu sais ce que cette maison signifie pour nous. C'est…

— C'est une villa bien trop grande pour nous.

Piquée, elle eut un mouvement de recul. En réalité, elle était bien plus que ça. Elle me l'avait fait visiter alors que nous n'étions encore que des amis, et je l'avais invitée à fêter mon acquisition quelques semaines plus tard. Les pièces étant encore vides de meubles, nous avions mangé à même le sol du salon des tacos du meilleur traiteur mexicain du coin, et bu, directement au goulot, du champagne à mille dollars la bouteille. Puis je l'avais embrassée.

Sauver Ethan valait mieux que tout ça.

— Non négociable… répéta-t-elle.

— Pour notre nouveau départ, conclus-je pour la rassurer.

— OK. Mais je ne veux plus entendre parler de… *Oceana* et de son fils. Je ne veux plus que tu penses à elle.

Impossible.

— Très bien, mentis-je.

Un sourire naquit sur ses lèvres. Je retins un haut-le-cœur à la sensation de sa bouche sur la mienne. Heureusement pour moi, son baiser fut rapide, et je n'eus aucun besoin d'y répondre. Elle se pressa contre moi et je l'enlaçai à mon tour – ça, je pouvais le faire.

— Si ça ne te dérange pas, lui dis-je, je vais prendre des antalgiques et me coucher maintenant.

Elle me dévisagea un instant. Peut-être avait-elle compris que je voyais dans ma douleur une sorte d'échappatoire. À vrai dire, je m'en foutais. Je ne voulais plus avoir mal. Je désirais m'endormir et oublier les larmes intarissables d'Ethan à notre départ, le visage meurtri d'Oceana en quittant la villa.

Kristen me libéra, marmonnant quelque chose à propos de ramasser ses bêtises et de me rejoindre. Je me dirigeai vers la salle de bains, examinai les boîtes de médicaments sur les étagères, et choisis volontairement les gélules bleu turquoise. La morphine. J'en avalai rapidement une et, sans prendre la peine de me doucher ni de me déshabiller, je m'affalai sur mon lit.

Encore groggy, j'avais passé ma journée du dimanche dans mon lit, entre délires, rêves, folies et brèves périodes d'éveil. Il me semblait que Kristen avait dormi contre moi, qu'elle m'avait ôté mes vêtements, qu'elle m'avait aidé à boire. La douleur dans ma jambe droite ne me quittait pas, déchirante et éreintante. Même les gélules bleu turquoise n'en venaient pas à bout, elles la tenaient en sourdine quelques heures, puis mon supplice reprenait de plus belle. La seule chose positive, c'était que je n'avais pas à supporter les regards indiscrets de Kristen quand je dormais.

Comme je l'avais décidé, j'avais contacté mon chirurgien à la première heure le lundi. Après une radiologie de contrôle, le pronostic était tombé dans la matinée. Je devais me faire réopérer. Coup dur. Le plus vite possible, d'après mon chirurgien. La plaque implantée dans mon fémur droit avait bougé, retardant la consolidation de l'os et engendrant les douleurs que je ressentais en lacérant mon muscle. J'avais négocié une semaine. Une semaine et je l'appellerais pour convenir d'une date. Je ne me sentais pas encore capable d'affronter une quelconque opération qui me coûterait, une fois encore, des semaines d'immobilisation.

Dans le taxi, j'avais hésité plusieurs fois à contacter Oceana. C'était mon pilier. J'avais besoin d'elle. Je me foutais totalement de la réaction de Kristen. Il ne m'avait fallu que deux jours pour réaliser que je ne pourrais pas faire semblant. J'aimais Oceana. Il ne me restait plus qu'à trouver les bons mots pour Kristen.

Malheureusement, elle faisait tellement d'efforts pour me satisfaire, et surtout pour changer, que j'avais du mal à lui avouer que je ne pourrais jamais être avec elle comme elle l'espérait. Elle avait pris une semaine entière de congé, si bien qu'elle ne quittait jamais la villa. Elle tentait de préparer nos repas au lieu de tout commander chez le traiteur comme nous le faisions avant, se blottissait dans mes bras dès que l'envie lui en prenait, et je l'avais même surprise à animer une visite pour la vente de la villa. En revanche, ses pas dans la villa résonnaient sans cesse dans mon crâne, je savais dans quelle pièce elle se trouvait sans même la voir, alors qu'Oceana avait toujours été discrète et légère – une plume. Ses pancakes étaient fades. Nos discussions aussi étaient différentes. Trop courtoises. Trop sérieuses. Les taquineries d'Oceana me manquaient. Nos jeux de rôle. Nos fausses guerres. La manière qu'elle avait de m'observer par-dessus l'écran de mon ordinateur. Sa façon enfantine de grimper sur mon bureau et de s'installer en tailleur avec un bouquin, simplement pour être avec moi. Ses doigts froids et fins qui se baladaient sur mes cicatrices. Ses mains appliquées qui s'évertuaient à me soulager. Sa bouche aux lèvres pleines, quelquefois rougies de mes baisers. Son regard amusé et attristé devant sa série préférée. Et, je devais bien me l'avouer… la bretelle de son merveilleux pyjama en satin.

Mes journées étaient ennuyeuses à mourir. Je suffoquais dans cette villa. Je dépérissais dans ce putain de fauteuil roulant. Je m'enterrais dès que Kristen me parlait pendant des heures des ventes qu'elle avait pu faire, de la nouvelle agence que sa mère avait ouverte. Et je me shootais tous les soirs avec mes jolies gélules bleu turquoise afin d'éviter de faire l'amour avec Kristen. Il m'en coûtait déjà de la sentir contre moi toutes les nuits et de répondre à ses baisers. Le seul moment où je me laissais aller à sourire était lorsqu'Ethan me contactait sur Skype. Le chenapan attendait que sa grand-mère aille prendre sa douche pour m'appeler. Il n'était pas dupe et m'avait confié qu'il savait que sa mère ne vivait plus chez moi. Je lui avais dit que c'était temporaire et que, si tout se passait comme je l'avais prévu, Oceana serait avec lui la semaine suivante. Il m'avait brisé en me demandant si je serais là, moi aussi. Et comme le merveilleux connard que j'étais, j'avais menti. Oui, je serais là.

J'avais aussi suggéré à Carl d'emmener Oceana voir les dauphins. Je tenais à ce qu'elle le fasse avant de partir. Ravagée par un connard.

Six jours sans la voir, sans la sentir, sans la toucher. Contraint à bâtir des rêves merveilleux et à subir un réveil consternant.

Le vendredi, Kristen m'avait informé qu'elle comptait inviter mes parents à dîner. J'avais vu dans cette soirée une porte de sortie. Je devais parler avec mon père. Lui proposer quelque chose de sensé. Au risque de tout plaquer et de me retrouver derrière un bureau à New York, sous les ordres de Peter. J'étais décidé. Tel le petit Poucet, j'avais erré pendant six jours pour retrouver enfin mon chemin en ramassant, non pas des cailloux, mais de petites gélules bleu turquoise. Finalement, la morphine m'avait ouvert les yeux. Oceana n'était pas une femme vénale. Oceana avait simplement besoin de se sentir soutenue. Oceana était la femme de ma vie. Et je me plaisais à me répéter qu'Ethan pouvait être mon fils.

Kristen avait assuré ses arrières en nous offrant le luxe d'un cuisinier français pour la soirée, d'autant qu'elle savait ma mère friande de la gastronomie de ce pays. Elle avait sorti le grand jeu. Robe de soirée rouge, décolletée dans le dos, chignon impeccable. Je devais l'avouer, elle était très belle. Et si parfaite. Trop, encore une fois. Ma pensée, une fois encore, s'était égarée vers le souvenir d'une autre robe rouge. Celle d'Oceana.

Les retrouvailles avec mon père furent froides. À peine si ses lèvres remuèrent pour me dire bonjour. Pourquoi diable avait-il accepté l'invitation de Kristen ? Peu importait : l'essentiel, c'était qu'il soit là.

Ma mère, en revanche, parut presque peinée de me revoir dans mon fauteuil roulant. À mon grand étonnement, la relation entre Kristen et elle semblait avoir évolué. J'avais presque l'impression que ma mère cherchait à déstabiliser ma « fiancée ». Pour ma part, je n'avais pas ouvert la bouche de la soirée, sauf pour dire que la ratatouille était excellente, et surtout pour me féliciter de la nouvelle annoncée par ma mère… il y avait un acheteur pour la villa. Il ne manquait plus que ma signature, et, lundi, je serais en possession de treize millions de dollars. Si je n'avais pas été si superstitieux, j'aurais aussitôt appelé

Oceana pour lui annoncer la nouvelle. Alors que Kristen affichait une mine sombre, mon père, jusque-là muré dans son silence, s'excusa et se retira dans mon bureau.

« Maintenant ou jamais ! » me cria ma conscience.

Encore en proie à l'euphorie, je le rejoignis. Planté face à la baie vitrée, il ne bougea pas à mon entrée.

— Il faut qu'on parle, papa.

Je n'avais pas mieux, comme réplique ? Je jouais ma vie avec Oceana ; il n'était pas question d'une planche de surf ou de choisir l'employé du mois !

— Non, répliqua-t-il.

— Que tu le veuilles ou non, je vais te parler, repris-je fermement. Rien à foutre que tu sois d'accord ou non avec ce que j'ai à te dire. Je n'attends pas ta bénédiction.

— Surveille ton langage, Rick, me prévint-il en me faisant face. S'il s'agit de tes lubies à propos du surf, la réponse est encore non. Elle restera la même. Rien n'a changé.

— C'est quoi ton problème avec ma planche ? Tu m'as bien regardé ? Je suis cloué dans un fauteuil, bordel. Tu me crois vraiment capable de remonter sur un surf un jour et de faire le tour du monde ? Mes rêves sont morts depuis longtemps, et tu le sais puisque je l'ai fait pour toi, ton putain d'hôtel et Kristen.

Un seconde, je crus le voir flancher.

— Tu ne te souviens donc vraiment de rien…

— De quoi devrais-je me rappeler ?

Il secoua la tête.

— Laisse tomber. De quoi voulais-tu me parler, s'il n'était pas question de cela ?

— Oceana.

Il fronça les sourcils.

— C'est la fille d'une employ…

— Je dirigerai l'hôtel si tu ne te mêles pas de ma relation avec elle.

— Sinon quoi ?

— Je crois bien qu'il va te falloir trouver quelqu'un d'autre pour le faire.

— Et que comptes-tu faire de ta vie ?

Son dédain n'eut aucun effet sur moi. J'étais bien loin de tout ça maintenant. Je n'avais plus aucun doute. J'accepterais n'importe quoi tant que je serais avec elle, avec eux. Le seul fait d'y penser me fit sourire.

— Un job m'attend à New York, répondis-je enfin. Et être assis derrière ton bureau ou celui d'un autre ne fait pas grande différence pour moi.

— Et ta mère ? Tu y penses ?

Bien vu, le chantage affectif… mais ça ne prendrait pas.

— Cette fille t'a retourné le cerveau, ma parole !

Piqué, je me levai de mon fauteuil et l'affrontai debout.

— Cette fille m'a quitté parce *qu'elle* ne veut pas être la cause de nos disputes familiales. Cette fille pense plus à vous et à moi qu'à sa propre personne. Cette fille…

— Dis-le lui, Patrick, me coupa ma mère d'un ton autoritaire.

Elle était entrée pendant notre discussion. Je me figeai. *Patrick*. Les rares fois où elle avait appelé son mari par son prénom se comptaient sur les doigts d'une main. Et il ne s'agissait jamais de conversations affectueuses. Bien au contraire.

Mon père blêmit.

— Me dire quoi ?

Mon père resta silencieux.

— Si tu ne lui dis pas, c'est moi qui le ferai, le menaça ma mère.

Il soupira.

— Le jour où tu as eu ton accident, nous nous sommes disputés, annonça-t-il d'une voix monotone.

— Comme d'habitude…

— Tais-toi, Rick, m'ordonna ma mère.

— Tu m'avais soumis une idée, reprit mon père. Quelque chose qui permettrait à l'hôtel de se démarquer des autres…

Soudain, je me souvins.

— Proposer des cours de sports aquatiques.

— J'ai refusé. Catégoriquement. Sans même étudier ta proposition. Sans t'écouter.

Mon cœur se mit à battre plus rapidement. Je connaissais cette sensation. Je fermai les yeux pour accueillir le souvenir amer de ce jour qui avait donné un autre sens à ma vie. Je le revoyais devant moi, assis dans son grand fauteuil directorial, me balançant les feuilles d'un dossier censé lui démontrer que ma proposition valait le coup d'être tentée.

— J'ai explosé, murmurai-je en titubant jusqu'à mon fauteuil.

Voilà pourquoi j'avais pris mon jet-ski, que j'avais mis au placard depuis la fermeture de mon club. Parce que j'avais littéralement explosé. J'avais eu besoin de liberté. Je comptais tout plaquer ce jour-là. Faire machine arrière. Quitter son hôtel. La vérité me sauta aux yeux. S'il m'avait écouté ce jour-là, je ne me serais jamais retrouvé sur ce jet, et Kristen ne m'aurait jamais rejoint.

— Je suis désolé, murmura-t-il.

Je lui lançai mon regard le plus noir. Des excuses, maintenant ? Il n'avait même pas été capable de venir me voir à l'hôpital. Comment pouvais-je être si différent de lui ?

— Dans le fond, ça t'a bien arrangé. Maintenant, je suis obligé de faire ce que tu veux.

— Je suis désolé, répéta-t-il.

Il n'était même pas capable de formuler des excuses dignes de ce nom.

— Tu l'as déjà dit. Sors de chez moi, maintenant.

Ses traits se durcirent. La tristesse ne l'avait pas affecté bien longtemps. Alors qu'il me dépassait, je repris :

— Et tu comprends bien que ma proposition est obsolète.

Je le vis se raidir.

— Réfléchis bien à ce que tu fais, Rick, murmura-t-il.

Justement, j'avais déjà trop réfléchi. Cet hôtel ne représentait rien à mes yeux. Si ce n'était une corde à mon cou.

— Il n'y a qu'elle, papa. Elle et son fils.

C'était bien la première fois que *je* ne partais pas en claquant la porte, que *je* ne quittais pas son bureau en fulminant.

Mais lui, ce soir-là, le fit.

Ma mère posa sa main sur mon épaule.

— Je te fais parvenir les documents demain dans la journée. Bonne nuit, Rick.

J'eus presque l'impression qu'elle approuvait mon choix. Non. Elle n'avait aucune estime pour Oceana. Peut-être voulait-elle simplement me dire qu'elle aussi était désolée ?

Au loin, j'entendis les échanges courtois entre elle et Kristen. Je récupérai mon téléphone et constatai que j'avais reçu un message de Carl.

› À mon grand désespoir, elle n'a pas de coup de soleil...
Vendredi 16 Sept – 6:21 PM

Je répondis :

› Et les dauphins ? Comment va-t-elle ?
Vendredi 16 Sept – 9:08 PM

› Je ne l'ai jamais vue autant sourire ! Elle sort
de la douche. Je peux plus te parler.
Vendredi 16 Sept – 9:09 PM

Et j'avais raté ce moment. Je me mis à faire défiler les photos de New York. Je ne l'avais pas vue nager avec les dauphins, mais j'avais ça. Ces instants volés. Un orgasme, des joues rougies par la gêne, un sommeil profond, des sourires sincères, ce regard qui me transportait.

— J'ai entendu ce que tu as dit.

Je tournai à peine la tête vers Kristen qui m'observait dans l'encadrement du bureau. Son visage n'exprimait aucune émotion. Toujours parfaite en toute circonstance. Je soupirai en rangeant mon téléphone.

— Ne m'ignore pas ! Je ne te reconnais pas. Ou plutôt, j'ai l'impression de revoir le Rick insouciant et sauvage de ma jeunesse.

Au contraire. J'allais enfin prendre mes propres décisions. Il n'était plus question de devoir familial, de contraintes et de comptes à rendre. J'étais libre de choisir.

— Je n'ai pas changé, Kristen. Je suis le même.

— Tu vas continuer à me punir parce que je n'ai pas été là. Pourtant, j'ai été là toute cette semaine. J'ai été là le jour où tu as appris que tu devais te faire réopérer…

— Une semaine sur plus de trois mois, Kristen…

Elle s'indigna soudain :

— Et moi, que devrais-je dire ? Tu ne voulais pas de *ce* bébé, mais maintenant tu veux de cet enfant alors qu'il n'est même pas le tien !

Nous en revenions au même point. Mais, encore une fois, quelque chose me faisait tiquer. Pourquoi ne pas dire « notre bébé » ?

— Maintenant, dis-je simplement en me rapprochant d'elle.

— Quoi, maintenant ?

Elle jeta un rapide coup d'œil autour d'elle, comme si elle cherchait une issue. J'espérais juste ne pas me tromper.

— Faisons un enfant maintenant, précisai-je.

Elle blêmit et recula d'un pas.

— Tu ne penses pas ce que tu dis.

Elle ne me dirait jamais la vérité. Je devais la pousser dans ses retranchements.

— Tu veux que je reste avec toi ? Alors fais-moi un enfant maintenant. Ça ne devrait pas te poser de problème, non ?

Je lui offris mon plus beau sourire et me rapprochai d'elle. Puis je déposai un tendre baiser sur ses lèvres tremblantes. J'en reconnus parfaitement le goût ; mais il n'y avait pas cette sensation de passion, d'envol vers les cieux, de chaleur que je connaissais bien, maintenant. Je plaquai son bassin au mien et remontai sa robe rouge le long de sa cuisse.

— Rick, arrête, me supplia-t-elle.

— Je veux un bébé. Maintenant.

Sa bouche se déforma comme si je venais de lui annoncer la plus terrible des nouvelles. Je la revis sur son jet. Je pouvais presque sentir les rayons du soleil caresser ma peau et les vagues agiter mon embarcation. Je me revoyais. J'étais heureux, ce jour-là. Elle venait de me redonner le sourire en prononçant trois petits mots : « Je suis enceinte. ».

— Je n'ai jamais dit que je n'en voulais pas, murmurai-je le souffle court.

C'était elle qui n'en voulait pas. Je me souvenais. Trop tôt, avait-elle dit avant d'ajouter, d'abord l'hôtel, ma carrière, notre mariage et plus tard, peut-être, un bébé.

Un bébé. Pas celui-là. Pas *notre* mais *un*.

Le brouillard se levait lentement. Elle avait prévu de se faire avorter et avait paniqué lorsque je lui avais dit qu'il n'en était pas question. Un bateau de plaisance passait non loin. Elle avait démarré son scooter des mers sans lui prêter attention. La suite, je la connaissais par cœur. Elle avait perdu le contrôle et m'avait percuté de plein fouet.

Titubant, je longeai le mur jusqu'à ma chambre, sans écouter ce qu'elle me disait. J'étais à la fois meurtri et soulagé. Blessé par ses mensonges et libéré de ma culpabilité. Je n'avais jamais refusé ma paternité, bien au contraire. Plus rien ne m'obligeait à être avec elle. Pas même les sanglots qui me parvenaient à présent de mon bureau. Et encore moins les insultes qu'elle me criait.

Finalement, je n'étais pas le pire connard de Miami, mais le plus bel abruti de Floride. J'avais délaissé Oceana. Pour *ça*.

CHAPITRE 38

NEW YORK

Mes jambes m'avaient portée jusqu'à l'aéroport. Mes bras avaient soutenu mes valises. Et ma bouche avait articulé quelque chose qui ressemblait à une question à propos du premier vol pour New York. Carl, blanc comme je ne l'avais jamais vu, avait reformulé ma demande et, quelques heures plus tard, je m'étais retrouvée dans un avion en partance, coupée de tout moyen de communication avec ma mère. Seule. Mais ce n'était pas le pire…

Jusqu'à cet instant, je n'avais pas passé un quart d'heure sans l'appeler pour prendre des nouvelles d'Ethan. Toujours les mêmes mots.

État stationnaire.

Attendre.

Et là, la réalité me percutait violemment. L'odeur de Javel et de propreté, les bips du monitoring, les voix du personnel soignant, Ethan dans un lit d'hôpital. C'était ça le pire…

De la vie partout, sauf là où elle aurait dû être. Sur les lèvres de mon petit garçon, dans le gris de ses yeux, au bout de ses doigts. Je voulais l'entendre me dire des milliers de choses, le voir s'agiter et le sentir frémir contre moi. Parce que c'était ça, ma vie. Ma vie, c'était me lever tous les matins fatiguée mais me sentir puissante et ressuscitée dès mon premier regard sur lui. C'était me surprendre à sourire bêtement devant un dessin ou une photo. C'était faire des gâteaux au chocolat en pleine nuit pour me faire pardonner de l'avoir grondé la veille.

Je n'étais pas préparée. Je ne l'aurais jamais été.

J'y étais. Mes genoux s'affaissèrent au moment où ma main attrapa la sienne. Chaude et douce, je la collai à ma joue, la humai, l'embrassai délicatement comme s'il s'agissait de la plus belle récompense après des jours de supplice.

Par réflexe d'infirmière, je ne pus m'empêcher de regarder le monitoring. Saturation en oxygène, OK. Fréquence cardiaque, OK. Tension, OK. Fréquence respiratoire, OK. Tout était OK. Mais pas dans ma tête.

— Il se réveille et se rendort aussitôt, chuchota ma mère.

Assise de l'autre côté du lit, une main posée sur l'avant-bras d'Ethan, elle m'offrit un sourire qui se voulait réconfortant. Je fus incapable d'y répondre. Mes yeux reprirent leur inspection. Les rayons du soleil entraient par la fenêtre, caressaient les boucles blondes d'Ethan, son visage au teint de pêche semblait paisible et serein ; quelques électrodes parsemaient son petit torse qui se soulevait imperceptiblement à chacune de ses inspirations et une seule perfusion était branchée à son bras. Pas d'énorme tuyau relié à un respirateur. Pas de tonnes de fils branchés à son petit corps. Et surtout… Pas de pansements sur sa poitrine ! Ça ne voulait dire qu'une chose. Pas d'opération à cœur ouvert. Pas de thoracotomie. Réduction des risques liés à l'opération. Le chirurgien avait utilisé une voix moins invasive. Au lieu de pratiquer une ouverture sur sa poitrine, il avait préféré passer par une de ses artères. Pour en avoir le cœur net, je jetai un coup d'œil sous le drap. Il était là. Un pansement compressif au niveau de l'aine. Je ressentis enfin un léger soulagement. Ethan avait été opéré, il ne souffrirait plus de son cœur.

— Qu'est-ce qui s'est passé ? réussis-je à articuler.

Ma mère se gratta la gorge. Sa mine en disait long sur les heures difficiles qu'elle venait de passer. Des mèches de cheveux s'évadaient de son chignon habituellement si parfait, ses yeux étaient bouffis et cernés et elle portait encore son uniforme, dont la chemise donnait l'impression d'être passée sous un rouleau compresseur.

— L'école a appelé en fin de matinée, Ethan avait du mal à respirer, l'instituteur n'a pas hésité à le faire transporter à l'hôpital et…

J'eus le souffle coupé en entendant sa voix se briser. Je devinais la suite comme si je pouvais la revivre à sa place. Tout laisser tomber et partir, seule, affronter l'inconnu. Se demander s'il s'agissait d'une simple crise ou de l'état tant redouté qui mettrait sa vie en danger. Courir aussi vite que possible en s'imaginant arriver trop tard. Et le reste… entendre les mots d'un médecin sans en comprendre la moitié. Puis l'attente. Debout, assise, faire les cent pas.

— Je suis désolée, murmurai-je, aussi bien pour Ethan que pour ma mère.

— Ce n'est pas ta faute, ni celle d'Ethan d'ailleurs : le plus important, c'est que tu sois là maintenant.

Sa voix était comme une caresse pour moi. Et comme pour répondre aux paroles de sa grand-mère, la main d'Ethan frémit entre mes doigts.

Au moment où ses paupières s'ouvrirent sur moi, mon cœur s'embrasa dans ma poitrine et ma gorge étouffa un « mon trésor » plein d'espoir. L'espoir que le pire était derrière nous. Ses yeux gris rencontrèrent les miens et tout devint flou autour de moi. Je flottais sur son sourire. Un faible sourire, mais pourtant aussi puissant que les rayons du soleil. Chaud, divin, rassurant et vivant.

— Vas-y doucement, Ethan, le gronda ma mère en le voyant dévorer son maigre plateau-repas.

— Ché pas cré bon mais j'ai cré faim, répondit-il, la bouche pleine de pain de mie tartiné de fromage frais.

Je me retins de pouffer en voyant ma mère lever les yeux au ciel.

— Et toi ? m'interpella-t-elle.

Je la dévisageai. Elle avait meilleure mine. Moi, j'étais ici depuis deux jours, mon cœur semblait peu à peu se réparer au rythme de celui d'Ethan, et je voulais oublier les pires heures de ma vie, les enterrer et ne plus jamais y penser.

— Quoi, moi ?

Elle me fit les gros yeux.

— Depuis quand n'as-tu pas mangé ?

Devais-je lui dire que les chips du distributeur automatique de l'hôpital étaient un vrai délice ? Enfin… plutôt le repas le plus copieux distribué par la machine.

— Depuis quand n'as-tu pas dormi ? reprit-elle sur le même ton.

Rien ne servait de mentir, le fauteuil n'était pas assez confortable pour y dormir – et mes cernes parlaient pour moi. J'aurais pu postuler pour la prochaine saison de *The Walking Dead*.

— Pris une douche ?

Je ne quittais pas Ethan d'une semelle depuis deux jours, elle le savait très bien. Mais peut-être devais-je l'informer que j'avais bien fait caca et pipi ?

— Tu rentres à la maison, Nana. Tu te laves, tu manges et tu dors. Je ne veux pas te voir dans cette chambre avant demain matin.

En la voyant récupérer mon sac à main, je m'affolai et me levai. Hors de question que je quitte Ethan pour me reposer.

— Et si… commençai-je à l'instant où le cardiologue d'Ethan pénétrait dans la chambre.

Suivi de ses internes, le docteur Benson, un quinquagénaire aux cheveux grisonnants, sourit à ma mère. Elle reposa précipitamment mon sac sur la table de chevet et lissa sa jupe – non, je ne me trompais pas, elle avait rougi !

— Madame Douglas, mademoiselle Douglas, dit-il en nous serrant la main. Alors Ethan, comment te sens-tu, aujourd'hui ?

— Très bien ! s'exclama Ethan en levant les deux pouces vers le haut.

— Tu m'en vois ravi ! Demain matin, nous vérifierons par échographie si tout se passe bien pour ta valve et, si c'est le cas, je pense que tu pourras rentrer chez toi dans l'après-midi. Ça te dit ?

Ethan hocha la tête frénétiquement.

— Ce n'est pas un peu tôt ? objectai-je.

J'agrippai fermement les pieds du lit pour juguler mon angoisse. Et s'il se passait quelque chose à la maison ? Le médecin me servit le sourire typique du praticien qui souhaite réconforter les parents de ses petits patients. Ça ne marchait pas avec moi. J'étais infirmière et je ne voyais que par des données cliniques et biologiques.

— Le risque zéro n'existe pas, vous le savez aussi bien que moi, annonça-t-il, compatissant. L'opération s'est bien passée, Ethan a bien répondu aux traitements, ses constantes sont stables, ses analyses sanguines plus que correctes, et il sera toujours mieux chez lui que dans cette chambre d'hôpital ! Bien entendu, reprit-il à l'attention d'Ethan, pour les activités sportives, je te demanderai d'y aller progressivement. Ton cœur est peut-être réparé, mais tu vas devoir le ménager encore un temps. Nous nous reverrons dans un mois pour contrôler que tout va bien.

— Super ! T'as entendu, maman ! Demain, je rentre à la maison ! s'exclama Ethan en sautant de son lit.

Je souris une fois de plus au docteur Benson. Il avait indéniablement raison.

Tandis qu'il saluait ma mère, je pris Ethan dans mes bras. Il me parut si lourd que je ne pus retenir un grognement. Ma mère aussi avait raison. Mon corps ne tiendrait pas longtemps à ce rythme.

— Tu es rassurée ? me dit-elle après avoir refermé la porte de la chambre.

Le serais-je un jour ? Nous avions toujours vécu dans cette angoisse permanente, cette peur du lendemain. Nous allions devoir réapprendre à vivre, comme Ethan allait devoir faire confiance à son cœur, qui ne le trahirait plus jamais. Je refoulai un de mes plus beaux rêves au fond de mon esprit. Trop tôt pour m'imaginer le voir courir dans les feuilles orangées de l'automne. Trop tôt pour m'imaginer l'entendre dire qu'il aimait être essoufflé. Trop tôt pour l'imaginer rouge comme une tomate, mais les lèvres retroussées dans un merveilleux sourire. Trop tôt, mais bientôt. Tout était fini.

— Quel jour sommes-nous ? demanda Ethan en jouant avec une mèche de mes cheveux.

— Lundi, trésor.

Je collai un bisou sur sa joue chaude et frottai mon nez au sien.

— Alors, c'est aujourd'hui qu'il revient ? Ou peut-être demain ?

Je questionnai ma mère du regard. Elle secoua la tête.

— Il m'a promis qu'il serait là cette semaine, reprit Ethan.

Rick ? Quand ? Où ? Comment ? Du regard, je suppliai ma mère de venir à mon secours. Elle se gratta la gorge.

— Rick t'a promis ou il t'a seulement dit qu'il viendrait dans la semaine ? demanda-t-elle d'un ton assuré.

Ethan fronça le nez. Ça n'annonçait rien de bon.

— Il va venir, maman ?

Il s'agissait bien de Rick. Comment expliquer à Ethan qu'il lui avait peut-être dit tout un tas de trucs pour lui faire plaisir ? Comment lui avouer que je l'avais laissé partir ? Que Rick ne serait jamais avec nous ?

— Il doit avoir des choses à faire, répondis-je finalement.

Contre toute attente, le visage d'Ethan s'éclaira.

— C'est vrai, il m'a dit qu'il avait des problèmes à régler !

Il sauta sur son lit et attrapa la télécommande de la télévision. Je n'étais pas sortie d'affaire pour autant. J'avais seulement repoussé sa curiosité de quelques jours. Et le voir passer à autre chose n'atténua en rien mon malaise. Je reconnus sans peine la douleur qui ne m'avait pas quittée pendant toute une semaine. Cette boule au fond de la gorge qui m'empêchait de me nourrir. Ce poids dans la poitrine qui me faisait suffoquer. Ces brûlures dans les yeux qui me rappelaient que j'allais pleurer. Et ce vide dans mon cœur, qui me faisait prendre conscience qu'il ne serait plus jamais avec moi.

J'avais quitté l'hôpital, laissant Ethan avec ma mère. Je n'étais plus capable de raisonner correctement. J'étais faible mentalement et physiquement. Allongée dans mon lit, dans l'obscurité, après avoir mangé trois bouchées de quiche au poulet et pris une douche d'une demi-heure, je luttais pour ne pas pleurer. Et si Carl n'avait pas tenu sa promesse ? Il m'avait juré de ne rien dire à Rick. Je me risquai à regarder l'écran noir de mon téléphone, me prenant à espérer qu'il sonne, alors qu'il n'avait plus de batterie depuis le dimanche matin.

— N'importe quoi ! m'exclamai-je en le branchant à son cordon de charge près de ma table de chevet.

Il m'échappa des mains au moment où un tintement de cloche retentissait. L'oreille tendue, je me redressai. Le tintement reprit. Je n'étais pas folle. J'allumai ma lampe de chevet. Je refis un tour d'horizon. La fenêtre fermée, ma commode, ma coiffeuse, mon armoire et mon…

L'ordinateur portable n'était pas éteint. Il était seulement en veille. Je sursautai une nouvelle fois au bruit de la cloche. Ça ne pouvait être que lui. C'était *son* ordinateur. *Son* moyen de communication avec Ethan. J'attrapai mon oreiller et le serrai contre ma poitrine. Je ne devais pas céder à la tentation ni à la panique. Je devais juste patienter. Attendre que la cloche arrête de tinter. Subir.

— Inspirer. Expirer. Serrer le coussin, me répétai-je.

La cloche sonna de nouveau. Je mis mon oreiller sur ma tête. Peut-être arriverait-il à étouffer les tintements ? Ou m'étoufferait-il, tout simplement ? Voilà ! Je sombrerais directement dans une léthargie silencieuse et douce. *Le. Rêve.* Nouveau tintement de la cloche : j'envoyai mon coussin en direction de l'ordinateur.

Malheureusement, comme ma mère n'avait cessé de me le répéter durant toute mon enfance, extérioriser sa colère par la violence n'apporte en général rien de bon. Rick apparut à l'écran. Le voir me fit autant de bien que de mal. Il était si beau, sans l'ombre d'une repousse de barbe, vêtu d'une chemise blanche dont le bouton du haut avait été défait. Il ressemblait au Rick qui m'avait emmenée déjeuner dans ce restaurant aux mille couleurs. Mais ce soir, il ne s'était pas fait beau pour moi. Il paraissait en pleine forme, alors que moi j'avais dû perdre cinq kilos en une semaine et affichais un teint si blafard que n'importe quel médecin aurait suspecté une anémie.

— Oceana ?

Je refoulai un sentiment de bien-être en entendant sa voix chaude et rauque. Elle m'avait manqué. Il me manquait. Je serrai le drap au creux de mes mains pour leur intimer de ne plus trembler.

— Que fais-tu là ? Carl m'a dit que tu ne rentrerais que demain, après que…

— J'ai préféré rentrer aujourd'hui, le coupai-je sur un ton un peu trop ferme.

J'étais soulagée de savoir que Carl avait tenu parole. Et fâchée de constater que Rick n'avait pas cherché à me joindre. Il avait juste pris de mes nouvelles auprès de son ami.

— Je n'ai pas eu de nouvelles d'Ethan depuis jeudi soir, je commençais à m'inquiéter, dit-il. Où est-il ? Il va bien ?

Je reconnaissais sans peine mon ancienne chambre. Derrière lui, la baie vitrée laissait voir une partie du jardin encore éclairé par les derniers rayons de soleil.

— Il dort dans la chambre de ma mère, mentis-je.

Ses yeux revinrent sur moi. Je frissonnai.

— Il va bien, alors ?

Je hochai la tête. Maintenant, il allait bien.

— Si tu es à New York, j'en conclus que Carl t'a donné ton argent ?

C'était tout ce qu'il avait à me dire ? Pas de « tu me manques » ou de « ça fait du bien de te voir ? ». Non. Bien entendu que Carl ne m'avait pas donné ces trois cent mille dollars puisque je n'en avais plus besoin. Je n'en voulais pas.

— Pas encore.

Surpris, il fronça les sourcils.

— Je… J'ai quelque chose d'important à te dire.

Ses yeux bleus se rivèrent aux miens. Ça ne faisait aucun doute, j'aimais cet homme plus que tout.

« Je te sers quelque chose à boire, Rick ? » entendis-je dans le micro.

Une voix féminine. Il se tourna, manifestement gêné.

Kristen ?

— Attends-moi dans le salon, je n'en ai que pour quelques minutes, répondit-il.

Quelques minutes… un tsunami de colère m'envahit. Moi, je ne le voulais pas pour quelques minutes, mais pour toute une vie. Et je ne voulais certainement pas l'entendre me dire que lui et moi, c'était impossible, que j'avais raison, que sa vie était à Miami et qu'il ne voulait pas avoir de regrets. Je me levai, courus jusqu'à l'ordinateur, refermai l'écran sur le clavier et ôtai la batterie avec rage. Fini. Tout était fini. Tout était noir. Je revivais le pire.

Appuyée contre le plan de travail de la cuisine, je regardais Ethan assembler son nouveau puzzle des Avengers, cadeau de sa sortie de l'hôpital. J'aurais dû être heureuse, sourire à la vie, à *sa* vie, mais je n'y arrivais pas. J'entendais l'eau de la douche couler, signe que ma mère occupait toujours la salle de bains. C'était les seules minutes de répit que je m'accordais, en plus de celles où j'y étais moi-même et mes deux dernières nuits. Je relâchais mon sourire forcé, détendais chacun de mes muscles et pleurais silencieusement. En dehors de ces quelques instants, j'ignorais ma souffrance. Ethan était là, ma mère était là, et, pourtant, je ne m'étais jamais sentie aussi seule.

— Maman ! m'appela Ethan sans quitter son puzzle des yeux.

Je soupirai.

— Oui, trésor ?

Il lâcha une pièce et me fixa de ses grands yeux gris avec inquiétude.

— Le téléphone, maman. Il sonne.

Je me secouai et me dirigeai vers le guéridon du salon, tel un pantin à la mécanique fatiguée.

Trop tard.

Le répondeur m'avait devancée. La voix enregistrée d'Ethan retentit :

« Nous ne sommes pas là ! Mais maman et mamie disent que tu peux laisser un message après le biiiiiiip ! Voilà ! »

Aussitôt, le téléphone se remit à sonner. Cette fois, je décrochai.

— Allô ?

— Oceana ?

— Carl ?

— Bon sang, Oceana, ça fait trois jours que j'essaie de te joindre ! s'exclama-t-il.

— Désolée, je… Je n'ai pas rallumé mon téléphone. Ethan va bien, il est rentré à la maison.

Mon dernier message pour Carl remontait au dimanche matin, je lui avais dit qu'Ethan était hors de danger, pour l'instant.

— Oui. Euh… Ça, je le sais, ce n'est pas pour ça que je t'appelle.

Comment pouvait-il savoir qu'Ethan était sorti de l'hôpital ? Il ne me laissa pas le temps de lui poser la question.

— Rick va se faire réopérer.

— Carl, si tu m'appelles pour me parler de…

— Je voulais aussi te dire que tu étais aussi stupide que lui.

— Carl, je vais raccrocher.

— Et je peux te certifier que si tu raccroches, je prends le premier avion pour New York…

Je mis ma menace à exécution sans même attendre la fin de sa phrase. Je n'avais aucune envie de parler de Rick devant Ethan. D'autant qu'il avait lâché ses pièces et m'observait comme s'il avait peine à croire, que moi, sa maman, j'avais pu être vilaine avec quelqu'un.

— C'était qui ? me demanda-t-il.

Je cherchai désespérément un mensonge qui ne me mènerait pas une fois de plus vers la question tant redoutée : « Il vient quand, Rick ? »

— Je… commençai-je avant que le téléphone ne se remette à sonner.

Cette fois, je décrochai avec empressement.

— Je voulais tenter une dernière fois de t'appeler avant de prendre l'avion. À moins que tu veuilles vraiment que je te rejoigne ? Parce que tu sais que je serais capable de le faire…

Je me tournai vers la fenêtre, à l'abri des regards d'Ethan.

— Viens-en au fait, Carl.

— Il y a beaucoup de choses à dire, et je reste persuadé que ce n'est pas à moi de le faire, mais en même temps, vous ne me laissez pas le choix, railla-t-il. Tu as reçu l'argent ?

— Je t'ai dit que je n'en avais pas besoin, Ethan a eu son…

— Il ne vient pas de moi, me coupa-t-il. Rick n'a rien voulu entendre.

Je paniquai.

— Tu lui as dit pour Ethan ?

— Oui.

Il savait.

— Je n'ai pas tenu ma promesse. Je lui ai tout raconté, il était vraiment en colère contre toi mais il t'a quand même fait un virement de trois cent mille dollars parce qu'il tenait absolument à te les donner.

— Je n'en veux pas.

— Ça, c'est ton problème. Tu n'as qu'à venir les lui rendre. En revanche, je tiens à te prévenir, il est retourné crécher chez ses parents en attendant de trouver un appartement.

— Il a vendu la villa… murmurai-je, le cœur battant la chamade.

— Oui.

Rick avait vendu sa villa pour Ethan. Je reculai jusqu'à la table basse et m'y assis.

— Et il a quitté Kristen.

— Carl…

— C'est un trou du cul, tonna-t-il. Il a quitté Kristen depuis longtemps, tu étais encore à Miami.

Encore à Miami…

Il n'avait même pas essayé de me le dire. Il m'avait laissée souffrir. Qui était cette femme avec lui, l'autre soir ?

— Je ne veux pas que tu me dises tout ça.

— Et toi tu es stupide parce que tu ne lui laisses même pas une chance de se justifier.

Ce n'était pas tout à fait ça. J'avais été stupide de l'avoir laissé partir, mais lui n'avait pas essayé de me joindre. *Il* aurait dû m'appeler. Pas Carl. Il avait sa chance, mon portable était peut-être éteint mais la ligne téléphonique de chez ma mère toujours disponible. *Il* aurait dû me le dire, lui.

— Je n'en ai plus pour longtemps, annonça Carl en soupirant. Attends, je relis mon papier pour être sûr de ne rien oublier… Alors… les trois cent mille dollars, la salope de Kristen, l'opération dans deux jours au Ryder Trauma Center… Au fait, c'est madame Thomas qui m'a gracieusement donné le numéro de ton domicile. Finalement, je n'ai rien oublié.

— Gracieusement ? me moquai-je à moitié.

— J'aurais préféré que tu retiennes Ryder Trauma Center.

— Dans deux jours, j'ai entendu.

Il soupira.

— Mais tu ne viendras pas ?

Je me retournai vers la cuisine, où Ethan jouait de nouveau avec son puzzle. Ma mère les bras croisés, emmitouflée dans un peignoir de bain, m'épiait. Depuis quand était-elle là ? Qu'avait-elle entendu ?

— Je… Ethan a besoin de moi, murmurai-je.

Elle leva les yeux au ciel et se retourna pour se servir un verre d'eau. Quoi ?

— Je savais que j'avais oublié quelque chose ! s'exclama Carl assez fort pour me faire sursauter. Madame Thomas offre *gracieusement*, une nouvelle fois, une semaine de congés payés à ta mère, le temps qu'Ethan puisse prendre l'avion pour Miami. Qu'est-ce qu'elle est généreuse !

La colère me gagnait, et son humour m'agaçait.

— C'est elle qui t'a demandé *gracieusement* de m'appeler ?

— Non. Disons qu'elle m'a juste aidé à construire un plaidoyer que j'ai *gracieusement* foutu à la poubelle. J'ai seulement gardé l'argument des congés payés, mais quelque chose me dit que ça ne changera rien, pas vrai ?

— Rien, répondis-je sèchement.

— Réfléchis-y au moins, vanille de Rick. Il est dans le même état que toi, et je ne parle pas de sa jambe.

Je ne savais rien de cette opération et je voulais faire comme si je ne savais pas qu'il serait au Ryder Trauma Center dans deux jours.

— Merci d'avoir appelé, Carl, articulai-je d'une voix monotone.

— J'espère juste que tu changeras d'avis.

Sans répondre, je raccrochai. Tout était flou dans ma tête. J'étais en colère contre Rick et désespérée de ne pas être à ses côtés. Il m'avait laissée souffrir, sans nouvelles de lui pendant des jours, et pensait, aujourd'hui, assurer mon bonheur avec son argent. Quand avait-il commencé à penser que c'était la seule chose qui m'intéressait ?

— Qui était-ce ? demanda ma mère.

— Carl.

— Oh, l'ami de Rick…

À ce nom, Ethan releva la tête. La flamme que j'aperçus dans ses yeux me fit mal.

— Il va venir ? demanda-t-il.

— Non. Il doit se faire réopérer.

— Oh. Alors ça veut dire que tu vas devoir repartir ?

Je ne m'attendais pas à ça. Je me levai et replaçai le téléphone sur son socle.

— Non, trésor, je n'ai plus besoin de travailler pour Rick.

— Mais qui va s'occuper de lui, alors ?

— Tu sais, il y a aussi des infirmières à Miami…

— Mais ce n'est pas pareil, n'est-ce pas, maman ?

— Ethan, tu veux bien rapporter ceci à la maman d'Andréa, s'il te plaît ? lui demanda ma mère en lui tendant un plat.

Elle me sauvait – pour le moment. Je regardai mon fils prendre le plat et sortir sans empressement. Il avait l'air déçu et triste.

— Est ce que tu l'aimes ? me demanda ma mère.

La question était abrupte.

— Je pense que tu connais la réponse.

Elle fronça les sourcils. Mauvaise réponse.

— Oui, soufflai-je.

— Tu l'aimes, mais vous n'êtes pas ensemble ?

— C'est bien plus compliqué que ça.

— Je t'écoute. À moins que tu ne préfères qu'Ethan soit là, pour le mettre au courant lui aussi.

— Il ne m'a pas appelée ! explosai-je. Je n'attendais pas plus qu'un message. Juste un message, maman. Même s'il me brisait le cœur, je m'en foutais. Je voulais juste voir son nom s'afficher sur mon écran, pour savoir qu'il ne m'avait pas oubliée !

— Et tu vas lui en vouloir toute ta vie parce qu'il ne t'a pas appelée ?

— Je ne sais pas.

— Moi, je sais, affirma-t-elle. Ce n'est pas à lui que tu vas en vouloir, mais à toi. Plus tard, tu ne te rappelleras que des merveilleux moments que vous avez passés ensemble et de ce choix. Et tu te demanderas si tu as fait le bon. Pour toi et pour Ethan.

— Qu'est-ce que tu en sais ?

Elle baissa les yeux et soupira, comme s'il lui en coûtait de me faire des confidences.

— Je ne t'ai pas dit la vérité sur ton père. Il n'est pas parti. Il ne nous a pas abandonnées. Je l'ai quitté parce qu'il était violent et que j'avais peur pour toi. Et pendant des années je me suis demandée si j'avais fait le bon choix, allant même jusqu'à regretter de ne pas lui avoir donné une seconde chance.

— Je... Je... Je suis désolée, maman, murmurai-je en la prenant dans mes bras.

Elle me caressa la tête comme quand j'étais toute petite ou épuisée de me battre pour Ethan. Comment aurais-je fait sans elle ?

— Tu n'as pas à l'être, me dit-elle. Il n'aurait jamais changé et ma vie aurait été d'autant plus difficile, parce que j'aurais passé mon temps à me faire du souci pour toi. Mais Rick, ma chérie... Il n'y a pas de choix à faire. C'est une évidence. Il ne t'a pas appelée, et toi, tu ne lui as rien dit pour Ethan.

Avait-elle raison une fois de plus ? Étais-je aussi fautive que lui ?

— Ne me prends pas par les sentiments, la suppliai-je.

À cet instant, la porte d'entrée s'ouvrit.

— Tu t'es trompée, mamie, cria Ethan, la maman d'Andréa dit que ça n'est pas à elle.

— Ah bon ? Tu sais trésor, je perds quelquefois la tête, dit ma mère.

Ethan étouffa un rire. L'orage était passé.

— Gâteau au chocolat ? lui proposai-je.

Ses yeux pétillèrent de joie, et il se rua sur son puzzle pour ranger les pièces dans sa boîte. Je sentis ma culpabilité s'atténuer un peu, mais ma conscience me rappela très vite à l'ordre.

Ta culpabilité au sujet de Rick, tu comptes la faire taire de quelle manière ?

CHAPITRE 39

SORCIÈRE ET MÉDAILLE EN CHOCOLAT

C'était le grand jour. Ou plutôt, ça l'aurait été si j'avais eu un but. J'avais fait des projets : déménager à New York, travailler pour Peter, tenter de revoir Oceana et Ethan ; je n'avais plus aucune certitude.

Mon chirurgien et ses acolytes venaient de quitter ma chambre. Le docteur Tong m'avait expliqué la procédure qu'il appliquerait, mais je ne l'avais écouté qu'à moitié. La seule chose que j'avais retenu de tout son jargon médical, c'était que je ne devais en aucun cas prendre appui sur ma jambe droite avant six semaines. Mes meubles avaient trouvé une place dans l'immense garage de mes parents, mes habits avaient regagné la penderie de ma chambre d'adolescent, et mon foutu cul boiteux avec. Plus de villa, plus de piscine, plus d'Oceana ! Je ne regrettais rien. Seulement… ça ne devait pas se passer comme ça. J'étais censé la rejoindre chez Carl et lui dire que je l'aimais, avec son chèque de trois cent mille dollars entre les doigts, avant qu'elle ne s'envole pour New York. *Nous* devions quitter Miami ensemble.

La vérité, c'était que j'avais une fois de plus fait les mauvais choix. J'avais sous-estimé sa souffrance. Je n'avais pas pensé une seule seconde que l'état d'Ethan puisse se dégrader. J'avais foiré.

Je lui avais pourtant dit de m'appeler. Elle aurait dû m'appeler. Pour elle. Pour Ethan. Penser à sa tête blonde sur un lit d'hôpital me faisait littéralement péter les plombs. Et maintenant, elle ne prenait plus mes appels. Je tombais directement sur sa messagerie qui, saturée, ne pouvait plus accueillir mes déprimantes excuses. Finalement, j'avais accepté l'aide de ma mère qui avait su soutirer des informations à mon frère. Ethan était sorti de l'hôpital, sain et sauf, avec un cœur réparé. Enfin rassuré quant à son état de santé, je n'étais pas capable de faire pleuvoir autre chose que des « désolés » pathétiques sur sa boîte vocale.

Allongé dans le lit, habillé d'une robe bleue en papier, je me laissais manipuler par une jeune infirmière sous le regard indéchiffrable de ma mère. Un calot, des chaussons. Elle paraissait inquiète, ce qui m'étonnait, et pressée – comme d'habitude. En même temps, je ne l'avais pas forcée à m'accompagner.

Depuis des jours, la douleur que je ressentais – dans ma jambe, dans ma poitrine aussi – me faisait payer ma lâcheté, mon égoïsme et mes conneries. Je refusais de prendre un quelconque calmant. Pas de tramadol. Pas de gélules bleu turquoise. Malgré tout, je continuais à espérer, je tentais de la joindre par téléphone, je tentais de la contacter par Skype, et ce matin, j'étais même allé jusqu'à suivre une jeune infirmière blonde à travers l'hôpital, en pensant que ça pouvait être elle. Il n'en était rien.

— Toujours pas de nouvelles ? demanda ma mère.

Assise sur le fauteuil placé à droite de mon lit, elle feuilletait les pages d'un prospectus de ventes immobilières.

— Parfois, il faut laisser faire le temps, ajouta-t-elle d'une voix neutre sans lever la tête. Si elle t'aime, elle reviendra. À moins que ça ne soit qu'une histoire d'argent. Après tout, tu lui as fait don de trois cent mille dollars alors qu'elle n'en avait plus besoin.

Elle ne pouvait pas s'empêcher de dévaloriser Oceana. Déjà trois jours qu'elle se retenait : je devais peut-être lui donner une médaille en chocolat ?

— Tu ne protestes pas ? s'étonna-t-elle.

Pour dire quoi ? Qu'Oceana était loin d'être une femme vénale et que sa seule et unique richesse était Ethan ?

— À quoi bon, maman ?

— C'est peut-être que cela t'a effleuré l'esprit…

Non, l'idée ne m'avait pas une seule seconde *effleuré l'esprit*, comme elle disait. Je tapotai sur l'écran de mon téléphone, tentant une nouvelle fois de joindre Oceana. À la tonalité, je me tendis. Bon sang, ça sonnait ! Une fois. Deux fois. Je déglutis. Trois fois. Je cessai de respirer. Quatre fois. Je crus mourir en entendant la voix monotone du répondeur prendre le relais. Je connaissais déjà la suite. Je raccrochai, la bouche sèche et les oreilles bourdonnantes.

— J'espère pour toi qu'elle reviendra, dit ma mère d'un ton sec.

— Par pitié, maman, si tu es venue pour me parler d'Oceana, rentre à la maison. J'ai déjà assez avec ma conscience et Carl pour me traiter d'abruti, je n'ai pas en plus besoin de toi pour la mettre plus bas que terre. Tu ne la connais pas. Et tu n'as même pas essayé.

Piquée, elle me lança un regard noir.

— Ton père est un abruti, toi tu es amoureux. Tu as fait les mauvais choix parce que tu t'es laissé aveu…

— Pour l'amour du ciel maman, arrête ça.

Je me mis à compter les carreaux blancs du faux plafond pour me calmer. Quand ma mère reprit la parole, je fus étonné de constater que sa voix était calme et même bienveillante.

— J'allais seulement te dire qu'elle aussi faisait les mauvais choix. Par amour, c'est ce que nous faisons tous. Un peu comme ton père avec toi. Il n'accepte pas que tu puisses faire autre chose que ce qu'il veut, parce qu'il t'aime si fort qu'il ne voudrait en aucun cas te voir échouer. C'est un abruti parce qu'il n'est pas capable de reconnaître ses torts. Et toi, tu es un abruti parce que tu as laissé partir Oceana et que tu ne fais rien d'autre que regarder ce téléphone toute la journée. Et elle, elle est stupide parce qu'elle t'ignore alors que…

— C'est à nous ! s'exclama une infirmière en entrant dans la chambre.

Stoïque, je me ravisai ; pas de médaille en chocolat, mais une en or. J'avais presque envie de me pincer. Non, ce n'était pas un rêve.

Ma mère se leva, attrapa son sac à main et lissa sa jupe de tailleur.

— Nous reprendrons cette conversation plus tard. Je serai là à ton retour du bloc, dit-elle sur un ton qui se voulait rassurant.

— Tout au plus trois heures, l'informa une autre infirmière.

Par où était-elle entrée, celle-là ?

— Dans trois heures, donc, répéta ma mère. Et je t'ai trouvé quelqu'un pour tes soins à domicile.

Sonné, je me laissai transporter jusqu'au bloc opératoire. Après avoir passé les portes de l'ascenseur, je réalisai soudain la signification de ses paroles. Personne d'autre qu'Oceana n'avait touché mes jambes depuis une éternité. Ses doigts fins qui massaient mes muscles, son parfum exquis de vanille. Ça ne serait pas pareil avec une autre.

L'une des infirmières tentait de me détendre en racontant une blague. Je souris pour lui faire plaisir et me mis à observer le plafond qui défilait au-dessus de moi.

Le froid du bloc saisit chacun de mes muscles et la lumière m'aveugla. Des hommes et des femmes habillés en vert, masqués, la tête couverte d'un calot, s'agitèrent autour de moi. À la sensation de chaleur dans mon corps, je compris que le produit anesthésiant courait dans mes veines. Ma vision se troubla. Je ne luttai pas. Je comptai… Un… Deux… Trois… Je fermai les yeux.

Une odeur de vanille, fugace mais si douce, caressa mes narines ; j'ouvris les yeux. J'étais dans ma chambre. La nuque endolorie, je balayai du regard la pièce encore éclairée par le soleil, tout en humant l'air climatisé tel un chien truffier. Rien. Je divaguais. Sans lutter, je me rendormis, avec la nette impression d'avoir été dupé par les anesthésiants.

Je me voyais boire des tonnes de bouteilles d'eau sans pour autant arriver à étancher ma soif sous le soleil cuisant sur l'une des plages de Miami. Il me semblait pourtant sentir le liquide couler dans ma gorge. Mais ça ne suffisait pas. Je vidai les bouteilles une à une jusqu'à me rendre à l'évidence : je rêvais. Et j'étais assoiffé. Je soulevai mes paupières.

Elle était là. Oceana était là. Mon cœur tonna dans ma poitrine.

Debout devant la baie vitrée, les rayons du soleil éclairant ses cheveux blonds répandus sur ses épaules. Elle portait un top marin et un jean bleu foncé, un peu grand pour elle : elle avait perdu du poids. À cause de moi. Son regard sombre me fit déglutir.

— Bonjour, murmurai-je.

Bon sang, j'avais si soif. Mais je ne voulais pas la lâcher des yeux. Je ne voulais pas prendre le risque de la voir disparaître. Peut-être était-ce le fruit de mon imagination ? À tâtons, je palpai le lit jusqu'à ma cuisse droite, touchai le long pansement. J'appuyai un doigt dessus. Un élancement de douleur m'arracha un grognement.

— Tu cherches à faire quoi, là ? dit Oceana.

Ce n'était pas une illusion ! Je respirais. Si seulement je pouvais sortir de ce lit…

— Je peux savoir ce qui te fait sourire ?

J'avais seulement voulu me faire assez mal pour me sentir vivant. Et je ne l'avais jamais été autant qu'aujourd'hui.

— Tu es là. Bon sang, tu es là.

Elle soupira.

— Je suis venue pour te rendre ton argent.

Je crus défaillir. Je ne pouvais pas la laisser partir comme ça. Cet argent, je m'en foutais.

— Oceana, il faut que je t'explique, j'ai…

— Je sais, me coupa-t-elle. J'ai écouté tous tes messages. Tu es désolé.

Mes muscles se relâchèrent.

— Tous ? Même ceux où je te traite d'égoïste ?

— Tous.

— Oh.

Elle battit des paupières, évitant mon regard.

— Ethan va bien, ne t'inquiète pas.

— Il est là ?

— Non. Il est à New York avec ma mère.

Est-ce que je devais me sentir soulagé pour autant ? Elle l'avait laissé pour venir me voir, et il lui en coûtait de l'avoir fait. Elle était ici et pas avec lui. Elle soupira, puis me contourna pour venir se placer de l'autre côté du lit.

— Rallonge-toi, nous devons parler, annonça-t-elle finalement en saisissant un boîtier. Sais-tu ce que c'est ? Ce boîtier est une pompe à morphine, m'informa-t-elle. Elle ne s'active que si tu appuies là, ajouta-t-elle en me montrant une sorte de gâchette. Nous allons jouer à un jeu. Je te pose des questions et si j'estime que la réponse n'est pas la bonne, j'appuierai dessus. OK ?

— Tu sais que je n'aime pas la morphine. Tu es sadique, Oceana.

— Mauvaise réponse, lâcha-t-elle dans un sourire en joignant le geste à la parole.

Elle appuya sur le bouton, la pompe tinta et je blêmis. Je me voyais déjà sombrer dans le sommeil.

— OK, OK…

— Si je m'assois sur ce lit à côté de toi, est-ce que tu tenteras de récupérer la gâchette ?

Mes yeux glissèrent un instant dessus.

— Je me fous de savoir que tu as la gâchette tant que tu es avec moi.

En voyant son pouce se lever pour appuyer, je paniquai :

— Non ! Non ! Non ! Je ne tenterai rien !

Son doigt reprit sa position initiale.

— Est-ce que tu as mal ? demanda-t-elle en poussant légèrement ma jambe saine pour s'asseoir sur le lit.

Non. Je n'avais plus mal nulle part. Elle était là. Son parfum à la vanille m'enivrait. Sa chaleur trouva ma cuisse à travers le drap, et toutes les cellules de mon corps se mirent à fredonner. Elle était là. Les yeux scintillants, discrètement maquillée, les joues rosées, les lèvres brillantes d'un gloss qui ne les rendait que plus désirables.

— Non. J'ai très soif, répondis-je, les yeux fixés sur sa bouche.

Soif d'eau, mais plus encore de son souffle. Elle me rappela à l'ordre en faisant claquer sa langue.

— Tu ne peux pas boire. Tu dois attendre 16 heures. Qu'est-ce qui s'est passé pour ta jambe ?

Pourquoi n'avais-je pas écouté le médecin quand il m'expliquait la procédure ?

— Je ne sais pas trop.

— Perdu. (Elle appuya sur le bouton.) Moi, je vais te le dire. Tu as trop forcé. Tu t'es cru capable de faire certaines choses et tu as perdu, sauf qu'il ne s'agissait pas d'enfreindre mes règles, mais celles d'un chirurgien. Tu as joué avec ta vie. Ça aurait pu être plus grave.

J'étais persuadé qu'elle parlait aussi d'Ethan. Il avait repoussé ses limites au péril de sa vie.

— Tu as raison.

— Pas tout le temps. Qu'est-ce que tu comptes faire plus tard ?

Te toucher, remonter ton bras, dégager ton épaule de tes cheveux et me perdre dans ton cou et en baiser chaque centimètre carré jusqu'à ta bouche…

— Travailler pour Peter à New York.

Elle soupira ; mes yeux dévièrent sur le boîtier.

— Encore perdu.

Je fis les comptes. Trois doses de morphine.

— Et qu'est-ce qu'il faudrait que je fasse ? m'indignai-je. Tu peux appuyer autant de fois que tu veux sur ce satané bouton, ça ne changera rien. Je serais là où tu seras, Oceana.

Un vrai sourire naquit sur ses lèvres. C'était la plus belle des sorcières.

— Bizarrement, tu viens de donner la bonne réponse. Nouvelle question. Est-ce que tu comptes remettre un pied, un jour ou l'autre, sur ta planche de surf ?

— Je… Oceana… balbutiai je.

— Je vais appuyer !

— Il y a un fossé entre ce que j'aimerais et ce que je pourrai faire, tentai-je.

— Je dois donc demander à Carl d'apprendre à Ethan à faire du surf ?

Elle me prenait par les sentiments. Mais elle laissait aussi entendre que tout n'était pas perdu. *Nous* n'étions pas perdus.

— Tu es pire que sadique, sorcière.

— Perdu. (La pompe tinta.) Et non, je ne le suis pas. Je veux seulement t'ouvrir les yeux. Rappelle-toi pourquoi tu as abandonné tes rêves et ce qu'il te reste aujourd'hui. Ce que *tu* as aujourd'hui.

Devais-je comprendre que je l'avais ? Que je *les* avais ?

— Je sais que tu ne m'empêcheras pas de réaliser mes rêves, même s'il t'en coûte de me laisser faire. Mais je ne sais pas si j'en serai capable.

— Quel est ton problème, alors ?

— Tu le sais très bien.

— Dans six semaines, si tu suis les consignes de ton chirurgien, tu pourras de nouveau courir sur le sable et nager dans l'océan, Rick.

Sa voix se brisa. Je me souvins alors de son visage illuminé en me voyant marcher pour la première fois dans la piscine. Oceana se réjouissait en permanence du bonheur des autres, et c'était aussi pour cela que je l'aimais.

— Je dois te faire confiance ? demandai-je.

— Tu as devancé ma prochaine question, répondit-elle en haussant les épaules. Il est 16 heures, tu peux boire.

— Comment le sais-tu ?

Elle lâcha le boîtier et prit mon verre sur la tablette. Plus de morphine. Je souris malgré moi.

— Parce qu'il était déjà 16 heures il y a plus d'une heure…

Je bus l'eau d'une traite. J'étais libre. J'étais rassasié. J'étais groggy de morphine. Et j'allais prendre le dessus dans cette conversation.

— Sur quoi d'autre m'as-tu menti ?

— La pompe à morphine n'est pas connectée à ta perfusion. J'ai expliqué à l'infirmière, pendant que tu dormais, que tu détestais ça.

Nouveau résumé. J'étais libre. J'étais rassasié et je m'étais fait rouler dans la farine.

Je posai mon verre sur la tablette sans la quitter des yeux. Ses joues s'empourprèrent et elle fit mine de se lever.

— Je t'en supplie, reste avec moi, suppliai-je.

— Je suis épuisée, Rick. Je n'ai pas dormi depuis au moins deux semaines.

— Je suis désolé.

— Il n'y a pas eu que toi. Ethan a fait partie de mes soucis. Il en fait toujours partie, d'ailleurs.

Mais elle était tout de même là.

— Tu repars quand ?

— Je ne sais pas. J'ai trouvé un nouveau travail.

— Je ne survivrai pas si tu t'en vas. Je te…

— Ta mère m'a offert un job, me coupa-t-elle. Il semblerait que son fils ait à nouveau besoin de mes services.

Mon sang circula vite, brûlant.

— Je…

— J'ai juste posé deux conditions, reprit-elle d'un air faussement détaché.

Elle restait. Bon sang, elle restait. Je voulais l'embrasser. Qu'attendait-elle pour le faire ! ?

— Lesquelles ? demandai-je tout de même.

— Elle doit m'appeler Oceana… et c'est moi qui préparerai tes pancakes et ton café au lait tous les matins.

Je pouvais imaginer la réaction de ma mère. Étonnement et incompréhension. *Nous* allions partager la même tasse !

— Qu'a-t-elle répondu ?

— Elle a souri.

Waouh. Je lui devais vraiment une médaille en or.

— Mais il me reste encore un détail à régler.

Je levai les sourcils. Quoi encore ?

— Toi, souffla-t-elle en appliquant son doigt sur ma poitrine.

Mon cœur voulut le rejoindre et ma peau s'électrifia. Je le regardais. Simplement posé sur ma robe en papier. Petit, fin, dont la douceur, je le savais, n'avait pas d'égal.

— Je suis plutôt gros comme détail, tu ne crois pas ?

Elle eut peine à retenir un rictus.

— Maintenant que tu as récupéré ton argent, tu vas peut-être pouvoir choisir un autre endroit que chez tes parents pour vivre. Ma mère, c'était une chose, mais les Thomas…

Elle grimaça.

— Dès que je sors de l'hôpital, je m'en occupe. Promis.

Elle secoua la tête.

— Ethan arrive lundi. Affaire-toi vite.

Si j'en avais été capable, j'aurais sauté de joie. Ethan serait là lui aussi !

— Maintenant repose-toi, je reviens demain.

— Je t'en supplie Oceana, ne pars pas. J'ai encore des tonnes de…

Elle appliqua un doigt sur mes lèvres.

— Tais-toi. Je ne veux plus t'entendre me dire que tu es désolé. (Elle touchait mes lèvres !) J'ai aussi mes torts. Je n'aurais jamais dû te laisser retourner vers elle, j'aurais dû t'appeler pour te dire que je t'aimais et, surtout, j'aurais dû te laisser t'expliquer.

Bordel, je les aimais. Elle. Lui.

— Tu as posé ton doigt sur ma bouche, Oceana…

Son visage s'illumina. J'enfermai sa joue dans ma main.

— Moi, j'ai fait ça ? fit-elle mine de s'étonner.

Lentement, j'effleurai ses lèvres. Un premier baiser innocent, mes yeux plongés dans ses yeux gris. Puis un deuxième, plus appuyé, mais tout aussi doux. Mes doigts glissèrent dans ses cheveux soyeux, une bulle explosa dans mon ventre. Le troisième baiser vint d'elle et m'arracha un souffle de délivrance. Comme si je connaissais enfin le vrai sens du mot « soulagement ».

— Je vais peut-être rester avec toi ce soir, sourit-elle contre mes lèvres.

— Ce soir et tous les autres.

L'émotion me prit à la gorge. Elle ne partirait plus. Je déposai une traînée de baisers sur ses joues, humant sa peau comme un drogué prenant sa dose de cocaïne après des semaines entières d'abstinence. Ma vanille.

J'entendis ses chaussures claquer sur le sol ; ses jambes se faufilèrent sous le drap, puis ses pieds froids se collèrent à ma jambe gauche.

— La maison, elle est pour moi ou pour nous ? interrogeai-je.

— Toi, Ethan et moi. Si tu le veux bien ? murmura-t-elle comme si elle suggérait une solution après une grosse bêtise.

— Je veux que tu la choisisses, toi. Pour nous. Tu as carte blanche, je n'ai qu'une seule exigence.

— Une seule ? Je ne te reconnais plus !

Une de ses mains se glissa sous ma chemise bleue. Je grognai, la bouche dans ses cheveux. Ses doigts trouvèrent aussitôt une de mes cicatrices.

— Oui. Ou peut-être deux. Une piscine et une douche à l'italienne.

— Tu sais que tu es interdit de piscine pendant au moins six semaines.

Je caressai son épaule. Elle se tortilla.

— Pas pour moi. Enfin… indirectement, si… Je rêve de te voir prendre un nouveau bain de minuit et je prierai tous les jours pour que ma savonnette m'échappe !

ÉPILOGUE

Son corps ondule sur le mien à la manière d'une vague sur le sable humide. Mon ventre déborde de cocons à papillons, je suis près de l'explosion qui les fera éclore tous en même temps. Ses yeux bleus me fixent avec intensité, habités par cette lueur qui me crie « Je suis à toi ! »

Je sens son long membre coulisser lentement entre mes jambes, dans d'exquis va-et-vient. J'ai l'impression qu'il cherche à aller toujours un peu plus profond en moi et que je peux l'engloutir tout entier. Mon bas-ventre n'est qu'électricité et délice. Je suis au bord de l'extase.

Je le regarde s'agiter. Je sais ce qu'il pense. La bonne nouvelle est tombée ce matin, il peut de nouveau prendre appui sur sa jambe droite après six semaines de convalescence, ce qui l'autorise à me prendre de cette manière. Lui sur moi. Là, maintenant, dans notre lit à baldaquin, c'est moi qui suis à lui. Il me possède comme il l'entend.

— Ça faisait si longtemps, Oceana…

Son souffle chaud caresse ma peau et la couvre de chair de poule. Ses mains prennent possession de mes seins, il les suce et les lèche délicatement, jusqu'à mes tétons, si durs qu'ils en sont presque douloureux. Je ne sais plus où donner de la tête.

— C'est ce que tu veux ? demande-t-il.

Il le sait et il aime quand je le lui dis.

— Mords-moi, s'il te plaît.

Ses dents se referment sur un de mes tétons. Sa langue joue avec sa morsure et, comme chaque fois, la douleur laisse place à un plaisir unique et indéfinissable. Sa bouche et ses dents s'amusent sur ma peau et me laisseront, à coup sûr, des rougeurs pendant quelques jours. Ça m'est égal. Là, maintenant, alors que nous devrions être en train de finir de déjeuner, il n'y a que lui sur moi, lui en moi, lui pour moi. Je l'aime.

— Si longtemps… répète-t-il.

Ses baisers brûlent mes lèvres. Ses coups de reins sont plus calculés, son souffle court. Il se contient. Ses mains appliquées sur mes hanches refrènent mes ardeurs, mais je suis impatiente. Mes ongles griffent ses omoplates, et mes talons appuient sur ses fesses.

— Plus fort !

La sueur perle sur son front. Il se retire presque entièrement pour revenir plus fort. Je m'oublie. Je ne sais plus sur quoi me concentrer. Sur ses mains ? Sur ses lèvres ? Sur ses dents ? Je ne suis même plus capable de respirer, je suis submergée par un raz-de-marée de papillons. Je bégaie des mots incompréhensibles.

— Bordel… Oceana…

Sa voix rauque et saccadée me fait plonger encore plus loin. Je jouis fort, agrippée à lui. Mon corps n'est plus qu'une enveloppe ardente de plaisir, et il me rejoint à la minute où je crie son nom. Je le sens trembler et l'entends hurler. Ses « je t'aime » me transpercent. Je lui réponds que moi aussi. Puis son corps retombe sur le mien. Il n'y a plus que son souffle chaud dans mon cou, son front humide sur une de mes joues et les derniers remous de nos sexes imbriqués l'un dans l'autre.

— Ne t'endors pas, nous allons être en retard à l'école…

Il soupire et m'embrasse dans le cou, comme s'il avait peur de me briser.

— J'aime ce jour de repos ! lance-t-il en roulant sur le dos et en m'attirant dans ses bras.

Je suis d'accord avec lui. Même si je ne travaille que le matin à l'hôpital, aujourd'hui est un jour spécial. Il avait rendez-vous avec son chirurgien, et je voulais l'accompagner.

— Tu as parlé à ton père ?

Ça n'est pas le grand amour entre eux, mais leur relation s'est nettement améliorée depuis l'opération de Rick. Chacun a mis de l'eau dans son vin. Rick travaille à l'hôtel tous les matins, et son père ne lui demande pas d'en faire plus. J'ai même quelquefois l'impression qu'il approuve que Rick veuille être à la maison avec Ethan l'après-midi, en attendant que je rentre de l'hôpital. Il faut dire qu'Ethan plaît à tout le monde. Je pense même que c'est le seul à avoir le secret du *Comment faire rire les Thomas.*

Je retrace du bout du doigt les cicatrices sur son abdomen. Je les aime. Et la dernière signifie : nouveau départ, nouvelle vie, c'est notre quatrième A, attirance, affection, amour et *analepsie*… Nous nous sommes reconstruit. Ensemble.

— Il veut bien essayer.

Son père est donc d'accord pour tester le club de sports aquatiques. Je ne suis pas soulagée pour autant. Quelque chose dans sa voix. Je cesse mon activité artistique sur son torse.

— Mais ?

— Je voudrais attendre encore un peu.

Je ne peux pas le forcer, c'est sa décision. Il embrasse chacun de mes doigts, la paume de ma main, souffle sur mon poignet. J'ai l'impression de courir dans un champ de coquelicots au printemps.

— Je suis terrorisé. Je voudrais être certain que mon fémur soit consolidé.

Sa langue glisse sur la peau de mon avant-bras. Je nage en plein bonheur, et me laisse aller à fermer les paupières. Seulement cinq minutes… juste cinq. Mais ma conscience me réveille en me rappelant ce que j'ai fait ce matin à l'insu de Rick. *La* prise de sang. Le fameux test génétique qui me dira si, oui ou non, je suis porteuse du gène de cette maudite malformation cardiaque. Qui me dira si je suis responsable des années de souffrance d'Ethan et si, un jour, je serai capable de donner un enfant à Rick. Trois longs mois d'attente jusqu'aux résultats. Trois mois ! J'ai affronté mes pires craintes, je veux que Rick fasse de même.

— Il ne t'a pas empêché de me faire l'amour ton fémur !

— J'aime quand tu te mets en colère, me dit-il avec tendresse. Tu rougis !

— Ne change pas de sujet !

— Si ça peut te rassurer, mon père a déjà commandé tout le matériel. Tout sera opérationnel pour janvier.

— Ça te laisse donc un peu plus de deux mois.

— Deux mois à jouer dans la piscine avec Ethan. À réapprendre à courir. À nager avec toi dans l'océan…

— Tu oublies les dauphins.

— Bien entendu. Deux mois pour remonter sur ma planche. Et surtout… surtout…

Son souffle dans mon cou me fait frissonner. Ses yeux bleus se plantent dans les miens. Ils ont cette flamme du désir qui m'embrase.

— Surtout…

Son bassin se presse contre le mien. Son membre durci frotte une de mes cuisses. Mon sexe pulse, je suspecte mon cœur de ne plus être à sa place.

— Surtout, deux mois à tester ma jambe en te faisant l'amour.

Je glousse en sentant ses dents érafler mon oreille.

— Tu es insatiable !

— Je t'aime, Oceana.

Ces mots, cette voix, c'est la caresse du premier rayon de soleil après des jours entiers de pluie, voire pire, une tempête de neige. Je fonds.

— Moi aussi, Rick, je t'aime.

Je la tiens entre mes doigts. L'enveloppe. Je n'ai pas pu la lâcher depuis que je suis allée la chercher au laboratoire. Je n'ai pas pu l'ouvrir. Je sais seulement que ce qu'elle contient est important et qu'elle est blanche. Important pour moi, et pour Rick.

J'essaie de retrouver mon calme en contemplant la façade de notre maison. Voilà presque quatre mois que nous nous y sommes installés. Elle ressemble un peu à l'ancienne villa de Rick, avec la pagaille d'Ethan en plus. Un ballon, un vélo et, à l'intérieur, des feutres, des puzzles, des dessins et des figurines de super-héros. J'entends les cris provenant de la piscine, de l'autre côté de la maison. J'imagine déjà le tableau : Rick a récupéré Ethan à l'école, et il faisait bien trop chaud pour lui faire faire ses devoirs. Pauvre petit. Ils doivent jouer à se sauter dessus et à celui qui noiera l'autre en premier. Ethan gagne tout le temps. Non, je rectifie, Rick fait semblant de perdre. Qu'importe : aujourd'hui, la piscine me donne du sursis.

Je pénètre d'un pas décidé dans la maison. Je contourne le cartable d'Ethan jeté au beau milieu de l'entrée et continue jusqu'à la terrasse. Je suis vraiment ailleurs. Mais pas si loin. Mon esprit vagabonde entre mes doigts et cette enveloppe.

— Je suis rentrée !

Mes deux hommes tournent vers moi des visages joyeux. Rick m'offre une moue qui, je crois, se veut navrée. Je lui pardonne. Pour aujourd'hui. Pour cette enveloppe. De toute façon, de loin, il n'y voit que du feu, il ne remarque pas à quel point je suis mortifiée.

Si nous avions été à New York, j'aurais filé droit dans les jupons de ma mère, quémandant assez de courage pour ouvrir cette satanée enveloppe. Mais elle ne peut rien faire pour moi. Une vague de mélancolie me prend à la gorge. Je ne l'ai pas vue depuis Noël. Je dois me contenter de nos appels téléphoniques tous les deux soirs, qui s'éternisent des heures durant. Au début, c'était difficile. Autant pour nous que pour elle, mais finalement, sa solitude l'a poussée à sortir le soir avec ses collègues de boulot, et elle a rencontré quelqu'un. Charlie. Un comptable. Elle n'est plus seule et nous, nous avons Rick. Encore une fois, elle avait raison. Vivre loin l'une de l'autre n'est pas si difficile. J'aime ma vie ici, à Miami. Me réveiller tous les matins dans les bras de Rick, m'exaspérer en découvrant

Ethan lové à nos pieds, travailler à l'hôpital, déjeuner avec mes nouveaux amis, rentrer chez nous, prendre ma douche avec Rick, voir Ethan courir dans le jardin, regarder des couchers de soleil et les étoiles dans le ciel. J'aime ma vie. Je ne retournerais pour rien au monde à New York.

Ethan déboule dans la maison et chasse ma mélancolie.

— File à la douche ! lui intime Rick, peu convaincant.

— Bonjour, *Vanille.*

Ses bras mouillés m'enlacent et ses lèvres se nichent contre ma tempe.

— Tu ne dis rien ?

Ses dents jouent avec mon lobe d'oreille, son torse se colle à mon dos.

— Qu'est-ce qui se passe, Oceana ?

Sa question me renvoie directement à mon enveloppe. Je me retourne et lui sers un sourire crispé.

— Pourquoi veux-tu qu'il se passe quelque chose ?

Ses yeux bleus me dévisagent. J'ai envie de lui demander si les lettres E.N.V.E.L.O.P.P.E. sont gravées sur mon front. Finalement, j'opte pour :

— Comment s'est passée ta journée ?

Son regard glisse sur mon décolleté. Je prie pour qu'il fasse une remarque sur ma tenue. Jaloux, il n'aime pas que je porte des robes ou des jupes trop courtes. Ça me permettrait de m'énerver. Il n'en fait rien.

— Bien.

Il m'attrape par les hanches et me soulève sans forcer pour m'asseoir sur le plan de travail. Le froid du marbre me surprend. Je dissimule mes mains derrière mon dos.

— Et toi ?

Il remonte ma jupe le long de mes cuisses. Ses cheveux trempés effleurent mon menton. Mes doigts lâchent l'enveloppe. Parfait.

— Plutôt bien aussi…

Je ne veux plus penser à ces résultats de laboratoire, il nous reste cinq minutes pour nous cajoler avant que notre bonhomme ne débarque et accapare l'un d'entre nous. Sans se faire prier, sa bouche descend à la naissance de mes seins.

— Mes parents voudraient qu'on aille dîner chez eux ce soir.

Ses doigts jouent avec la dentelle de ma culotte. Ils frôlent ce point si sensible entre mes jambes. Je me sens frustrée à l'idée de devoir attendre qu'Ethan soit couché pour prévoir un orgasme. Pour la peine, j'en demanderai deux.

— Tu ne dis toujours rien ?

Sa langue dessine un chemin tortueux jusqu'à ma clavicule. Je hausse les épaules. Je n'ai rien contre l'idée de devoir aller manger chez ses parents.

— Qu'est-ce qui se passe, Oceana ? répète-t-il.

— Pourquoi veux-tu qu'il y ait quelque chose ?

— Tu n'as pas levé les yeux au ciel en nous découvrant en train de jouer dans la piscine au lieu de faire les devoirs. Tu ne me grondes pas alors que je suis trempé et que je mets de l'eau partout…

Il me connaît si bien. Je rends les armes.

— J'ai fait un test…

Sa bouche esquisse un sourire à peine dissimulé.

— Tu es enceinte ?

Sa joie me transperce le cœur. J'ai du mal à respirer et tout autant à le regarder.

— J'ai fait *le* test.

— Ethan me suffit amplement, Oceana, nous en avons déjà parlé.

Faux. Nous en avions discuté à New York alors que nous n'étions pas… tout ça. Nous n'étions pas encore ce *nous*, symbole de famille.

— À moins que tu désires un enfant avec moi, toi aussi ? continue-t-il avec la même douceur.

J'en viens presque à croire qu'il me connaît mieux que je ne me connais moi-même. Oui, j'y pense. Je veux partager avec lui la plus belle des choses que nous offre la vie. Le prolongement de la nôtre. Me l'avouer suffit à me donner du courage. Je plonge mes yeux dans les siens. Ils sont remplis de tendresse et d'amour. Eux aussi me donnent de la force. Je récupère l'enveloppe dans mon dos et la brandis devant moi d'une main tremblante.

— Si cette enveloppe contient une mauvaise réponse, je ne prendrai pas le risque de voir un autre enfant souffrir par ma faute. *Notre* enfant.

— Attends un peu, là. Tu ne connais pas les résultats ?

Il m'arrache l'enveloppe, l'examine et soupire comme s'il cherchait ses mots. Il peut chercher très loin, même dans une encyclopédie universelle, il n'y a rien à dire. Je me tétanise. J'ai peur.

— Qu'importe ce qu'elle contient, la situation est différente, Oceana. Nous n'aurons pas à courir après l'argent pour une opération, rien ne se fera dans la précipitation, et tu ne seras pas seule. Nous sommes une famille.

Si seulement tout était aussi simple. Je ferme les yeux et me force à penser qu'il a raison. J'entends le bruit du papier déchiré ; je suis comme un accusé attendant sa sentence. Je suis pathétique.

— Elle est où, la recette de ton gâteau au chocolat ?

Ça ne signifie rien. Gâteau au chocolat, c'est ma solution à tout. J'en fais pour chasser la peur, me faire pardonner, donner du plaisir. Je suis terrorisée. Le papier crisse. Les yeux toujours fermés, je l'imagine froissé, en boule, un peu comme chaque organe vital de mon corps. Puis la bouche humide de Rick effleure ma joue, s'aventure sur la mienne dans un chaste baiser.

— Il va falloir que tu me l'écrives quelque part, juste au cas où je doive t'apporter un gâteau à la maternité… un de ces jours.

Je me sens soudain aussi légère qu'une molécule d'oxygène délestée d'un électron. Je l'étreins de toutes mes forces, je hurle ma joie.

Aujourd'hui, je peux le crier. Je ne suis plus brisée, mais je veux l'entendre me le dire.

— Lis-moi ça !

Il déclame d'un air solennel :

— « Au vu des tests réalisés, nous sommes en mesure de vous assurer qu'aucune anomalie génétique potentiellement responsable d'une malformation cardiaque congénitale n'a été trouvée. »

Je n'avais pas réalisé à quel point ce test pouvait être important. Pendant trois mois, je l'ai oublié, pendant des années, banni de mon esprit, mais aujourd'hui, avec Rick, c'est une réalité.

— Est-ce que tu veux avoir un enfant avec moi ?

Je pouffe.

— On dirait une demande en mariage !

Il me scrute, les yeux plissés.

— Celle-là je comptais te la faire à genoux, parce que maintenant je peux le faire, devant un coucher de soleil à Miami Beach.

Oh.

— Maintenant que tu le sais, il va falloir que je trouve mieux, reprend-il.

Il pourrait la faire avec la bouche pleine de pizza, ça m'est égal.

— Tu dis oui, alors ?

— Je dis oui.

Les coins de ses lèvres se relèvent avec malice.

— Au bébé et au mariage ?

J'ai du mal à respirer. C'est à la fois terrifiant et merveilleux. Ça ne s'explique pas. C'est comme apprécier l'afflux d'adrénaline d'une descente dans les montagnes russes et redouter que le wagon se décroche.

Je l'attire à moi et pose ma joue sur la sienne.

— Chaque *truc* en son temps, tu veux bien ?

REMERCIEMENTS

Mes premiers remerciements vont à ma belle-sœur, sans qui je n'aurais jamais pu être contactée pour *Brisé(e)*. Sarah, je me souviens encore du jour où tu m'as dit : « Pourquoi tu ne publies pas sur Wattpad ? » Traduction, à l'époque : « Tu me saoules à m'envoyer tes chapitres et à me demander mon avis… »

Aujourd'hui, j'en suis encore là, à murmurer des « Waouh » devant le mail d'Isabel, mon éditrice. Merci, Isabel, pour la confiance que tu m'as accordée et l'intérêt que tu as porté à *Brisé(e)* et à moi. Désormais, chaque fois que j'entendrai le mot « Waouh », je penserai à toi !

Les suivants vont à ma famille et mes amies, ma sœur, l'un de mes nombreux frères, Droudrou, ma jolie maman, mon joli papa, mon papa (bien plus que sur un morceau de papier), Danielle Guisiano qui ont cru en moi et qui m'ont lue – je ferme encore les yeux en pensant aux passages érotiques (bon sang ils ont lu ça !). À mon chéri et à mes enfants qui ont dû supporter mes sautes d'humeur quand je n'avais pas d'inspiration, mes heures et mes soirées passées à écrire, bref, ma piètre compagnie ; je m'en excuse et je vous aime, vous êtes mes muses.

Quand je vois *Brisé(e)*, je ne peux pas oublier Wattpad et toutes mes lectrices/eurs qui m'ont fait rire, pleurer et quelquefois rager devant leurs commentaires. Je pense à celles et ceux qui me suivent depuis le début de l'aventure et à qui je me suis plus attachée que je ne l'aurais imaginé. Vous me manquez, les filles ! Je suis addict ! Vous êtes en quelque sorte ma deuxième famille. Je ne peux pas toutes vous citer mais je pense plus particulièrement à @SophieHameury, @Boutchoupitchou et @Reading3000 (quel bruit ça fait une tortue quand ça pète ?), @Anaelle-faustine (qui aime Rick à la folie…), @Isasteaur, @leaticed07, mais aussi @Lilaslilas, une maman qui s'est reconnue dans la situation d'Oceana et qui m'a énormément touchée : je te souhaite plein de courage… Merci pour vos encouragements et vos commentaires, vous êtes mon aventure !

Merci à toutes celles et ceux que j'ai dû oublier, je suis encore sous le choc d'avoir terminé d'écrire *Brisé(e)* !

Je voudrais faire une standing-ovation à toutes les blogueuses littéraires qui ont lu, critiqué, passé du temps sur *Brisé(e)*, pour moi… en particulier, Carine de *Les Étoiles des bibliothèques*, et Dounia de *Douniabook*, qui m'ont beaucoup marqué. C'est en partie grâce à vous si j'en suis là aujourd'hui, si je peux jubiler à l'idée de tenir *Brisé(e)* dans mes mains. Les pages ont remplacé la tablette et c'est le plus beau des accomplissements pour un auteur ! Vos chroniques m'ont réchauffé le cœur, m'ont malmené pour certaines, mais je vous remercie car, qu'importe, vos critiques sont toujours constructives !

Et enfin, juste un petit coucou et un énorme merci aux administrateurs du groupe de *New Romance* sur Facebook qui se démènent pour nous, auteures françaises, qu'elles adhèrent ou non, qu'elles aiment ou non, elles savent qu'un livre c'est des heures de boulot et font preuve d'énormément de respect envers nous. Merci à Mary-Alice, Manon, et Alyson (*Your English is so beautiful !)*.

Sophie, qui n'est pas sur la banquise mais sur un énorme nuage !

Découvrez tout de suite
un extrait d'un autre roman BMR

CAFÉ-IN

Sophie S. Pierucci

Pour tout savoir sur les titres BMR,
rendez-vous sur www.facebook.com/BMRomance
et www.editionsbmr.com

BMR

CHAPITRE 1

- KIM -

Premier après-midi de libre depuis plusieurs semaines. Depuis si longtemps à vrai dire que je ne me souvenais même pas du dernier !

Alors, en remontant la 6e avenue, je pris le temps de respirer, de profiter de l'instant présent comme si ça faisait des mois que je n'étais pas sortie et que c'était la toute première fois que je découvrais les rues de New York.

Un tour d'horizon. Il faisait beau pour un vendredi d'octobre, une légère brise chatouillait quelques mèches de mes cheveux sans pour autant me faire frissonner, l'avenue grouillait d'hommes et de femmes qui, tout comme moi, sur leur trente-et-un, leur attaché-case à la main, ne pensaient qu'à leur rendement ou à leur chiffre d'affaires.

Un constat s'imposa rapidement à moi : j'avais besoin d'un remontant pour évacuer ces trois mois intenses, dont les maîtres mots avaient été : installation des bureaux, mise en route de la société et rendez-vous professionnels. Jour et nuit, semaines et week-ends confondus, au détriment du plaisir et de mes cartons dans mon nouvel appartement. Ce soir, j'allais pouvoir me préparer un repas sain et équilibré, au lieu de plats à emporter, j'allais pouvoir me prélasser dans un bain, j'allais penser à rien ! Au programme : détente et farniente !

— Bonjour, Ted. Un mojito, s'il vous plaît, demandai-je en arrivant au comptoir du Relax.

— Bonjour, répondit-il en me gratifiant d'un sourire avant de s'affairer à la préparation de mon cocktail.

Le bar-restaurant, situé à quelques rues de la société, était le lieu de rendez-vous de nombreux hommes d'affaires. Pour mes meilleures amies – collaboratrices – et moi-même, il nous permettait aussi de lâcher prise, le soir avant de rentrer chez nous. Non, je devais l'avouer, *rarement* pour lâcher prise, *souvent* pour faire le point sur notre société. L'entrée donnait sur un bar design, composé de meubles laqués noirs et blancs. Le comptoir, qui s'étendait le long de la baie vitrée, faisait face à quelques tables blanches entourées de banquettes en cuir noir. Plus loin, sur la droite, un rideau violet occultant marquait l'entrée de la salle du restaurant. Rapidement, je dénombrai une dizaine de clients.

Ted déposa mon cocktail devant moi. La quarantaine, les cheveux noirs, il était grand et mince. Pas très attirant sans doute, mais le meilleur préparateur de mojitos de NYC !

Assise sur un tabouret face au bar, je portai mon verre à la bouche. Les saveurs du rhum me rappelèrent la plage de Cuba où je m'étais rendue avec mes meilleures amies il y avait plus d'un an. Un voyage que nous avions effectué pour fêter la fin de nos études de commerce international. Une année sabbatique plus tard, nous fondions notre société. *Presque* sabbatique. Disons que nous avions pu collecter des informations, établir des collaborations et créer notre carnet d'adresses, tout en nous divertissant. Non… seulement moi… Il fallait dire que j'avais à oublier, et surtout à remplacer ou à découvrir, au choix. Quoi qu'il en soit, j'avais bien profité de mon célibat et c'était toujours le cas. Mes pratiques sexuelles pourraient en choquer plus d'un. Je faisais partie de ces filles sans attaches, libre dans leur tête et avec leur corps. Je prenais du plaisir avec des inconnus croisés un soir et que je ne revoyais plus. Ce dernier point était essentiel. Voilà pourquoi je ne sortais jamais seule à New York. J'évitais ainsi la tentation, la rencontre et la frustration de me refuser du bon temps avec un homme. Alors pourquoi j'étais là ? Une nouvelle gorgée. Mmmh. Juste pour ça. Seulement décompresser avec un mojito. Je me le répétais encore, pas de sexe à New York !

Les effets du cocktail ne se firent pas attendre. La chaleur que me procurait l'alcool me donnait l'impression que toutes les tensions de la semaine s'évaporaient. Le vibreur de mon téléphone vint ombrager ma rêverie. L'écran affichait : *Papa*.

Fais chier.

— Bonjour, papa, dis-je d'une voix faussement enjouée.

— Bonjour, Kim. J'ai la nette impression que tu vas bien.

— C'est peu dire, papa. Je suis sortie plus tôt aujourd'hui.

Non sans efforts !

— Je me souviens de toutes ces fois où j'avais besoin d'évacuer la pression de la semaine. Tu as pu te libérer pour le week-end ?

Merde.

— Oui, la semaine fut bien remplie mais non sans récompenses.

— Nous t'attendons donc dimanche ?

« Attendre. » Un mot chez mon père qui signifiait qu'il y avait intérêt à faire ce qu'il demandait. Même si j'étais la seule à oser le défier, j'essayais de temps en temps d'être raisonnable.

— Je pense arriver dans la matinée, répondis-je sagement.

— Très bien. À dimanche, Trésor.

Conversation courte mais qui remettait en question tous mes plans. Tant pis pour les cartons, ils attendraient une semaine de plus dans la chambre d'amis. Carry avait raison, j'aurais dû employer quelqu'un. Cependant, même si mon compte en banque était bien fourni, je ne faisais pas dans la dépense inutile. Mon père était un des plus gros revendeurs de vins et de champagnes du pays, ce qui me procurait un confort financier, et une place dans la société. Mais pour monter notre entreprise, mes amies, Kate et Carry, et moi avions dû utiliser des noms d'emprunts. Nous ne dirigions pas le genre de boîte dont nos familles auraient pu se vanter. À leurs yeux, nous étions revendeuses de prêt-à-porter de grands couturiers. S'ils savaient !

L'idée m'amusa et mon sourire fut, apparemment, communicatif. Sur ma droite, un jeune homme me regardait, l'expression enjouée. Rapidement je détournai la tête pour lui signifier que je ne lui prêtais aucune attention. Ça m'était égal de paraître tordue ou simplette, en souriant ou en parlant seule, car cet après-midi, je voulais rompre avec l'image de la chef d'entreprise sérieuse et appliquée.

La montre Cartier de ma défunte mère affichait presque 15 h 30 et mon verre de mojito était déjà vide. Je m'apprêtais à sauter de mon tabouret pour partir lorsque mon téléphone se remit à vibrer : *Kate*. Tout en prenant l'appel, je renversai malencontreusement le café de mon voisin *voyeur*.

— Je te signale que j'ai pris mon après-midi, dis-je à Kate en décrochant. Un nouveau café pour le monsieur, murmurai-je à Ted.

Je le gratifiai d'un sourire.

— Je suis dans l'embarras, s'excusa-t-elle. Mme Rove nous demande de modifier leur projet.

Du coin de l'œil, je vis Ted essuyer le comptoir et remplacer le café renversé.

— Impossible, son mari est notre principal client. Nous ne pouvons donner suite à sa demande, répondis-je précipitamment.

— Tu en es sûre ?

Difficile de refuser de traiter avec une femme dont le portefeuille dépassait le million. Kate ne pouvait pas lui dire non. On ne disait pas non à la femme de notre plus gros client. Plus calmement, mais excédée, je repris :

— Réponds-lui que je la contacterai lundi matin. Ça me laissera le week-end pour réfléchir à la situation, soufflai-je.

Je déposai deux billets sur le comptoir.

— Ça marche. À lundi, et pas de folies, s'empressa-t-elle d'ajouter avant de raccrocher.

Non, il n'y avait pas d'extravagances prévues au programme. Il y a quelques semaines pourtant, je n'aurais pas hésité. Une bonne partie de jambes en l'air aurait été la cerise sur le gâteau du week-end. Le sexe était ma réponse à toute frustration mais il y avait des moments dans la vie où le besoin de solitude, de calme et de méditation s'avérait plus important que les besoins physiques et charnels.

Au premier talon posé sur le sol, le jeune homme au café m'interpella, joueur :

— De simples excuses auraient suffi.

Indécise, je plissai les yeux et l'observai. Il devait être à peine plus vieux que moi. Debout, un coude appuyé sur le comptoir, il me dominait largement d'un bon mètre quatre-vingt. Au-dessus de son pantalon de costume gris, une chemise noire brillante hors de prix, déboutonnée sur le haut et très ajustée, laissait entrevoir quelques poils et la musculature saillante de ses épaules. Il porta à ses lèvres pleines sa tasse à café sans détourner le regard. Je n'avais jamais vu des yeux aussi envoûtants, son teint hâlé faisait ressortir leur couleur vert émeraude mouchetée de marron. Ses cheveux noirs, coiffés en brosse, donnaient envie d'y plonger les doigts. Un bel homme, ou un casse-croûte si nous n'étions pas à New York.

— Il me semble que les actes valent mieux que des mots, répondis-je finalement. Mais si vous préférez, je vous présente mes excuses, monsieur.

Un sourire suffisant anima sa bouche.

— Max. Appelez-moi Max. Je vous pardonne mais, si vous êtes plus dans les actes, j'aimerais vous inviter à dîner, mademoiselle…

Plutôt direct et tout aussi présomptueux. Son ton calme et posé en était presque agaçant. Ce devait être un homme à qui l'on ne refusait rien. Il était mal tombé avec moi. Mais devais-je donner dans la provocation en répondant : *Je ne dîne pas avec les coups d'un soir ?* Certaine qu'il y verrait un défi, je préférai jouer la carte de la sagesse. D'autant que je n'étais pas sûre qu'il ne me fasse pas changer d'avis.

— Je n'ai pas le temps, Max. Il faudra vous contenter du café. Bon après-midi.

Et cette fois-ci, en plus du ton sec que j'avais employé, je ne lui laissai pas le temps de répondre et me dirigeai vers la porte. Curieuse et envieuse qu'il me contemple le long de la baie vitrée, je soignai ma posture. Les épaules en arrière, le buste en avant, je lui présentai mon meilleur profil, puis je tentai un regard vers lui. Le sourire qu'il me lança trahissait un doux mélange d'amusement et de satisfaction. Comme si mon refus ne l'avait pas affecté le moins du monde...

Finalement, après presque deux heures de shopping en talons aiguilles, j'arrivai chez moi. Je ne sentais plus mes pieds. Mon seul regret de l'après-midi avait été de ne pas être allée voir la nouvelle collection de lingerie de la boutique La Petite Coquette. J'adorais les dessous, je raffolais de dentelles, et une commode entière leur était dédiée.

Kate et Carry avaient préféré prendre une collocation non loin de chez moi. En revanche, je louais l'appartement d'un ami de mon père dans le quartier de Manhattan tout près de Madison Square Park. Situé seulement à quelques stations de métro de nos locaux, mon appartement, au trentième étage d'un immeuble récent, avait une vue imprenable. En plus d'une suite parentale, il comprenait une autre pièce pour accueillir des amis qui me servait pour l'instant à entreposer mes cartons.

Ma chambre avait sa propre salle d'eau et un dressing, que je n'avais pas encore trouvé le temps de remplir entièrement. Et avec ce dimanche en famille, il devenait plus que probable que le programme « rangement » allait devoir être remis à plus tard.

On entrait dans l'appartement par un spacieux couloir, avec une bibliothèque sur toute la longueur, qui menait à une cuisine ouverte sur le salon. Des vitres s'étendaient sur toutes les parois, offrant une constante luminosité au séjour d'une quarantaine de mètres carrés. Les murs étaient blancs, le sol recouvert d'un parquet en bois massif beige et tous les meubles en teck. Seuls les deux canapés en cuir et le plan de travail en marbre étaient noirs et rappelaient l'encadrement des baies vitrées. Quelques plantes, auxquelles je n'apportais manifestement pas assez de soins, donnaient une touche de fraîcheur au style minimaliste de l'appartement. Il ne me restait plus qu'à apporter ma touche personnelle pour me sentir enfin chez moi.

Après avoir ouvert mes sacs, pris une douche et rangé quelques cartons, l'horloge indiquait déjà plus de 21 heures. Avec Norah Jones en musique de fond, je réchauffai un reste de pizza de la veille, puisque le frigidaire ne s'était pas rempli tout seul. Faire les courses serait en tête de liste des choses à faire demain matin.

Je me demandai ce que Nathalie allait préparer dimanche au déjeuner. C'était la cuisinière de la propriété familiale. Il n'y avait pas un plat qu'elle ne sache faire. Si j'avais eu le courage d'appeler mon frère aîné, Richard, nous aurions pu parier sur le menu. Il gagnait toujours à ce jeu-là. Si nous nous téléphonions régulièrement, nos emplois du temps, tout comme le décalage horaire, ne nous permettaient pas de nous voir autant que nous le voulions. Nous étions tous deux très différents, tant physiquement – c'était le portrait craché de mon père – que du point de vue du caractère – mon frère était si matérialiste et désordonné.

La sonnerie du téléphone de l'appartement résonna dans le couloir et je restai sans réagir. J'étais en week-end, et surtout atteinte de fainéantise, si c'était important mon correspondant rappellerait. Aucun message ne s'afficha sur le répondeur, cependant la sonnerie retentit à nouveau. Il fallait croire que c'était important. Tant pis pour la tranquillité. Je lançai le reste de pizza – immangeable – dans la poubelle, et allai répondre à ce foutu téléphone.

— Qu'est-ce que tu as fait avec ton portable, Kim ?! hurla une voix féminine.

Je reconnus sans hésiter Carry. Tout en grimaçant, j'éloignai le combiné de mon oreille. Je ne comprenais strictement rien à ce qu'elle me racontait.

Un petit peu d'humour pour détendre l'atmosphère ?

— Désolée d'avoir pris mon temps pour te répondre, j'étais au lit avec un homme, rétorquai-je d'un ton las.

— Deux dans une journée, tu ne perds pas ton temps.

Deux ? Ah bon ? Je ne m'en étais pas rendu compte ! C'est mon sex-toy qui risque d'être content.

— Mais… mais de quoi tu parles ? balbutiai-je.

— Il semblerait que tu aies laissé ton portable au premier.

— Qu'est-ce que tu racontes ? Je n'ai laissé mon téléphone à personne.

Comme pour m'en assurer, je fouillai mon sac à main à côté du combiné.

— Pourtant tu m'as appelée il y a trente minutes. Enfin, une voix d'homme était au bout du fil mais c'était ton nom qui était affiché sur mon écran.

Rien dans mon sac. J'essayai de me souvenir de la dernière fois où j'avais utilisé mon Smartphone.

Oh merde. Je blêmis.

— The Relax, dis-je dans une déglutition.

— Oui, j'allais y venir. Bref, sois prête dans une demi-heure, nous avons rendez-vous dans un club dans le Queens. Je passe te prendre en taxi.

Carry raccrocha sans me laisser le temps de répondre. Je tentai de me rassurer. Ted avait dû trouver mon téléphone lorsqu'il avait débarrassé mon verre. Pas la peine d'en faire tout un plat, d'autant qu'elle devait y trouver un certain accommodement, puisque c'était l'occasion d'une sortie entre filles. Kate l'ayant laissée ce week-end, Carry m'avait harcelée en vain ce matin afin que nous allions voir une pièce de théâtre. La vérité était que ni l'une ni l'autre de mes amies ne parvenait à passer une soirée toute seule. Moi, en revanche, j'avais besoin de mon autonomie. De pouvoir faire ce que je voulais, où je voulais et surtout avec qui je voulais. Cela s'expliquait assurément à cause de mon père qui avait toujours pisté tous mes faits et gestes, mes relations comme mes amitiés. Pas un seul ami masculin n'échappait à son interrogatoire. Qu'il me soit intime ou non, d'ailleurs. Heureusement pour moi et surtout pour mon ex, Steve, la seule et unique relation longue que j'avais eue était restée secrète. La seule pensée de l'imaginer se prendre une raclée de mon père me fit sourire. Il l'aurait bien mérité après ce qu'il m'avait fait.

Un club dans le Queens. Jean slim clair et haut habillé satiné feraient l'affaire. La dernière fois que nous étions sorties faire la fête, ça nous avait valu un bon mal de tête le lendemain. Nous venions de signer le contrat de location des bureaux. Trois mois s'étaient écoulés mais avec ce rythme infernal c'était comme si c'était hier. J'eus un pincement en pensant à notre amitié. Nous n'avions jamais pensé que notre société allait d'une certaine manière nous éloigner. Même si nous nous voyons toute la journée, toutes nos conversations tournaient autour de notre travail. Je dressai le tableau de ce qui nous restait de notre vie privée : plus de trois mois sans baiser à mon compteur, Kate qui partait régulièrement s'isoler on ne sait où, et Carry qui attendait son idéal masculin. *Waouh !*

Je fis un chignon bohème de mes longs cheveux noirs, indisciplinés par une permanente. Un peu de blush rosé sur mes pommettes et mon nez fin afin de redonner de l'éclat à mon teint de pêche, du Ricil pour agrandir mes yeux bruns en forme d'amande, et du gloss sur ma bouche aux lèvres trop pulpeuses à mon goût.

— Ça devrait suffire, dis-je à voix haute, non mécontente du résultat.

L'air était frais dehors, les lumières de New York éclairaient si bien le ciel qu'on ne pouvait voir d'étoiles. Peu de circulation, la route pour le club ne devrait pas être longue.

Le taxi de Carry arriva à l'heure. En m'installant sur la banquette arrière, je la vis lever les yeux au ciel.

Quoi ? Je la dévisageai.

— Ne me regarde pas comme ça. Tu es tête en l'air. Tu te rends compte que ton téléphone portable contient ton carnet d'adresses professionnel ?

— Tu m'agaces. Ne me fais pas la morale. Demain j'irai m'acheter un téléphone professionnel.

Dépense inutile !

Elle se tourna vers la fenêtre pour couper court à la conversation. Je savais au fond de moi qu'elle avait raison. Mes clients, ou plutôt nos clients, ne voudraient pas que certaines informations les concernant tombent dans le domaine public.

OK, j'avais foiré. Heureusement pour nous, il était question de Ted, et Ted était tout ce qu'il y avait de plus discret.

CHAPITRE 2

Il était encore tôt, mais une file d'attente s'était formée devant la discothèque. Le bâtiment ressemblait à un ancien entrepôt. La devanture était sobre et l'enseigne indiquait *D-Libre* en violet sur un fond noir. Tout en patientant, je me rendis compte à quel point je n'avais pas choisi la tenue adéquate. Toutes les personnes autour de moi étaient sur leur trente-et-un. Heureusement que ma veste noire pailletée assortie à ma pochette donnait un peu de chic à mon look.

Je n'étais là que pour mon téléphone, non ?

Je souris secrètement en voyant Carry danser d'un pied à l'autre – elle avait mal. Plutôt rondelette, elle avait choisi des chaussures à talons aiguilles lui affinant les jambes qu'elle avait mises à nue ce soir. Sa robe verte, assortie à ses yeux, décolletée et cintrée à la taille, faisait apparaître sa poitrine généreuse et s'arrêtait juste au-dessus de ses genoux. Ses cheveux roux, au carré plongeant, laissaient deviner de grosses créoles rouges. Une frange dissimulait son large front. D'assez près, on pouvait voir des taches de rousseurs derrière son fond de teint. Son nez était petit et rond, ses lèvres rouges et fines. À première vue, elle paraissait extravagante mais, derrière ses artifices, c'était une jeune fille timide et entière, toujours là pour ceux qu'elle aimait.

Ce fut à notre tour d'entrer. Carry annonça *Kim* à l'homme en costume posté à l'entrée. Il lui sourit largement et parut hypnotisé par mon amie. Elle lui rendit ses regards enjôleurs, comme si elle jouait à un jeu de séduction. Je me raclai la gorge, me tortillai… non, je n'existai pas… Au bout d'un moment, il remarqua ma présence et me toisa de la tête aux pieds. Je fermai les yeux et me mordis l'intérieur de la bouche pour me contenir.

Pas d'esclandre, Kim. Pense au téléphone.

— Elle est avec moi, annonça Carry comme pour s'excuser.

S'excuser de quoi, d'ailleurs ? D'être habillée normalement ? M'imaginer lui tirant la langue fut le meilleur moyen pour moi de me détendre. Il nous ouvrit alors le passage, fermé par un cordon en velours violet. L'entrée débouchait sur un hall avec un vestiaire à droite, et un comptoir d'accueil à gauche. Carry m'entraîna au fond, vers un balcon pourvu à ses extrémités de deux escaliers ouvrant sur un immense espace. Un nombre incalculable de boules de cristal parsemées de lumières à LED violettes ornaient le haut plafond. La salle était entourée d'un bar et en son centre se dressait un podium où siégeait la table de mixage accompagnée de son DJ. Ici et là étaient disséminées des tables, des chaises et des banquettes. Le sol était composé de carreaux blancs et violets. Le mobilier était dans un style très contemporain.

Carry prit la direction du bar. Je la suivis. Elle commanda deux cosmopolitans et annonça au barman que *Kim* était là.

Mon prénom est un mot de passe ou je rêve, là ?

Il nous indiqua de la main une table haute, entourée de quelques tabourets. Une carte mentionnant « réservée » était posée dessus. La musique n'étant pas forte, elle nous aurait permis d'avoir une discussion, mais Carry et moi étions tellement dans l'attente de la suite des événements qu'aucune des d'entre nous n'essayait de faire la conversation. Je me serais laissé emporter par son rythme, si je n'étais pas aussi contrariée par mon amie, et je devais bien le dire, je ne cessais de balayer du regard la salle à la recherche de Ted. Malheureusement, le lieu était impressionnant et masquait le nombre réel de personnes présentes. Il devait bien y avoir plus de deux cents clients, et avec ceux qui attendaient de rentrer, j'imaginais qu'au milieu de la nuit, il deviendrait impossible de danser sans se frotter à son voisin. De toute façon, je ne serai plus là pour le voir.

Une serveuse nous apporta nos boissons accompagnées d'un café. Ni Carry ni moi n'avions commandé de café.

Oh merde.

Un café ! La stupeur dut se peindre sur mon visage.

— Tu as vu un fantôme ou quoi, là ?

Je déglutis. Et malgré la pression exercée par mon cœur dans ma poitrine, je réussis à articuler :

— Ce n'est pas Ted qui a trouvé mon Smartphone, n'est-ce pas ?

— Je n'ai jamais mentionné Ted. Je ne t'aurais pas fait la morale si cela avait été le cas, répondit-elle avec dédain.

Elle se mit à siroter son cocktail en fixant la piste de danse. Traduction : fin de la discussion. Dommage que la table soit trop petite pour me cacher, je me serais volontiers glissée dessous le temps de récupérer tous mes moyens.

Respire, Kim… respire…

L'avantage du café, c'était que maintenant je savais à quoi m'attendre. Ou plutôt à qui j'allais devoir faire face. L'homme au café renversé. J'aurai presque dû accepter son invitation. Justement, le voilà. Il ne s'était pas changé. Sa démarche était sensuelle et il ne me lâchait pas du regard. Je frissonnai malgré moi sous son sourire suffisant. Il avait marqué un point, et avait finalement eu ce qu'il voulait. Ne pas avoir la main sur la situation m'affectait. J'ai. Habituellement. Le contrôle. Sur tout.

— Vous devez être Carry ? demanda-t-il en lui tendant la main.

— Bonjour, Max.

Mon amie lui rendit son étreinte en souriant et il me fit face.

— Rebonjour… Kim, c'est ça ? demanda-t-il, toujours ce sourire à la limite de l'arrogance sur les lèvres.

Ses lèvres… Je cachai mon malaise dans une réplique cinglante :

— Je crois que presque tout le personnel du club pourra vous répondre.

Un rire lui échappa. Il prit place sur le tabouret à côté de moi. Désarmée, j'engloutis la moitié de mon cocktail.

— Voilà votre téléphone, ne me remerciez pas, un simple dîner fera l'affaire.

Encore cette foutue invitation… Quelque chose me disait qu'il ne lâcherait pas l'affaire. Je récupérai mon téléphone, et ignorai le frisson à la sensation de sa peau sur la mienne.

— Ce soir, je suis plutôt paroles qu'actes, répondis-je sur le ton de la mesquinerie.

Rien ne l'atteignait. Il resta impassible toujours ce sourire au bord des lèvres.

— Veuillez m'excuser, Max, mais je dois m'éclipser, annonça Carry.

Tu ne perds rien pour attendre, toi.

Inutile de la suivre, il serait encore là à notre retour. Les moments de conversation avec un homme étant rares, je dis sans enthousiasme :

— Vous ne vous êtes pas changé ?

— Je n'en ai pas eu besoin, répondit-il avant de m'offrir un nouveau sourire satisfait.

— Quoi ? lâchai-je. Pourquoi souriez-vous sans arrêt ?

— Je ne vous laisse pas si indifférente sinon vous n'auriez pas remarqué ce genre de détails.

— Je suis juste physionomiste, contrai-je.

— Vous avez toujours réponse à tout ?

— En effet. C'est comme ça qu'on m'appelait à l'école.

Pourquoi je lui parle de moi ?

— Je pense que le propriétaire du club aime le violet, me repris-je pour changer de conversation.

L'air soupçonneux, il répondit :

— Il paraît, oui.

Il leva sa tasse à café en l'air pour trinquer, puis au moment où il allait la porter à ses lèvres, il se tendit. Ses épais sourcils se froncèrent

et ses yeux se figèrent derrière moi. Je me retournai et supposai que la jolie jeune femme blonde à la plastique parfaite qui le dévisageait était la raison de son subit changement d'humeur. Elle ne m'accorda pas un regard en se postant devant notre table et dit à Max tout en me désignant du menton :

— Tu fais dans la charité maintenant ?

L'espace d'une seconde, il parut piqué. Puis il fit des va-et-vient de la tête, mimant de chercher celle dont elle parlait, pour finalement reprendre où il en était : boire son café dans l'ignorance. *J'étais* la charité. Mon impulsivité prit le dessus et, munie d'un air faussement surpris, je persiflai d'une voix fluette :

— Oh, Max, c'est ton ex-petite amie ?! Si elle baise aussi bien qu'elle parle, je comprends pourquoi tu l'as quittée.

Max manqua de s'étouffer avec la gorgée de café qu'il venait de prendre et la recracha sur Barbie blonde qui détala en un rien de temps, choquée par la vulgarité de mes propos.

Entre deux rires, je me penchai sur la table pour murmurer à son oreille :

— C'est assez « réponse à tout » pour vous ?

Je me surpris à apprécier son parfum dont l'odeur était fraîche, masculine et sensuelle. J'en aurais fait une overdose. Je me rassis un peu trop précipitamment et, l'espace d'une minute, j'eus l'impression qu'il avait compris mon malaise. Toutes les cellules de mon corps avaient réagi à ses phéromones, jusqu'à faire tambouriner mon petit cœur dans ma poitrine. Il se mit à rigoler franchement. Je lui souris en retour.

— Je suis désolé, s'excusa-t-il. Je peux vous inviter à dîner ?

— Il me semble que le sujet a déjà été abordé. Vous êtes entêté !

— Ça n'est pas ma meilleure qualité, répondit-il.

Mon corps n'était pas d'accord avec lui. Il s'appuya sur le dossier de la chaise et croisa les bras sur son torse. Mon ventre se tendit dans un constat : bon sang, qu'il était beau ! Son attitude me fit penser, une fois de plus, qu'il ne lâcherait pas l'affaire.

— Je ne suis pas le genre de fille qui dîne avec des hommes, tentai-je.

— Il n'est jamais trop tard pour changer.

— Non, vous ne comprenez pas. Je ne me contente pas d'un dîner.

— Je réitère, il n'est jamais trop tard pour changer.

Je levai les yeux au ciel et, comprenant qu'il avait gagné, il proposa :

— Demain soir ?

— Je dois partir tôt dimanche matin.

— Vous serez chez vous avant minuit, Cendrillon.

Ses yeux pétillèrent de malice. Carry arriva à point nommé. Je sautai de mon siège et agrippai le bras de ma meilleure amie.

— Je vous laisse le soin de me renseigner l'heure et le lieu. Je pense que vous avez pris le temps de récupérer mon numéro de téléphone. Au revoir, Max, et merci pour le cocktail.

Il hocha la tête en signe d'accord. Je poussai Carry précipitamment vers l'escalier, sans me laisser le soin de penser que je venais d'accepter de dîner avec un homme !

Pour l'éditeur, le principe est d'utiliser des papiers composés de fibres naturelles, renouvelables, recyclables et fabriquées à partir de bois issus de forêts qui adoptent un système d'aménagement durable. En outre, l'éditeur attend de ses fournisseurs de papier qu'ils s'inscrivent dans une démarche de certification environnementale reconnue.

Composition et mise en page : Nord Compo

PAPIER À BASE DE FIBRES CERTIFIÉES

hachette s'engage pour l'environnement en réduisant l'empreinte carbone de ses livres. Celle de cet exemplaire est de : 500 g éq. CO_2 Rendez-vous sur www.hachette-durable.fr

Achevé d'imprimer en France par CPI Brodard & Taupin
Dépôt légal 1re publication : septembre 2017
63.3199.4 – ISBN : 978-2-01-225685-9
Édition : 01 – Dépôt légal : septembre 2017
N° d'impression : 3023991